Angela Rosensteiner

König für einen Tag

Er oder Ich

novum pro

Bibliografische Information
der Deutschen Nationalbibliothek:

Die Deutsche Nationalbibliothek
verzeichnet diese Publikation in der
Deutschen Nationalbibliografie.
Detaillierte bibliografische Daten
sind im Internet über
http://www.d-nb.de abrufbar.

ISBN 978-3-85022-848-0
Lektorat: Dr. phil. Ursula Schneider

Gedruckt in der Europäischen Union
auf umweltfreundlichem, chlor- und
säurefrei gebleichtem Papier.

www.novumpro.com

AUSTRIA · GERMANY · SWITZERLAND · HUNGARY

novum pro

Inhaltsverzeichnis

1

Der Gedanke an kosmische Kraft,
die unser Erdenleben berührt und segnet,
ist so alt wie der Regen.
(Motherpeace Tarot)

Ihr Liebster liegt mit geschlossenen Augen ausgestreckt im Himmelbett auf der roten Decke, aber sie ist hellwach. Gerade noch hatten sie sich geliebt, in Wien. „Fühl mal, wie nass meine ‚Fut' ist." Es hört sich an wie „Fuß" auf Englisch, und weil sie die vergangenen Jahre in dieser Sprache lebte, muss sie nun immer innerlich grinsen, wenn dieser Ausdruck benutzt wird, es hört sich für sie einfach nur süß und lustig an, kein bisschen derb, verrucht und regelrecht versaut, so wie für alle anderen Wiener in Österreich. Wortlos lässt er seine Lippen auf ihre Scham gleiten und leckt sie zärtlich, leidenschaftlich, er kennt jeden Millimeter ihres Körpers haargenau und weiß, was er auslöst, wenn er sie berührt. Dann endlich wird sie erlöst, als sein Schwanz tief in sie eindringt, sie ganz ausfüllt. Nun ist es kein zärtlicher Sex mehr, sondern hart, kraftvoll, dominant. Sie schreit, als ein Orgasmus sie von innen heraus wie eine heiße Welle überrollt und in ihrem Kopf explodiert. Das Kribbeln fühlt sich an, als würden Millionen von winzigen Seifenblasen direkt unter ihrer Haut zerplatzen. Dann hört er auf und legt sich neben mich. Schaut mich an. Ein Lächeln umspielt seine geschlossenen Lippen und nun küsst er mich ganz sanft und warm und weich auf den Mund. Wir liegen nebeneinander und strahlen uns wortlos an. Seine Augen sind immer noch ein wenig blauer und leuchtender, wenn er sehr glücklich ist. Im Moment sind sie kornblumenblau. Ich bebe noch immer, die Lust will nicht verebben, sondern heizt mich noch mehr auf. Da beugt er sich über meine Brüste und fängt an daran zu saugen, sie zu kneten. „Spiel an dir, ich möchte zuschauen“, befiehlt er. „Ich will sehen, wie du dich selbst befriedigst.“ Während ich mit beiden Fingern über meinen Kitzler streiche, schaut er genau zu, beißt mir zwischendurch leicht in die Nippel, saugt daran und steckt mir zum Schluss einen Finger in die noch immer hungrige Muschi, während es mir schon wieder kommt. Ich singe das Lied der Lust, gepaart mit etwas Schmerz, genau die richtige Dosis, wir sind allein, stören niemanden, das ist gut.

Es gibt nur einen Mann auf der ganzen Welt, der in mir dermaßen große Lust weckt und ich musste meinen vierzigsten Geburtstag hinter mich bringen, bevor ich mich vollkommen dieser Lust öffnen konnte und Himmel und Hölle in Bewegung setzen, um die große Liebe meines Lebens zu finden. Welch ein schönes Geschenk, ich empfinde so viel Glück und Dankbarkeit. Langsam kühlt die Hitze in mir ab. Einige Minuten liegen wir nebeneinander und genießen das Morgenlicht, das warm und leuchtend in unser rot gemaltes Schlafzimmer scheint. Ich stehe auf, mein Körper fühlt sich schön, geschmeidig, lebendig und wie neugeboren an, ich strecke mich wohlig wie eine Katze, geh in die Küche und mache Kaffee für uns beide. Komme mit beiden Tassen zurück ins Bett und reiche ihm seine, mit Milch und etwas Zucker. Heute ist er König, gestern war ich Königin. Wir wechseln uns immer ab. Heute ist er ein lustvoller, genussvoller, leidenschaftlicher König und es gefällt mir unendlich, ihm jeden Wunsch von den Augen abzulesen. Ich liebe dieses Spiel.

Das ist nun schon viele Monate her. Heute Abend sitze ich am Fenster und schaue hinaus in die sternenklare Sommernacht, um dabei die letzten Jahre zu reflektieren. Manchmal fühle ich mich wie eine kleine Hexe und manchmal wie eine zarte

Fee. Halt, stopp, diese Geschichte handelt nicht von Feen und Hexen, jedenfalls nicht vordergründig, sondern beschreibt den Weg ins Glück von mir, einer ganz normalen deutschen Frau, na ja, vielleicht nicht „ganz normal", aber wer ist das schon, ehrlich besehen? Und einmal abgesehen davon: Ich finde, dass in jeder Frau auch eine kleine Hexe, weise Fee und der eine oder andere freche Kobold steckt. Unser höheres Selbst ist die Essenz unseres Wesens, das lebt und liebt und sich nur aus einem einzigen Grund hier auf dieser Erde manifestiert hat, nämlich um glücklich zu strahlen.

So viele Jahre lang lebte ich das Leben, das man gesellschaftlich von mir erwartete, dämmerte dahin wie im Dornröschenschlaf, funktionierte zwar, sehnte mich nach Glück und Liebe, aber war mir dennoch bewusst, dass noch ganz viel Fülle irgendwo wartete, die ich selbst ernten würde, als mein tiefstes Bewusstsein endlich aufwachte, um Herrscherin meines eigenen Schicksals zu werden, nachdem ich mehr über das Wünschen und Manifestieren lernte und dass es komischerweise nicht mehr als nur lächerliche sechzehn Sekunden braucht, um meine Energie in negative oder positive Bahnen zu lenken, und danach mein Leben endlich aufhörte, die Konsequenzen meiner vorherigen negativen Schwingungen auszuleben, sondern bewusst umzulenken, um endlich mein neues, schönes Leben zu genießen. Die Vorbereitung, der Ansatz zum Sprung in ein neues Leben, ist die schwierigste Arbeit. Sobald die Füße keinen Bodenkontakt mehr haben, das Alte beendet, aber das Neue noch nicht begonnen hat, dieser Moment ist der schönste, finde ich. Fliegen ist leicht, kribbelig, macht Spaß. Hermann Hesse schreibt: „… und in jedem Neuanfang wohnt ein Zauber, der uns beschützt und der uns hilft, zu leben." Am liebsten würde ich immer wieder auf dem energetischen Strahl des Neuanfangs dahinsausen, lachend und tanzend durchs Leben hüpfen. Bis ich also endgültig den Absprung wagte und meine Ehe beendete, dauerte es einige Jahre, davon möchte ich auch erzählen, denn damals hatte ich noch keine Ahnung von der

Magie des Wünschens und Fühlens. Wenn ich gewusst hätte, dass ich in nur sechzehn Sekunden Konzentration auf irgendetwas mit positiven Emotionen genau diese Frequenz von eben dieser Energie anziehe, dann wäre mir viel Frust erspart geblieben. Für all diese nicht besonders schnuckeligen Erfahrungen bin ich dennoch dankbar, denn nur so habe ich unzählige Beweise dafür, dass die Macht des Fühlens wirklich unser Leben formt. Was wir aussenden, das bekommen wir. Niemand hat diese Regel erfunden, sie ist das Gesetz des Universums wie das Gesetz der Schwerkraft. Nicht genau exakt das, woran wir denken oder wovon wir sprechen, bekommen wir, aber irgendetwas mit genau derselben Frequenz unseres Fühlens. Das Beste daran ist, dass es in beide Richtungen funktioniert. Fühle ich mich glücklich, kommen schöne Erlebnisse auf mich zu. Der ganze Trick beruht nur darauf, in Kontakt mit mir selbst zu sein und darauf zu achten, dass ich mich gut fühle. Je mehr Übung, umso leichter. Erst jetzt weiß ich, was ich wirklich will. Ohne all diese Erfahrungen wäre mir gar nicht so glasklar bewusst, was mich glücklich macht und was nicht. Es ist so einfach; fühlt es sich gut an, dein Bauchgefühl, dann ziehst du mehr davon an.

Fühlst du dich für mehr als sechzehn Sekunden lang ängstlich, sorgenvoll, beschuldigend oder schuldig, besorgt oder zweifelnd, dann kriegst du mehr davon, sicher aber auf jeden Fall die Bestätigung dieser Gefühle in Form von unschönen Ereignissen oder Begegnungen. Deshalb macht es mir Spaß, ganz bewusst immer wieder in Kontakt mit meinem Gefühl zu kommen, damit ich die schönen Schwingungen nähren und mich an ihnen freuen kann, und weg von negativen Schwingungen zu steuern, indem ich einfach an was Schönes denke oder mir was Gutes tu. Dafür gibt es eine ganz lange Liste von Lieblingsbildern, Lieblingsgedanken und Lieblingsaktivitäten, die mir im Handumdrehen wieder wohlig schöne Gefühle bescheren.

Die wirklich wichtige Frage ist nach wie vor: Gibt es denn überhaupt eine höhere Ebene oder stolpern wir mal eben so durchs Leben in unseren x-beliebigen Körpern? Egal, es macht einfach mehr Spaß zu glauben, dass es wichtig ist, dass es uns gibt. Sicher ist beides richtig, je nachdem, woran wir uns zu glauben entscheiden. Warum bin ich hier? In diesem Körper? In diesem Leben?

Die Schicksalsschlange begann sich langsam zu häuten, denn bevor etwas Neues entstehen kann, muss das Alte sich verabschieden, und zwar begann es in einer heißen, schwülen Novembernacht bei uns zu Hause in Suva, der Hauptstadt der Fidschi-Inseln.

Was tun, wenn du eines Tages wie mit einem Keulenschlag die Gewissheit empfindest, dass deine langjährige Ehe unwiederbringlich der Vergangenheit angehört, du alles versucht hast und es trotz Paar- und Einzeltherapien aller Art, vielen schlauen Büchern über Liebe, Partnerschaft, Selbstverwirklichung und Emanzipation, stundenlangen Gesprächen mit der besten Freundin, zwei Söhnen, einem Luxusleben im Südseeparadies, um das dich alle beneiden, vielen Reisen rund um die Welt und sogar einer Art intellektueller Freundschaft mit deinem Ehemann nicht ausreicht und es keinen Weg mehr zurück gibt in die traute Familienidylle? Weil du merkst, dass du endlich glücklich sein willst, glücklich sein musst, denn das bist du deinem Leben schuldig. Jeder weitere Tag dahingetröpfelter Lebenszeit fühlt sich an, als würdest du etwas unendlich Kostbares verschwenden. Obwohl du aus Angst vor dem Neuen am liebsten immer noch alles dafür geben würdest, wenigstens den Schein einer normalen Familie zu wahren, für die Familie, für das gemeinsame Resort, das ihr in jahrelanger Arbeit aufgebaut habt, für deine eigene gesellschaftliche und materielle Sicherheit, denn nach zwölf Jahren Südseeleben als Chefin, Marketingfrau und Leiterin eines spirituell inspirierten Holistic Holiday Package fällt dir beim besten Willen kein Job der Welt mehr ein, den du lieber hättest und besser ausfüllen könntest. Aber trotzdem, es geht nicht mehr vor und zurück, du kannst keinen Tag mehr länger so weiterleben, ohne Liebe in einer Partnerschaft. So zu existieren, ist nichts als eine Lebenslüge, das lässt sich einfach nicht mehr ignorieren. Innerlich schreie ich danach, ich bin es mir schuldig. Unerklärliche Panikattacken, die mir immer öfter aus heiterem Himmel die Kehle zuschnüren, sind nur eine von vielen Zeichen, dass jetzt endlich eine Veränderung, und zwar eine radikale ansteht, und wenn ich es nicht endlich anfange umzusetzen, dann wird das sicher Konsequenzen für mein weiteres Karma haben. Dachte ich.

Na gut, ich habe tief in der Wundertüte des Lebens gegraben, mich auf die neuen Erlebnisse, Abenteuer und Begegnungen gefreut. Einen Schritt nach dem anderen getan. Davon waren die meisten eher kleine Trippelschritte, auch Tanzschritte, „einmal vor, dann wieder zurück", und auch Riesenschritte, Sprünge geradezu, um den Scheidungsprozess hinter mich zu bringen und den Rest meines Lebens wirklich erfüllt zu leben.

„Alicia", sagte ich mir, „wofür in deinem Leben bist du gerade in diesem Moment glücklich und dankbar und was wünschst du dir von ganzem Herzen?" Ich bin glücklich über meine Gesundheit, meine Attraktivität, ich fühle mich wirklich wohl in meinem Körper, mein Geist wird lebhaft stimuliert von interessanten Begegnungen mit Gästen aus aller Welt, ich baue auf Erfahrungen und allem, was ich bis jetzt gelernt habe, ich liebe meine Söhne und bin stolz darauf, wie sie sich entwickeln und dass sie schon so Große sind, fast erwachsen, ich freue mich über jeden Tag, an dem ich die Schönheit des Meeres und der Tropen genieße und ich weiß, dass dies nicht der letzte Mensch, mein Noch-Ehemann, der da nach Alkohol stinkend neben mir im Bett liegt, dass er sicher nicht der letzte Mann in meinem Leben sein wird. Ich weiß es einfach. Es gibt auf dieser Welt garantiert mindestens noch einen Mann (oder eine Frau – nein, da bin ich mir dann eher nicht mehr sicher), der mich mit absoluter Totalität lieben wird und der sich meine vehemente, leidenschaftliche Liebe von ganzem Herzen herbeiwünscht und sie auch aushalten kann. Es muss ein starker Mann sein. Ein toller Mann. Ein verspielter Mann, väterlich und so geil, dass ihn meine eigene starke Sexualität nicht erschreckt. Der beste.

Nun, im weitesten Sinn ist dies die Geschichte einer Scheidung, wobei nun jeder zurückzuckt, „so was Negatives". Doch in erster Linie handelt sie von Befreiung und Erfüllung. Für Frau und Mann gleichermaßen, denn aufgrund der eklatanten Unterschiede unseres geschlechtsspezifischen Denkens, Fühlens und Handelns – also nicht dem berühmten „kleinen Unterschied" – mussten wir im Laufe der Jahre mit ansehen, wie die Eisschollen der Beziehungsplattformen, auf denen die weiblichen und männlichen Persönlichkeiten verzweifelt versuchen sich anzunähern, um endlich, wirklich – wie im Märchen – in Liebe zu verschmelzen, immer weiter auseinanderdriften, bis man nicht mal mehr die Hilferufe des anderen hört. Falsche, enttäuschte Erwartungen, gesellschaftliche Muster, die unerfüllbar und unrealistisch sind, Überforderung im Alltag, keinerlei körperliche Anziehung mehr. Dann ist es an der Zeit, Schluss zu machen oder alternativ auf die süße Erlösung durch den Tod zu hoffen ("ja, ich bring dir die Stange Zigaretten vom Duty-free mit, o. k.; trink noch eine Flasche Wein, habe sie schon aufgemacht; so ein Stress, aber mache mal weiter, bis nix mehr geht, das tut dem Herzen gut; fahr ruhig mit dem Auto in den Nachtklub und besoffen wieder nach Hause, wird schon nichts passieren …"), währenddessen dein Leben unbefriedigt dahinplätschert. Derjenige, der geht, zieht automatisch die Arschkarte, gesellschaftlich gesehen, und schlägt sich mit den moralischen Repressalien rum („einfach die Familie verlassen, so ein Egoistenschwein, wie kann man nur …"). Tausende von Paaren erleben dieses Drama in verschiedenen Variationen, hier ist nur eine davon aufgezeigt.

Mit dem vierzigsten Lebensjahr geht vielleicht ganz langsam der Lack ab bei uns Frauen, oh ja, aber du kannst dich auch toll pflegen und auf deine Gesundheit, Ernährung und Fitness achten, dann strahlt etwas viel Schöneres und Geheimnisvolleres in deiner Aura, nämlich endlich der optimale eigene Stil, kombiniert mit Reife, Lebenserfahrung, ungezügelter Sinnlichkeit, Genussfähigkeit, Liebesfähigkeit und erdbebenstarker weiblicher Kraft.

Die besten Geschichten schreibt bekanntlich das Leben selbst und so fange ich mitten in meinem Leben an, springe vom Heute ins Gestern und führe verschiedene Persönlichkeiten zusammen, denn alles im Leben ziehen wir selber an mit unserer Energie und es wird uns geschickt vom Universum als Spiegel dessen, was wir denken und fühlen. So können wir uns und unsere Lebensumstände ständig bewusst verändern, wenn wir wollen, lernen, wenn wir wollen, oder einfach genießen. Lachend und tanzend das Leben feiern und darauf horchen, was unsere Bestimmung auf dieser Welt, in diesem Leben, diesem Körper ist, damit sich unsere Träume in unserer tatsächlich gelebten Realität manifestieren können.

Alles einfach aufzuschreiben ist ein bisschen so wie Kuchen backen. Zuerst müssen alle Zutaten ausgesucht und zusammengemischt werden, dann verrühren, kneten, in eine Form geben, backen, den Zauber der Alchemie erleben.

Also, wo fange ich am besten an … setzt euch mal gemütlich nahe ans Feuer oder besser, legt euch auf die weichen, großen Kissen, genießt die knisternden Flammen, gießt euch noch mal vom würzigen Kräutertee nach und nehmt ein Zimtplätzchen zum Knabbern.

Wieder einmal saß die kleine Hexe am Fenster und schaute hinaus in die Dämmerung. Blaue Stunde. Ihre einzige Aufgabe und Daseinsberechtigung bestand darin, immer und überall alle Wünsche, die Alicia aussprach oder auch nur dachte, zu erfüllen. Das Dumme war nur, dass sie im Laufe der Jahre ein bisschen aufsässig und faul geworden war und am liebsten den ganzen lieben langen Tag auf der warmen Fensterbank saß, hinausschaute und träumte. Alicia hatte sie längst vergessen, die beiden kümmerten sich nicht um die Existenz der anderen; auf der einen Seite die Geschäftsfrau, Ehefrau, Mutter und einfach Frau im täglichen Leben, auf der anderen Seite ihre spirituelle Führerin, ihr höheres Selbst oder eben auch einfach „die kleine Hexe“, jedenfalls niemand, den man wirklich sehen konnte, der aber in jedem Menschen existiert, ihn durch all seine Leben begleitet, seine Essenz, sein höchstes Potenzial, und der immer wieder in Gedanken und Träumen auftaucht. Deshalb musste Alicia das verflixte Scheidungsjahr fast allein durchstehen, zum Glück erinnerte sie sich mittendrin an den Segen des Wissens um ihr höheres Selbst, an ihre kleine Hexe, innere Fee, ist alles dasselbe, und konnte mithilfe ihrer Wünsche doch noch alles ins Positive führen. Und so fing es an:

2

Was da ist, das komm herbei.
(alter Hexenspruch)

Im November 2006, ein paar Tage vor der folgenschweren Entscheidung sich zu trennen, sagt Sabine aus München am Telefon bezüglich Alicias Ehe (und trifft damit genau ins Schwarze): „Es sollte nicht permanent, ständig, immer, jeden Tag aufs Neue so schwer sein. Wenn du deine Beziehung dauernd als Schwerstarbeit empfindest, alle Kraft darauf verwenden musst, dass du dich ständig wieder aufbaust nach Verletzungen und Enttäuschungen, dann ist es an der Zeit, den Ehrgeiz über dieses eingefahrene Eheprojekt auf ein realistisches Maß zu senken und dich nicht von irgendwelchen nebulösen Zukunftsängsten lähmen zu lassen, sondern mutig und neugierig dein Leben in Angriff zu nehmen, damit du endlich so glücklich sein kannst, wie ich dich sehe und wie du es verdient hast. Meine Güte, ihr habt ein Honeymoon-Resort auf Fidschi, und was hast du selbst davon? Täglich hast du mit verliebten, frisch verheirateten Strahlemenschen zu tun. So, wie ich dich sehe, mit deiner spirituellen und erotischen Ausstrahlung, ist es völlig absurd, dass da kein Mann neben dir ist, der dich absolut vergöttert und liebt, so, wie du geliebt werden möchtest. Es muss wahnsinnig anstrengend und schwer sein, immer noch den Schein zu wahren und so zu tun, als wäre alles o. k., damit deine Angestellten und deine Gäste zufrieden sind. Gleichzeitig weißt du nur zu gut, dass du in Wahrheit nicht das von deiner Beziehung bekommst, was du wirklich brauchst." Sabines Freundschaft entwickelte sich ein paar Monate nach meiner ersten Scheidung von eben diesem selben Mann, um den es wieder einmal müßigerweise ging. Damals besuchten sie und ihr damaliger Freund im Rahmen einer Südseereise auch das kleine Resort Matavu, setzten sich gemeinsam um die aus Holz geschnitzte Kava-Schale auf die Pandanussmatte, um mit den Bandboys abends den Blues zu genießen, von ihrer Welt und ihrem Leben in München zu erzählen und fasziniert vom Leben auf Fidschi von mir zu erfahren. Wir sind gleich alt und seit vielen Jahren in einer liebevollen, herzlichen, schwesterlichen, spirituellen Freundschaft verbunden. Und Linda in Fidschi sagte bei unserem gemeinsamen Abendlauf am Strand: „Wenn es wirklich nicht mehr geht, dann ist das auch o. k. Du musst dein Leben leben, Alicia, es geht immer weiter. Alkoholprobleme kann nie der Partner lösen, da muss ganz allein der Betroffene durch. Lass dich nicht runterziehen, du hast wirklich alles versucht, das weiß ich genau." So lächerlich es klingt, aber nach all den Jahren, in denen ich dachte, dass ich nicht schön, nicht schlau, nicht fleißig, nicht lieb genug bin und deshalb meine Beziehung so schwierig ist, waren diese beiden Gespräche das Zünglein an der Waage, damit ich den Schritt wagte, mich endgültig zu befreien.

Seit wir von der kleinen Insel Tavarua nach Suva gezogen sind wegen der Schulbildung für unsere beiden Söhne, kenne ich Linda, mit der mich eine herzliche Freundschaft als Mütter von gleichaltrigen Jungs, die in dieselbe Klasse der einzigen internationalen Privatschule gehen, verbindet. Meistens treffen wir uns abends, um beim dramatisch leuchtenden Sonnenuntergang unter Palmen an der Meeresküste spazieren zu gehen, und unterhalten uns über die Kinder, unsere Ehemänner und was uns an ihnen nervt, über den ewigen Kampf mit der Waage, die schon wieder ein Kilo zu viel anzeigt, obwohl wir so sehr auf unsere Linie achten, über Klatsch und Tratsch aus der kleinen Gemeinde von weißen Ausländern, die auf

Fidschi leben und arbeiten, über Erlebnisse mit Gästen und Mitarbeitern, wenn ich wieder eine Zeit lang auf Tavarua verbracht habe, um das Resort zu managen und Reiseveranstalter zu empfangen. Linda erzählt von ihrem Psychologiestudium und den neuesten Erkenntnissen der Paartherapie, die leider nur bei uns beiden nicht fruchten wollen, so scheint es. Ich bin es so gewohnt, immer die Liebe, Nette zu sein, dass es ganze drei Jahre brauchte, bis ich auch privat auftaute und mich überhaupt erst traute, von meinen Problemen mit Bruno zu erzählen. Ich wollte sicher sein, dass ich sie nicht damit belästige, und es fällt mir auch schwer zuzugeben, dass ich nicht das supertolle Leben habe, was ich oberflächlich verkörpere und um das mich alle beneiden. Ich fühle mich dann nackt, undankbar, schwach, angreifbar und auch unhöflich. Die Kultur der Fidschianer verbietet es, sich über negative Themen zu unterhalten, dies gilt als unhöflich, ungehobelt. Kein Wunder, dass sie als die freundlichsten Menschen auf unserem Planeten gelten, und ihr Lächeln ist breit, offen und ansteckend. Sie versuchen immer, die Unterhaltung angenehm und lustig zu gestalten, aus Respekt dem anderen gegenüber. Offensichtlich hatte ich diese Art in den letzten Jahren sehr verinnerlicht und außerdem wollten meine frisch vermählten, meistens kalifornischen Flitterwochengäste von mir nur hören, wie schön es war, im Paradies zu leben, um nichts in der Welt wollte ich sie belästigen oder enttäuschen. Sie bezahlten viel Geld dafür, eine schöne Woche zu genießen, und so kehrte ich alles unter den Teppich und tat einfach so, als wäre ich der glücklichste Mensch auf der Welt. Aber eine beste Freundin braucht jede Frau und so taute Alicia auf und vertraute Linda an, dass sie nie Sex mit ihrem Ehemann hat, dass er oft ganz liederlich säuft und sie alles auf der Welt tun will, damit die Beziehung besser wird, den Kindern zuliebe und auch ihrer Mutter zuliebe, die tiefkatholisch ist und immer noch nicht verdaut hat, dass sie sich vor Jahren von genau diesem Mann schon mal getrennt hat, nur um nach ein paar Monaten wieder zurückzukommen. Linda steht ihr dann immer freundschaftlich und psychologisch versiert zur Seite und stärkt ihr Selbstwertgefühl wieder ein bisschen, sodass sie wieder verzeiht, versucht, versinkt in das unlösbare Paarprojekt mit einem Partner, der nicht zu ihr passt.

Oft spielen sie abends auch zusammen Karten mit Freunden, laden sich zu „Potluck Dinnern" ein – da muss jeder ein fertiges Gericht mitbringen und es wird dann auf der Terrasse unter dem Kreuz des Südens, einer wunderschönen Sternformation, serviert – und sie spielen auch gemeinsam Netzball und gehen am liebsten mittags japanisch essen. Diese beiden Frauen sind die besten Freundinnen, langjährig, und immer darauf bedacht, sich in allem zu unterstützen, liebevoll, freundschaftlich, aber immer wieder aufbauend, dass die Ehe weitergeht. Nie haben sie sich dahin gehend versucht zu beeinflussen, ihre Ehemänner zu verlassen, obwohl die manchmal ganz schön nervig sein konnten.

Anlass für die endgültige Trennung war eine widerliche Saufepisode, die mehr und mehr Alicias Würde infrage stellte und ihr Selbstwertgefühl mit Füssen stampfte.

Mein neues Leben fing an sich laut und vernehmlich einzuläuten, als sich eines Abends, im selben Jahr und Monat, Viliame Banimarama, der resolute Militärhauptmann von Fidschis Armee entschloss, endgültig und nach vielen Drohungen gegen die korrupte, amtierende, demokratisch gewählte Regierung vorzugehen und mit Putsch, wieder einmal, drohte. Dies brachte Bruno völlig aus der Fassung, wahrscheinlich gab es ihm aber auch einfach wieder mal einen deftigen Grund, um so richtig liederlich zu saufen. Bruno ist mein Exmann und Sorgen machte er sich sehr, weil der drohende Putsch ein Ausbleiben der Gäste in unserem netten Viersterneresort auf der schönen Blumeninsel Tavarua zur Folge haben könnte. Existenzangst, igitt. Alkoholismus, igitt. Er flippte dermaßen aus, polterte die Holztreppen in unserem schönen Kolonialstilhaus in Suva rauf und runter, vom Büro, das im Erdgeschoss lag, hoch ins Wohnzimmer, dann in die Küche, ich hörte das Geräusch, wie er den Kühlschrank öffnete – Weinflasche raus, Glas auf die Küchenablage, „kling", nachgegossen, Kühlschranktüre wieder auf und zu. Ich konnte alles genau hören, denn ich saß in meinem kleinen Büro an einem großen Kokosholzschreibtisch und beantwortete Reservierungsanfragen, die per E-Mail aus aller Welt eingingen, manchmal bis zu dreißig Stück am Tag. Das Haus war hellhörig und November ist eine heiße Jahreszeit, tropischer Sommer, deshalb standen alle Türen und Fenster weit offen. Wie ich diese Geräusche hasste – wenn das langstielige Weinglas zurück auf die Anrichte gestellt wurde, frisch gefüllt mit Wein, der den Genießer wieder ein Stück weit aus der Realität in ein Dr. Jekyll/Mr. Hyde-Monster verwandeln würde. Die Spannung wuchs, es war spät, schon nach Mitternacht, ich hatte mich mittlerweile ins Bett gelegt, um der Spannung und dem Glasauffüllritual zu entgehen, und hoffte schon zu schlafen, wenn er sich erfahrungsgemäß später dann ungeduscht, aus allen Poren nach Wein stinkend neben mich in unser Ehebett fallen lassen würde. Aber daraus wurde nichts, weil er die Idee bekam, den Fernseher auf volle Lautstärke zu drehen, um endlich ‚Miami Vice' auf DVD anzuschauen. Das ganze obere Stockwerk ist offen gebaut bis auf die Schlafzimmer und das Badezimmer, aber ich machte mir Sorgen um unseren vierzehnjährigen Sohn, der sein Zimmer neben dem Büro hatte, denn er wurde nun natürlich vom Lärm aus der Musikanlage, die mit voller Lautstärke die Filmmusik abspielte, wieder aufgeweckt. Aber morgen früh war Schule und er musste fit sein, das war nun ein Problem. Ich hasste Bruno so. Diese Rücksichtslosigkeit, verwöhnter Einzelkindmillionärssohn, immer muss alles nach seiner Pfeife tanzen. Mittlerweile war es fast zwei Uhr morgens. Deshalb konnte ich mich nicht zurückhalten und trat dem besoffenen Mann entgegen, der mit Ende vierzig da vor mir stand, völlig abgewrackt vor Sorge und Angst und Frust, nicht nur wegen der Zukunftsangst aufgrund politischer Unruhen, sondern auch und besonders wegen unserer toten Beziehung ohne Sex, ohne Vertrauen, ohne Zuneigung, ohne irgendwas außer der Sehnsucht, sich irgendwie daraus zu befreien – und wenn es nur die vorübergehende Flucht im Suff war.

Es wurde gebrüllt, geheult, geschimpft, geflucht, gedroht. Als er sich vor mir aufbaute, blaue Lippen, blaue Zunge vom Rotwein, rot unterlaufene, trübe Augen, Tränensäcke, Mundgeruch, stellte ich mich instinktiv in Position, sodass mein rechtes Bein bereit war, jederzeit mit Wucht hochzuschnellen, um „Rührei" aus seinen „Kronjuwelen" zu machen, denn so aggressiv und gewalttätig mit der Faust direkt vor meinem Gesicht drohend hatte ich ihn noch nie erlebt. Er fasste mich nicht an, in dieser Nacht nicht und auch vorher nie und später noch viel weniger. Gläser wurden zu Boden geschmissen, ich goss alle Alkoholika, die ich im Haus finden konnte, in den Ausguss: Wein, Rum, Liköre, Champagner, Whiskey, einfach alles. Wie ein wild gewordenes Rumpelstilzchen hüpfte Bruno hinter mir auf und ab und schrie: „Warum machst du das, Scheiße, du kannst doch nicht alles wegschmeißen!", aber wagte nicht, mich aufzuhalten. Unser Sohn erschien auf der Treppe, das Geschrei hatte ihm Angst gemacht, mit seinem Schweizer Messer aufgeklappt in der Hand, ich hatte es ihm zum Geburtstag geschenkt. Nun wollte er mich damit beschützen, was aber nicht nötig war, denn bevor Bruno mich verletzen würde, hätte ich den besoffenen Sack umgeschubst, und so redete ich ruhig auf ihn ein, obwohl mein Herz raste vor Angst, vor Wut. „Alles ist gut, wir haben die Situation im Griff, mach dir keine Sorgen, morgen ist alles vorbei, schlaf einfach, ich bin wirklich sicher, dass mir nichts passiert, versprochen, der Bruno darf nichts mehr trinken, denn er hatte schon viel zu viel, das ist alles." Zögernd ging er wieder und mir zerriss es das Herz, ihn zum Zeugen dieser hässlichen Szene gemacht zu haben. Dieses Bild vor meinem inneren Auge ist der größte Horror in Erinnerung an diese Nacht. Emil steht ganz ruhig, nur leise zitternd auf der letzten Stufe der Holztreppe, schaut abwechselnd zu mir, fragend, dann zu seinem Vater, flehend, und bittet uns einfach, schlafen zu gehen und aufzuhören, so einen Lärm zu veranstalten. Er schloss sich dann ein in seinem Zimmer, ich schloss mich in mein Schlafzimmer, ein Stockwerk über ihm, auch ein, während der Fernseher mit ungezügelter Lautstärke weiterlief und nur von dem lauteren Geräusch eines brüllenden Brunos, der auf dem Balkon den sich beschwerenden Nachbarn Schimpfwörter und Hasstiraden gegen die Regierung entgegenbrüllte, übertönt wurde. Nach ein paar Minuten erhielt ich auf meinem Handy eine Nachricht von Emil, in der er mich fragte, wie es mir ging, ob alles o. k. sei. Darauf musste ich erst mal ganz schrecklich heulen, weil es mir so leidtat, dass er in diese Szenen hineingeraten war, obwohl ich es ihm am liebsten erspart hätte, und schickte ihm meine Antwort: „Alles o. k., ich schlafe jetzt und wecke dich, wenn es hell ist, und mache dir Frühstück, Spiegelei mit Schinken, versuch auch zu schlafen, es ist alles gut, kein Problem. Morgen ist ein neuer Tag." Es war mittlerweile schon fast vier Uhr morgens, der Lärm im Wohnzimmer hielt immer noch an, Titelmusik von „Miami Vice" als Spielfilmversion, und mein Sohn und ich schickten uns Textnachrichten auf unsere Handys von einem Schlafzimmer zum anderen. Welch ein Horrorleben hatte sich hier entwickelt! Ich schaffte es mit meiner ganzen psychischen mütterlichen Kraft, ihn zu beruhigen und zu versichern, dass er sich keine Sorgen um mich zu machen braucht. Ich empfand auch wirklich überhaupt keine Angst, nur unbändigen Hass auf den Mann, der meinen unschuldigen Teenager-Engel dazu brachte, sich über mich Sorgen zu machen, über mich, seine Mutter, die ihn ja beschützen sollte und nicht umgekehrt.

Trotz allem oder vielleicht auch gerade deswegen, weil ich im Bewusstsein war, dass es so sicher nicht mehr weitergehen konnte, war mir klar, dass sich nun das Blatt wenden würde. In mir begann ich ein zaghaftes Kribbeln zu spüren, wie den ersten goldenen Strahl am Horizont, der den Neubeginn anzeigte, einen Sonnenaufgang im Leben, denn wir, das Paar, Bruno und ich, waren unwiederbringlich an den Punkt gelangt, wo es kein Zurück mehr gibt. Kein „Schwamm drüber, probieren wir es noch mal miteinander" wie die vielen Male vorher. Dieser Zug war nun endgültig abgefahren, das fühlte ich ganz deutlich und eine unglaublich schöne Erleichterung und Vorfreude begann in mir zu glimmen. Endlich konnte ich wieder tiefer atmen. Der Kontakt zu meiner kleinen Hexe, meinem höheren Selbst oder wer auch immer in mir als göttliches Wesen existierte, war wieder hergestellt, ich spürte meine Lebenssehnsucht, die von der märtyrerhaften Opferhaltung endgültig abgelöst wurde.

Draußen hörte die Musik endlich auf und es wurde eine Weile ruhig. Ich hörte Schritte, die näher kamen und vor unserem Schlafzimmer haltmachten, der Türknauf wurde gedrückt und es war natürlich abgeschlossen. „Schlaf woanders!", rief ich ihm zu. „Mach sofort auf!" brüllte er drohend. „Nein!" Daraufhin trat er die Holztür ein und ließ sich stinkend neben mir aufs Bett fallen. Ich setzte mich auf und machte das Licht an, wenigstens trug ich heute ein Nachthemd. „Es ist Schluss", sagte ich in ruhigem, sicheren Ton ohne jede Aggression, mittlerweile innerlich schon bebend vor Vorfreude auf mein neues Leben, das ab dieser Sekunde greifbar lächelnd auf mich wartete, ganz sicher. „Ich verspreche mir hier und jetzt, dass es einen Menschen für mich gibt, den ich total liebe und der mich total liebt und das bist nicht du", verkündete ich feierlich. Daraufhin lallte er Beschimpfungen und legte sich einfach, mit verschwitzten Shorts und Hemd bekleidet, hin, um zu schlafen. Es war nicht das erste Mal, dass ich Schluss machte, wenn er betrunken war, deshalb nahm er es gar nicht ernst und er war zu betäubt, um den veränderten Ton in meiner Stimme auszumachen. Am nächsten Tag hatte er sich immer so lieb und zerknirscht entschuldigt, dass ich ihm noch eine letzte, allerletzte Chance gab. Tatsächlich wusste ich nicht, welche Alternative ich hatte, denn wenn er nicht betrunken war, verstanden wir uns eigentlich meistens ganz gut. Und wegen der Kinder und wegen des Business, Blabla ..., es gab tausend

Gründe, um nicht zu springen, aber jetzt hatte ich endgültig zum Sprung in ein neues Leben ohne Demütigung, ohne Suff, ohne Lügen angesetzt und war nicht mehr zu halten. Aus alter Gewohnheit heraus nahm er es dieses Mal auch nicht ernst, das merkte ich nun und es ärgerte mich sehr. „Ich schmeiß meinen Ehering ins Klo und ziehe ab, um zu demonstrieren, wie beendet diese Beziehung für mich ist“, sagte ich, stand auf und ging ins Bad. Spülte den wunderschönen, diamantenbesetzten, in Weiß und Gelbgold verschlungenen Ring tatsächlich die Toilette hinunter. Dann legte ich mich wieder mit klopfendem Herzen ins Bett, demonstrativ mein Revier verteidigend. Er glotzte mich verständnislos an, und doch dämmerte es ihm endlich durch den Alkoholvorhang im Hirn hindurch, dass es diesmal endgültig ernst mit der Trennung nach siebzehn Jahren war. Um mir in nichts nachzustehen, nahm er jetzt auch seinen Ring vom Finger und schleuderte ihn einfach wie ein trotziges Kind ins Zimmer, wo er unter der Kommode verschwand. Das war's. Ende, aus, fertig. Ich fühlte mich erleichtert und gleichzeitig erwärmte der kleine Funke mich von innen heraus, brannte regelrecht, leuchtete immer heller, denn: Mein neues Leben passierte wirklich! Ich war so gespannt auf das, was auch immer als Nächstes passieren würde, denn ab jetzt war ich ein freier Mensch, eine Singlefrau, kraftvoll und glücklich und getränkt mit dem Gefühl unbändiger Vorfreude und in tiefer Dankbarkeit ans Leben schlief ich friedlich ein.

Am nächsten Tag versuchte Bruno seine übliche Entschuldigungstour, aber ich erinnerte ihn nur kurz daran, dass ich nach wie vor jedes Wort ernst meinte und wir uns trennen würden. Friedlich wie zivilisierte Menschen. Da hörte er auf zu betteln und wir gingen uns einfach aus dem Weg. Er schlief im Zimmer unseres älteren Sohnes, der im Internat war, und ich war als Mutter unseres Kindes und als Geschäftspartnerin für unser gemeinsames Resort anwesend, als Mensch und Frau jedoch wurde ich über Nacht eine Fremde für ihn.

Da der Konflikt nun vorbei war, die Würfel gefallen und der Fokus auf das Neue gerichtet war, blieb mir viel Zeit zum Nachdenken und Pläneschmieden. Ich wollte in erster Linie mich selbst wiederfinden und dann langsam meine Bedürfnisse entdecken.

Wovor habe ich wirklich am meisten Angst? Verlustangst, die Urangst schlechthin. Lösung: mich in mir selbst glücklich zu fühlen, von innen heraus, mein inneres Licht stark sehen, spüren und lieben.

Manchmal ziehe ich morgens eine Tarotkarte oder auch mehrere. Schöne, runde „Motherpeace"-Karten, die mich mit ihren Geschichten und Deutungen in eine von Frauen regierte, matriarchale Welt entführen. Das ist die Zeit, in der Frauen die höchste Macht innehatten und als Vertreterin der Göttin, aus der alles Leben entspringt, verehrt wurden. Die ganz tiefen Wahrheiten, die immer noch in unseren Zellen gespeichert sind, möchte ich so in mir heraufholen, mich auf eine tiefe, spirituelle Weise ansprechen lassen.

Speziell die Karte der „Herrscherin" gab mir so viel Mut und Kraft, sie inspirierte mich zum Schreiben darüber und über das Abenteuer „Leben" heute als Frau mit all seinen Herausforderungen wie Liebe, Sexualität, Partnerschaft, Mutterschaft, Gesellschaft.

Die letzten zwölf Jahre habe ich auf den Fidschi-Inseln in der Südsee verbracht, vierundzwanzig Flugstunden von Deutschland entfernt, also fast schon auf einem anderen Planeten, mitten im Pazifischen Ozean zwischen Australien und Neuseeland. Das Land besteht aus über dreihundert tropischen Inseln und Inselchen, dort habe ich die meiste Zeit auf Tavarua, der sogenannten Blumeninsel aufgrund ihrer überaus üppigen Vegetation und Fruchtbarkeit, verbracht. Es war eine schöne, sehr bereichernde Zeit, die ich mit allen Sinnen genossen habe und nun möchte ich meiner Dankbarkeit dafür Ausdruck verleihen, indem ich es aufschreibe. Die Welt verändert sich immer schneller, somit ist meine Geschichte auch Zeugnis von der Leichtigkeit des Seins.

Die Karte der „Herrscherin“ wird ungefähr so beschrieben: Die Herrscherin repräsentiert die große Mutter – einfach und klar. Sie verspricht Überfluss, Geburt, Wachstum, Harmonie, Gemeinschaft und Beziehungen, verkörpert in den Archetypen der Liebesgöttin. Im „Motherpeace“-Bild repräsentiert die Herrscherin die Erde, aus der alles Leben geboren wird und zu der es am Ende eines jeden natürlichen Zyklus zurückkehrt. Die ersten Herrscherin-Statuen waren die kleinen schwangeren „Venus“-Figuren aus dem Europa und Russland der Eiszeit (ca. 30 000 Jahre vor Christus). In allen frühen Kulturen waren die Fruchtbarkeit der Mutter und die Fruchtbarkeit der Erde aneinandergekoppelt. Das begann im Paläolithikum, als die Menschen jagten und sammelten, und reichte bis in die Zeit der Landwirtschaft, als die Menschen Getreide züchteten und Tiere zähmten. Der Stier gilt als eines der ersten Haustiere, was sich auch im astrologischen Zeichen und dem Sternbild des Stiers ausdrückt. Der Stier wurde dem Planeten der Herrscherin zugeordnet: der Venus.

Die Herrscherin versinnbildlicht die Verbindung von Geist und Materie, die Göttin im Körper. In diesen frühen Kulturen waren Rituale in den Zyklus des Pflanzens und Erntens, von Geburt und Tod eingebunden.

Auf dem „Motherpeace“-Bild hat sich die Herrscherin im Gras niedergelassen und scheint einen Liebhaber zu erwarten. Auf beiden Seiten des Eingangs ist eine liegende, weibliche Figur in den Fels gehauen, ausgestreckt in ruhevoller Lage, ein Arm ist gebeugt und stützt den Kopf. Sie erheben sich aus dem Felsen wie die schaumgeborene Venus aus dem Meer mit ihren vielfältigen Attributen: Muttergöttin, Mondgöttin, Herrin der Tiere, Göttin der Liebe.

Heute kennen wir die einstmalig lebendigen weiblichen Mysterien, die später als esoterische Rituale abgeschwächt wurden, nur noch in der weitaus blasseren Version der Wissenschaft. Die Grundlage dieser Mysterien tragen wir jedoch in unseren Körpern. Unsere modernen Initiationen finden auf unbewusster Ebene statt, in unseren Träumen und Visionen. Die Herrscherin symbolisiert das unbewusste Wissen, das heutige Frauen von den alten Mysterien des Heilens und der Transformation in sich tragen und das in unserer kleingehaltenen Sexualität und unserer allgegenwärtigen Lebenssehnsucht weiterlebt.

Die Herrscherin fühlt ihre Verbindung zur Erde. Sie steht für ein erdhaftes Gemeinschaftsleben – eine Zeit, als die Menschen noch nicht Kriege führten, sondern ihre Freizeit mit Liebe und Kunst verbrachten. Der Tag, an dem wir aufhörten, die Erde als unsere Mutter zu lieben und die Frau als ihre heilige Vertreterin, war der Tag, an dem wir aus dem Paradies vertrieben wurden.

Diese Karte fordert zur Rückkehr auf. Sie möchte die Energie wiedererwecken, sodass Freude und der Sinn in diesem Leben gefunden werden können.

Die Herrscherin repräsentiert das „Glücksdenken“ und die wirkliche Kraft positiver Imagination. „Was da ist, das kommt herbei“, ist ein magischer Spruch zur Manifestation. Du musst es dir nur vorstellen und daran glauben, dass du es verdienst – was nicht immer einfach ist. Lass dein offenes, mitfühlendes Herz vom Glauben an die Liebe berührt werden. Lass deine Sehnsucht nach Harmonie deine Gedanken und Wünsche beeinflussen. Bitte die große Mutter um das, was du brauchst. Denk dran: Venus ist der Stern der Wünsche.

„Wow“, dachte ich, „genau das spricht mich gerade jetzt an.“

So viel Weisheit steckt in uns Frauen. Indem wir es anschauen, fängt das innere Licht wieder an zu leuchten und uraltes, verschüttetes Wissen steigt aus den Tiefen der alten Welt wieder in unser Bewusstsein.

In Zeiten mit akuten Klimaveränderungen und Weltuntergangsdepressionen ist die Besinnung auf unsere archaische

Weisheit mehr als esoterischer Luxus, geradezu brennend nötig, um Lösungen zu finden und umzusetzen, damit unsere Kinder und Enkelkinder noch einen lebenswerten Planeten vorfinden.

Jeden Morgen, wenn ich aufwache, danke ich meinem höheren Selbst für alles, was ich habe und liebe, und bitte um alles, was immer ich mir wünsche, bis ich ganz vom Glücksgefühl durchtränkt bin, so kann sich alles, was ich mir wünsche, am leichtesten manifestieren.

3

Gib jedem neuen Tag die Chance,
der schönste deines Lebens zu werden.
(Mark Twain)

Der Zauber erfasste mich plötzlich, ganz ohne Vorwarnung, als ich in der kleinen Klappermaschine den Anflug auf Tavarua erlebte. Eine verschwenderische Farborgie aus Blau und Grün, das Meer, der Himmel und die üppig bewachsene Vulkaninsel bewirkten, dass sich in mir alle Schleusen zu meinen Sinnen explosionsartig öffneten und ich seither alles im Leben mit einer viel intensiveren Klarheit genieße. Dies schenkte mir Zugang zu einem neuen Verständnis, so, wie es die „Motherpeace"-Tarotkarte der Herrscherin beschreibt.

Wir hatten uns auf ein großes Abenteuer eingelassen mit der Überschrift: Einen paradiesischen Platz auf diesem Planeten für uns finden. Nicht mehr und nicht weniger. Das Bauchgefühl allein sollte dabei entscheiden. Im Herbst 1995 machten Bruno und ich uns also auf die große Reise und besuchten drei Südseeländer, die aufgrund von verschiedenen politischen (relativ sicher und dass man Grund und Boden erwerben kann) und gesundheitlichen Voraussetzungen (keine Malaria und ein bisschen Zivilisation) in die engere Wahl gekommen waren: Samoa, Cook Islands und Fidschi. So viele Strände, Villen und einfache Grundstücke hatten wir uns angesehen und immer wieder im Flugzeug gesessen, uns angeschaut und wortlos den

Kopf geschüttelt. Wir wollten wirklich den Knaller, uns Hals über Kopf verlieben in diesen einen Platz, wo auch immer er sein mochte, er würde uns schon finden.

In Tavarua landeten wir auf einer Rasenpiste, holterdiepolter, die uralte, klapperige, zwölfsitzige Maschine schaffte es knapp, mit quietschenden Reifen zu bremsen, wendete und fuhr langsam auf das Flughafengebäude zu, das gleich neben der Piste als Holzbaracke schön bunt bemalt in den knallblauen Himmel ragte. Ich glaube, dass der Adrenalinschock, der durch meine Adern raste, auch einen Teil dazu beitrug, dass ich so ein übermächtiges Glücksgefühl empfand. Es hatte auch damit zu tun, dass ich so unsäglich dankbar darüber war, überhaupt noch am Leben zu sein – speziell nach diesem Flug in diesem kleinen Inselhüpfer und nach der holprigen Landung im Besonderen. Dazu kamen die Gesichter der Fidschianer. So ein umwerfendes Lächeln! Strahlend weiße Zähne, mal fehlte der eine oder andere Frontzahn, aber egal, das Lächeln war bezaubernd, das Lachen herzlich, tief bei den Männern, gackernd bei den Frauen, auf jeden Fall echt, ansteckend und unwiderstehlich. Also, ich war überglücklich, noch am Leben zu sein, die schönen milchschokoladebraunen, fidschianischen Gesichter mit ihrem riesenbreiten Grinsen hatten mich verzaubert, und schon ging es weiter, und zwar in dem dreckigsten Kleinbus, in den ich je eingestiegen bin, mitsamt unseren Koffern über eine unbepflasterte kleine Inselstraße, die einzige. Links undurchdringlicher, dunkelgrüner Urwald, Palmen, Bananenbäume mit ihren leuchtend grünen saftigen Riesenblättern, Hibiskusbüsche mit bunten Blüten, tropische Pflanzen in allen Formen, groß und grün auf jeden Fall, rechts noch mehr Palmen und dann auch schon das Meer, tiefblau, glatt, wie flüssiges Glas bis zum Horizont, majestätisch, ruhig, warm. Nach nur fünf Minuten ging es einen kleinen Gartenweg hinauf, der auf beiden Seiten mit dichten Hibiskusbüschen bepflanzt war, und schon waren wir in Matavu, einem kleinen Resort mit zehn leicht verwitterten Bungalows im Dornröschenschlaf. Der erste Eindruck war allerdings sehr lebendig.

Es sangen und klatschten mindestens acht breit grinsende, stämmige Fidschianer und Fidschianerinnen, in bunte Tücher und Shorts gekleidet, grellrosa Hibiskusblüten hinterm Ohr, Männlein und Weiblein gleichermaßen. Welch ein Farb- und Mustermix! Welch ein vielstimmiger, volltönender Gesang! Sie strahlten uns an, schüttelten uns allen nacheinander die Hand mit beiden Händen, so richtig kräftig, dass mein ganzer Arm wackelte, wobei sie mir direkt in die Augen schauten, bis runter ins Herz, und dann schnell den Kopf senkten und sich leicht verbeugten, Respekt bezeugend. Eine junge Frau geleitete uns über die weiche Rasenfläche an vielen Palmen und tropischen Pflanzen vorbei zu unserer Urlaubshütte, die sie „Bure" nannte. Da gerade nicht viele Gäste dort waren, hätten sie sich erlaubt, uns die Hochzeitssuite zur Verfügung zu stellen. Der Unterschied besteht in einer offenen Dusche unter freiem Himmel und einem Himmelbett. „Oh, das ist aber lieb!" Schade nur, dass wir nie Sex haben miteinander, mein Ehemann und ich haben irgendwas falsch gemacht in den letzten vier Jahren und nun ist überall ein Schloss dran, ich hab keine Lust mehr auf ihn und er fasst mich sowieso nie an. Ich weiß auch nicht, warum, aber es ergibt sich einfach nicht und fühlt sich gekünstelt an, wenn ich es erzwingen will. Wenn er schon tagsüber immer wieder neckisch warnend verspricht: „Heut Abend bist du dran, da schnapp ich dich", wird mir schon ganz schlecht, denn ich weiß, wie es endet: dass er sich Mut antrinkt, wahrscheinlich noch ganz viele geschäftliche Anrufe erledigt und, wenn ich Glück habe, gemeinsam mit mir ins Bett geht. Dort aber dann so müde ist und mich so hilflos anfasst, dass ich mich schnell auf den Bauch drehe. Meistens hat er es bis abends sowieso schon vergessen oder ich bin schon so frustriert und wütend darüber, dass er mich nicht anfasst, streichelt und begehrt, dass ich seine verkrampften „alle paar Monate mal" Annäherungsversuche zynisch abschmettere, was mir leidtut im Nachhinein, aber darüber können wir nicht reden. Dafür ist nie Zeit, und wenn wir stundenlang an einsamen Stränden Cocktails schlürfen und Sterne zählen … die heißen Eisen über unser nicht vorhandenes Sexleben packen wir nicht mehr an, nachdem das Reden darüber so viele Male in Streit, Anschuldigungen, Beleidigungen und Tränen geendet ist. Aber dafür lese ich schlaue Bücher über Paarpsychologie, Sex in der Ehe, übers Glücklichsein, über spirituelle Themen, Frauenbücher, habe verschiedene Therapien gemacht, weil ich sicher bin, dass ich irgendwie eine zu schwierige Frau für ihn bin und wenn ich mich änderte, um es ihm leichter zu machen, wäre alles gut. Egal, was mir in die Hände kommt, ich beschäftige mich mit dem Thema Partnerschaft und Sexualität bis zum Erbrechen, damit ich diese hungrige Leere in mir ein bisschen auffülle. Auf der mit getrockneten Palmenblättern überdachten Terrasse standen auf einem kleinen Tisch zwei riesige, grüne Kokosnüsse mit frischen Blüten dekoriert und einem Strohhalm drin. Frisch vom Baum, wir befinden uns schließlich auf einer ehemaligen Kokosplantage. Wir genossen den kühlen, köstlich-süßen Saft und versuchten zu realisieren, dass wir wirklich noch auf dem gleichen Planeten waren, auf dem es zum Beispiel auch den Frankfurter Flughafen oder eine Stadt wie New York oder München gibt. Das war nicht leicht zu glauben, denn seit dem Moment des Anflugs auf Tavarua war ich schon total verzaubert. Die Luft fühlte sich schwer an auf der Haut, feucht, es roch nach frischem, saftigem Grün und Blumen. Nach Kokosnuss. Nach Meer und Sand. Wenn ich einatmete, überkam mich ein fast sättigendes Gefühl, so frisch und gehaltvoll war die Luft, sauerstoffgetränkt, sauber. Ich wollte mich vor dem Essen duschen und umziehen, Bruno wollte schon mal die Weinkarte testen und so kam es, dass ich eine Weile später allein über den Rasen zum Restaurant hinspazierte. Die Mittagshitze umschlang mich wie ein Körper, die Luft trug den Klang aus Grillengezirpe wie einen tief dröhnenden Orgel-Akkord, gemischt mit Palmblätterrascheln in der leichten Brise, exotischem Vogelgezwitscher und hier und da einem ausgelassenen Lachen aus der Küche. All das zusammen als Gesamteindruck auf meine bebenden fünf Sinne. Die feuchte, warme Luft auf meiner Haut trug ihre Energie wellenartig bis zum Innersten meiner Seele. Meine Füße spürten das dicke, tropische Gras und die saftige Erde darunter. Ich ging wie im Traum, langsam, alle Sinne staunend bis zum Anschlag geöffnet. Und blieb wie angewurzelt mitten auf der Wiese stehen, in ungefähr dreißig Meter Entfernung vom palmblättergedeckten Hauptgebäude, in dem sich Küche, Restaurant, Bar und Rezeption befanden. Nicht dass der Boden wärmer oder weicher war, aber er fühlte sich so an, als wäre er mit einem summenden Geräusch angereichert, wie ein langsamer, angenehmer Stromfluss hatte mich eine Energie an genau dieser speziellen Stelle auf der Wiese erfasst und ich musste einfach stehen bleiben, um tiefer hineinzufühlen. Ein intensives Glücksgefühl umspülte mich. Wie in Trance schloss ich die Augen, um es noch besser genießen zu können. Dabei konnte ich die Energie der Bäume und Lebewesen um mich herum wahrnehmen, angefangen von kleinen, schwirrenden Moskitos, fleißig krabbelnden Käfern und gespannt verweilenden Geckos bis hin zu den steinalten Geistern, die zwar spinnwebenartig fast durchsichtig, aber genauso präsent zu sein schienen wie alles Sichtbare um mich herum, ganz offensichtlich liebten sie diesen Ort genauso wie ich. Mit Erstaunen und etwas amüsiert stellte ich außerdem fest, dass all diese Wesen mich auch ganz bewusst wahrnahmen und auf eine ruhige, majestätische Art begrüßten. Die Palmen nickten, die Geckos zwinkerten, die Geister winkten. Ich spürte die Gegenwart einer uralten Naturweisheit, konnte und wollte mich nicht vom Fleck rühren, genoss es sehr, fühlte mich unendlich lebendig. Meinen Füßen wuchsen unsichtbare Wurzeln, die fast endlos bis zur Erdmitte hinunterreichten und ich hatte Lust, meine Arme weit mit gespreizten Fingern auszustrecken, in den Himmel zu recken, mich ganz zu dehnen. Dabei spürte ich von meinen Fingern, Armen und Haaren glitzernde Strahlen aus mir heraussprudeln, die bis in den Himmel hinaufwuchsen und wie kleine Äste voll glücklichem Übermut im Wind hin und her schwangen. Es kam mir nicht in den Sinn, dieses Erlebnis lächerlich zu finden oder in irgendeiner Weise infrage zu stellen. Dies war ein magischer Ort. Er hatte mich gefunden. Hier war mein Platz. Das Gefühl, ganz, vollkommen, machtvoll, liebevoll, stark, glücklich und harmonisch im Jetzt zu leben, hatte mich bis in mein Innerstes berührt. Die Initiation war geschehen, Fidschi hatte mich als Tochter adoptiert. Verträumt schlenderte ich ins offene Restaurant, setzte mit zu Bruno an den Tisch und aß gegrillten Fisch mit Salat zu Mittag. Der hatte sich in der Zwischenzeit um einen Mietwagen gekümmert, mit dem wir die Insel erkunden und verschiedene Grundstücke abklappern würden. Da er mich mit einem Wortschwall seiner Informationen überfiel, hatte ich keinen Mut und keine Lust, ihm mein Erlebnis zu schildern, es war mir zu heilig und ich hatte Angst, er würde gar nicht richtig zuhören oder mich mittendrin unterbrechen, wie er es oft tat, wenn ich versuchte, meine Gefühle in Worte zu fassen. Er hatte sich eine Gegend auf Tavarua ausgesucht, wo man Häuser kaufen konnte, auf der anderen Seite der Insel, also fast zwei Stunden Fahrtzeit über den Holperpfad, der den Namen „Straße" recht verwegen trug. Die Insel ist nur vierzig Kilometer lang und zwölf Kilometer breit, bis auf den Küstenstreifen besteht sie hauptsächlich aus undurchdringlichem Urwald. Man kam nur langsam vorwärts, meistens nicht schneller als vierzig Stundenkilometer. Dort angekommen sahen wir hinunter auf einen schwarzen Strand, der aus schönem weichen Sand bestand, allerdings in der falschen Farbe. Dazwischen lagen wunderschöne große Lavabrocken und die ganze Küste war wild wuchernd bewachsen mit exotischen Bäumen und Blumen. Eine sehr einsame Gegend, die meist unbewohnten Häuser waren an den Hang gebaut und ich konnte mir beim besten Willen nicht vorstellen, wie ich unsere zwei Söhne dort mutterseelenallein in Schräglage großziehen sollte. Sicher wäre es lustig die Wiesen hinunterzurollen, die ganze Zeit, denn man rutscht immer wieder auf dem feuchten Gras ab, wenn man sich hinsetzen will. Wir konnten Papageie in den Bäumen erspähen und hörten sie schreien, der Urwald war wunderschön, aber die Einsamkeit hatte etwas bedrückend

Geisterhaftes. Ehrlich gesagt hatte ich mein Herz sowieso schon an Matavu verloren, besonders an diese magische Stelle mitten auf der Wiese, aber davon wusste Bruno natürlich nichts.

Am nächsten Tag wollten wir auf die größere Nachbarinsel Vanua Levu, um dort einige Grundstücke in Augenschein zu nehmen. Wir waren übrigens die einzigen Gäste im Matavu. Der Manager war gleichzeitig Mitbesitzer und Koch aus Trinidad und Tobago, ein lustiger, junger Schwuler mit kohlrabenschwarzer Haut, viel dunkler als die Fidschianer. Beim Frühstück erwähnte ich beiläufig zu Bruno: „Also, so ein Platz wie hier, das wäre der Traum, ich kann mir vorstellen, hier zu leben.“ Aber Bruno hatte seine Liste mit Immobilien, die zu verkaufen waren, und Matavu war da nicht drauf. Während wir die Rechnung prüften, wurden wir von Nand, einem indischen Rezeptionisten, der gleichzeitig auch Fahrer, Tourenführer, Buchhalter, Haus- und Hofhandwerker war, gefragt, ob es einen bestimmten Grund für unseren Aufenthalt gegeben hätte, weil er so kurz gewesen sei und wir die meiste Zeit mit dem Auto rumgefahren seien, statt Urlaub zu machen. Ach ja, und ob es uns gefreut hätte, dass wir umsonst eine Kategorie höher gewohnt hätten in der Honeymoon Suite, das hätte er nämlich höchstpersönlich für uns organisiert. Inder sind so neugierig, die können es einfach nicht lassen! Weil er aber so freundlich dabei lächelte, bedankten wir uns überschwänglich für die freundliche Geste der überaus romantischen Honeymoonsuite, vergaßen dabei geflissentlich zu erwähnen, dass wir sie allerdings nicht entsprechend genutzt hatten, und erzählten ihm, dass wir auf der Suche nach einem perfekten Plätzchen Paradies für uns zum Leben seien. Da schaute er mich fest mit seinen indischen Glühaugen an und fragte, ob ich es hier schön fände. „Klar, hier ist es sehr schön“, antwortete ich. „O. k., dann nehmt es euch doch einfach“, antwortete er ernst mit einer ausladenden Handbewegung und starrte Bruno erwartungsvoll an. Die können verkaufen, diese Inder, Hut ab! So kam es, dass wir seitdem stolze Besitzer eines kleinen Hotels in der Südsee sind. Na ja, es dauerte dann alles in allem noch neun Monate mit dem ganzen Schreibkram und der rechtlichen Seite. Aber die Würfel sind in dem Moment gefallen. Matavu hatte uns gefunden. Der Name ist ein fidschianisches Wort und bedeutet „Meeresstille“. Es war ein herrliches Gefühl, komplett schicksalhaft, über jeden Zweifel erhaben. Das Abenteuer konnte beginnen.

Bevor der Kaufvertrag endgültig unterzeichnet wurde, wollte ich unbedingt eine Probezeit mit Emil und Franz, unseren knapp drei und fünfjährigen Söhnen verbringen, um sicher zu sein, dass sie nicht dauernd an irgendwelchen tropischen Infektionskrankheiten litten und ob wir uns überhaupt mit dem Inselleben im Alltag anfreunden konnten. Ein Jahr lang hatten wir zusammen in Stuttgart gelebt und davor in den Bergen im Allgäu. Auch für mich als Mutter wollte ich vorab testen, ob ich es überhaupt aushalten würde, auf einer entlegenen Insel in der Südsee mit kleinen Kindern zu leben. Ich konnte mir den Alltag ehrlich gesagt nicht vorstellen, weil ich auch keinerlei Erfahrung aus der Hotelbranche mitbrachte, aus der Sicht des Gastes schon, aber nicht aus Sicht einer Besitzerin und Managerin. Vor meiner Karriere als Mutter war ich bei einer großen Kosmetikfirma im Marketingbereich und als Visagistin beschäftigt, ständig auf Reisen und es machte mir immer Spaß, mit Menschen zu arbeiten. In Bezug auf das Leben in Fidschi stellte ich mir vor, besonders mit den Frauen aus dem benachbarten Dorf namens Nasele eine herzliche, matriarchalische Freundschaft aufzubauen, bei der wir abends zusammen auf Pandanussmatten saßen und uns gegenseitig Geschichten erzählten. Die Kinder würden halb nackt rumspringen und mit den breit grinsenden, kichernden Fidschikids spielen, meistens Sandburgen am Strand bauen und im Fluss schwimmen. Nicht im Meer. Oh Gott, nein, dort gibt es Haie, und sobald man den Zeh ins Wasser steckt, beißen sie, das dachte ich jedenfalls, in echt. Auch sah ich mich vor meinem inneren Auge tanzen, auf der großen Terrasse am Hilltop, dem zweitschönsten Platz des Resortgeländes. Bei Sonnenuntergang tanzen wie meine Vorfahren, die Schamaninnen und

Hexen der alten Zeit und dabei die regenerierende Kraft des Feuers der Wiedergeburt und des neuen Wachstums spüren. Einfach so ein bisschen die Hüften schwingen und die Haare über die nackten Schultern fallen lassen. Dabei der Blick auf den Horizont, das Meer mit kleinen Inselchen gespickt und um mich herum nichts als Kokospalmen, die leise im Wind schwanken, der Himmel verfärbt sich mit jeder Minute in allen Blautönen und die Sterne werden blitzeblank einer nach dem anderen sichtbar wie Brillanten. Fidschianer haben eine eigene Art zu tanzen, die Männer sehr kraftvoll, schnell, wobei sie ihre mit Kokosnussöl eingeriebenen, muskulösen, milchschokobraunen, unbehaarten Körper Geschichten erzählen lassen, von der Jagd und vom Kampf mit anderen Stämmen, die sie entweder angriffen oder gegen die sie sich verteidigen mussten, in der Vergangenheit waren sie sehr kriegslustig gewesen. Die Frauen dagegen tanzen langsam und mit ihren Bewegungen, die meistens im Ausdruck der Arme und Finger liegen, erzählen sie vom Fischen und von der Hausarbeit, also nicht sehr feurig. Die Mimik und der Gesang spielen auch eine wichtige Rolle, es ist kein Gesellschaftstanz, sondern dient dem Erzählen ihrer traditionellen Geschichten. Die alten Geschichten werden weitergegeben, damit die nächste Generation sie kennt. So war es immer gewesen, lange vor der Erfindung der Schrift. Zum Tanzen tragen sie frische Blumenketten aus duftenden weiß-gelb-rosafarbenen Frangipaniblüten, die eine bezaubernde Stimmung verbreiten.

So weit also meine Vorstellung von den drei Monaten Probeleben auf einer kleinen Südseeinsel. Natürlich ohne Bruno, der hatte ja keine Zeit, weil er wie immer ganz wichtige Sachen in Deutschland machen musste, wie zum Beispiel sich um die Verwaltung seiner Häuser kümmern. Wir hatten schon lange aufgehört, über unsere Gefühle und Erwartungen, was unsere Ehe anbelangt, zu reden bis auf seltene, superfrustrierende Streitereien, in denen wir uns gegenseitig mit Vorwürfen überhäuften und ich mich beklagte, dass wir kein Sexleben hatten und ich mich so allein und einsam in dieser Ehe fühlte, dass ich schon fast verrückt würde vor lauter falschem Heileweltspielen in der Gesellschaft und leider auch oft den Kindern gegenüber, weil ich nach außen nun mal die junge, attraktive Millionärsgattin mit dem Superleben war. Ich brachte es nicht übers Herz zuzugeben, dass der Schein dermaßen trog und ich eigentlich einsam und frustriert meinem dreißigsten Geburtstag entgegensah. Durch die Trennung würde wenigstens die Spannung wegfallen, deshalb war ich eigentlich ganz froh, ihn für drei Monate nicht sehen zu müssen, damit ich mir ganz allein klar darüber werden konnte, was ich von diesem neuen Leben auf Fidschi erwartete und was hier wirklich auf mich zukam, ungeschminkt und nicht im Fototapeten/Urlaubsformat. Ich war es sowieso gewohnt, den Alltag mit den Kindern allein zu erleben, irgendwie war es viel leichter, alles allein zu entscheiden und zu organisieren. Längst hatte ich aufgegeben, für mehr Zeit miteinander zu kämpfen, weil ich mir dann noch wertloser vorkam, wenn ich seine Ausreden anhören musste, und auf ihn zu warten, hatte ich mir auch schon lange abgewöhnt. Nun versuchte ich mich mit der Illusion anzufreunden, dass alles besser würde, wenn wir erst mal gemeinsam hier lebten und er endlich genug Zeit hätte, sich wirklich auf eine Beziehung mit mir einzulassen, ohne Telefon und Handwerker, weil wir für alle Bereiche Mitarbeiter beschäftigen würden, die sich um alles kümmerten, damit wir unser Leben in der Südsee in vollen Zügen genießen konnten, dachte ich, damals. Bis dahin konnte ich meinen Ehemann immer noch als Alibi aus dem Hut zaubern und mit meinem Ring wedeln, falls jemand fragte. In einem Macholand wie Fidschi wird man dauernd gefragt: „Wo ist dein Mann?“, damit sie dich einschätzen, ob sie einen ernst nehmen müssen oder nicht, ganz schlimm, somit war ich keine arme Singlefrau und wurde mit dem Respekt einer verheirateten Frau behandelt. Viele Jahre später erst sollte mir klar werden, dass ich für Bruno auch immer nur als Alibi-Ehefrau in der Schublade lag, wenn er den normalen Geschäftsmann spielen wollte, vielleicht auch vor sich selbst, aber das Dr. Jekyll/Mr. Hyde-Muster, was beim Saufen in ihm hochkam, spiegelte nur die unterdrückte Energie seines Doppellebens wider. Damals dachte ich an diese Möglichkeit nicht mal im Traum, denn es kam mir absurd vor. Warum hätte er mich sonst geheiratet, wenn nicht aus Liebe? Außerdem war ich voll damit beschäftigt, die Kinder zu erziehen und mich zu fragen, wie es so weit kommen konnte, dass ich trotzdem oft so unglücklich und einsam war, schließlich war ich jung, spirituell bewandert, hübsch, charmant, intelligent, weltgewandt. Besonders meine Freundinnen bestätigten mir immer wieder eine sehr erotische Ausstrahlung, komisch, warum sollte er mich denn nicht lieben? Er sprach es doch oft aus, besonders am Telefon, und überhäufte mich mit wertvollem Schmuck bei jeder Gelegenheit. Ich dachte, dass er wirklich so viel Arbeit im Büro erledigte, weshalb er nie Zeit für uns hatte. Nun planten wir erst mal die große Reise für den Probelauf. Bruno war so lieb, mit uns gemeinsam von Frankfurt nach Nadi zu fliegen, wenigstens für ein paar Tage, bevor er wieder nach Deutschland zurückkehrte und ich mit den Kindern die nächsten drei Monate auf Fidschi verbringen würde. Die Jungs waren immer schon tolle Reisekinder, ob im Auto, Boot, Zug oder Flugzeug, wir hatten schließlich schon zusammen Jamaika und die Seychellen bereist. Nun traten wir wieder an, bis an die Zähne mit Schmusekissen, Pippitopf, Kleinkindklositz, Milchfläschchen, Schnullern, Büchern und Spielsachen bewaffnet, und machten es uns in unserer Sitzreihe bequem. Es ging wunderbar, die meiste Zeit schauten sie Filme oder schliefen, es gab nie Genörgel und bis auf einen chaotischen Haufen Abfall unter den Sitzen vom Essen, Trinken und Spielen während zweimal elf Stunden Flugzeit erreichten wir zerknautscht, aber voller Abenteuerlust die Republik der Fidschi-Inseln. Dichte tropische Hitze und extrem hohe Luftfeuchtigkeit schlug uns wie eine Wand entgegen. Wir kamen spät nachmittags an und die Vögel suchten sich gerade ihre Schlafplätze in den großen Mangobäumen. Meine Erinnerung an den ersten Eindruck ist eine Farborgie aus fuchsienfarbenen Bougainville am Straßenrand und ohrenbetäubendes Vogelgezwitscher. Fidschi ist wie eine Urgöttin, sie nimmt dich vehement in ihre rudimentären, feuchtwarmen, mütterlichen, dicken Arme und drückt dich herzlich, während sie dich abknutscht, so kam es mir jedenfalls vor. Die Jungs waren süß, tapfer, interessiert und Emil wurde als Dreijähriger mit schulterlangen, goldenen Locken, Schmollmund und Stupsnase sofort von allen in den Arm genommen und beschmust. Er musste strampeln und schreien, damit er wieder zu Boden gesetzt wurde. Jeder wollte ihn knuddeln. Da hatte Franz großes Glück, weil er mit seiner Ausstrahlung so erwachsen auf seinen fünfjährigen Füßchen stand, dass ihm die Fidschianer sehr respektvoll und sogar schüchtern begegneten, weil sie von seiner Reife überfordert waren. Fidschianer haben eine Lebensfreude und Ausstrahlung wie Kinder, egal wie alt sie sind. Er hingegen ist eine ganz alte Seele, das stand besonders in seinen ersten Lebensjahren immer im Kontrast zu seinem Engelgesicht mit den harmonischen Zügen und der Erwartungshaltung der Erwachsenen, dass ein kleines Kind sich tollpatschig und süß benimmt. Mein Waage-Sohn, vollkommene Venus. Und Neurodermitis. Ich musste sehr aufpassen, dass er keine Infektionen in seine aufgekratzten Hautstellen bekam. Er durfte nicht im Dreck spielen und ich musste auch kontrollieren, was er zu essen bekam. Wir hatten uns als Familie ganz normal im Matavu eingebucht und bezahlten einmal die Woche. Davon wurden Lebensmittel für die Küche gekauft und die Zimmermädchen und Gärtner bezahlt. Außer uns gab es nur ab und zu andere Gäste, meistens schwule Paare aus Amerika. Das Resort war nämlich seit fast zehn Jahren von drei homosexuellen Paaren betrieben worden. Der Hauptbesitzer war Fidschianer, deshalb hatten sie das wunderschöne Grundstück wohl günstig erwerben können, und die anderen Eigentümer waren Amerikaner, Italiener und Griechen. Leider hatte der HIV-Virus bei einigen dafür gesorgt, dass die Party frühzeitig zu Ende war, und deshalb waren die letzten überlebenden Besitzer froh, den Platz des Grauens schnellstmöglich loszuwerden, denn die Erinnerung an ihre paradiesische Zeit war allgegenwärtig. Schwule haben ein tolles Stilgefühl. Die Anordnung der Bungalows, geschmackvoll eingerichtete Bäder, offen gebaute, romantische Duschen unter freiem Himmel, kuschelige Himmelbetten, viel Platz für Privatsphäre in einem riesigen Garten Eden und das alles liebevoll mit fast ausschließlich natürlichen Materialien gebaut aus Holz, Bambus und Kokos ergaben ein luxuriöses, wildes Ambiente. Nun waren das ganze Marketing und die Geschäftsbeziehungen mit Reiseveranstaltern auf das Thema „Gay Resort", also Schwulenresort ausgerichtet, da wollte niemand eine junge Familie sehen mit Frau und Kindern, igitt! Eine Männergruppe hatte sich angemeldet und es wurde mir ausgerichtet, dass ich mich in der Zeit bitte nicht blicken lassen sollte, damit sich die Männer ungestört fühlen konnten. Eine gute Gelegenheit, die Nachbarinseln zu erkunden. Bruno hatte noch zwei Tage Zeit bis zur Abreise, deshalb ergriffen wir die Gelegenheit und reservierten in einem Luxustauchhotel auf einer kleinen Insel, die eine Stunde Bootsfahrt von Tavarua entfernt lag. Als wir mit dem Auto beim Anlegesteg ankamen, erwartete uns ein recht kleines Motorboot ohne Dach, aber dafür mit einem wettergegerbten Bootsmann, immerhin. Wir setzten uns auf die beiden Holzbänke und nahmen die Kinder in unsere Mitte. „So schlimm wird's wohl nicht werden, wenn die uns mit so einem kleinen Bötchen abholen, wahrscheinlich wird es eine ganz ruhige Überfahrt, die haben nicht mal Rettungswesten", sagte ich mir. Dann ging es los, über den Pazifischen Ozean, tiefblau, die Wellen wurden immer größer und tiefer und höher und breiter, das war lustig. Wir schaukelten und klammerten uns mit den Händen auf dem schmalen Sitzbrett fest, lachten und wischten uns das Salzwasser aus den Augen. Ich rückte heimlich immer näher zu Emil rüber, damit ich ihn packen konnte, denn ich hatte festgestellt, dass bei manchen Wellentälern sein ganzer kleiner Körper sich vom Brett löste und er nur noch mit Glück weiterhin sitzen blieb. Meine gute Laune wäre perfekt gewesen, wenn sich nicht gleichzeitig der Himmel verdüstert hätte. Dicke Regenwolken kamen aus dem Nichts und ich konnte den Gedanken einfach nicht mehr verdrängen, dass es mich unheimlich störte, dass es keine Schwimmwesten in dieser Nussschale gab. Den Kindern war das Lachen längst vergangen, ich presste Emil an mich, dass es wehtat, er wehrte sich wenigstens nicht dagegen. Regen, Wind und Motorgeräusch waren insgesamt so laut, dass ich schreien musste: „Bruno, wenn es hart auf hart kommt, kümmerst du dich um Franz, ich schnapp mir Emil, wir können jeder nur ein Kind retten, klar?" Er nickte blutleer und schluckte schwer. Das Meer war schwarz, die Wellentäler riesig, ich aber zweifelte keinen Augenblick daran, dass ich mein blondes Baby, wenn's sein musste, an den Haaren greifen und immer in Körperkontakt mit mir halten würde, damit wir nicht ertrinken, auch wenn ich stundenlang zum Festland schwimmen müsste. Bei jedem Auf und Ab flogen wir fast von der Holzbank. Es waren nur zwei Bretter, die Kinder hatten gar nicht die Kraft, sich so festzuklammern wie wir Erwachsenen, deshalb presste ich Emil so fest an mich, dass er Teil meines Körpers wurde und nur vor Schmerz und Angst leise wimmerte. Zum Glück schaffte es der tapfere Bootsmann, uns bis zur Insel namens Matangi zu fahren. Wir bedankten uns überschwänglich und er war ganz schön erschöpft. Grinste fast gar nicht mehr so breit. Wir hatten Todesängste ausgestanden und plötzlich war alles vorbei. Der Regen hatte aufgehört und sanft schlugen die Wellen glucksend an den Strand. Ich schimpfte mit ihm, dass er dafür sorgen müsste, dass immer Schwimmwesten an Bord seien. Später lernte ich, dass ich mir die Spucke hätte sparen können, weil er meine Kritik nie weitergeben würde. Falsche Kompetenz. In Fidschi muss alles ganz streng der archaischen Hierarchie folgen, sonst wirst du nie respektiert und machst alle nervös und dich selber nur lächerlich. Deshalb hätte Bruno sich sofort mitsamt dem Bootsmann beim Manager einfinden müssen, um Bericht und Beschwerde einzureichen, alles andere hatte null Effekt. Die Insel machte irgendwie einen gewalttätigen Eindruck auf mich. Die Landschaft war radikal gestutzt und manikürt,

Kokospalmen wuchsen weit in den Himmel, sodass man in Augenhöhe nur von dünnen Stämmen umgeben war. Es wirkte ausgestorben. Der Strand war schön, einsam, die Lavafelsen ragten hinter den Hütten hoch und bildeten eine undurchdringliche Urwaldmasse. Zudem erinnerte ich mich an die Worte eines Zimmermädchens, das auf meine Antwort, wo wir die nächste Woche verbringen würden, in der die Schwulengruppe Matavu bevölkerte, mich warnend ansah und beschwor, speziell vor dem weißen Hund auf der Hut zu sein, weil er beiße, sogar Kinder. Ehrlich gesagt wirkt die Südsee sehr schnell bedrohlich, wenn der Himmel nicht gerade blau ist und eitel Sonnenschein herrscht. Damals, auf mich jedenfalls. Wo war nun dieser verdammte Hund? Gerade hatte ich meine Kinder den alles verschlingenden Wellen entrissen und nun wollte der Hund sie beißen? Ich war so angespannt, dass ich nichts genießen konnte und am nächsten Morgen verkündete, dass wir zusammen mit Bruno zurück nach Tavarua fahren würden, keine Widerrede. Die Besitzer waren höchst verwirrt und ich konnte beim besten Willen nicht so tun, als hätte es uns supergut gefallen. Wir sagten das zwar, aber niemand tat so, als schenke er dieser lahmen Lüge Glauben. Zum Glück war das Meer milder gestimmt, die Rückfahrt verlief ohne Todesängste. Dafür gab es auf Tavarua mehr als genug Regen, der die unbefestigte Straße in eine Schlammpiste verwandelte. Unser Fahrer fuhr mit geöffnetem Fenster, bis mir ein Schwall Schlammwasser ins Gesicht klatschte. Zerknirscht befahl ich ihm, endlich das Fenster zu schließen. Es gab ein schmuddeliges, kleines Hotel mit Klimaanlage in den Zimmern, immerhin, und so verbrachten die Kinder und ich die ganze Woche dort, nachdem wir dem kleinen Flugzeug nachgewunken hatten, das ihren Papa zurück zur Hauptinsel, nach Nadi, und von dort aus weiter nach Deutschland flog, natürlich dann in einem Riesenflugzeug, damit der Treibstoff nicht ausging. Es faszinierte mich, wie schnell die Jungs Englisch lernten. Alles ging vom Essen aus. Also, um etwas zum Essen zu bekommen, mussten sie danach fragen und sich bedanken, damit es nächstes Mal auch so schön und schnell kam. Über diese Schiene wuchs ihr Wortschatz rasant, denn gleich nach dem Grundbedürfnis Essen und Trinken kamen Freundschaft und Spielen. Also, um mit jemandem zu spielen oder etwas zum Spielen zu bekommen, war es wichtig, die entsprechenden Wörter zu kennen. Daraufhin entwickelten sich dann sofort neue Freundschaften und das machte natürlich Spaß, deshalb lernten sie es sehr schnell. Emil saß als Erstes auf dem Rasen mitten zwischen Kokospalmen, umarmte eine heruntergefallene Kokosnuss und sagte, dass er sie sofort aufmachen möchte und essen will. Mit einem Buschmesser hackte Charlie sie ihm auf, dann aßen sie zusammen das saftige Fruchtfleisch und lachten sich an. Und Franz fragte, wie die kleinen Tiere heißen, die einen gerne mit ängstlichen, riesigen Äuglein von der Wand und aus allen Ecken heraus beobachteten und dabei klickende Geräusche machten, das waren natürlich die Geckos. Unsere Unterkunft war eigentlich ein ausgesprochenes Taucherhotel, man hatte auf alles Hübsche verzichtet. Nur kernige Taucher, die abends ihre Geschichten zum Besten gaben über die größten, dicksten Haifische und die stärkste Strömung, gegen die sie anzukämpfen hatten. Ich dachte immer nur, dass die doch alle verrückt sind, sich dermaßen freiwillig in Lebensgefahr zu begeben, und hatte nicht mal den Mut, um Schnorcheln zu gehen, weil ich sicher war, dass sofort ein hungriger Hai kommt und mir den großen Zeh abbeißt. Meistens hielten wir uns am Pool auf oder machten Ausflüge in den Urwald. Ich sog alle Eindrücke in mich auf und beschäftigte mich mit der Frage, ob ich so leben könnte, in einem Hotel als Besitzer alle Bereiche kontrollieren und die Mitarbeiter motivieren, ob ich dafür sorgen könnte, dass die Gäste einen tollen Aufenthalt hätten, und wie ich mit Krisen und Konflikten umgehen würde. Auf Englisch. Fidschianer sprechen untereinander zwar fidschianisch, aber sie lernen von der ersten Schulklasse an Englisch. Die meisten Gäste kommen aus Amerika, Australien, Neuseeland, England und der Rest ist bunt gemischt aus Italien, Deutschland, Japan und so weiter. Zusätzlich zum Schulenglisch war ich vor der Ehe mal ein Jahr Au-pair-Mädchen in New Jersey gewesen und erinnerte mich schnell an all das Englisch, was ich damals sprechen konnte. Einen halben Tag zu früh klopften wir dann wieder in Matavu an, glücklich darüber, endlich wieder in unserem kuscheligen Paradies weilen zu dürfen. Leider waren immer noch ein paar Männer da, aber das war mir mittlerweile auch egal. Es war ein heißer Tag, deshalb rannten meine Söhne gleich zum Pool, um sich abzukühlen. Emil und Franz fühlten sich dabei so frei, dass sie einfach ihre Klamotten von sich rissen und fröhlich zu planschen anfingen, nachdem ich ihre Schwimmflügel angelegt hatte. Blöderweise machten die Schwulen dann bald Bemerkungen, die den Genitalien der Jungs galten, was ich ekelhaft fand. Ich war froh, dass die Kinder keine Ahnung hatten, worüber gesprochen wurde. Ich nahm mir vor, diesem Platz baldmöglichst eine radikale Profiländerung zu geben, damit es als familienfreundliches, frauenfreundliches, singlefreundliches, abenteurerfreundliches, taucherfreundliches, von mir aus schwulenfreundliches Honeymoon-Resort galt. Ich nahm mir außerdem vor, in Gegenwart von Schwulen ein beschützendes Auge auf meine Söhne zu werfen. In meinem Leben gab es bis jetzt fast keine Erfahrungen oder Kontakte mit ihnen. Es gab so viel Neues, jeder Tag war ein Abenteuer mit brandneuen Erfahrungen, aber mit neunundzwanzig Jahren schaffte ich es spielend, all das zu verarbeiten und mich allen Herausforderungen lächelnd zu stellen. So viele Fragen, ich wollte alles über das Resort und seine Führung wissen, auch hinter die Kulissen schauen, damit ich mir ein klares Bild davon machen konnte, was da alles auf uns zukam an Arbeit und Verantwortung. Täglich löcherte ich die Mitarbeiter und aß mit dem Manager zu Abend, bis ich merkte, dass ich in meiner deutschen Gründlichkeit wohl aus Versehen ein bisschen übers Ziel hinausgeschossen war. Viele fühlten sich von mir kontrolliert und bekamen Scheu, mit mir zu reden, weil sie nicht sicher waren, ob ich nun ein normaler Gast oder die neue Chefin war. Patrick, den Manager, nervte der Machtkonflikt und ich fühlte mich plötzlich lästig und sogar unerwünscht. Einfach so die Füße hochlegen und drei Monate Urlaub machen, war nie der Plan gewesen, ich nahm mir extra so viel Zeit, um alles auf Herz und Nieren zu prüfen, warum kapierten sie das denn nicht? Ich wurde nun im Informationsfluss blockiert, obwohl ich doch alles lernen wollte, was mit Tourismus und Hotelführung zu tun hatte, bevor wir uns ein Gästehaus aufhalsen und nicht wissen, wie wir es führen wollen. Dies klagte ich Patrick, und er versprach mir, sich eine Lösung zu überlegen. Von seiner Seite bat er um mein Verständnis, dass er mich nur bedingt hinter die Kulissen schauen lassen wollte, denn es war schließlich noch gar nichts fest unterschrieben, somit war ich zahlender Gast. Viele interne Details seien zu vertraulich, als dass er sie mir anvertrauen dürfte. Mit Bruno telefonierte ich und der konnte es überhaupt nicht ertragen, dass meine Reise unter Umständen abgekürzt würde. Er jammerte, dass er so viel Stress in Stuttgart habe und sich unmöglich mit mir und den Kindern beschäftigen könne, außerdem sei es zu teuer, die ganzen Flüge nur für so einen kurzen Aufenthalt gebucht zu haben. Tags darauf kam Patrick grinsend angetrabt und verkündete, dass er ein tolles Inselresort für mich ausfindig machen konnte, sehr luxuriös, kinderfreundlich und in Besitz eines hoch kompetenten Super-Fidschi-Kenners, der mir herzlich gerne alles beibringen wollte, was ich zu lernen wünschte. Er selber habe die ersten Jahre in ständigem Austausch mit Toberua gestanden und alle Kniffe für eine erfolgreiche Resortführung von Mr. Dennis gelernt. Auf seinen Anruf hin war ihm ein tolles Freundschaftsangebot gemacht worden, somit könne ich schon heute losfliegen und meine Erfahrungen sammeln. Die Erleichterung war ihm ins Gesicht geschrieben, deshalb verkniff ich mir die Frage, warum er eigentlich so fröhlich war, mich loszuwerden. Waren wir schreckliche Gäste? Vielleicht war ich der nervigste Gast seiner gesamten Karriere gewesen, war mir auch egal. Also warnte ich ihn grinsend damit, dass ich in ein paar Tagen wieder zurück wäre, um weiterhin Matavu in- und auswendig zu studieren, egal, wem ich dabei auf die Zehen trat, damit müsse er sich abfinden, wenn er den Schuppen wirklich an uns verkaufen wolle. Nach einer Stunde Flug mit dem Inselhüpfer und einer weiteren Stunde mit dem rappeligen Taxi erreichten wir die Anlegestelle. Peinlich genau achtete ich auf den Zustand der Schwimmwesten, obwohl das Boot sehr groß und schön weiß gestrichen war, sogar überdacht. Durch Mangrovenwälder im schwarzen Wasser führte der Weg aufs offene blaue Meer und nach einer halben Stunde kam eine klitzekleine Insel in Sicht. Wir wurden mit Gesang empfangen und bekamen zur Begrüßung nicht nur lange, duftende Blumenketten angelegt, sondern auch eine Kokosschale voll Kava zu trinken – das Nationalgetränk, bestehend aus der pulverisierten und mit Wasser verdünnten Wurzel des Pfefferstrauches, leicht narkotisierend, aber ohne Alkohol. Außerdem wirkt es leicht antidepressiv und entspannt die Muskeln. Fidschianische Frauen bezeichnen es auch als traditionelle Familienplanungsdroge, weil die Männer nach einem langen Abend voller Kavagenuss keine Lust mehr auf Sex hätten und nur noch müde auf das Nachtlager fielen. Sieht aus wie braunes Putzwasser und schmeckt wie braunes Putzwasser, ohne Reinigungsmittel, aber dafür mit etwas Pfeffer und Taubmachgewürz. Kava wird im Regenwald gepflanzt, ist am wertvollsten und geschmacksintensivsten, wenn er um die acht Jahre alt ist. Meistens kann man allerdings nur jüngeren Kava kaufen wegen der großen Nachfrage. Der schmeckt weniger pfeffrig, macht die Zunge aber genauso taub, und wenn man mehrere Kokosschalen austrinkt, fühlen sich die Knie und das Sprachzentrum im Gehirn so entspannt an, dass du nach ungefähr zehn Schalen denkst, du musst auf allen vieren ins Bett kriechen, kannst das aber leider beim besten Willen nicht mehr artikulieren. Einzig positiv ist die Tatsache, dass es dir in dem Moment egal ist. Fidschianer trinken Kava abends beim geselligen Beisammensein und zur Entspannung, es hat rituelle, traditionelle Bedeutung und macht auch ein bisschen süchtig. Die meisten Fidschianer genießen Kava regelmäßig. Das Sitzen am Boden um die geschnitzte Holzschale, genannt Tanoa, dabei Geschichten erzählen oder einfach nur friedlich zusammen sein, hat eine wichtige Funktion, denn Fidschianer waren in der Vergangenheit gefürchtete Kannibalenkrieger und das Inselleben mit fast keiner Privatsphäre, aber dafür zu viel Wärme und Sonne, sorgt natürlich für vielerlei Spannungen, die mithilfe von Kava meistens doch im Keim erstickt werden können. Ansonsten schlugen sie sich gerne mit ihren schweren, geschnitzten Holzkeulen kurzerhand die Schädel ein und nehmen heutzutage ihre Fäuste oder schlimmstenfalls ein Buschmesser, was schon Kinder im Alter von fünf Jahren locker benutzen. Was dem deutschen Hosenträgerkrieger nach Feierabend die Bierflasche und Fernbedienung, ist dem Fidschianer sein Kava. Tote Krieger konnten die Häuptlinge nicht gebrauchen und deshalb etablierte sich Kava schon vor Tausenden von Jahren als Nationalgetränk. Zur Herstellung werden die Wurzeln am Strand in klarem Meerwasser gewaschen und danach in der prallen Südseesonne getrocknet. Anschließend binden sie daraus lockere Sträuße oder es kommt schon pulverisiert in kleine, braune Tütchen für den Verkauf, meistens privat von Haus zu Haus oder auf den offenen Straßenmärkten. Mit einer schweren Eisenstange zerstampfen sie die getrockneten Wurzeln in einem eisernen Gefäß zu Pulver, damit dieses beim Zubereiten in dünnen Tüchern wie kalte Teebeutel durchs Wasser der Kavaschüssel gezogen werden kann. Das Stoßen der Eisenstangen macht ein tiefes, tönendes Geräusch, das allabendlich durch die Dörfer klingt und den Sonnenuntergang einläutet. Kava wird in großen, geschnitzten Holzschüsseln zubereitet, die oft sehr schön mit Schnitzereien und Perlmutteinlagen verziert sind. An der Seite wird eine aus Kokosfasern geflochtene Kette mit weißen Kaurimuscheln, die am Boden liegt, angebunden, das sieht ein bisschen so aus wie die Nabelschnur. Kavarituale sind heilig und uralt, das Gefäß hat eine archaische Bedeutung, sicher auch die Kette mit den Muscheln. Bevor die Missionare ihnen Kleider anzogen und von Sünde erzählten, lebten die alten Fidschianer sehr intensiv mit ihren Naturgöttern verbunden. Viele der Rituale sind immer noch in abgeschwächter Form anzutreffen, oft wissen sie selber nichts mehr über die Bedeutung, nur, dass es immer schon so war. In ein dünnes Tuch eingewickelt wird das Kavapulver mit kaltem Wasser in der geschnitzten Tanoa, das ist die Kavaschale, vermischt und ausgewrungen, ganz nach speziell rituellen Bewegungen im Kreis. Zwischendurch wird der Rand abgewischt, dann geht es weiter, bis das Wasser eine dunkle, schmutzige Farbe aufweist. Nun klatschen die Männer im Kreis sitzend rhythmisch in die hohlen Hände und segnen die Kavarunde mit tief dröhnenden Sprüchen. Dann wird die erste Schale mit Ehrfurcht geschöpft und dem Ehrengast gereicht oder einfach dem Ältesten in der Runde, sie muss in einem Zuge ausgetrunken werden. Bevor ich die Schale entgegennahm, musste ich einmal in die Hände klatschen, und als ich sie ausgeleert hatte und zurückgab, klatschen alle dreimal und sagten: „Eh Dina Vinaka." Die Kinder fanden es witzig und die ganze Insel war mit geharkten Sandwegen durchzogen, dazwischen waren die großzügig großen Bungalows versteckt und der Strand rekelte sich in der Mittagssonne, perfekt mit weichem, goldfarbenem Sand. In nur zehn Minuten kann man rund um die Insel wandern. Obwohl es so hübsch und sauber war, fragte ich mich, ob ich nicht total Platzangst hier kriegen würde. So eine winzig kleine Insel und nur Wasser drum herum, Hilfe! Doch das Geheimnis von Toberua liegt in der Unterhaltung der Gäste. Nie wird einem langweilig, alles ist darauf ausgerichtet, dass man sich unterhält, kennenlernt, Spiele spielt, tanzt, isst und die Kultur kennenlernt. Es macht Spaß, abends unter freiem Himmel an großen, langen Tischen zu sitzen und interessanten Gesprächen zu lauschen. So lernte ich ganz schnell ganz viel Englisch, denn ich leistete es mir meistens, einfach zuzuhören und so der Unterhaltung ohne Stress zu folgen. Meistens waren die Gäste Honeymooner und Geschäftsleute aus Australien und Neuseeland, auch Künstler, die malten oder ihre Bücher schrieben. Der Besitzer Michael hatte mit seinem Charme alle in seinen Bann gezogen, einschließlich meiner Wenigkeit. Er nahm mich ernst, hatte Zeit für mich, beantwortete alle meine Fragen geduldig und zeigte mir alles, von der Küche bis zur Bar, die Wäscherei, die Buchhaltung, die Reservierung, wie man mit Reiseveranstaltern umgeht, die den Platz testen (er nannte sie Primaballerinen, weil sie als solche behandelt zu werden wünschen, sonst schicken sie einem keine Buchungen), und wie man mit verwöhnten Gästen umgeht, die sich als der Mittelpunkt im Universum sehen und jede kostbare Minute ihres Urlaubes mit Gold verzieren möchten, was absolut richtig und zu respektieren ist, und wie man es schafft, dabei noch ein paar Minuten selber als Mensch sein Leben zu genießen. Das war eine große Herausforderung, die viel Disziplin erforderte, denn genauso leicht konnte man den ganzen Tag mit Mitarbeitermeetings, E-Mails beantworten, Gäste unterhalten und Cocktail trinken vertrödeln. Morgens stand er sehr früh auf und joggte bei Tagesanbruch ein paar Mal um die Insel, danach schwamm er eine Viertelstunde ins offene Meer raus und wieder zurück, mit Flossen und Taucherbrille. Am Nachmittag las er Bücher. „Du musst unbedingt ‚Don't Stop The Carneval' lesen", schwärmte er mir vor. „Warum?", fragte ich. „Es ist von unschätzbarem Informationswert für dich in dieser Situation, wo du Matavu übernimmst, und zwar handelt es von einem Amerikaner, der seine florierende Firma verkauft, um seinen Traum zu leben. Mit seiner Frau kauft er sich ein Stück Strand auf Jamaika und baut eine Strandbar darauf, das war schon immer sein Traum, und er ist überglücklich, ihn endlich realisiert zu haben. Nun passieren tausend Dramen, die Bar wird von Stürmen weggefegt, mehrmals, die Frau haut mit seinem wichtigsten Handwerker ab, aber er gibt nicht auf, lebt seinen Traum über alle Hürden hinweg, die einen als Leser dabei völlig verzweifeln lassen. Er ist ein Abenteurer, der sein Abenteuer lebt, und auch als die Dosis fast nicht mehr ertragbar ist, verliert er nie seine Liebe und seinen Humor." „Huch, das will ich, glaub ich, gar nicht lesen, das wird mir Angst machen mit den ganzen Katastrophen, der Mann tut mir ja jetzt schon leid", erwiderte ich. „Keine Sorge", beruhigte er mich, „es ist wirklich lustig zu lesen, am besten in einer Hängematte am Strand mit einem schönen Cocktail in der Hand. Es ist einfach eine Geschichte übers Leben, Überleben, das Leben in Fülle leben. So viele Menschen reden nur davon, haben dabei alle möglichen Ausreden, warum sie weiterhin in ihrer Zwangsjacke auf der winzig kleinen Scholle durchs Leben treiben, was sie bestenfalls im Kino oder im Fernsehen sehen, denn ihr Sicherheitsdenken hält sie davon ab, auch nur das allerwinzigste Risiko einzugehen. Aber hier, du, ich, viele andere, wir leben es einfach und es steht uns gut. Das Leben hat es verdient, voll ausgeschöpft zu werden. All deine Talente, alles, was du je gelernt hast, wirst du gebrauchen können, um ein Hotel auf einer kleinen Südseeinsel zu leiten. Wir leben unseren Traum. Egal, was passiert und wie sich dein Leben letztendlich entwickelt, du lebst intensiv und wirst viel Freude geschenkt bekommen. Wir werfen uns kopfüber hinein in dieses Abenteuer. Wo gehobelt wird, da fallen Späne. Es ist nicht immer leicht und auch du wirst schwierige Zeiten erleben, in denen du dir wünschst, es vielleicht nie angefangen zu haben. Aber es ist intensiv und echt, so zu leben. Außerdem ist es immer warm und man lernt ab und zu die tollsten Leute kennen, so, wie ich nun dich getroffen habe, dafür bin ich dankbar und möchte mit keinem Menschen auf der Welt tauschen." Zwischendurch kümmerte er sich um seine Gäste, sein Büro, alle siebzig Fidschimitarbeiter (bei zwölf Bungalows) und zum Cocktail wartete er als Erster frisch rasiert in buntem T-Shirt und Wickeltuch an der Bar, um wieder die Gäste zu unterhalten, und aß dann später an einem der großen Tische am Kopf der Tafel. Ich war völlig fasziniert von der Eleganz, mit der er sich von jedem einzelnen Gast den Namen und dessen spezielle Geschichte merken konnte, mit der er dann abends beim Dinner gepflegt Konversation betrieb und alle Gäste miteinander bekannt machte. Jeden Abend wurde ein neuer Cocktail kreiert, bestehend aus einem großzügigen Schuss Zuckerrohrrum, erfrischendem Limonensaft und frisch gepresster Kokosmilch, mit viel gestoßenem Eis. Das Essen bestand aus mehreren Gängen und war abwechslungsreich auf die verwöhnten Gourmetgaumen der internationalen Gäste abgestimmt, hatte aber dennoch einen einmaligen Charakter, der das exotische Flair widerspiegelte. So wurden Chili, Ingwer, Kakao, Vanille, einheimische Früchte und Gemüse und fast noch zuckend fangfrischer Fisch mit süßlichem, weißem Fleisch am liebsten verwendet. Der Unterschied zwischen einem Hotel und einem Resort liegt in erster Linie in der persönlichen Betreuung der Gäste und einem hohen Standard für Individualismus. Jeder Gast wird als Persönlichkeit wahrgenommen, immer mit Vornamen angeredet und bekommt am letzten Abend eine schöne Abschiedszeremonie mit Gesang und blumenverziertem Kuchen, der in Zuckerschrift die Namen der Gäste trägt. Die Kinder nahmen ihr Abendessen zusammen mit ein paar anderen Gästekindern aus Australien und Italien schon früher ein und ich brachte sie ins Bett, bevor ich selber zum Essen ging. Den ganzen Tag waren sie im Meer, am Strand, im Pool und mit anderen Kindern zusammen gewesen, deshalb schliefen sie nach unserem Nachtritual, bei dem ich ihren Rücken kraulte und dabei einige Gutenachtlieder sang, immer schnell ein. Jeder Abend war etwas Besonderes für mich, ich genoss es ungemein, ohne das Superego von Bruno einfach ich sein zu dürfen. Es gab ein paar Gitarristen und Sänger zur Unterhaltung und irgendwann begann der Tanz. Unter sternenübersätem freiem Nachthimmel, barfuß, mit sonnenheißer, frisch eingeölter Haut und nur einem weichen, bunten Tuch als Kleid gebunden zu tanzen, ist extrem sinnlich. So fühlte ich mich und mit der Zeit gab es immer wieder Blicke und Komplimente von Michaels Seite, die mich etwas nervös werden ließen und besonders die weiblichen Gäste dazu veranlassten nachzufragen, wo denn endlich mein Mann bliebe. Ich verstand aber die ganze Aufregung dennoch nicht, denn was sollte das denn nun bitte heißen: Niemand hatte vor, mit irgendwem irgendwas anzufangen. Ich war hier, um zu lernen, und schließlich war ich eine junge verheiratete Mutter, tabu, tabu. Aber natürlich verknallte ich mich ein kleines bisschen in diesen charismatischen Mann, der mich so schön behandelte. In erster Linie wollte ich diese Freundschaft aus professionellen Gründen pflegen, Bruno und ich hatten ja von Tuten und Blasen keine Ahnung, was Hotelführung anging, nun waren wir im Begriff, uns ein ganzes Resort aufzuhalsen vor lauter Abenteuerlust. Gut und schön, deshalb war hier jeder Geschäftsfreund Gold wert, ich war wirklich froh über diese Begegnung und die Beziehungen, die daraus resultierten, seien es die besten Adressen, um Uniformen für die Mitarbeiter zu bestellen, oder welcher Marktstand die beste Auswahl an exotischem Obst und Gemüse anbot oder worauf ich unbedingt bei der Einstellung eines Buchhalters achten sollte. „Bloß keine Fidschianer! Inder können mit Zahlen umgehen, aber Fidschianer werden ihre ganze Verwandtschaft mit Milch, Eiern, Mehl und Diesel für ihre Boote versorgen, sie können gar nicht anders, denn das Gesetz des ‚Kehre kere' gilt immer noch genauso wie vor Tausenden von Jahren, was soviel bedeutet, dass sie niemandem eine Bitte abschlagen können, mit dem sie verwandt sind oder der älter als sie ist", hatte Michael mich ermahnt. Über ihn lernte ich May kennen, die er mir als optimale Managerin speziell für den Anfang empfahl. Sie war Michaels Freundin. Eine hübsche, hochgewachsene Fidschianerin, die er vor über zehn Jahren als Stewardess auf einem Air–Pacific-Flug kennengelernt hatte, als er nach Sydney unterwegs war, um Reiseveranstalter zu treffen, damit sie mehr Gäste in sein Resort schickten. Es war Liebe und Leidenschaft auf den ersten Blick, aber nach so vielen Jahren fühlte May sich auf der winzig kleinen Insel nicht mehr wohl und die Beziehung war erkaltet, angeblich weil Michael immer wieder Affären hatte und beide manchmal zu viel Cocktails und Rotwein genossen. Alkohol ist eine böse Falle in dieser Branche, weil die Gäste von dir erwarten, dass du mit ihnen trinkst und jeder Abend wie ein Hochzeitstag zelebriert wird. Es verlangt ziemlich viel Selbstdisziplin oder einfach auch nur Alkoholunverträglichkeit wie in meinem Fall, um nicht ganz langsam und heimlich zum Alkoholiker zu werden. Sobald ich mehr als zwei Gläser Wein und einen Cocktail trank, plagten mich am nächsten Tag Übelkeit und Kopfschmerzen. Ich hatte schon lange gelernt, in Maßen zu genießen. Nun konnte Michael seine unzufriedene Freundin am elegantesten loswerden, indem sie bei uns einen Job bekam, den wir dringend zu vergeben hatten und der auch räumlich Distanz schaffte, nämlich eine ganze Flugstunde und noch mal eine Stunde mit dem Boot entfernt auf unserer Garteninsel Tavarua im Norden der Fidschi-Inseln. Ich war so froh, May zu treffen, denn sie konnte sowohl mit den Mitarbeitern fidschianisch reden als auch die Gäste professionell unterhalten, weil sie schon viele Jahre in der Tourismusbranche Erfahrung gemacht hatte, sodass ich noch ein bisschen Schonzeit haben würde, um im Hintergrund von ihr zu lernen. Außerdem war da auch noch die ganze Administration im Büro, die ich kontrollieren musste, und ein bisschen Zeit wollte ich auch noch mit den Kindern verbringen. Deshalb fand ich die Lösung ideal, anstatt mir alles allein aufzuhalsen. Also traf ich May in Suva auf der Hauptinsel im besten Hotel der Stadt, dem Holiday-Inn, und wir besprachen in der klimatisierten Lobby bei einer Tasse Kaffee die Konditionen für ihren Job in Matavu als Managerin und persönliche Assistentin. Sie war acht Jahre älter als ich und sah ziemlich verlebt aus, was wohl mit dem Alkoholkonsum zu tun hatte, an den sich leider viele Gastronome regelmäßig gewöhnen. Ansonsten war sie sehr herzlich und nett. Ich konnte mir gut vorstellen, eng mit ihr zusammenzuarbeiten, damit sie die Brücke zwischen Mitarbeitern und Gästen zu mir bildete, bis ich alles selber machen konnte. Ihr Vorteil lag in der jahrelangen Erfahrung und dem Talent, sich in der traditionsreichen fidschianischen Welt genauso zu Hause zu fühlen wie in der luxuriösen Welt der Gäste. Sie fragte mich geradeaus, ob ich eine Affäre mit Michael hätte. Empört verneinte ich. Dabei verschwieg ich einen kleinen Zwischenfall, der mir nicht in dem Sinne als Affäre vorkam, und zwar wollte er mir eines Nachts die Sterne zeigen, namentlich das Kreuz des Südens, vom dunklen Anlegesteg aus, haha, Nachtigall ich hör dir trapsen, und als ich mitging, versuchte er mich zu küssen. Ein bisschen machte ich mit, aber es hatte ja überhaupt keine Zukunft, warum sollte ich mich darauf einlassen? Außerdem war das eine alte Tour, um allein reisende Damen rumzukriegen, das merkte ich natürlich sofort. Er respektierte mein Nein, trotzdem wurde viel getratscht, das merkte ich genau. Ja, wo war denn mein verdammter „Husband"? Langsam gewöhnte ich mich an diese neue Identität als freie Frau. Bruno war in Deutschland, wir telefonierten immer mal wieder und er erzählte mir immer die gleichen langweiligen Geschichten von seinem Stress im Büro und was er zu Abend gegessen hatte. Also, die Mieter zahlten ihre Miete nicht und die Renovierungsarbeiten an seinen geerbten Häusern waren teurer als geplant und dauerten länger als geplant und er hatte sich wieder seinen geliebten schwäbischen Wurstsalat mit fettiger Salami, eingelegten Gurken und ganz viel Knoblauch gemacht, nun würde er die nächsten drei Tage daran essen und stinken wie ein Iltis. Lecker. Und dass er uns vermisst und uns ganz arg liebt, ganz, ganz stark, auf Schwäbisch. Einmal war ich wirklich froh, ihn am Telefon zu haben, das war an dem Tag, an dem die Einheimischen zwei riesige Wasserschildkröten fingen und sie rücklings in der prallen Sonne am Strand liegen ließen, stundenlang, bevor sie mit einem kleinen Boot ins benachbarte Dorf gebracht wurden, um sie dort barbarisch zu töten und dann als Festessen zu verspeisen. Ich wurde ein bisschen hysterisch, als ich sie sah, weinte, schrie, stampfte mit den Füßen im Sand rum, klagte an, bettelte um ihre Freilassung, um Gnade für ihr Leben, aber es half alles nichts. Michael erklärte mir, dass diese Dörfer aus Tradition die Schildkröten essen und es für sie auch politisch erlaubt ist, obwohl die Seeschildkröten in den meisten Gebieten der Welt unter Naturschutz stehen, weil sie vom Aussterben bedroht sind, verdammt nochmal! Diese Insulaner verstanden überhaupt nicht, warum ich mich so aufregte, wo ich doch mehr als genug Geld hatte, mir so viel Essen wie ich wollte zu kaufen, aber sie waren darauf angewiesen, ihre Kinder und Frauen von dem zu ernähren, was das

Meer ihnen gab. So war es immer und würde auch immer so bleiben, wo war das Problem? Jeden Abend sahen sie, dass ich frischen Fisch aß, eine Schildkröte war nicht mehr und nicht weniger als eine leckere Mahlzeit von Mutter Natur, die für sie in Liebe sorgte. Missbilligend und peinlich berührt ob meines Gefühlsausbruchs blickten sie mich von der Seite mit gesenkten Augen an. In dem Moment verlor ich tatsächlich eine Menge Respekt, aber das war mir egal, denn ich konnte meine Gefühle des Entsetzens nicht verbergen. Ein umweltpolitisches Verständnis fehlte ihnen komplett, Mutter Natur hatte immer alles gegeben und sie waren schließlich ihre Kinder. Das niedrige Gehalt zwang sie dazu, nach wie vor das Meer als ihren Haupternährer zu betrachten. Ich musste mich beruhigen, aber konnte meinen Schmerz auf Deutsch übers Telefon am besten artikulieren. Was fühlte ich? Das Unverständnis und eine leichte Verachtung mir gegenüber vonseiten der Fidschianer, denn ich reagierte einfach wie ein verwöhnter Tourist, wo ich doch vorhatte, in diese Kultur einzutauchen, um hier zu leben. Für sie war ich so eine Luxusfrau, die alles Geld der Welt hatte, um sich alles, was sie wollte, zu kaufen, und die machte so ein Gezeter wegen ein paar Schildkröten und gönnte sie den armen Fidschianern nicht. Eine Touristin aus England erzählte mir, dass sie vor Jahren das gleiche erste Mal erlebt hatte und in ihrer Verzweiflung einen Preis für die Schildkröten aushandelte, um sie den Fischern abzukaufen. Sie einigten sich auf ein paar Hundert Dollar und überglücklich veranlasste sie die Freilassung der Tiere, nur um zu erfahren, dass sie eine Woche später wieder gefangen und ohne Gnade getötet wurden. Es war die Zeit der ersten Male, sosehr ich das liebe, manchmal waren auch schmerzhafte erste Male dabei, aber meistens waren es tolle, abenteuerliche erste Male. Das erste Mal Schnorcheln zum Beispiel. Jeden Morgen wurde hinter der Barhütte das Programm des Tages angekündigt, damit man sich nie langweilte, und zwar mit bunter Kreide auf schwarzen Schiefertafeln. Emil und Franz liebten es, sich vom Glasbodenboot aus die bunten Fische anzuschauen und ein paar Fidschianer nahmen sie heute zum Fischen mit. Vor Stolz bebend bekam ich ein paar Stunden später meinen Jüngsten zurück, als das Boot anlegte und ich sie am Strand erwartete. Mit glänzenden Augen streckte er mir seine kleine Angelschnur entgegen, an der ein fingerlanger, armer kleiner Fisch baumelte, regenbogenfarben gestreift. Sofort wollte er ihn essen. Dem Chefkoch höchstpersönlich war sein Wunsch Befehl, alle anwesenden Männer benahmen sich regelrecht feierlich, weil Emil, dreijährig wie er war, soeben seine Initiation als Fidschifischermann erlebt hatte. Malakai nahm ihn mitsamt dem Fischlein auf seine starken braunen Schultern und trug ihn in die Küche, wo an Ort und Stelle gegrillt und gespeist wurde. Dieses Ereignis erklärt das Wesen der Fidschianer. Sie leben komplett in der Gegenwart und können jeden Augenblick mit fast dramatischer Intensität genießen. Dabei sind sie naturverbunden und wissen die heiligen Energien der Rituale zu schätzen. Die Alten werden respektiert, die gerne ihre Weisheit an die Jugend weitergeben. Außerdem wurden Spiele und Aktivitäten angeboten, wie zum Beispiel Bocciakugeln über die Insel rollen, einen traditionellen Dorfbesuch machen mit Kavazeremonie und Tanz, Tauchen, Kajaken, Fischen, Segeln, Golfspielen auf dem Riff bei Ebbe, in der Künstlerhütte bei Amelia sitzen und Tonfiguren herstellen, mit Mike aus Kokosblättern Sonnenhüte und Vögel basteln, sich mit frischem, duftendem Kokosöl massieren lassen, Tischtennis spielen. Und Schlangen bestaunen, fangen, rumtragen und zurück ins Meer schmeißen. Das wurde natürlich nicht auf dem Schwarzen Brett angeworben, aber meine Söhne waren von den fidschianischen Männern, die auf Toberua arbeiteten, unverzüglich in das Geheimnis der Inselschlangen eingeweiht worden. Die schwarz-weiß geringelte Meeresschlange wird bis zu zwei Metern lang, meistens bekommt man kleinere Exemplare zu Gesicht. Als Amphibien leben und jagen sie im Meer und schwimmen dann an Land, um sich für ein paar Tage aufs Ohr zu legen und zu verdauen. Beim Schnorcheln oder Tauchen ist es immer ein ganz spezielles Erlebnis, wenn man eine

Schlange tanzen sieht, sie spiegeln eine psychedelische Schönheit, wie sie schwerelos wellenförmig durchs Wasser fliegen. Toberua ist ein besonders beliebter Platz zum Ausruhen für die Schlangen und so fand man sie in jedem zweiten Gebüsch oder zusammengeharkten Blätterhaufen, unter den Bures, die alle traditionell auf Pfählen gebaut waren, und manchmal schlängelten sie sich abends auf den sehr dürftig beleuchteten Sandwegen, die vom Restaurant und der Bar zu den Bures führten. Das eine oder andere vorwitzige Exemplar versuchte auch gerne mal die paar Stufen hinauf ins Schlafzimmer zu kommen, weil sie am liebsten an warmen, trockenen Plätzen schliefen, und es gab viele Geschichten von Schlangen im Schrank, im Bad und Schlimmeres, aber keine Unfälle mit Schlangenbissen. Sie rochen ein wenig unangenehm, fischig, das kam vom Verdauen. Ansonsten waren sie wunderschön, leider hatte ihr Biss tödliche Folgen. Zwei Minuten brauchte das Nervengift, um zum Herzstillstand zu führen. Aber da sie überhaupt kein aggressives Verhalten in ihrer Verdauungsphase haben, war es leicht, sie mit beiden Händen geschickt hinterm Kopf und am Schwanzende zu packen. So konnten Franz und Emil sie ein bisschen rumtragen und Gäste erschrecken. Dann warfen sie die Schlange einfach wieder ins Meer zurück oder legten sie liebevoll wieder dahin zurück, wo sie sie gefunden hatten. Natürlich immer und ausschließlich in Begleitung der Fidschianer, das hatten sie mir hoch und heilig versprochen. Die populärste offizielle Beschäftigung war allerdings Schnorcheln, fast alle Gäste nahmen täglich an den geführten Ausflügen teil. Meistens vormittags und auch am Nachmittag, zusammen mit Lala, der für alle Wasseraktivitäten zuständig war, dabei immer ein unverschämt freches, lustiges Lachen im Gesicht hatte, was ansteckend war. Ihm würde ich heute Morgen mein Leben anvertrauen und zum ersten Mal schnorcheln im wilden, glasklaren Pazifik. Franz und Emil waren beide schon längst Profis und hatten mit Anleitung der superkinderlieben Fidschianer sogar gelernt, das kleine Motorboot zu lenken, sie kannten überhaupt keine Angst. Ausgerüstet mit

Taucherbrille, Schnorchel und Flossen ließ ich mich ins türkisblaue, badewannenwarme Wasser gleiten und umklammerte sofort wieder die kleine Aluminiumleiter, damit ich im Ernstfall gleich wieder ins Boot flüchten konnte. Ich erwartete das Schlimmste, paranoid versuchte ich, die Rückenflosse eines schrecklich großen Haifisches zu entdecken, aber wir hatten nochmal Glück. Da hing ich nun und meine Söhne lachten dreckig. Lala aber blieb freundlich und redete minutenlang geduldig und ermutigend auf mich ein, bis ich es schließlich wagte, mich einfach treiben zu lassen. Mithilfe der Maske und der Flossen treibt man einfach schwerelos auf dem Wasser und geht gar nicht unter. Um ehrlich zu sein, es ist regelrecht anstrengend, wenn man unbedingt ein paar Meter untertauchen möchte, um sich einen besonders bunten Korallenblock anzusehen, denn die Maske gibt so viel Auftrieb. Unter mir eröffnete sich eine neue Welt, kunterbunt in allen Formen. Die Weichkorallen, Hartkorallen und Fische, die aussahen, als hätte Gott sie gerade eben erst lachend erfunden. Ich konnte mich gar nicht sattsehen und platzte fast vor Stolz über meinen Mut, quietschte in den Schnorchel vor Vergnügen und empfand ein bisschen Neid allen anderen schnorchelnden Menschen gegenüber, weil ich so lange meine Zeit verschwendete, bevor ich endlich in diesen herrlichen Genuss kam. Seit diesem Erlebnis gehört Schnorcheln zu meinen Lieblingshobbys, natürlich angstfrei. Besonders bewunderte ich einen älteren Mann aus Neuseeland, den sie im Rollstuhl bis zum Boot fuhren und dann zu zweit hineinhievten. Als wir den bestimmten Platz zum Schnorcheln erreichten, setzte man ihn auf die Bootskante, er legte mit geübten Bewegungen die Tauchermaske an und kippte einfach nach hinten über Bord ins Wasser hinein, schnorchelte sicher eine Stunde lang mit nicht nachlassender Begeisterung, wobei er sich mit starken Brustschwimmbewegungen fortbewegte. Aber meistens lag er einfach reglos auf der Oberfläche und schaute sich das Treiben der Fische und die Schönheit der Korallen von oben aus an. Nachdem er genug davon hatte, schwamm er zur Leiter zurück. Sobald er sie erreicht hatte, sprangen Lala und Seppo auf, um ihn wieder mit vereinten Kräften aufs Boot zu bergen. Garth war querschnittsgelähmt, seit Jahren an den Rollstuhl gefesselt, wobei ich noch selten einem Menschen mit so viel Lebensfreude begegnet bin. Der folgenschwere Skiunfall hatte sich in den siebziger Jahren bei den Olympischen Spielen ereignet, als er mit seinem guten Kumpel Michael, mittlerweile Inselbesitzer, zusammen für Neuseeland angetreten war. Seither hatte auch Michael keine Lust mehr verspürt Ski zu fahren, aber die Freundschaft der beiden wuchs umso mehr. Garth war mittlerweile ein angesehener und nicht nur in Neuseeland berühmter Künstler, der sich auf Aquarellbilder spezialisiert hatte. Die Motive waren in den meisten Fällen Unterwasserszenen, inspiriert von seinen Schnorchelausflügen auf Toberua. Er konnte sich wie ein Kind über seine neuen Farbkreationen freuen, seine Begeisterung war herrlich und inspirierend. Oft ließ er seine rollstuhlgerechte Staffelei im Schatten eines großen Baumes am Strand aufstellen und rief hin und wieder spontan aus: „Herrlich, schaut euch das mal an, habt ihr schon mal so ein Pink, Gelb, Blau, Lila, Grau … gesehen?“ Die Leidenschaft und Liebe für die Kunst strahlte aus seinen Bildern, ich liebte sie alle und Jahre später lud ich ihn ein, damit er sich von der Muse in Matavu küssen ließ. Und als er kam, entstanden herrliche Bilder, die wiederum die reiche Blumenwelt, Pferde, Kinder und Vögel thematisierten. Eines Morgens saß ich beim Frühstück und bewunderte den neuen Tag, die herrlichen Blautöne am Horizont und die Farbe des Meeres, als ein sehr alter, zierlicher Mann, ungefähr Mitte achtzig, mit strahlend blauen Augen und weißem, dichtem Haar auf mich zutrat, seine Arme ausstreckte und mit einem Lächeln sagte: „Wie schön! Da bist du ja endlich.“ Ich war total perplex über diesen Gruß, weil ich ihn zum ersten Mal sah, aber es war schon zu spät, um den Kopf einzuschalten, denn ich hatte mich Hals über Kopf in diesen charismatischen Menschen mit der etwas fisteligen Großvaterstimme und den Zauberaugen, die bis in mein Herz blickten, verliebt. Lawrence Dennis kannte berühmte Leute, die er in seinem langen Leben kennengelernt hatte, unter anderem war er mit Edmund Hillary, dem Besteiger des Mount Everest, gut befreundet, dessen Familie gerne ihren Urlaub auf der Insel verbrachte. Lawrence war Vollprofi in Sachen Luxusresorts, denn er hatte sein Leben lang eben diese in Neuseeland sehr erfolgreich geleitet. Nun genoss er den wohlverdienten Ruhestand und besuchte gerne immer mal wieder seinen Lieblingssohn, um ihm zu helfen, seinen Platz richtig zu leiten. Für ihn war Michael ein „Softie", was im direkten Vergleich auf jeden Fall zutraf, denn dieser kleine, zierliche, immer freundlich sprechende alte Mann versprühte mit nur einem Blick aus den Augenwinkeln viel mehr Autorität als der breitschultrige Michael. Alle Mitarbeiter, egal, in welchem Bereich des Resorts beschäftigt, wurden so zu Höchstleistungen angespornt und gaben ihr Bestes mit dem Resultat, dass die sowieso schon sehr verwöhnten und gut betuchten Gäste noch effizienter verwöhnt wurden und viel weniger Fehler und Verschwendung passierten. Alles lief wie am Schnürchen, wenn „the Big Boss" da war, wie er zärtlich von allen genannt wurde. Jede freie Minute verbrachten wir zusammen und erzählten uns unser Leben. Es war eine herzliche Freundschaft mit ganz viel Liebe und gegenseitigem Respekt. Er erzählte mir, dass der größte Schmerz in seinem Leben das Versäumnis war, seine Kinder wirklich aufwachsen zu sehen, weil die Arbeit ihn so in Beschlag genommen hatte und sie meistens sehr abgelegen in den Bergen von Neuseeland lebten. Deshalb wurden seine ersten beiden Kinder schon mit fünf Jahren in ein Ganzjahresinternat auf die Hauptinsel Neuseelands geschickt. Nur einmal im Jahr kam die Familie zu den großen Ferien zusammen. „Alicia, ich würde alles dafür geben, noch einmal eine Chance zu bekommen, ihre Kindheit miterleben zu dürfen, aber ich war zu pflichtbewusst und karrierebesessen. Es war üblich zu dieser Zeit. Viele Familien lebten weitab der Städte wegen der Landwirtschaft und ihre Kinder hatten einfach keine Chance, die Schule zu besuchen, deshalb war es normal, sie einfach wegzuschicken auf diese schrecklichen Internate. Meine Frau und ich lebten immer irgendwo hoch und abgelegen in den Bergen wegen der Skiresorts, die ich managte, da gab es weit und breit keine Möglichkeit auf Schulbildung, aber ich weiß, dass es auch ihr das Herz brach, sich für so eine lange Zeit von ihren kleinen Kindern zu verabschieden. Erst wenn man alt ist, kann man sagen, ob es sich gelohnt hat, im Leben Schmerz zu ertragen, und dieser Schmerz war der schlimmste. Wenn ich die Augen schließe, erlebe ich immer wieder die tränenreichen Abschiedsszenen und fühle den erschreckend emotionalen Abstand, wenn wir sie nach einem Jahr erst wiedersahen. Diese Erinnerung wünsche ich keinem. Meine Frau weigerte sich, diese Prozedur auch über unseren Jüngsten, Michael, ergehen zu lassen und so lernte er die ersten Grundschuljahre mithilfe der neuseeländischen Fernschule. Die schicken Postsendungen und der Unterricht findet zum Teil über einen Radiosender statt. Das ging prima und wir sind uns all die Jahre immer nahe gewesen, sicher auch deshalb, sogar jetzt halten wir es nicht mehr als ein paar Wochen ohne einander aus." Ich fragte ihn nach der Möglichkeit, auch meine Söhne an der Fernschule anzumelden, und er gab mir ein paar Adressen, die mir weiterhelfen würden. Er beglückwünschte mich, dass ich meine Kinder jeden Tag erleben konnte und wir so viel Spaß gemeinsam hatten. Bis zu seinem Tod viele Jahre später schrieb er mir immer wieder nette Briefe und war sehr rücksichtsvoll, was die Probleme in meiner Ehe anging. Zum Ende meines Toberuaaufenthaltes konnte er es sich dennoch nicht verkneifen und fragte mich beim gemeinsamen Tee auf der Terrasse vor Bruno, der frisch aus Deutschland eingeflogen war und nun neben mir saß, weil wir in den nächsten Tagen gemeinsam Matavu offiziell übernehmen wollten, warum ich mir das gefallen ließe, dass mein Mann so mit mir schimpfe, und um was es überhaupt gehe, denn er verstehe leider kein Deutsch. Da erst fiel mir auf, dass Bruno eine harte, schnelle, unfreundliche Sprache mir gegenüber hatte, obwohl er mich gar nicht beleidigte, eben einfach so über seine Sachen sprach, die ihn beschäftigten, wichtige Probleme, wie immer.

Dafür hatte dieser Gentleman der alten Schule überhaupt kein Verständnis und schoss immer wieder missbilligende Blicke in seine Richtung. Und dann kam mein Geburtstag. Ich hatte mich so gefreut, ihn in Matavu zu feiern, aber die geschäftspolitischen Spannungen seitens der Nochbesitzer ließen nicht zu, dass wir vor Unterzeichnung des Kaufvertrags dort weilten, deshalb feierte ich auf Toberua. Dreißig zu werden ist schon toll, besonders wenn du dich so geliebt und lebendig fühlst, und sei es auch nur die platonische Liebe eines Greises. Wir tanzten und ich trug ein weißes Tuch und einen duftenden Frangipani-Blütenkranz und bekam einen Kuchen mit kitschiger Zuckergussschrift und vielen kleinen Kerzen. Es wurde gesungen und geklatscht und die Sterne strahlten um die Wette mit mir und mittendrin sagte Lawrence leise: „Weißt du überhaupt, wie wunderschön du bist?" Und ich lachte und umarmte ihn dafür. Ich freute mich unbändig auf mein neues Leben, auf die Abenteuer, auf die Menschen, denen ich begegnen würde, auf die Leichtigkeit des Seins mitten in der Südsee und darauf, dass meine Kinder nicht im normalen Getriebe des deutschen Staates mit deutscher Schulbildung und deutscher Erziehung aufwachsen würden, sondern als freie Herrscher ihres Geistes in der Wärme nicht nur der Temperatur, sondern der Herzenswärme aller Fidschianer, die wir kennenlernten, zu wertvollen Weltbürgern aufwachsen sollten.

4

Bäume sind Gedichte,
die die Erde in den Himmel schreibt.
(Kahil Gibran)

Zurück in Matavu wollte ich alles Gelernte und meine frischen Erfahrungen in einem Luxusresort natürlich sofort in die Tat umsetzen und besprach mich regelmäßig mit May, die dann losschoss und meine Wunschlisten umsetzte. Nach ein paar Wochen zerfiel ihr Enthusiasmus und ich musste sie erinnern und mahnen. Der Verdacht entstand, dass ich sie überforderte, also ließ ich sie in Ruhe wursteln. Bevor ich anfing mich zu ärgern, konzentrierte ich mich auf die Details in meinem Bereich und ließ ihr mehr Zeit, ihre Aufgaben zu erledigen. Abends setzten wir uns regelmäßig zusammen und besprachen den Tag. May half mir auch mit den Reiseveranstaltern, die anriefen, um sich zu erkundigen, was wir alles zu ändern, verbessern und vergrößern gedachten. Schließlich existierte Matavu schon mindestens acht Jahre und in den Tropen altern die natürlichen Baumaterialien wie Holz, Bambus und Kokosblätter enorm schnell. Es musste kräftig renoviert und verschönert werden, um konkurrenzfähig auf dem anspruchsvollen Markt der Viersternehotels zu sein. Eine Resortübernahme ist ein sensibles Thema für die Reiseindustrie, weil alle erst mal abwarten, wie sich das neue Image entwickelt, bevor sie Gäste schicken. Und wir brauchten dringend Gäste, denn die Kosten für Mitarbeiter, Dieselkraftstoff für den Generator, mit dem wir unseren eigenen Strom erzeugten,

Lebensmittel, damit die Küche arbeiten konnte, neue Bettwäsche, Handtücher, Vorhänge, Geschirr, die Liste war endlos, Werkzeug und Materialen zum Arbeiten, das alles verschlang Unsummen von Geld. Ich fühlte mich wie eine Schlossherrin, die einen ganzen Hofstaat organisieren musste. Es war eigentlich wie ein Haushalt, aber eben nur viel größer und mein Kopf platzte schier vor lauter Anstrengung, alle Details im Auge und unter Kontrolle zu behalten – ein unmögliches Unterfangen, wie sich sehr schnell herausstellte. Am ersten Tag klingelte das Telefon im Büro und ich nahm ab. In schnellem Amerikanisch fragte eine Frauenstimme, was genau das Besondere an Matavu sei und warum sie nun Gäste schicken sollte, nachdem wir Deutschen es übernommen hatten, ich hätte fünf Minuten Zeit sie zu überzeugen. Das erwischte mich eiskalt und vor lauter Angst verlor ich die Sprache. Zum Glück war May in der Nähe und half mir, indem ich ihr den Hörer hinstreckte und sie sich als Managerin vorstellte. Sie warb damit, dass wir alle zehn Bures, den Pool und das Restaurant renovierten, die Küche vergrößerten, ein großes Gebäude für die Wäscherei und die Hausmeisterei errichteten, den großen Strand, der über der kleinen Inselstraße lag, hinzuerworben hatten und sieben Pferde zum Reiten einluden. Dazu kamen die Naturerlebnisse auf Tavarua wie spektakuläres Tauchen, Vulkanbesteigung, dichte Flora und Fauna und lebendige fidschianische Kultur. Die Reiseveranstalterin war beeindruckt und mit jedem Gespräch lernte ich dazu und konnte mich schon bald selbstbewusst auf Englisch artikulieren. Es war sehr anstrengend und sehr spannend, nachts fiel ich wie tot ins Bett und erholte mich während eines traumlosen Schlafes, aber manchmal träumte ich auch einfach Szenen aus meinem neuen Alltag weiter, wie zum Beispiel dass die Küche das Essen nicht rechtzeitig fertig bekam oder alle Mitarbeiter morgens einfach zu Hause blieben, das nervte sehr, besonders, wenn ich dann kurz nach Sonnenaufgang sorgenvoll erwachte ohne das Gefühl einer erholsamen Nacht im Kopf. So viel Neues prasselte jeden Tag auf mich ein. Natürlich genoss ich jeden Morgen beim Aufwachen, die Wärme der Tropen, Duschen unter freiem Himmel mit Vogelgezwitscher, um mich herum nichts als grüne, blaue, bunte Natur, alle lächelten mich an und waren freundlich und zuvorkommend. Wir lebten auf dem Gelände, und zwar in einer kleinen Hütte, solange unser Häuschen für unsere Bedürfnisse umgebaut wurde. Neben uns wohnte May, die eine superheimliche Affäre mit Kenny angefangen hatte, von der die ganze Insel sprach. Inselleben und Affären sind mit die wichtigsten Themen für Klatsch und Tratsch, davon gibt es nie genug und es wird mit Leidenschaft ausgemalt und übertrieben, bis sich die Balken biegen. Kenny wohnte nicht weit und war mit einer Amerikanerin verheiratet, die allerdings meistens in den USA lebte. Er hatte sich darauf spezialisiert, mit Gruppen bis zu zehn Leuten ausgedehnte, einwöchige Kajaktouren zu leiten, bei denen sie einsame unbewohnte Inseln ansteuerten. Manchmal hörte ich unterdrücktes Stöhnen, leises Reden und Raunen, wenn ich spät allein ins Bett ging, nachdem alle anderen Gäste auch schlafen gegangen waren. Die Kinder schnarchten leise vor sich hin und träumten mit sonnenglänzenden Gesichtchen ihre Südseeträume, mein Mann saß im Restaurant an seinem Laptop und hütete sein Weinglas, ich aber lauschte der Liebe, ob ich wollte oder nicht. Dabei versuchte ich zu lesen, bis mir die Augen zufielen und ich endlich traumlos schlafen konnte, weil meine Träume zurzeit einfach nur die Verlängerung des Tagesgeschäfts zu sein schienen und das nervte tierisch. Selbst wenn ich nicht arbeitete, schimpfte ich im Traum mit den Mitarbeitern rum, weil sie schon wieder vergessen hatten, das Gästeklo sauber zu putzen, oder die Blumen in den Vasen verwelkt aussahen. Auch versuchte ich nicht so viel daran zu denken, in welchem Maße sich mein Traum vom paradiesischen Leben in einen arbeitswütigen Albtraum verwandelt hatte. Ehrlich, die einzige freie Zeit tagsüber hatte ich morgens unter der Dusche und kurz auf der Toilette. Das war's. Von früh bis spät in die Nacht waren da Mitarbeiter, Gäste, Kinder, Hunde, E-Mails, Reiseveranstalter, Inselbewohner, die uns kennenlernen wollten, die

Küche, der neue biologische Garten, die ganzen tausend Projekte, die ich auf einmal zu bewältigen versuchte, wie zum Beispiel den Angestellten unsere schöne deutsche Mülltrennung beizubringen, damit wir nur den Restmüll vergraben mussten und ansonsten kompostierten und verbrannten, jemine, ich hatte das Gefühl, dass es mich gar nicht mehr gab, aber andererseits auch keine Ahnung, wie ich diesen Umstand ändern konnte. Wenn ich von meiner Bure zum Frühstück ging, kam ich zum Beispiel an einem Gärtner vorbei, der einen Hibiskusbusch falsch beschnitt, sodass er weniger blühen würde, dafür aber umso mehr neue Äste bekam. Dies zeigte und erklärte ich ihm an Ort und Stelle, zum zigsten Mal, damit er nicht noch mehr Mist machte. Dann liefen mir zwei Gäste über den Weg, und weil sie in den Flitterwochen waren und außerdem aus Kalifornien, wollten sie unsere ganze Geschichte hören – wie wir Matavu gefunden hatten und so weiter. Gäste sind Könige, also nahm ich mir auch dafür Zeit. Manchmal dauerte es so schon allein eine Stunde, bis ich am Tisch saß, um zu frühstücken. Dann wurde ich am Telefon verlangt und sprang auf und trank meinen Kaffee im Büro. Nicht wirklich der Traum vom Paradies, aber von nichts kommt nichts, da musste ich nun mal durch. Ich schaffte es einfach nicht, mich besser zu organisieren, und hatte mir zu viel auf einmal aufgeladen. Sieben Tage die Woche von früh bis spät nachts. Aber alle Welt beneidete mich. Seht her, die reiche, junge Frau hat einen wunderschönen Platz im Paradies. Das Restaurant war unser Esszimmer, die Lounge war unser Wohnzimmer, die Kinder nutzten den Pool und das Meer mit Begeisterung. Leider hatten wir überhaupt keine Intimsphäre. Nie. Entweder waren Mitarbeiter oder Gäste um uns, wir waren ständig in der Rolle der Arbeitgeber und Gastgeber. Seit der offiziellen Übernahme war Bruno zwar für ein paar Monate vor Ort, wir beide hatten allerdings noch weniger Zeit für die Partnerschaft als je zuvor. Er saß die ganze Nacht mit seinem Weinglas am Computer und kümmerte sich ums Internetmarketing und die Reservierung, sammelte sieben Pferde von der Insel und fing an, sich als Reitstallbesitzer zu fühlen. Als Resortbesitzer stieg ihm die Macht ein bisschen zu Kopf und statt sich die Fidschianer respektvoll auf Armlänge zu halten, befreundete er sich viel zu schnell mit ihnen, was schamlos ausgenutzt wurde in Form von Geldgeschenken und Partys. „Der König der Kokosnuss", dachte ich oft voller Verachtung. Die Mitarbeiter bestaunten mich und nannten mich hinter meinem Rücken „the Model". Sie nahmen mich nicht richtig ernst, weil ich als Chefin irgendwie zu jung wirkte, die Gärtner schauten mir immer auf meinen für ihre Begriffe sensationellen Po. Ich hatte die kleinen Kinder, mein Mann ging nie mit mir ins Bett, was die Nachtwächter fleißig kontrollierten, und ich konnte mich nicht fließend mit ihnen unterhalten, hatte auch noch sehr wenig Ahnung von der Fidschi-Etikette und begegnete ihnen aus Versehen oft mit deutscher Unhöflichkeit. Das heißt, vor anderen öffentlich kritisieren und dann zur Stellungnahme zwingen, das ist für einen Fidschianer totaler Gesichtsverlust. Dauernd passierte mir das, weil ich unbedingt den Standard auf ein Niveau hieven wollte, das mich stolz machte. Männer lassen sich generell von Frauen eigentlich gar nichts sagen, das fiel mir dann auch immer wieder auf und machte mich fuchsteufelswild. Fidschianer arbeiten auch nur, weil es ihnen Spaß macht. Wenn sie wütend oder traurig sind, gehen sie nach Hause und dort schimpft keiner mit ihnen, weil sie ihren Job geschmissen haben. Sie gehen einfach wieder in den Urwald, pflanzen Gemüse an und gehen Fischen. Auf der anderen Seite erklärt das den entzückenden Charme, mit dem sie jeden Nichtinsulaner im Handumdrehen einwickeln. Sie leben einfach gern und gut. Lachen, wann immer sich auch nur die kleinste Gelegenheit bietet, sind liebenswürdig und respektvoll. Wissen allerdings auch, dass sie diese würdevolle innere Ruhe und Mitte nur mithilfe ausgiebiger Ruhepausen aufrechterhalten, und sind aus diesem Grund nicht die fleißigsten Arbeiter. Später lernte ich die Kunst der persönlichen Motivation, dann machen sie alles für dich. Sie müssen einen lieben, respektieren und ein bisschen Angst haben, das ist die optimale Mischung, dann geben sie sich die meiste Mühe und haben gleichzeitig die größte Freude an ihren eigenen Erfolgserlebnissen. Doch zu diesem Zeitpunkt war ich noch eine deutsche Frau. Die deutsche und englischsprachige Webseite musste auch getextet werden, das war mein Job. Sehr viel Spaß machte es mir, auf die großen Reisemessen zu gehen, um mit Reiseveranstaltern direkt zu sprechen. Ein Team, bestehend aus einem Fotografen und einem Journalisten, kam für eine Woche und ließ sich alles zeigen und erklären, damit in ihrem Hochglanzkatalog ein schöner Artikel über unser Paradies erscheinen konnte. Während der Reisemesse in Berlin 1997 wütete zeitgleich ein schrecklicher Hurrikan direkt über Tavarua hinweg. Jeglicher Kontakt wurde abgebrochen, wir konnten nicht telefonieren und das Letzte, was May uns mitteilte, war, dass die Gärtner alle Bures mit den extra dafür angefertigten Holzplatten zunagelten und sich alle Gäste zum Nachmittagskaffee in der Lounge treffen würden, um sich darauf einzustellen, eventuell die ganze Nacht beisammenzusitzen, denn das war die sicherste Lösung für den Fall, dass alles weggeweht würde. Denn auch die offene Lounge hatten die Gärtner rundherum mit Holzplatten zugenagelt, sie waren so sicher wie in einem Schuhkarton. Bruno und ich saßen in unserem schönen Hotelzimmer im Adlon in Berlin und schämten uns so sehr, dass wir ihnen gar nicht helfen konnten. Am nächsten Morgen stellte ich mich wieder an unseren tropisch geschmückten Matavu-Fidschi-Stand in der großen Messehalle und tat so, als wäre alles bestens. Erzählte den Leuten, die stehen blieben, von der wunderschönen Anlage in der Südsee und berichtigte ein paar vorbeigehende Messebesucher, die sich anschubsten mit einem Blick auf mich und meinen Stand und sagten: „Guck mal, Emma, dat is Island, wusste ganich, dat dat so warm da is." „Nein, meine Dame, das sind die Fidschi-Inseln, Insel heißt auf Englisch Island", berichtigte ich höflich und ging erst mal einen Kaffee trinken. Die Messe war nur interessant für professionelle Reiseveranstalter, die Endverbraucher wollten nur Schnäppchen jagen und dafür war Matavu einfach zu weit und zu teuer. Am Nachmittag blieb ein gepflegt aussehender Mann beim Vorbeigehen stehen und sprach mich an, ob ich ihm bitte ein bisschen mehr über mein Resort erzählen könnte. Nachdem ich fertig war, strahlte er und erklärte mir, dass er genau so etwas suche und ob er ein Team vorbeischicken dürfte, das eine Story in seiner Zeitschrift schreiben würde. Begeistert stimmte ich zu und schon einige Wochen später saßen zwei Herren in Matavu und fragten mich Löcher in den Bauch. Wir machten viele Ausflüge zusammen und es wurde fotografiert, bis die Linse glühte. Die Geschichte gefiel mir sehr, sie ging ungefähr so:

„Die Blüteninsel Tavarua zieht ihren Zauber aus der Ursprünglichkeit, aus üppigen Gartenlandschaften, verborgenen Seen und Wasserfällen, hohen Bergen, schwarzen und weißen Stränden und aus der unverdorbenen Herzlichkeit ihrer Einwohner. Ein junges deutsches Ehepaar fand hier eine Zuflucht für Individualisten." Alicia schwärmte von den Inselmenschen. „Schön finde ich auch die Kultur der Fidschianer, sich Sachen zu erzählen. Es gibt kein Fernsehen und es gibt die langen Nächte. Um sechs Uhr ist es dunkel. Und dann sitzt man beisammen, und es wird alles erzählt, und zwar toll, mit Pointe und Spannung, das haben wir ja zum Teil schon richtig verlernt. Wenn zum Beispiel jemand in Suva war, wenn jemand Fischen war, wenn jemand im Wald war, dann ist das Thema des Abends, dann wird erzählt, und das finde ich köstlich."

Und natürlich geht es nicht nur um den Alltag. Jede Insel hat auch ihre eigenen Mythen. Den Zauber von Tavarua fängt die Legende um den Lake Tagimaucia ein. Der Bergsee verbirgt sich 1000 Meter hoch im Herzen der Insel und trägt den Namen eines seltenen Gewächses. Es lebt nur in seiner Nähe, rankt sich an den Stämmen der Regenwaldbäume hoch, und wie es in die Welt kam, erzählen sich die Ureinwohner so:

Eine Prinzessin sollte von ihrem Vater gezwungen werden, den vorbestimmten Mann zu heiraten. Sie liebte aber einen anderen, flüchtete verzweifelt aus dem Dorf in die Berge und schlief am Seeufer erschöpft ein. Da flossen Tränen aus ihren

Träumen, verwandelten sich in wunderschöne rote Blüten, und aus ihnen wuchs die Pflanze Tagimaucia. Tagimaucia heißt „im Schlaf weinen".

Matavu fließt über von Blüten, vor allem im Frühling, dann, wenn in Europa Winter ist.

Matavus Hauptgebäude oberhalb des Swimmingpools mit Rezeption, Restaurant und Lounge ist im Stil traditioneller Versammlungshäuser gebaut. Oberhalb des Hauptgebäudes überwölben die Palmwipfel bald keinen Garten mehr, nun ragen sie aus dem Busch. Er fasst mit Koppeln für die Reitpferde des Resorts einen Weg ein, dessen Steigung man mit einem Land Cruiser mühelos erklimmt. Dann, ganz oben, auf der Spitze des Hügels, 100 Meter über dem Meer, stehen die Palmen allein im Wind. Zur einen Seite beginnt auf dem höchsten Punkt Matavus der undurchdringliche Regenwald, zur anderen geht der Blick weit hinaus auf Fidschis Inselwelt.

Bruno und Alicia durchstreiften, des hoch technisierten Perfektionswahns unserer Breiten müde, die Südsee auf der Suche nach einer Zuflucht für sich und für Gäste. Auf Tavarua fanden sie sofort das Besondere.

Die neuen Besitzer bauten um, renovierten, frischten auf und brachten Matavu als Refugium für Individualisten, die Ruhe, Ursprünglichkeit und Natur suchen, neu zum Blühen. Die von Herzen freundlichen, jungen Servicedamen, die Zimmermädchen, die Handwerker und Gärtner kommen aus Dörfern der Insel, und wie in ihren Hütten fehlen auch in den Gästehäusern Fernsehen und Telefon. Wer freilich die fünf Deluxe-Bures, die drei Honeymoonbures oder die beiden Hälften der zwei Doppelburen betritt, sieht, dass für jeglichen Komfort gesorgt wird. Geflochtene Matten schmücken dunkles, poliertes Parkett. Man schläft unter dem Ventilator auf King-Size-Betten mit weißem Moskitonetz als Baldachin, sitzt in Wohnecken und auf der überdachten Veranda in weißen Geflechtsesseln und kunstvoll angefertigten Kokoshölzern oder schaukelt in der Hängematte.

In den Honeymoonbures duscht man im Freien neben einem privaten Sonnendeck, von außen selbstverständlich nicht einsehbar.

Der Patron sorgt mit seinem Team auch dafür, dass Gäste die Sehenswürdigkeiten der Insel und ihrer Umgebung kennenlernen können. Man fährt zum Schnorcheln oder auf benachbarte Inseln. Tauchsportler finden am Rainbow Reef und seiner berühmten Great White Wall einige der schönsten Unterwasserparadiese der Welt. Dschungeltrecks führen zum Lake Tagimaucia, 4WD-Landcruiser-Touren zum 1200 Meter hohen Des Veaux Peak. Man schwimmt im Naturbecken des Wasserfalls von Bouma oder geht Fischen.

Den frischen Fisch lässt man sich abends von Leslie oder Una zubereiten, und meistens greifen die Musiker aus dem Dorf zur Gitarre und Ukulele. Man setzt sich dazu auf die Matten, trinkt Kava und hört die sehnsuchtsvollen, vielstimmigen Fidschigesänge über Tagimaucia, über Matavu, die Meeresstille und über Neufidschianer, die aus fernen Ländern über den Himmel nach Tavarua kamen.

Ich war von früh bis spät auf den Beinen und jonglierte May, Mitarbeiter und Gäste, daneben kümmerte ich mich um die Kinder, stellte verschiedene Kindermädchen ein, bis wir eines gefunden hatten, das ihnen nicht mit Seife die Haare wusch, bis sie Zetermordio schreien, und darauf achtete, dass sie sich die Zähne putzten. May organisierte zwei winzig kleine junge Hunde aus dem Tierheim von der Hauptinsel als Spielkameraden für sie, das war der Knaller. Die Tiere wurden sogar schon geimpft und entwurmt für eine Gebühr, sie selbst waren umsonst und kamen in einer kleinen Kiste mit dem Inselflieger an. Läuse hatten sie unzählige und ich wusch sie so lange im Waschbecken unter fließend warmem Wasser, bis sie fast kein Fell mehr hatten und erbärmlich quiekten. Blacky und Brownie wurden sie getauft, so viel Englisch hatten meine Jungs schon gelernt. Heiß und innig liebten sie ihre Hundebabys, die zu tollen Wachhunden aufwuchsen, außer Blacky, die außer Rand und Band war und ständig die Hühner des Nachbarn riss und tötete, bis der damit drohte, sie zu töten. Deshalb gaben wir sie einer befreundeten Familie, die versprach, ihr ein gutes Zuhause zu geben. Leider wurde Blacky nicht alt, denn sie hörte nicht auf, wie ein hungriger Vampir Hühner zu reißen und das wird in Fidschi nie lange toleriert. Es gibt wenig alte Hunde, weil die meistens auch gerne Autos nachjagen, die beim besten Willen nicht immer ausweichen können. Es war ein Glück, dass Brownie so gut erzogen war, obwohl ihn nie jemand wirklich dressierte. Er verstand einfach, dass es sein Territorium war, auf das er aufzupassen hatte, was er mit Inbrunst und Leidenschaft tat. Die meisten Gäste befreundeten sich so herzlich mit ihm an, dass wir Postkarten mit Grüßen an ihn zugeschickt bekamen und unzählige Fotos mit ihm als Shootingstar. Sein Dienst begann, wenn er sie morgens schwanzwedelnd auf ihrer Veranda begrüßte, und endete erst, wenn der letzte Nachtwächter Feierabend machte, mit dem er das Gelände pflichtbewusst durchstreifte oder kameradschaftlich Seite an Seite schlief, was sicher öfter der Fall war. Am liebsten begleitete er unsere Gäste bei Wanderungen in den Urwald und hinauf auf den Hügel mit der schönen Aussicht und runter zum Strand. Dort fand er seine geliebten Lianen, an die er sich mit Anlauf verbiss und schaukelte, dabei wild wütend knurrte, immer in der Hoffnung, endlich mal so ein Ding abzureißen. Eine Gaudi für alle Zuschauer. Wir hatten noch genau ein Jahr Zeit, bis Franz mit der Grundschule anfangen musste, die ich über die neuseeländische Korrespondenzschule organisieren konnte, somit hatte er genügend Zeit, um sich bis dahin gut einzuleben und die Sprache zu lernen. Von montags bis freitags wurden beide mit einem Inseltaxi in das Häuptlingsdorf Somosomo gebracht, dort war der beste Kindergarten unter indischer Leitung. Eher so was wie Vorschule, denn Spielsachen gab es nicht sehr viele, sie lernten auch schon ein paar Wörter schreiben und alles lief sehr englisch diszipliniert ab. Auch eine Uniform mussten sie tragen: blau gewürfelte Hemdchen und Kakishorts. Die Inder wurden während der englischen Kolonialjahre hereingebracht, um die

Zuckerrohrplantagen zu bearbeiten, weil die Fidschianer keine Lust zeigten und es unmöglich schien, ihnen genügend Disziplin beizubringen. Aber die Inder kamen aus den untersten Kasten als Vertragsarbeiter, arbeiteten zielstrebig und vermehrten sich dermaßen, dass sie heutzutage die Hälfte der Bevölkerung ausmachen. Meine kleinen Engel wurden also täglich von Suk Lal, Nands Bruder, kutschiert, der sie immer wieder ermahnen musste sich hinzusetzen, denn sie sprangen gern auf der Rückbank herum, was zur Folge hatte, dass sie kreuz und quer durchs Auto purzelten, wenn es wieder mal über eine Erdschwelle fuhr, die in regelmäßigen Abständen auftauchten. Suk hatte ein Holzbein, aber war trotzdem ein guter Taxifahrer. Er versicherte mir, dass er das Leben meiner Kinder wie sein eigenes schützen wolle. Zum Glück passierte wirklich nie etwas und sie wurden jeden Nachmittag heil und verschwitzt wieder nach Hause zurückgebracht. Leider verbesserte sich Franz' Neurodermitis nicht und trotz der Sonne und dem Meerwasser und der gesunden reinen Luft und dem frischen Essen bekam er schlimme Juckanfälle, wovon die Haut ganz wund wurde, was fatale Folgen bei der Wärme hatte. Zweimal bekam er eine Superinfektion, bei der alle offenen Hautstellen von Eiter übersät wurden innerhalb von Stunden. Mir wurde ganz schlecht vor Angst und wir fuhren schnell ins Krankenhaus, das eine Stunde entfernt war. Dort gaben sie uns Antibiotika und etwas zum Desinfizieren. Ich war so verzweifelt und wünschte nichts sehnlicher, als dass mein Erstgeborener eine heile Haut bekam. Wenn ich ihm nur besser helfen könnte! Ich würde alles tun, wusste aber nicht mehr aus noch ein, weil wir schon alle medizinischen und diätischen Möglichkeiten ausprobiert hatten. Dann trug ich eben doch ein bisschen Kortisonsalbe auf die schlimmsten Stellen auf, damit es endlich schneller heilte, nachdem ich jahrelang darauf verzichtet hatte, weil ich die Nebenwirkungen fürchtete. Im Nachhinein hat sich diese Disziplin auch gelohnt, denn heute ist seine Haut weich und glatt, aber damals hat es uns viel Schmerz gekostet.

May und ich hatten ein gemeinsames Projekt in Angriff genommen. Der Pool musste ganz geleert werden, damit er vollständig gereinigt und geschrubbt werden konnte. Vorläufig nur, weil der gesamte Poolbereich sowieso renoviert und erneuert wurde. Fast alles Wasser war schon abgelaufen, aber wir mussten noch ein paar Hundert Eimer voll manuell raustragen. Also, Eimer unten im Becken vollmachen und die paar Stufen rauftragen, um ihn dort auszuleeren. Das machte ich ein paar Stunden mit und wir waren stolz auf das Ergebnis. Am nächsten Morgen konnte ich mich im Stehen nicht mehr zur linken Seite drehen. Zur rechten schon. Das bemerkte ich, als ich ein paar Gästen einen Ausflug zu den Wasserfällen auf der Insel erklären wollte und dabei ein bisschen hin und her gestikulierte. Als ich mit dem Arm schwang und mich nach links drehen wollte, fand ich mich vor Schmerzen gekrümmt auf dem Fußboden wieder. Kein Scherz. Das passierte ein paar Mal und dann rief May einfach Dr. Bert an. Ich hatte große Angst vor dem Chiropraktiker, weil ich als Kind manchmal einen ausgekugelten Arm beim Spielen bekam, wenn mich meine Geschwister wie ein Windmühlenrad durch die Luft wirbelten. Vor dem Knacken beim Einrenken hatte ich solche Angst, aber die Schmerzen waren unerträglich, es gab keine andere Möglichkeit, als professionelle Hilfe anzunehmen. Dr. Bert war in seinen Fünfzigern, hatte sich auf der Insel ein Grundstück direkt am Strand gekauft und versuchte seit Jahren seine Frau zu überreden, mit ihm dort zu leben, aber sie hasste es. Lieber wollte sie in ihrer amerikanischen Großstadt einkaufen gehen, als auf einer kleinen Insel leben. Deshalb verbrachte Bert wenigstens allein immer wieder ein paar Wochen in seinem kleinen Haus und hatte sich mittlerweile einen Ruf fürs Einrenken erworben. Er war ein zierlicher, klein gewachsener Mann, der mit seiner Technik ohne Weiteres einem Riesenfidschianer den Rücken gerade brechen konnte. Ein jüdischer Amerikaner mit herrlichem New Yorker Akzent und am liebsten lachte er über sich selbst, gackernd, schallend. Ich liebe Männer, die frei und laut glucksend lachen können, denn es zeichnet sie als wahre Genießer des Lebens aus. Er war begeistert von Fidschi und den Fidschianern, wie sie im Familienbund lebten und das Gesetz des „Kere Kere" praktizierten, wo es kein Eigentum gibt und alles geteilt wird. Niemandem wird je eine Bitte ausgeschlagen, es gibt prinzipiell kein Nein, selbst wenn eine kleine Notlüge herhalten muss, um Zeit zu schinden. Das muss man wissen, sonst kann man ganz schön wütend werden, wenn Erwartungen nicht erfüllt werden. Ich wand mich unter Rückenschmerzen, zierte mich schrecklich und humpelte rum, erzählte ihm von meiner Riesenangst, aber er schaffte es, mich mit seinen Witzen über dicke Insulaner, denen er regelmäßig das Kreuz einrenkte, zum Lachen zu bringen, sodass ich abgelenkt war. Dann half er mir auf die vorbereitete Liege in seinem kleinen Hexenhäuschen am Strand und mit ein paar Handgriffen und hörbarem Knacksen fühlte ich mich schon nach ein paar Sekunden wie neu, quietschfidel. Bert wurde ein lieber Freund, der sich auch oft um Franz kümmerte, weil er der Überzeugung war, dass sein Immunsystem viel besser arbeiten könnte, wenn er regelmäßig eingerenkt würde. Auch war Bert es, der mich mit logischen, leidenschaftlichen Argumenten davon überzeugte, dass Franz' Ernährung komplett ohne Milchprodukte, ohne Weißmehl und ohne Zucker einen derart positiven Effekt auf die Darmflora hätte, dass die Haut gar nicht mehr die Entgiftungsfunktion in Form von Juckreiz zeigen würde. Er argumentierte, dass es im Tierreich niemanden gibt, der nach Beenden des Babyalters noch Muttermilch zu sich nimmt, geschweige denn raffinierten Zucker und gebleichtes totes Mehl. Ich kam mir vor wie eine Gorillamama und konnte mich sehr gut in seine Denkweise hineinversetzen. Was hatten wir alles in unserer Verzweiflung probiert: Pferdemilch, Reiswaffeln, Dinkelmehl, Avocado, Bananen. Diese waren monatelang seine einzigen Nahrungsmittel gewesen und auch dann hatte sich keine Besserung gezeigt. Also hatten wir aufgehört, auf irgendetwas zu achten, denn es sah so aus, als hätte auch die strengste Diät keinerlei Effekt. Von Schulmedizin, Geistheilern über Homöopathie bis Hautklinik mit Kortisonbehandlung hatte ich alles probiert. Er war ganz eindeutig auf Pferde allergisch und reagierte mit sofortiger Schwellung am Hals und schrecklichen Juckattacken. Rohe Eier waren auch sehr gefährlich. Also hielten wir Pferde und Eier von ihm fern und erklärten ihm die neue Diät. Ein paar Wochen lang keine Früchte, um auch den Fruchtzucker zu meiden, dafür viel Wasser trinken. Wie immer war Franz kooperativ und nach einigen Tagen zeigte sich schon eine deutliche Besserung. Emil stellte sich gerne mit einem Stück Schokolade oder einem Keks in der Hand direkt vor seine Nase, um zu proklamieren: „Das darf der Franz nicht essen, denn er ist ja leergisch!" Jahre später zahlte sein großer Bruder es ihm heim und Emil musste die eine oder andere Tracht Prügel beziehen, aber damals war er überhaupt nie gereizt, was mich innerlich manchmal zu Tränen rührte, denn es schien fast, als kehrte er automatisch seine Aggression nach innen, um sie nachts beim Kratzen rauszulassen. Zum Glück hatten die Kinder sehr viel Auslauf, konnten sich jederzeit im Meer oder Pool oder bei den Wasserfällen abkühlen, das lenkte ihn schon mal gut ab. Meine Aufgabe war es, ihn immer so zu beschäftigen, dass er sich nicht in eine stille Ecke setzte und blutig kratzte. Das war ganz schön stressig, denn ich hatte ja noch so viel andere Sachen zu tun. Deshalb nahm ich ihn oft mit auf meine Wege zu den einzelnen Arbeitsbereichen wie Gärtnern, Zimmermädchen, Service und Küchenpersonal. Franz schaute sich ab, wie ich mit den Gästen umging, und kopierte mein Benehmen. Morgens trat der Fünfjährige ganz locker und selbstbewusst an ihren Tisch im offenen Restaurant, in dem ein Honeymoon-Pärchen beim Frühstück saß, und lud sie ein: „Hallo, ich bin Franz. Wenn Sie möchten, kann ich Ihnen heute unseren Hilltop zeigen, zusammen mit unserem Hund Brownie. Es ist nur eine Viertelstunde von hier entfernt. Haben Sie Lust?" Dasselbe konnte er natürlich mittlerweile auch einwandfrei auf Englisch sagen und suchte sich nach seinen eigenen Kriterien die Gäste aus, um sie ganz speziell zu verwöhnen. Er lernte instinktiv, den neuseeländischen

Akzent genauso nachzuahmen wie einen australischen, englischen oder amerikanischen, je nachdem, wie die Leute mit ihm sprachen, antwortete er in der gleichen Sprache. Also machten sie eine Zeit aus und trafen sich dann pünktlich. Annette und Horst waren entzückt. Gerne ließen sie sich den Urwaldpfad hinauf auf das Aussichtsplateau führen, das in einen ganz besonderen Zauber gehüllt war. Franz zeigte ihnen Kaffeekirschen und Chilibüsche mit teuflisch scharfen kleinen Chilis, von denen er mal in eine gebissen hatte, sich danach mit den Händchen die tränenden Augen rieb und alles noch viel schlimmer wurde. Ausführlich erklärte er, dass man unbedingt schnell in die Küche rennen und die Augen mit Milch auswaschen musste, falls es ihnen aus Versehen mal passieren sollte, dass sie sich mit Chilifingern die Augen rieben. Horst und Anette versprachen ihm, dass sie immer gut aufpassen würden, was ihn beruhigte. Außerdem erklärte er noch, dass es keine wilden oder gefährlichen Tiere auf Fidschi gab, wenn man die Moskitos nicht mitzählte, an deren Gift sich der Körper nach ungefähr einem Monat gewöhnt und dann nicht mal mehr juckt oder anschwillt. Leider hatten die meisten Gäste nicht so lange Zeit und mussten sich mit Sprays behelfen. Und die Seeschlangen waren auch giftig, wenn sie einen bissen, was sie aber nie taten, aber die waren ja im Meer, so wie auch die Tigerhaie, vor denen man sich lieber in Acht nehmen sollte. Vor vielen Jahren befand sich auf unserem Grundstück ein kämpferisches fidschianisches Dorf, man konnte noch Überreste der Mauern finden. Sie waren als Kannibalen gefürchtet und erfanden den Lovo-Ofen, bei dem ein ganzer Mensch am Stück in Bananenblätter eingewickelt im heißen Erdloch gegart wird. Am liebsten aßen sie die Daumenballen und Augen. Die Aussicht von dieser Anhöhe aus war gigantisch weit über die Insel und bis hin zu den entfernten Nachbarinseln Matagi, Rabi, Yanuca und Qamea konnte man schauen. Das Plateau war mit Palmen bewachsen, sehr zur Freude von Brownie, der wie ein Besessener die heruntergefallenen Kokosnüsse apportierte, um dann am liebsten die grüne Schale mit seinen scharfen Zähnen runterzufetzen. Wenn man ganz still dastand, spürte man die Gegenwart der alten Geister wie Märchenspinnweben, sehr kraftvolle Seelen. Dieser Zauber fing jeden ein, es war ein sehr beliebter Platz zum Meditieren, für Morgenyoga, Hochzeiten, Cocktails und Vollmondpartys. Die Gerüche und Geräusche der Insel würde ich am liebsten in Flaschen abfüllen, um sie weltweit als Glückselixier zu verschenken.

Fidschianer haben höllische Angst vor den Geistern, die sie als sehr real empfinden. Nie gehen sie allein im Dunkeln und haben viele tolle Geschichten, in denen sie beschreiben, wie die Geister sie erschrecken und ärgern, indem sie aus den Büschen zurückpfeifen, wenn man nachts draußen ein bisschen pfeift oder gemalte Menschen auf Bildern ihnen hinterher schauten. Es gab in verschiedenen Bures Geister, die von niemandem der Mitarbeiter angezweifelt wurden. Einer davon war angeblich der Geist von einem ehemaligen Gast, der vor Jahren, bevor wir den Platz übernommen hatten, einen Unfall im Meer erlitt und noch im Zimmer verblutete. Ein Haifisch hatte ihn beim Schnorcheln ins Bein gebissen. Er war in den Flitterwochen und seine Braut musste mit ansehen, wie alles passierte. Immer wieder tauchte der Geist dieses armen Mannes auf und suchte seine Braut in der Bure, sodass die Zimmermädchen zusammen mit einem Nachtwächter vor Angst zitternd die Bettdecken abends zurückschlugen, das Schokoladenbetthupferl aufs Kopfkissen legten und schnell neue Handtücher ins Bad legten, bevor er sichtbar wurde. Komischerweise kamen nie Beschwerden von Gästen. Entweder hielten sich die Geister bei ihnen zurück, um sie nicht zu verjagen, oder die konnten einfach nicht glauben, was sie sahen, und dachten, sie hätten es vielleicht geträumt. Ansonsten waren die Geister uralt aus längst vergangener Zeit, die immer mal wieder vorbeischauten, um sicher zu gehen, dass ihr Land respektvoll behandelt wurde. Ich gab mir Mühe meinen Respekt zu zeigen, indem ich das Land liebte, und hatte nie Angst vor ihnen, obwohl ich manchmal sehr stark ihre Gegenwart spürte. Sie waren machtvoll, aber auch gleichzeitig weise. Ich fühlte, dass sie mich respektierten und die Kinder beschützten. Einmal fand eine tolle Vollmondparty am Hilltop statt. Gäste und Angestellte tanzten und tranken bis nach Mitternacht, dann verabschiedete ich mich und ging allein den Weg runter, eine Viertelstunde mitten durch den Dschungel. Die warme Nachtluft streichelte meine Haut, das Mondlicht leuchtete so hell, dass die Umrisse der Bäume klar zu sehen waren. Ich ging langsam und fühlte die freundliche Nähe von Wesen aus einer anderen Welt sehr intensiv, aber nicht beängstigend. Da ich so viel Wohlwollen spürte, artikulierte ich meinen Dank und meine Wünsche für sie. „Es ist so schön hier, ich danke euch, dass ich hier sein darf. Die Wärme in den Herzen und im Lächeln der Fidschianer, in der Luft, im Meer, die frischen Früchte, die interessanten Gäste aus aller Welt, jeden Tag so viele neue Erfahrungen, Herausforderungen und Abenteuer, ich danke euch von Herzen, dass die Kinder gesund und glücklich sind. Ich wünsche mir Liebe in meinem Leben. Einen Menschen, den ich liebe und der mich liebt, der gerne bei mir ist und mit dem ich eine leidenschaftliche Beziehung habe, bei dem ich auftanken kann.“ Die Geister nickten würdevoll, was ich am Wippen der Zweige in den Büschen um mich herum erkannte. Glücklich und müde duschte ich mich unterm Sternenhimmel auf der offenen Terrasse und ging schlafen. Am nächsten Tag kamen die Container aus Deutschland mit Möbeln und Maschinen fürs Hotel, zum Beispiel einem Rasenmäherroboter, der bis heute nicht in Betrieb genommen wurde, weil alle Angst davor hatten und Bruno nie Zeit dafür, um ihn einzustellen. Dafür liebten sie den Rasenmähertraktor und ließen sich auf ihm über das weitläufige Gelände fahren. Schliefen auch schon mal darauf ein, was wir daran merkten, dass Stan in eingeknickter Haltung auf dem Traktor saß und fleißig um eine große Palme herumfuhr, immer im Kreis. Aller Rasen war schon längst abgemäht und nun versuchten sich die Schneideblätter mit der Erde und kleineren Steinen, nicht sehr erfolgreich. Manchmal war es schwer sich zurückzuhalten, weil der Reflex, mich vor ihnen aufzubauen und sie anzuschreien, schon sehr stark wurde ob ihres Phlegmas. Aber das machte sie sehr traurig und manchmal gingen sie dann einfach nach Hause. Also ging ich hin und schrie Stan trotzdem an, als ich es nicht mehr aushalten konnte, aber erst, als ich sah, dass er tief und fest schlief. Manchmal hatte ich mich nicht so im Griff und bei unseren Meetings entschuldigte ich mich dann dafür. Annette und Horst aus Stuttgart waren einige unserer ersten offiziellen Matavu Gäste. Die ganze Geschichte wollten sie hören, wie wir auf die Idee gekommen waren, so ein Abenteuer mitsamt kleinen Kindern anzufangen. Was ich für ihre schulische Bildung organisiert hätte. Wie ich es so allein ohne Mann aushalten würde und wie mich die fidschianische Inselbevölkerung akzeptieren würde. Und dass sie mich total bewundern für meinen Mut und meine Abenteuerlust. Ich fand es überhaupt nicht schwer, so zu leben. Die Entscheidung war der leichteste Schritt in meinem Leben gewesen. So ein interessantes Abenteuer winkt nicht alle Tage und ich habe immer Lust, mich kopfüber hineinzustürzen. Das Leben will gelebt sein, dann macht es am meisten Spaß, so sehe ich das jedenfalls. Die meisten Fragen beantworten sich dann, wenn sie akut werden, zum Beispiel das Thema Schule. Ich habe so ein starkes Urvertrauen, dass ich mir nie Sorgen darum machte. Alles wird sich zeigen, wenn es so weit ist. Der einzige traurige Punkt meines Lebens war die Einsamkeit in meiner Ehe, aber das ging niemanden etwas an. Alles, was ich zu tun hatte, war, so intensiv und so authentisch wie nur möglich das Leben zu feiern. Das beeindruckte sie sehr und wir genießen schon seit vielen Jahren eine herzliche Freundschaft miteinander. Interessanterweise waren sie auch meine letzten Gäste, bevor ich Matavu dann elf Jahre später verließ, um einen neuen Lebensabschnitt zu beginnen. Aber das passierte alles sehr viel später und dazwischen war noch jede Menge pralles Leben. Annette und Horst staunten auch nicht schlecht, als ich morgens verkündete, dass wir heute ein bisschen unser Wohnzimmer dekorieren würden. Die große Lounge mit Sesseln war seit der Übernahme in einem etwas abgenagten Zustand und ich wollte unbedingt meine persönliche Note einbringen. Am Strand hatte ich wunderschöne, riesige Baumstämme gefunden, die als Treibholz im Sand lagen. Ausgehöhlt, grau gebleicht, mit herrlichen Maserungen und der Energie von Walfischen. Sie strahlten Natürlichkeit, Ursprünglichkeit und Liebe aus, deshalb wollte ich das riesige Trumm ins Resort hoch schaffen lassen. Am Strand fanden sich über dreißig der stärksten Männer mitsamt einem geliehenen Lastwagen und Steve ein. Der war Amerikaner und lebte schon seit vielen Jahren auf den Inseln. Seines Zeichens Holzkünstler hatte er sich einen Namen gemacht, indem er angeschwemmtes Treibholz zu Vasen mit exotisch anzuschauenden Brandlöchern verarbeitete und an Touristen verkaufte. Steve war schon zu lange in den Tropen, wir nennen so was „gone troppo", das bedeutet, wenn jemand zu viel Sonne und alkoholische Getränke in Verbindung mit der überproportionalen Bestätigung des männlichen Egos durch junge Inselschönheiten genossen hat. Sehr viele weiße Männer, die auf den Inseln leben, werden „troppo" und verlieren ein bisschen den Bezug zur Realität. Nun, als Künstler und durchaus witziger Zeitgenosse war er mir sympathisch. Er hatte sich bereit erklärt, mit seiner Kettensäge das schönste Stück aus dem größten angeschwemmten Baumstamm für mich rauszuschneiden, damit wir es auf den Lastwagen hieven konnten. An dem Tag rächten sich mein Tatendrang und die Anspannung der letzten Wochen. Durch einen Luftzug hatte ich mir eine Ohreninfektion eingefangen, die ich zu ignorieren versuchte. Nun saß ich im heißen Sand und überwachte die Sägearbeiten, dabei fieberte ich so stark, dass mir ganz schwindelig wurde. Ohrenschmerzen, die ich noch nie in meinem Leben hatte, zwangen mich, ganz ruhig zu sitzen, denn ich wollte auf keinen Fall Schwäche zeigen. Sobald man Schwäche zeigt, verliert man seine Autorität. Ich hatte mich überfordert. Dieses Projekt war wie ein Riesenbaby, was einen ständig in Anspruch nimmt und so gut wie niemals schläft. Nun war ich krank. Bis zum Abschluss des Treibholzprojekts stand ich noch meinen Mann, dann brach ich zusammen und ging ins Bett. Wie im alten Ägypten benutzten die Fidschianer Seile und Stämme, um das riesige Stück bis in die Lounge zu bugsieren. Bis jetzt liegt es da und hat dem ganzen Raum eine schöne, persönliche, künstlerische Note gegeben. Den Kindern sagte ich, dass sie bitte ohne mich zum Abendessen gehen sollten, und sie erzählten den Bandboys, dass ihre Mama schlimme Ohrenschmerzen habe. Immer noch dachte ich, dass es vielleicht von selbst weggeht, und nahm homöopathische Mittel, die ich mir aus Deutschland mitgebracht hatte. Die ganze Nacht lag ich wach und heulte vor Schmerzen leise in mein Kissen. Es wurde immer schlimmer. Am nächsten Morgen brachte mir Mere das Frühstück: Papaya mit Limetten, Muffins mit Bananenstückchen, ein Matavu-Omelett mit Ingwer, Knoblauch und Chili gewürzt, frisches Brot, hausgemachte Ananasmarmelade, Kaffee, Fruchtsaft aus Ananas und Passionsfrucht, alles liebevoll mit weißen Frangipaniblüten garniert. Aber ich konnte gar nichts essen und sie erschrak, als sie mich so leiden sah. „Alicia, wir möchten, dass du wieder gesund wirst. Hier in Fidschi sind verschiedene Familien auf verschiedene Krankheiten spezialisiert, sie vererben die Fähigkeit zu heilen. Sai kann dir helfen, damit du keine Schmerzen mehr hast." „Echt, wie geht das, was wird er machen?", krächzte ich matt und war bereit, wirklich alles auszuprobieren. „Ach, nicht viel. Ein bisschen die Ohrmuschel massieren mit Kokosöl und sanft hineinblasen, das ist schon alles. Drei Tage lang jeweils zweimal täglich. Ich schick ihn nachher zu dir, o.k.? Und dann bring ich dir frischen Zitronenblättertee, der wird dir gut tun." Völlig apathisch wartete ich auf meine Rettung. Das Fieber war schon wieder hoch und ich fühlte mich so schwach. Hoffentlich sterbe ich nicht, dachte ich manchmal, denn Bruno war schon wieder in Deutschland und ich hatte alles allein um die Ohren, im wahrsten Sinne des Wortes. Aber ich war zu erschöpft, als dass es mir wirklich etwas ausgemacht hätte. Eine große Wut glomm tief in mir drin, die Bruno galt, der mich hier mutterseelenallein geparkt hatte mit so viel Arbeit und Verantwortung. Das war eindeutig zu viel. Die Kultur, die Sprache, ein Resort führen, Kinder großziehen auf einer kleinen Südseeinsel, bei aller Liebe, ich war verdammt einsam und verdammt überfordert, und wenn ich krank bin, pflege ich Selbstmitleid, das ist nun mal so. Ich wurde immer wütender und tat mir immer mehr leid. Irgendwie fühlte ich mich wie ein wildes Tier, das in eine Falle geraten war, denn als kinderlose Frau könnte er mich als Partnerin nie so einfach vernachlässigen, da wäre ich schon längst weg und hätte mich von ihm getrennt. Ich fühlte mich nicht geliebt, nicht begehrt, nicht geschätzt. Ein bisschen wenig für eine funktionierende Ehe. Mit Kindern fühlte ich mich nun angekettet, ich trug die Verantwortung und konnte nicht einfach davonrennen. Sai war ein riesiger, ständig grinsender, muskulöser, dunkler Fidschianer. Wie die meisten unserer mittlerweile über fünfzig Mitarbeiter hatte er eine Doppelfunktion und verschönerte tagsüber den Garten, harkte den Strand und sammelte heruntergefallene Palmblätter auf, doch abends war er Bandboy. Um die große, geschnitzte Kavaschüssel herum saßen unsere vier Musiker samt Gitarren, einer Bassgitarre und Ukulele, um mit fidschianischen Klängen die Gäste zu unterhalten. Sais Stimme war berühmt, ganz hoch und klar wie ein kleiner Chorknabe, was in Diskrepanz zu seinem kräftigen, dunklen Körper stand. Nie wurde ich dieser Musik überdrüssig, ich liebe sie nach wie vor. Meist sangen sie fidschianische Texte, aber sie komponierten auch viel selber, spielten dazwischen Bob Dylan, Jimmy Hendrix, was immer die Gäste verlangten. Nun kam Sai in meine Bure, grinste, kicherte verlegen und fragte, ob er sich neben mich aufs Bett setzen dürfe. „Ja klar, danke, dass du gekommen bist. Meine Ohren tun so weh, dass ich vor Schmerzen die Wände hochgehen könnte, bitte, kannst du mir helfen?“, fragte ich verzweifelt. „Sicher, Alicia. Leg dich auf die Seite, entspann dich, es wird dir gleich besser gehen“, war alles, was er sagte. Dann holte er eine kleine Flasche hausgemachtes Kokosöl aus seiner Hemdtasche, stellte sie neben mich und ging ins Bad, um sich die Hände zu waschen. Natürlich war er verschwitzt von der Gartenarbeit draußen, aber seine Hände waren nun sauber und mir war sowieso alles egal, Hauptsache die Schmerzen würden gelindert. Der frische Kokosduft verwöhnte meinen Geruchssinn und ich sagte mir, dass es im Moment die einzige Lösung war, mich der Buschmedizin anzuvertrauen, schließlich heilten sie sich seit vielen Tausenden von Jahren auf eine Art und Weise, die wir Weißen vielleicht nicht komplett verstanden, was sie aber nicht weniger wirksam machte. Fidschianer können auch über glühende Kohlen gehen, ich habe es gesehen. Und Knochenbrüche heilen, Verbrennungen auf der Haut narbenfrei verschwinden lassen, Schmerzen aller Art wegzaubern, Entzündungen mit Blätterumschlägen zum Abklingen bringen, Vergiftungen aussaugen, Abtreibungen mit Pflanzensuds vornehmen und alle möglichen Wehwehchen des Alltags heilen. Ganz abgesehen von den großen Zaubereien, wie Delfine oder Haie rufen, den Regen wegschieben, Glück oder Unglück in ein Haus einziehen lassen, eben die ganze Quantenphysik, in der Zeit und Raum sehr dehnbare Begriffe sind. Als Insulaner sind sie ein sehr altes Volk, das Rituale und Fähigkeiten lückenlos, unvermischt weitervererbt hat. Schon kam Sai aus dem Bad zurück, ich atmete ruhig und tief, ließ mich einfach fallen. Eine meditative Energie ergriff den Raum. Er murmelte fidschianische Wörter, rieb sich die Hände mit Öl ein und begann ganz zart mein linkes Ohr zu massieren. Dann senkte er seine Lippen vorsichtig auf die Öffnung und blies ein bisschen hinein. Das machte er ein paar Mal, dann bat er mich, auf der anderen Seite zu liegen, um den Vorgang beim rechten Ohr zu wiederholen. Natürlich war ich total gespannt, was er da mit mir anstellte, konnte aber auch gleichzeitig die feierliche Stimmung spüren, die Würde, mit der er seine Ahnen bat, mir durch ihn zu helfen. Somit agierte er als Medium. Uralte Heilkraft durchströmte mich mit seinem Atem, ich lag da, atmete ruhig und konnte es kaum fassen, dass in der Sekunde alle Schmerzen verflogen waren. Die ganze Prozedur hatte sich außerdem sehr angenehm, fast erotisch angefühlt. „O. k., das war's, danke Alicia", sagte er, nachdem er dreimal in die hohlen Handflächen geklatscht hatte, aufstehend, verlegen grinsend. Der Moment des Zaubers war verflogen, vor mir stand wieder Sai, Angestellter, grinsender Gärtner und Bandboy. Viel später erfuhr ich, dass er in seinem Dorf ein sehr respektabler Mann mit viel Autorität war. Ich bedankte mich und war etwas verwundert darüber, dass er sich für mein Vertrauen bei mir bedankt hatte, obwohl er mir doch geholfen hatte. Er würde abends nochmal kommen und das Gleiche machen. Wenn ich nach drei Tagen immer noch Beschwerden hätte, könnte er mir leider nicht mehr helfen. „Aber du hast mir unglaublich viel geholfen, ich habe überhaupt keine Schmerzen mehr", wandte ich ein, zutiefst erstaunt über seine eigenen Zweifel an seiner Zauberei. „Die Schmerzen sind weg, aber es muss trotzdem noch viel heilen", erwiderte er. Nach drei Tagen war ich immer noch schmerzfrei, fit und munter, aber hatte das Gefühl, als wären meine Ohren mit Wasser gefüllt, das war unangenehm. Deshalb fuhr ich ins Krankenhaus und sie gaben mir ein Antibiotikum, weil sie eine schlimme Mittelohrentzündung diagnostizierten, die aber schon zum größten Teil von selber abgeheilt war. Ich habe der Fidschimedizin immer vertraut und bin in all den Jahren nie enttäuscht worden. Es gibt mehr zwischen Himmel und Hölle, mehr als wir sehen und verstehen. Deshalb bin ich dennoch froh über gut ausgestattete Krankenhäuser und starke Medizin, wie Antibiotika zum Beispiel, ohne das in den Tropen manchmal gar nichts mehr geht. Diese Naturvölker kennen Energien, die man nicht mit Logik allein erklären kann. Was mich nervt, sind Weiße, die aus ihren zivilisierten Ländern kommen, sich im Schneidersitz fünf Minuten ans Lagerfeuer setzen und mit glänzenden Augen den totalen Zauber erleben wollen. Das funktioniert nicht. Wir müssen uns einlassen, fallen lassen, Zeit haben. Dann passiert alles mit Leichtigkeit, wie von selbst. May hatte in den Tagen, an denen ich im Bett lag, das Zepter übernommen und wollte nun ein paar Tage freihaben, was bedeutete, dass ich den ganzen Betrieb komplett mitsamt den Kindern wieder auf meinen Schultern tragen musste, was ich natürlich tat, etwas wackelig allerdings. Sie trank viel zu viel Rotwein, lief oft mit glasigen Augen rum, aber ich mochte Kenny sehr, er war lieb zu meinen Söhnen, besonders zu Franz, dem er Kajaken beigebracht hatte, deshalb tolerierte ich ihre Affäre und tat so, als würde ich nichts merken. Kenny kam immer am Nachmittag vorbei und tat so, als wäre er nur gekommen, um Franz zu besuchen, verbrachte auch eine Weile in seiner Gesellschaft, später jedoch verschwand er irgendwann mit May. Er schenkte Franz ein tolles Buch über den Mond im Hinblick auf seine nahende Schulzeit. Wir konnten nachts den Mond wunderbar beobachten, ihn aufgehen sehen und den ganzen Zyklus sehen, weil so wenig Lichter auf der Insel brannten. Dieses Buch war vor neunzehnhundertneunundsechzig geschrieben worden und endete mit der mystischen Frage, ob der Mensch es jemals schaffen würde, so weit zu reisen. Damit war Franz' erste Schulstunde in Astronomie fällig. Tagsüber verkündete May, dass sie die Gärtner kontrollieren wolle, und stapfte mit Wanderschuhen in den Urwald hinein, um nach Stunden von einem Schäferstündchen aus Kennys Haus zu kommen. Ein bisschen neidisch war ich, weil sie Sex hatte und ich nicht, aber in erster Linie gönnte ich ihnen die Liebe. Was gibt es Schöneres? Die meisten Gäste waren Honeymooner, um mich herum liebten sich alle wie verrückt, aber ich war allein mit einem Ehemann, über den sich schon alle lustig machten. War er schwul, weil er am liebsten mit den anderen schwulen Fidschianern feierte, oder war ich so böse, dass er mich nicht anfassen durfte? Keiner konnte sich wirklich einen Reim daraus machen, am wenigsten ich selbst. Manche Leute sagten manchmal, dass ich ihn nur erfunden hätte, weil es ihn gar nicht gäbe, denn sie hätten ihn noch nie gesehen. Daran merkte ich dann manchmal, wie einsam ich wirklich war. Natürlich kam er immer mal für ein paar Wochen, in denen er so viel Stress verbreitete, dass wir uns eigentlich nur stritten, weil ich es gewohnt war alles zu bestimmen und nun keine Lust hatte, all die Macht wieder abzugeben. Außerdem verunsicherte es die Mitarbeiter. Mal hü, mal hott, da war keine Linie, wir arbeiteten eher gegeneinander als miteinander, das war sehr aufreibend. Von Liebe keine Spur. Ich war es gewohnt alle Entscheidungen zu treffen, und wenn er kam, brachte er nur Unruhe in mein Regime. Zärtlichkeit fand nicht statt, ich ekelte mich vor ihm nachts, wenn er getrunken hatte, und tagsüber war er verschwitzt. Deshalb war ich eigentlich ganz froh, wenn er dann wieder wegfliegen musste, und am Telefon hatten wir uns auf einmal wieder lieb. Wir waren Eltern, Partner, aber kein Liebespaar. Diese Enttäuschung tut so weh. Nun hatten wir ein Paradies gefunden und waren immer noch nicht glücklich miteinander. Schade. Mit der Zeit fing ich an, die Schuld bei mir zu suchen. Fand mich nicht hübsch, nicht lieb, lustig, nicht erotisch genug und nahm mir vor, daran zu arbeiten. Leider war meine negative Reizschwelle so niedrig, dass schon ein falsches Wort dazu führte, dass ich nicht mehr lieb, lustig und erotisch sein konnte, sosehr ich mich auch bemühte. Die Wut und der Ekel waren einfach zu groß. Dann reiste er wieder ab. Endlich waren wir wieder allein und weil es Sonntag war, beschlossen die Kinder und ich, Audrey zum Nachmittagskaffee zu besuchen. Sie war eine gemütliche Amerikanerin Ende sechzig, die auf der Terrasse ihres hübschen Hauses am Strand selbst gemachte Torten und Plätzchen verkaufte. Dazu selbst gerösteten Kaffee. Sie hatte mir netterweise das Rezept zum Kaffeerösten beigebracht, deshalb stand ich zweimal in der Woche eine Stunde in der Küche und röstete die grünen Kaffeebohnen, die ich vorher auf der Plantage am anderen Ende von Tavarua eingekauft hatte. Bei hoher Hitze und immer mit dem Holzlöffel umrühren, der Dampf enthält ätherische Öle, die mich high machten, das ganze Gelände roch nach frischem Kaffee an diesen Tagen. Heute saß auch Roberta auf der Veranda bei Audrey. Sie tat immer so exotisch und geheimnisvoll, damit ich mich wie ein kleines dummes Mädchen in ihrer Gegenwart fühlte, dabei war sie neidisch. In Hawaii aufgewachsen waren ihr Mann Kapena, ein berühmter Hochseefischer, und sie nach Tavarua gelangt, weil es sie an das Hawaii in den Fünfzigerjahren erinnerte. Im Dornröschenschlaf, schön pur, authentisch, satt tropisch. Uns hatte nie jemand gesagt, dass vor uns schon weitere Interessenten Matavu erwerben wollten, deshalb war ich überrascht zu hören, dass sie inmitten der Verhandlungen waren, als Bruno und ich über unser kleines Paradies stolperten. Ohne dass wir irgendwas davon wussten, wollten sie vor uns Matavu kaufen, aber da es mit der Anzahlung wohl nicht geklappt hatte, schnappten wir es ihnen vor der Nase weg, unabsichtlich natürlich. Das verzieh sie mir nie. Nun lebten sie nebenan auf einem kleinen Grundstück und bauten sich ein Haus. Kapena verdiente ein bisschen Geld mit Sportfischen. Sie erzählte gerne unglaubliche Geschichten ihrer fantastischen Taucherlebnisse, weil sie wusste, dass ich Angst vorm Tauchen hatte und mir jeden Tag Sorgen um unsere Tauchgäste machte. Sie war ja so cool und am liebsten spielte sie mit Delfinen, die natürlich immer gleich von überall herkamen, um sie zu umschwärmen. So sehr, dass sie am liebsten Sex mit ihr hätten. Aber sie kannte zum Glück die Etikette in der Delfinwelt, um höflich „nein, danke“ zu sagen. Solche Geschichten erzählte sie mir. Vor den Kindern. Ich war fasziniert und leider noch nicht so weit gereift in meiner Persönlichkeit, dass ich ihr ehrlich meine Meinung sagte. Es war auch irgendwie interessant, auf jeden Fall amüsant, ihr zuzuhören. Ich lernte so viele neue Menschen mit ihren Geschichten kennen, am liebsten hörte ich es mir einfach an und dachte mir später meinen Teil. „Ja, und wo ist denn dein Alibimann, den es nicht wirklich gibt, du sagst das nur, damit du nicht allein dastehst, gib es zu“, versuchte sie mich lachend zu ärgern. „Tja, da hast du Pech gehabt, wir haben ihn heute Morgen zum Flughafen gebracht, er ist auf dem Weg nach Deutschland, kommt aber in ein paar Wochen wieder“, antwortete ich trotzig und fuchtelte mit meinen Fingerringen, damit sie meinen Ehering sah. Die Jungs waren schließlich sichtbare Zeugen dafür, dass irgendwo ein Mann war, mit dem ich zusammen gewesen sein musste, aber noch zu klein, dass sie glaubhaft wirkten, für Roberta. Sie war fünfzehn Jahre älter als ich und konnte es ganz schlecht schlucken, dass ich nun die Königin von Matavu war, mit den interessanten Gästen und Herrin von über fünfzig Mitarbeitern und bedient wurde von vorn bis hinten. Dass mein Alltag sehr viel Arbeit war und ich ständig überfordert, weil ich immer diese Rolle spielen musste, immer stark sein musste, immer allein war, ist ein anderes Thema. Wir aßen unseren Schokoladenkuchen, tranken Kaffee und Limonade, wobei wir Höflichkeiten mit Audrey austauschten und Roberta einfach ignorierten. Audrey war wie eine liebe Oma für uns, sie hatte einen für mich sehr schwierigen Akzent aus Boston, ich musste sehr genau zuhören. Vor zehn Jahren waren sie und ihr Mann gekommen, um ihren Lebensabend hier zu verbringen. Als das Haus fertig gebaut war, eröffnete ihr Mann, dass er die Stille nicht ertrug, und flog zurück nach Amerika. Sie liebte die Insel schon zu sehr und stellte sich vor, wie sie zurück in Amerika in ihrer kleinen Wohnung bei zu viel schlechtem Fernsehen und Fast Food versauerte, deshalb ist sie auf Tavarua geblieben. Als alleinstehende ältere Frau ist sie sehr tapfer und überlebte einige Raubüberfälle nachts in ihrem kleinen Holzhaus, davon sogar eine Vergewaltigung, die natürlich nie von der Polizei aufgeklärt wurde. Für Fidschianer ist eine alleinstehende Frau Freiwild. Immer wieder motiviert sie sich und hält an ihrem Traum fest, in der Südsee ihren Lebensabend zu verbringen. Sie verdient gerade genug Geld mit dem Verkauf von Kuchen und Kaffee auf ihrer Veranda. Audrey war auch die erste Weiße, die mir auf dem winzig kleinen Tavarua-Flughafen aufgefallen war, und zwar hatte sie in einem rosa Baumwollkleid mit Puffärmeln auf einer Wartebank gesessen und hübsch mit rosa Schleifchen abgepackte Plätzchen verkauft, mich ganz lieb angelächelt, sodass ich ihr ein paar Tütchen abkaufte. Es braucht nur ganz wenige Augenblicke beim ersten Eindruck, dann sind die Karten für immer gefallen: Freund oder Feind, blöd oder nett. Wir hatten uns gern, Audrey und ich, sie war meine Ersatzoma und wir machten uns immer gegenseitig die schönsten Komplimente über unsere Kleidung und unseren Schmuck, weil wir beide sehr viel Wert auf gutes Aussehen legten und Spaß daran fanden, uns hübsch zu machen, sogar auf einer kleinen abgelegenen Fidschi-Insel. Sie musste mal sehr schön gewesen sein und war es immer noch auf eine zerbrechliche Weise. Besonders ihr Ohrschmuck fiel auf, selten habe ich ihre auffälligen Kreationen zweimal an ihr gesehen, immer hatte sie zum Kleid passende Gehänge mit bunten Steinen. Nachdem wir genüsslich beobachtet hatten, wie die Sonne ihr Tagewerk beendete und dramatisch im Meer versank, wanderten wir eine halbe Stunde über die Inselstraße wieder zurück. Duschen, Abendessen für die Kinder, noch eine Geschichte vorlesen und drei Gutenachtlieder singen, dabei Rücken kraulen und dicht an Emils kleinem, duftendem Kinderkörper angekuschelt ein bisschen einschlafen. Er hielt mich immer fest, wenn ich mich neben ihn legte, um ihn zu kraulen. Wenn er dann einschlief und ich mich vorsichtig wegschleichen wollte, klemmte er meinen Arm oder meine Hand unter seinen Körper und wurde wieder wach. Aber er weinte nicht und ich erklärte ihm, dass ich zu den Gästen runter an die Bar müsste und den Wachmann hochschicken würde, damit er auf der Veranda aufpasst, damit niemand kommt. Es kam sowieso niemand, aber so fühlten sie sich sicher. Emil erzählte mir manchmal von den Geistern, die er sah, und ich erklärte ihm, dass er das träumte und sie auch ganz lieb waren, also keine Sorge. Franz schlief tief und bekam nichts mit. Manchmal kratzte er sich ganz fest und sprach im Schlaf. Dann rieb ich die Stellen mit einer homöopathischen kühlenden Salbe ein. Ich zog mich um, meistens ein buntes, weiches Hüfttuch mit passendem Oberteil und ging an die Bar, um die Gäste zu unterhalten. Jeden Tag gab es einen neuen Cocktail aus frischen Säften, Zuckerrohrrum und frischer Kokosmilch. Es machte Spaß, die neuen Gäste miteinander bekannt zu machen, selten waren zickige Menschen dabei, und sobald ich das merkte, ging ich schnell auf Abstand. Meistens erzählten sie sich ihre Hochzeitsgeschichten und zeigten sich stolz ihre tollen Eheringe. Die Taucher gaben ihre Taucherlebnisse vom

Tag zum Besten und die Wanderer berichteten von ihren Ausflügen über die Insel, die Wasserfälle, das Dorf, den Vulkan, was immer sie eben so unternommen hatten. Alle waren in Hochstimmung und lobten das gute Essen, für das Matavu immer schon berühmt war. Heute gab es Lovo. Da wird alles im Erdofen gegart. Huhn in Kokosmilch, Chili und Limonensaft, in Bananenblätter eingewickelt, ein großer Fisch, ausgehöhlte Kürbisse, gefüllt mit scharfem Curry, und viele fidschianische Spezialitäten. Als Vorspeise gibt es Kocoda, das sind rohe Fischstückchen, in Limonensaft gegart mit frisch gepresster Kokosmilch, feingehackten Zwiebeln, Chili und Gurken. In einer ausgehöhlten Kokosschale serviert isst man diese Leckerei mit einer Kannibalengabel, aus Holz geschnitzt. Die wurden vor gut hundert Jahren noch gern dazu benutzt, das Gehirn von Feinden, die in demselben Erdofen gegart waren, aufzuessen. Das Restaurant war nach allen Seiten offen gebaut, die warme Nachtbrise wehte weich über unsere Köpfe, dazu Gitarrenklänge und schöner melodischer, fidschianischer Gesang. Manchmal sah ich Sternschnuppen und wünschte mir auf Kommando: „LIEBE. Bitte, ich wünsche mir LIEBE in meinem Leben und dass die Kinder glücklich sind." Immer der gleiche Wunsch. So viel Liebe, die ich geben konnte und wollte und auch tat, aber die Frau in mir wollte eben auch ihre Liebe loswerden und als Frau geliebt werden. Als Mutter, Gastgeberin, Arbeitgeberin, Geschäftsfrau hatte ich viele herzliche Kontakte und lebte alle meine Talente und Fähigkeiten, alle, außer der Liebe als Frau. Daniela und Jay waren auch da, ein Honeymoon-Pärchen in meinem Alter aus Amerika. Besonders herzlich befreundete ich mich mit der dunkelhaarigen, temperamentvollen Daniela an, die fasziniert von mir war, was auf Gegenseitigkeit beruhte. Alles wollte sie von mir wissen, meine ganze Geschichte, und sie erzählte mir ihrerseits von ihrem Beruf als Professorin für Unterwasserroboter. Sie arbeitete an einer Universität in Boston und hatte nichts Geringeres vor, als die Welt zu retten, umwelttechnisch gesehen, und zwar mithilfe ihrer Unterwasserroboter, die alles

Mögliche im Meer reinigen und reparieren konnten. Ihr Mann, Jay, war Computerspezialist und half mir viel mit der Computervernetzung für die Buchhaltung, das Marketing und die Reservierungen. Komischerweise sollten genauso wie Annette und Horst auch Daniela und Jay nicht nur meine ersten befreundeten Gäste werden, sondern auch meine letzten Lieblingsgäste, bevor ich Matavu verließ. Während all der zwölf Jahre besuchten sie immer wieder ihr Matavu-Paradies. Später brachten sie ihre süßen Töchter mit, die Matavu, die herzlichen Fidschianer, die Pferde, den Pool, die Hunde und den Strand genauso lieben lernten und nur unter Tränen wieder abreisen konnten. Solche Menschen werden Freunde, weil der Ausnahmezustand, in dem sie sich als Urlauber befinden, sie sehr öffnet, und sobald diese ersten Augenblicke über Sympathie oder Antipathie entschieden, stand einer Freundschaft nichts mehr im Weg.

Beide waren Taucher. Und ich hatte so Angst um sie. Jeden Tag betete ich, dass sie wohlbehalten zurückkämen von ihrem wahnsinnigen Ausflug in die Tiefen des Meeres. Ich stellte es mir so gefährlich vor, mit einer druckluftgefüllten Aluflasche, diversen Schläuchen, Taucherbrille und einem Bleigurt um die Hüften hinab in die Tiefe zu sinken, um sich Tigerhaien als Appetithappen anzubieten. Ich fand es einfach absurd, sich freiwillig so einer Gefahr auszusetzen, denn im Wasser um Tavarua wimmelte es nur so vor Haien, zur Freude der Taucher, denen sie gar nicht groß und zahlreich genug sein konnten. Die Fidschianer hatten jede Menge gruselige Geschichten über die Legende vom Haigott, der über die Insulaner wacht, natürlich nur über die Einheimischen, nicht die vorwitzigen Ausländer. Die strahlende Begeisterung der Taucher konnte ich überhaupt nicht nachvollziehen. Schnorcheln war cool, das liebte ich, aber da war doch immer gleich das Boot in Griffweite sozusagen und andere Schnorchler in der Nähe. Ich gab mir Mühe zuzuhören und lernte über die bunte Unterwasserwelt in der Tiefe. Trotzdem hatte ich panische Angst vor den Gefahren, durfte es mir aber aus professionellen Gründen nicht anmerken lassen, schließlich war Tauchen eine unserer Hauptattraktionen mit der Vielzahl an Weichkorallen, die in allen Farben schillerten und den vielen bunten Fischen. Für heute waren meine Lieblingsgäste Gott sei Dank wieder wohlbehalten zurück, hatten sich eine Massage gegönnt, und nun saßen wir gemeinsam beim Abendessen und ließen uns dazu ein Glas australischen Rotwein schmecken. Plötzlich gestikulierte Daniela wild und wortlos in meine Richtung, ich drehte mich um und war wie versteinert: Vor unseren Augen spazierte Franz splitterfasernackt fünfjährig mitten durchs Restaurant, langsam, mit leicht vorgestreckten Ärmchen, direkt durch die Schwingtür in die Küche hinein. Alle Gäste schauten mit geöffneten Mündern zu. Sofort sprang ich auf und eilte ihm nach. Ganz vorsichtig näherte ich mich von hinten und flüsterte: „Mein Schatz, du schläfst und im Traum bist du spazieren gegangen, nun trag ich dich wieder zurück in dein Bettchen, o. k., alles ist gut, du brauchst keine Angst haben, denn ich bin ja bei dir, lieber Franzi“, versuchte ich ihn so sanft wie möglich aus seiner Schlafwandlerei herauszuwinden. Er murmelte, dass er Hunger hätte, und ich gab ihm einen Kokoskeks, der vom Nachmittag übrig geblieben war. Den mampfte er sofort hinunter, halb wach, dann wollte er Wasser trinken. Er merkte schon, dass er nackt war, und das war ihm peinlich und er fing an zu jammern. Zum Glück war er so schläfrig, dass er sich nicht weiter darüber aufregte. In Deutschland hatten wir überhaupt kein Schamgefühl als Familie gehabt und bewegten uns nackt im Haus, wie wir wollten, aber leider hatten die fidschianischen Kindermädchen schon ihre Spuren hinterlassen und ihnen Quatsch eingeredet, dass man sich bedecken müsse, alles Mist, den ihnen die Missionare damals beigebracht hatten, denn vor ihrer Kolonialisierung genossen auch sie die Nacktheit ihrer Körper ohne jegliche Scham. Also nahm ich ihn auf und umschlang seinen kleinen Körper mit meinen beiden Armen, damit so wenig Franz wie möglich rausschaute. So ging ich ganz gefasst an den Köchen vorbei durchs Restaurant, vorbei an den staunenden Gästen und Bandboys und trug ihn über die Wiese durch die kuschelige, warme, dunkelblaue Nacht, um ihn wieder ins Bett zu legen. Zurück im Restaurant stolzierte ich mit hoch erhobenem Kopf zurück an meinen Tisch, als wäre es das Normalste auf der Welt und wir würden täglich unsere nackten Kinder aus der Küche tragen, und setzte mich neben Jay und Daniela, die sehr amüsiert über diesen Zwischenfall waren. Einige andere Gäste glotzen etwas pikiert, was ich aber einfach ignorierte. Meine Güte, ich war nun mal allein und alles immer zu jonglieren, ist manchmal unmöglich. Nur weil ich kleine Kinder hatte, bedeutete das nicht, dass ich kein Resort führen konnte, und ich würde sie deshalb auch nicht in ihrem Haus nachts einschließen. Wenn sie zu mir ins Restaurant kommen wollten, konnten sie das tun, immer, das war ausgemacht, anstatt verängstigt in ihren Bettchen zu liegen. Mal kommen die Gäste ein bisschen zu kurz und mal kommen die Kinder ein bisschen zu kurz. Wer immer zu kurz kommt, bin ich, aber das ist ein anderes Thema. Das Schönste, was ich in dieser Zeit lernte, war, ganz intensiv den Augenblick zu genießen. Es gab nie wirklich Feierabend, denn bis ich vom Schlaf übermannt ins Traumland glitt, horchte ich immer noch auf das regelmäßige Brummen des Generators, denn der Generator wurde mit Diesel betrieben und war für unsere gesamte Stromversorgung zuständig, so wie das Herz von der ganzen Anlage. Da war immer die Sorge, ob alles in Ordnung war und ich horchte auf jede Unregelmäßigkeit, denn wenn nachts der Generator ausfiel, wurde es pechschwarz und die Gäste ärgerten sich. Deshalb war es wichtig, die schönen Situationen voll auszukosten. Immerhin lebte ich in diesem Luxusresort in der Südsee. Der Trick besteht einfach darin, das Schöne wie Kaugummi zu dehnen und über das nicht so Angenehme so schnell wie möglich hinwegzurutschen. Fidschianer lebten es mir sowieso jeden Tag vor, da lernt man schnell. Für sie ist der nächste Witz, die nächste Mahlzeit, die nächste Kavarunde, die nächste Geselligkeit das Allerwichtigste. Und Lachen. Jede Möglichkeit zum Lachen wird weidlich genutzt, das steckt irgendwie an. Also lachten wir einfach herzlich über den kleinen Franz und wie er ins Restaurant schlafwandelte und danach unterhielten Daniela und ich uns über die tollen Bücher, die wir lasen, und fanden heraus, dass wir beide Anais Nins erotische Geschichten sehr interessant und schön fanden. Diese Art von ungezügelter Erotik, wie sie dort beschrieben wird, hatte meine Hoffnung genährt, dass es irgendwann irgendeine Art von Sexualität in meinem Leben geben würde, die ich ausleben konnte. Nur Geduld. Eins nach dem anderen. Alles zu seiner Zeit. Natürlich war ich ein bisschen neidisch auf Daniela und Jay, die gerade ihre Flitterwochen genossen, und wünschte ihnen eine wilde Nacht. Alle anderen Gäste waren schon in ihre Bures gegangen, deshalb ließ ich mir vom Nachtwächter die Schlüssel von den Wirtschaftsgebäuden geben, um sie über Nacht bei mir aufzubewahren, bis morgens um fünf Uhr die nächste Schicht der Security sie wieder abholen würde, und setzte mich ein paar Minuten allein an den von unten erleuchteten Pool, um die Nacht zu genießen. Frösche quakten laut, Grillen zirpten unermüdlich und laut ihren Gesang aus den Büschen heraus, ein paar Mücken sirrten in den höchsten Tönen um meinen Kopf herum, immer im Kreis, und aus der Ferne hörte ich gackerndes Lachen. Keine Geister heute Nacht, ich spürte ihre Gegenwart jedenfalls nicht. Einfach eingehüllt wie in eine warme, dunkelblaue Decke saß ich mit angewinkelten Beinen auf dem Holzdeck und starrte ins Wasser, gedankenlos. Dieser Tag war vollendet, fertig, alle Arbeiten für heute beendet, alle Gäste schliefen, meine Kinder schliefen, alle schliefen. Ich hatte wieder einmal alles gegeben, was ich geben konnte; meine Zeit, meine Energie, mein Lächeln. Todmüde ging ich hinauf zu unserer Bure, fiel auf mein Bett und schlief sofort ein. Am nächsten Tag wachte ich schweißgebadet auf. Mist, verschlafen. Ab acht Uhr morgens klettert das Thermometer steil in die Höhe, es wird so heiß, dass es nicht mehr gemütlich ist, im Bett liegen zu bleiben, jedenfalls dann nicht, wenn man keine Klimaanlage hat, sondern nur einen müden Deckenventilator. Um kurz vor fünf klopfte der

Nachtwächter wegen Schlüsselübergabe an meine Tür, aber daran konnte ich mich nicht mehr erinnern, denn ich war sofort, nachdem ich ihm aufmachte, wohl wieder fest eingeschlafen und meine Söhne gingen ohne mich zu wecken schon voraus zum Frühstück. Oft wusste ich nicht mal mehr, welcher Wochentag war, außer sonntags, weil die meisten Angestellten dann zu Hause blieben und offensichtlich war heute Wochenende, das merkte ich daran, dass die Jungs nicht in den Kindergarten fuhren. Draußen hörte ich Emil vor Freude quietschen. Alle sieben Gärtner waren ihm treu ergeben, von seiner Lebensfreude und seiner charismatischen Ausstrahlung völlig in Bann gezogen, ohne Mühe hatte er alle um seinen kleinen Finger gewickelt. Nun ließ er sich am liebsten von ihnen in der Schubkarre über die Wiese fahren. Dabei sammelten sie heruntergefallene Kokosnüsse, die aufgehäuft und regelmäßig von einem Bauer abgeholt wurden zur Kokosölherstellung. Am liebsten verbrachte mein Jüngster sein Wochenende ausschließlich mit Fidschianern im Dorf, weil sie am meisten Spaß mit ihm machten und ihn nach Strich und Faden verwöhnten, goldlockig, wie er war. Dort übernachtete er dann auch und aß mit ihnen gebratene Fledermäuse zum Beispiel und frisch gefangenen Fisch. Mit den Fingern, kein Besteck, am Boden im Kreis sitzend, das war die wichtigste Spielregel. Schnell duschte ich mich, wickelte mir ein frisches gelbes Hüfttuch um und ging hinaus. Franz war noch im Restaurant und unterhielt sich auf seine intelligente Weise mit Gästen fließend auf Englisch. Sie sprachen über die vielen verschiedenen Sorten Palmen, die es gab, meistens natürlich Kokospalmen hier im Resort, das immerhin vor vielen Jahren mal ausschließlich eine Kokosplantage war. Franz hatte gelernt, dass die Kokospalme auch der Baum des Lebens für die Insulaner ist, und konnte gut erklären, wofür sie genutzt wurde: als Brennholz, zum Dachdecken, zum Bauen, das Herz ganz oben zum Essen, die Nüsse zum Essen, zum Öl machen, zum fette Kokossahne machen, zum frisch trinken, wenn sie grün waren, zum Hüteflechten und andere Spielsachen basteln, man konnte die

Kokosschalen benutzen, um daraus Kava zu trinken, und so weiter, die Gäste zeigten sich sehr beeindruckt. Ich bat ihn, mir zu helfen und zusammen gingen wir die verschiedenen Bereiche ab, schauten in der Wäscherei vorbei und ich musste schimpfen, weil sie dort viel zu viel Bleichmittel verwendeten, was die Bettlaken und Handtücher nicht weißer, sondern fadenscheinig dünn machte. In der Küche besprachen wir das Menü für den Tag und kontrollierten, ob alle Zutaten vorhanden waren, denn es sollte frischen Lobster geben. Wir gingen zum Strand hinunter und sahen nach, ob der Gärtner dort auch schön die Blätter wegharkte, denn der Strand war mit riesigen alten Vutubäumen bewachsen, die wunderbar Schatten spendeten, aber natürlich auch ständig laubten. Bei den Handwerkern scheuchten wir Pete und Matthew auf, die rumlungerten und schläfrig aussahen, und schließlich fanden wir Emil wieder im Garten in seiner Schubkarre. Nun wollte Franz natürlich auch drankommen und ließ sich rumfahren. Solange setzte ich mich mit Emil ins Gras und wir spielten ein bisschen mit Brownie, der begeistert Kokosnüsse apportierte. Immer wieder griff Emil sich in seine blonden Locken und kratzte sich den Kopf. Ich ahnte es schon. Mist. Wieder mal Läuse. Also mussten wir in den Supermarkt fahren, Läusemittel kaufen, in der Dusche das Zeug draufmachen, einwirken lassen und wieder abspülen. Leider bekam Emil immer solch eine Panik und dachte, ich würde ihm den Kopf abschneiden, strampelte und schrie Zetermordio, aber es musste sein. Ich wollte ihm nicht verbieten im Dorf zu schlafen, dort schliefen alle nebeneinander auf dem Boden. Es war sein Abenteuer, wir mussten einfach mit der Tatsache leben, dass er ab und zu Läuse mit nach Hause brachte. Die Zimmermädchen mussten nun alle Textilien in unserer Bure waschen und desinfizieren. War sowieso mal wieder an der Zeit, dachte ich. Durch die ständig offenen Glasfenster, die schräg gestellt wurden, damit eine Brise durchwehte, gelangte auch die hohe Luftfeuchtigkeit in die Wohnräume. Über achtzig Prozent, meistens eher mehr. Deshalb musste regelmäßig alles abgewischt werden, sonst legte sich eine Schimmelschicht darüber. Die Wände, Bilder, Schuhe, Kleidung, einfach alles. Regelmäßiges Putzen war sehr wichtig auch wegen der Geckoeier. Geckos sind erst mal niedlich anzuschauen. In den Tropen leben sie gerne in Hütten, verstecken sich in den Zwischenräumen, einfach überall, wo sie einen Spalt finden, und fangen Moskitos, alles, was klein und essbar ist, da sind sie nicht wählerisch. Auch Obst und Brot lieben sie. Nie darf auch nur das Geringste an Nahrungsmitteln offen rumliegen, weil sofort Myriaden von Ameisen, Geckos und Kakerlaken erscheinen, um beim Aufräumen zu helfen. Sie verstecken ihre Eier in den Zwischenräumen der Wände und sind sehr territorial. Wenn sich ein anderer Gecko ihrem Revier nähert, wird laut geklackt, gerne nachts, wenn man schlafen möchte, es hört sich an, wie wenn jemand mit der Zunge ein schnalzendes Geräusch macht. Sie werden handtellerlang, manchmal auch etwas größer. Ihre Haut ist fast durchsichtig, man kann die inneren Organe und sogar das Herz schlagen sehen. Am nettesten ist ihr Blick. Sie schauen aus großen, runden, ängstlichen, listigen Äuglein genau zu, was man gerade macht. Ich merkte erst nach ein paar Wochen, wer mich da abends beobachtete, ein komisches Gefühl, wenn du merkst, dass dir jemand beim Ausziehen zuschaut, bis dir aufgeht, dass es ein paar Geckoaugen sind, die dich interessiert verfolgen. Mit ihren kleinen Saugfüßchen können sie an der Decke entlang spazieren und auf einen runterkacken und das tun sie auch. Es stinkt höllisch, wenn man reintritt aus Versehen oder gar reinfasst. Deshalb mag ich keine Geckos, auch wenn sie sehr lustig aussehen und Moskitos verspeisen, sodass die einen wenigstens nicht mehr stechen können. Wenn sie dezenter ihre Würstchen abwerfen könnten, hätte ich kein Problem, aber ich habe schon so oft barfuß reingetreten oder reingelangt und ihre Grüße auf meinem frischen Kopfkissen gefunden, dass mir schon beim Gedanken an sie schlecht wird. So erlebte ich meinen neuen Alltag. Gäste wurden begrüßt und nach einer Woche wieder verabschiedet, immer mit der gleichen herzlichen Zeremonie, Liedern, Blumenkränzen, Kuchen. Viele von ihnen waren spirituell bereichernde Bekanntschaften für mich, interessante Menschen in Hochstimmung und Urlaubslaune, es machte Spaß sie kennenzulernen. Meistens entfielen mir ihre Namen in der Sekunde, in der sie ins Auto stiegen zurück zum Flughafen, damit ich im Kopf Platz für die neuen Namen der neuen Gäste hatte. „Wer sind Bob und Lorna? Hi, hier sind Ann und Chris, schön, dass ihr da seid." Das hatte ich alles auf Toberua gelernt. Emotional darf man sich nicht an die Gäste binden, obwohl die Herzlichkeit und Wärme, mit der wir uns täglich begegnen, sehr freundschaftlich ist. Wenn sich aus dem Gastgeber/Gast-Verhältnis eine Freundschaft entwickelt, kommen sie sowieso wieder, und darauf kann man sich dann freuen, hatte mir Michael erklärt. Den Moment genießen, denn er ist die einzige Zeit des Lebens, die wirklich zählt. Auf Deutsch übersetzt hört es sich komisch an: „Das Leben ist das, was gerade passiert, während du noch Pläne schmiedest und Entschuldigungen für dein Nichtstun erfindest …" und „das Glück ist mit den Tapferen, denn das Universum liebt sie …" oder so ähnlich.

Wenn man auf einer kleinen Südseeinsel lebt, schätzt man die Kommunikationsmöglichkeit per E-Mail in ganz besonderem Maße. Ich konnte jederzeit mit potenziellen Gästen und Reiseveranstaltern auf der ganzen Welt in Verbindung stehen, dann meinen Laptop einfach zuklappen und an den Strand gehen, wenn ich Lust hatte oder Zeit. Mithilfe von Fax, Telefon und E-Mail hatte ich es geschafft, den Franz in der Fernschule in Neuseeland anzumelden. Nun kam ein ganzer Karton mit Lehrmaterial, den wir gemeinsam durcharbeiteten und im Vierzehntagerhythmus zurück nach Neuseeland in die Schule schickten, damit seine Lehrerin es dort kommentieren und korrigieren konnte. Zwischendurch blieben wir per E-Mail in Kontakt. Das einzige Problem war die Zeit und Disziplin, die es erforderte, Franz morgens in unserer Hütte zu halten, damit er arbeitete. Als einziger Schüler einsam seinen Unterrichtsstoff zu lernen, ist ganz schön zäh. Wir hatten beide keinerlei Erfahrung und ich merkte, wie schwer es für mich als Mutter war, ihn dabei autoritär zu begleiten, denn ich wusste genau, wie schlau er ist, und war überhaupt nicht auf den Machtkampf vorbereitet, der sich nun abspielte, denn Franz war zu schlau zum Lernen – erklärte er mir jedenfalls. Er würde sich sowieso die Bilder lieber ansehen als den Text, und da er sich seinen Lebensunterhalt später sicher als Straßenmusiker mitsamt Hund verdienen wollte, bräuchte er das alles doch bitte nicht lernen. Oje, ich versuchte es zuerst mit sachlichen, freundlichen Argumenten und war nach einer halben Stunde ein radikaler Muttermonsterlehrerdiktator, wie ihn die Welt noch nie gesehen hatte. Es tat weh, uns beiden, es tat mir so leid, wenn ich schimpfte, denn im Hinterkopf wartete natürlich das ganze Tagewerk auf mich, was unnötig Stress verursachte, und der Machtkampf ging jeden Morgen von Neuem los: „Ich will das aber nicht machen (lesen/lernen)." „Aber du musst, das ist Schule, jedes Kind muss lernen, damit es später alles weiß." „Aber wofür, wenn es mich nicht interessiert?" Ich war immer noch froh, dass Franz nicht in der normalen deutschen Schulmühle konditioniert wurde und seine Individualität behalten durfte. Wir rieben uns kräftig aneinander und mir gingen immer wieder die Argumente aus, warum er so langweilige Sachen lernen musste. Ich erklärte ihm, dass er das jetzt einfach lernen müsse, damit ganz bald die interessanteren Bücher und Matheaufgaben drankämen, damit er später alles, was er wolle, studieren und Erfinder werden könne, wenn er möchte, und die guten Jobs bekomme, mit denen man viel Geld verdienen und sich viele tolle Sachen kaufen könne. Auch neuseeländische Geschichte lernte er. Mit der Zeit fanden wir heraus, dass es am einfachsten war, wenn er nur mit kurzer Anleitung selbstständig allein lernte und ich in Abständen vorbeischaute, um ihn zu kontrollieren und aufzumuntern. Natürlich war das ziemlich einsam und langweilig für einen Sechsjährigen. Ich bewunderte seine Selbstdisziplin und lobte ihn viel. Er wusste, dass die Bildung in der normalen Dorfschule auf Tavarua niemals ausreichen würde, damit er später studieren konnte, obwohl es schon Präsidenten gegeben hatte, die auf kleinen abgelegenen Inseln mit winzigen Schulen groß wurden, später dann in London oder Sydney studierten und die tollsten Karrieren erlangten. Aber deren Eltern hatten ihnen viel mehr eiserne Disziplin beigebracht, als Franz sie jemals kennenlernen würde, nämlich die Sorte mit Gewalt. Ich wünschte mir sehnlichst Hilfe für das Schulprojekt, denn ich wollte lieber einfach Mama für ihn sein statt seine gestresste Monsterlehrerin. Die einzige Sorte Lehrerin, die er an mir akzeptierte, war die der Klavierlehrerin. Von meiner Mutter hatte ich seit dem dritten Lebensjahr Klavierspielen gelernt und beide Jungs sind damit aufgewachsen. Von klein auf haben wir zusammen gespielt und ich habe meine alten Kinderbücher rausgekramt und ihnen Klavierspielen beigebracht, später mit richtigen ausgebildeten Klavierlehrern auf der Hauptinsel, aber auf Tavarua gab es natürlich außer mir niemanden, der ein Klavier besaß. Unseres hatten wir im Container von Deutschland aus verschiffen lassen, ein wunderbares elektronisches Ding, das sich auch bei der immensen Luftfeuchtigkeit nie verstimmte. Mozart spielte ich am liebsten, das erste kleine Notenbüchlein, das sein Vater für ihn komponierte, diente auch uns als erste kleine Klavierschule. Selber Musik zu machen, ist der leichteste Weg, um Glücksgefühle zu empfinden. Ich musste nur darauf achten, dass sie regelmäßig übten und das war besonders bei Emil ein schwieriges Unterfangen. Aber ich schnappte ihn mir immer wieder und zwang ihn zum Spielen. Sobald es sich schön anzuhören begann, machte es ihm dann auch Spaß und er übte von selber. Außerdem gefiel ihnen die Bewunderung vonseiten unserer Gäste und ihrer fidschianischen Freunde, wenn diese von ihren Talenten erfuhren, denn die Musik klang fröhlich aus dem Haus heraus, wenn sie spielten. Den Geistern gefallen Musik und Tanz auch. Immer wieder stellte ich fest, dass alles um uns herum viel glücklicher und erfolgreicher wie am Schnürchen lief, wenn wir musizierten und tanzten. Die Geburt von Emil hatte mich so viel Kraft gekostet, dass ich noch Wochen später fast kein Gefühl mehr in meiner Bauchgegend spürte, deshalb meldete ich mich bei einem Bauchtanzkurs an, um wieder ein bisschen besser mit meinem nicht-schwangeren Körper in Kontakt zu treten. Damals lebten wir in den Bergen im Allgäu. Es machte viel Spaß, und seitdem ich in der Südsee lebe, tanze ich die Figuren allein für mich weiter. Oft nutzten wir die Gelegenheit, wenn nicht viel Gäste da waren, und grillten abends am offenen Feuer vor unserem Häuschen Fisch und Würstchen. Franz ernannte sich selbst zum DJ und drehte unsere kleine Musikanlage voll auf. Seit dem Umzug in das etwas größere renovierte Managerhaus genossen wir den Luxus einer schönen Terrasse, die wir mit Lichterketten schmückten. Holzfeuer, Musik, Sternenhimmel, schwarze Palmblätter, die der Nachtwind sanft hin und her wehte. Dazu tanzten wir drei wild auf der Veranda herum, die zwei kleinen Kinder und ich. Wir waren glücklich und ich vergaß meine Einsamkeit, denn ich war nie wirklich einsam, es gab einfach nur keinen Mann in meinem Leben, obwohl ich einen Ehemann hatte. Bruno pendelte nicht nur zwischen Deutschland und Fidschi hin und her, nun hatte er auch noch seine Pferde als Hobby. Aber als Nächstes wollte er ein Boot. Das musste auf der Hauptinsel in Suva gebaut werden, deshalb flog er jedes Mal nach ein paar Tagen im Resort wieder dorthin, um nach dem Rechten zu sehen und um sich zu amüsieren – offensichtlich, denn er verlängerte nicht nur dauernd seinen Aufenthalt und benutzte immer die gleichen Ausreden und fadenscheinige Erklärungen, sondern er kam dann auch ziemlich grau und verkatert zurück. Weil ich die dortige Nachtklubszene auch schon kannte, konnte ich mir beim besten Willen nicht vorstellen, dass er dort verkehren würde, und war auch zu sehr mit meinem Arbeitsalltag beschäftigt, um ihm hinterher zu spionieren. Eigentlich lief mir alles leichter von der Hand, wenn ich allein entscheiden konnte, es gab weniger Streitereien. Er hatte die schreckliche Angewohnheit, von mir getroffene Entscheidungen oft einfach hinter meinem Rücken wieder rückgängig zu machen, und stellte anschließend wieder die Leute ein, die ich vor ein paar Tagen wegen Diebstahl oder wiederholter schwerer Fehler entlassen musste. Ständig untergrub er meine Autorität, nur deshalb, weil das die einzige Macht war, die er über mich ausüben konnte, denn sexuell lief gar nichts mehr zwischen uns. In seinem eigenen Unternehmen schmiss er gern Partys, einfach so zum Spaß für seine eigene Unterhaltung. Er lud seine eigenen Angestellten ein und ließ sich feiern. Am meisten irritierte es mich, dass er sich so schwul benahm, wenn er besoffen wurde, und offensichtlich den meisten Spaß mit den fidschianischen Homosexuellen hatte. Das war der Zeitpunkt, an dem ich mich immer angeekelt verabschiedete, denn ich war ratlos. Der seltene Sex zwischen uns war peinlich kurz und unbefriedigend, was keiner von uns beiden zugeben wollte, denn wir waren es leid, darüber zu reden, also übten wir uns in der Vermeidung des ganzen Themas. Für mich war es wichtig, auch vom Kopf her Vertrauen und Lust zu empfinden, dazu gehörte unter anderem Zeit miteinander und ein gepflegter Körper, damit es sich gut anfühlte, angenehm roch, ganz normal eben. Was wollte er wohl? Ich pflegte meinen Körper und mein Aussehen immer gut, machte mich hübsch und gab keinerlei Anlass zu Misstrauen, denn mein Alltag war voll mit der Verantwortung und Arbeit und der Kindererziehung. Wie genau wünschte ich mir mein Liebes- und Sexleben? Mit wem? Ich hatte weder Muße, diese Frage vernünftig zu formulieren, noch bekam ich vom Universum in irgendeiner Form eine Antwort auf meine Frage. Es war eine nagende Sehnsucht, viel zu viel negative Energie, als dass sich etwas Schönes darauf manifestieren ließ. Aber damals war mir all das überhaupt noch nicht bewusst und deshalb wunderte ich mich immer wieder, was zum Teufel hier gespielt wurde, schließlich lebte ich im sogenannten Paradies, unglücklich, unbefriedigt und völlig überfordert. Dass ich mit meinem Selbstmitleid und Zynismus nur noch mehr von der gleichen Sorte anzog, war mir damals leider auch nicht bewusst. Ich reagierte einfach so gut ich konnte auf alle Bälle, die mir das Leben zuspielte, ohne die Regeln zu kennen und ohne endlich das Zepter selbst in die Hand zu nehmen und mein Leben nach meinen Wünschen mit meinen positiven Gefühlen zu formen. Derzeit war ich unbewusst leider meistens damit beschäftigt, meine Energie mit Schuldgefühlen, Angst, Anschuldigungen, Sorgen und Zweifel zu vergiften. Alles, was ich zu tun imstande war, war, mir meine Welt so schön wie möglich immer wieder in Augenblicken, die sich mir boten zu formen, zu genießen, auszukosten, ein reiner Überlebensinstinkt, sonst wäre ich sicher verrückt geworden oder zumindest total depressiv, aber mein höheres Selbst, die kleine Hexe, Fee oder wer immer es war, der meine Essenz hütete und begleitete, sorgte dafür, dass ich trotzdem immer wieder reine Freude empfand, und diese kleinen privaten Tanzpartys am offenen Feuer zusammen mit den Kindern sind eine schöne Erinnerung daran.

Oft dachte ich in solchen Momenten an meine kleine Schwester. Bella war vier Jahre jünger als ich. Durch meine rebellischen Teenagerjahre hindurch hatte ich sie immer gebeten, mich um Hilfe zu bitten, falls sie es auch mal schwer haben sollte in unserem superkatholischen Lehrerelternhaus, und war erstaunt, dass sie viel angepasster und konfliktscheuer aufwuchs. Bis eines Tages der Notruf unserer Mutter mich in Kontakt zu ihr brachte, da war sie knapp zwanzig. Damals war ich noch Single. Irgendetwas war geschehen, sie war nicht mehr in ihrer Wohnung und auch nicht mehr in ihrer Ausbildungsstelle aufgetaucht, sie war in Not und irgendwie durchgedreht. Endlich gelang es mir, telefonisch Kontakt mit ihr aufzunehmen, und ich war schockiert über ihre tonlose Stimme. „Setz dich heute noch in den Zug und komm zu mir nach Stuttgart. Versprich mir, dass du das tust. Ich bin für dich da, hab keine Angst, alles wird gut, ich hab es dir doch versprochen“, beschwor ich sie und sie kam tatsächlich. Irgendetwas mit ihr war passiert, sie wollte aber nicht darüber reden. Mit etwas Glück organisierte ich ihr erst mal einen vorläufigen Job, damit sie etwas Geld zum Leben bekam. Sie musste in einer Parfümerie Geschenke für Weihnachten schön einpacken und schlief nachts auf meinem kleinen Zweierplüschsofa. Mein Mitbewohner konnte sie nicht leiden, weil sie so ernst war. Sie war viel zu ernst. Selbst mir ging das auf die Nerven und ich schaffte es einfach nicht, sie innerlich zu erreichen. Das ging so weit, bis ich freiwillig auszog, um ihr mein Zimmer zu überlassen. Als ich Franz' Vater kennenlernte, outete sie sich als Lesbe, wohnte in einer Frauenwohngemeinschaft und machte archäologische Ausgrabungen für die Stadt. Für ein paar Monate schien sie mir endlich richtig glücklich und ausgeglichen. Es fanden schöne, auch spirituelle Gespräche zwischen uns statt, bei denen ich ihre Intelligenz bewunderte. Immer wieder dachte ich, dass irgendetwas mit ihr nicht in Ordnung war im Kopf, sie war oft extrem exzentrisch, gereizt, unzuverlässig, himmelhochjauchend/zu Tode betrübt wechselte innerhalb von Minuten mit nichtigem Anlass, aber ich schob meine Beobachtungen leichtfertig auf die Tatsache ab, dass sie sich als Lesbe in einer neuen Stadt, also mit neuer Sexualität und neuem Lebensraum, neuem Beruf und alles neu, erst mal frisch orientieren musste. Sie war launisch, irgendwie. Manchmal beschwerte ich mich bei ihr: „Hey, du bist doch verrückt oder was ist mit dir los?" Worauf sie extrem gereizt reagierte. Schnell verkrampfte sich Bella in einer Diskussion und ließ einfach nicht mehr los, selbst wenn ich nachgab um des lieben Friedens willen. Sie wurde gereizt und manchmal dachte ich, dass sie mich anlügt, wusste aber nicht warum. Die Frauen in der Wohngemeinschaft baten sie auszuziehen und da fing es an, dass sie oft sehr krank wurde und mit Lebensmittelvergiftung im Bett lag. Warum sie altes Essen in sich reinstopfte, verstand ich nicht, sie konnte es mir auch nicht erklären. Mittlerweile hatte sie einen Job als Sekretärin, der sie sehr auslaugte. Ich war mit Emil schwanger und ins Allgäu gezogen, damit Bruno sein Elternhaus renovieren konnte. Vor lauter Sorge um sie organisierte ich einen Job als Sekretärin bei ihm, so konnte sie auch in einem Zimmer dort wohnen und sich die Miete sparen. Manchmal kam sie am Wochenende zusammen mit Bruno zu uns in die Berge. Dann lag sie meistens schlaff im Bett oder auf dem Sofa, fühlte sich elend, aber konnte auch nicht sagen warum. Selbst die Kinder waren ihr zu viel und schafften es nicht sie aufzumuntern. Eines Tages rief Bruno total hysterisch aus Stuttgart an und teilte mir mit, dass er meine Schwester auf der Stelle rausschmeißen würde, denn er könnte es nicht mehr aushalten. So kam alles raus: dass sie Visionen hatte und ihm erzählte, dass die Menschen im Fernsehen mit ihr sprechen. Sie wäre an dem Jugoslawien-Krieg schuld. Einmal stand sie mit einem großen Küchenmesser im Flur und fragte ihn, ob er schon mal jemanden getötet hätte. Ihren Sekretärinnenjob machte sie gut, aber zickig, immer wieder kritisierte sie Formulierungen und änderte Briefe eigenmächtig. Dann fand die Putzfrau eine angetrunkene Flasche Reinigungsspiritus neben ihrem Bett. Das Zünglein an der Waage bildete ein Vorfall, bei dem sie sich nachts heimlich neben ihn legte und streichelte, wovon er zu Tode erschrocken wach wurde. Das alles bekam ich in einem einzigen Telefonat um die Ohren geknallt. Arme Bella! „Bitte lass mich kurz mit ihr reden", bat ich inständig und befahl ihr noch einmal, sofort mit dem nächsten Zug zu mir nach Oberstdorf zu kommen, ich würde mich um alles kümmern und alles würde wieder gut werden. Als ich sie vom Bahnhof abholte, erschrak ich, denn sie war leichenblass und hielt immer ungefähr einen Meter Abstand von mir. Ihre Augen waren schwarz und glänzend, irre. Ihr Mund war total verkrampft, sie sah wie eine Fremde aus. In ihr tobte der Terror, so viel war offensichtlich. Was war los? Spontan entschied ich, dass ich es nicht verantworten konnte, sie über Nacht mit meinem Baby und Kleinkind unter einem Dach schlafen zu lassen, und beschloss, sie später ins Krankenhaus zu bringen. Wir gingen zusammen zu meinem Lieblingsitaliener, doch sie terrorisierte die armen Kellner, denen sie weder gestattete sie anzuschauen noch anzureden. Es war mir nicht mal peinlich, denn dies war eine so außergewöhnlich kranke Situation, dass ich nur noch Beschützerinstinkt für meine kleine Schwester empfand. „Ich bin ein Vampir", verkündete sie mir mit einer zischelnden Stimme. „Schau mal, dort fließt mein schwarzes Blut", erklärte sie weiter und zeigte mir die Adern, die über ihre Fußknöchel liefen. Ich wollte weinen, schreien, sie schütteln und wiegen. Doch blieb ich ganz ruhig und erzählte von den Kindern und davon, dass wir ihr Hilfe organisieren könnten, weil weder sie selbst noch ich ein Mittel kennen würde, um was auch immer sie hat zu heilen. Sie nickte, war einverstanden. Wir hatten gar nichts gegessen, mir war schlecht vor Angst. Vorsichtig bugsierte ich diese kleine verängstigte Irre zurück zum Auto und fuhr ins Krankenhaus. Völlig apathisch ließ Bella alles über sich ergehen und wir beide waren sogar erleichtert, dass wir diesen Zustand nun einer übergeordneten Organisation anvertrauen konnten. Die Diagnose lautete Schizophrenie. Von einer Klinik in die andere wurde sie gereicht, niemand konnte ihr helfen, die Medikamente hatten schwere Nebenwirkungen, sie litt und litt. Einmal bat sie mich ihr Erdnüsse mitzubringen, denn sie müsste etwas ganz Hartes kauen, damit ihre hintersten Backenzähne nicht immer länger würden. Sie sprach mit sehr verkrampften Gesichtszügen und drückte dabei ihren Kiefer immer wieder ganz fest zusammen. Auch konnte sie mich nicht direkt anschauen und starrte starr nach rechts oben an die Zimmerdecke, sobald ich Augenkontakt mit ihr herstellen wollte. In der Zeit vor Fidschi besuchte ich sie öfters, doch seitdem ich in der Südsee lebte, war der Kontakt selten, denn wir beide wünschten uns nichts sehnlicher, als dass sie endlich vernünftig medikamentös eingestellt würde, um ihr Leben zu leben, denn mittlerweile war sie Mitte zwanzig. Ich wollte es einfach nicht glauben, dass meine kleine Babyschwester ihr Leben als erwachsene Frau noch gar nicht richtig begonnen hatte, weder ihre Sexualität ausgelebt noch beruflich ihr Potenzial ausgereizt hatte. Ich schämte mich für mein reiches Leben, in dem ich aber dennoch nicht glücklich war wegen meiner verfahrenen Partnerschaft mit Bruno, dafür schämte ich mich noch mehr. Ich kam mir unverschämt und launisch vor, maßlos fast, dass ich es fast für meine Pflicht hielt, aus diesem tollen Leben das Beste zu machen, wenn die materiellen Voraussetzungen so blendend aussahen, aber leider wusste ich nicht wie. Also schickten wir uns ab und zu tapfere Briefe, in denen wir unseren Alltag beschrieben. Wir machten uns nichts vor, es war kein Neid oder Mitleid in dem, was wir schrieben, denn wir kannten uns bis tief in unsere Seelen hinein. Bella kannte Bruno gut und wusste, dass ich es nicht leicht haben konnte, aber darüber sprachen wir nicht. Sie erzählte davon, wie sie kämpfte, sich immer wieder aus den Depressionen holte, immer wieder ihre Würde als menschliches Wesen aufklaubte, sich immer wieder neuen Ärzten und neuen Medikamenten öffnete. Bella erzählte von ihrer Maltherapie und von neuen Medikamenten, die leider als Nebenwirkung die Milchproduktion in ihren Brüsten ausgelöst hatten und deshalb wieder abgesetzt wurden, was sie in schwerste Depression stürzte. Unsere hochkatholische Mutter dachte natürlich, sie wäre vom Teufel besessen, und zerrte sie immer wieder aus den Kliniken heraus, weil sie überzeugt davon war, dass die Medikamente alle samt und sonders nicht helfen würden, sondern nur schaden, wohingegen ein ordentlicher Exorzist das Übel an der Wurzel packen, sprich den Teufel aus Bellas Körper bannen würde. Nachdem sie das tatsächlich auch praktizierten, bat Bella erschöpft darum, wieder in irgendeine Klinik eingeliefert zu werden. Ihr Lebenswille war gebrochen, denn nun war sie nicht mehr einfach nur schwer krank, sondern auch verflucht und besessen. Ich war so verzweifelt, wünschte mir sehnlichst, sie an unserem schönen Südseeleben teilhaben zu lassen. Leider war das nicht möglich, weil sie wieder sehr starke Medikamente nehmen wollte und auf der Insel keine adäquate medizinische Versorgung möglich war. Zudem sorgte ich mich darüber, dass meine sowieso schon schwierige Ehe noch schwieriger werden würde, wenn meine verrückte Schwester abends mit am Tisch saß, und dass ich es nicht verantworten könnte, wenn sie verrückte Sachen vor den Gästen sagte oder machte. Zu Beginn ihrer Klinikaufenthalte lernte ich einen behandelnden Oberarzt kennen, dem ich all meine Fragen stellte. Seine Antworten waren überhaupt nicht ermutigend. Offensichtlich stocherte die Schulmedizin beim Thema Schizophrenie und Borderlinesyndrom noch völlig im Dunkeln.

Es gibt keine eindeutige Diagnose, keine klare Behandlungsmethode, keine guten Medikamente. Die Krankheit verändert sich laufend und hat ihren Ursprung im Gehirn. Die Visionen, Bilder, Stimmen sind so realistisch und quälend für die Patienten, dass sie oft lieber im betäubten Dämmerzustand dahinsiechen, als in der Hölle zu leben. Stundenlang löcherte ich den armen Mann mit meinen Fragen, weil ich unbedingt alles wissen wollte, und schließlich gab er zu, dass auch sein eigener Bruder an derselben Krankheit leide, was ihn selbst zum Arztberuf ermutigte, damit er so viel wie möglich lernen und helfen konnte. „Und, was hat es gebracht, dass Sie Arzt geworden sind, sich auf das Thema spezialisiert haben und nun Oberarzt im Klinikum sind?“, fragte ich aggressiv. „Er hat sich vor ein paar Jahren das Leben genommen, ich konnte ihm leider nicht helfen“, antwortete er mit ruhiger, freundlicher Stimme. Tränen liefen mir übers Gesicht, ich wollte auf keinen Fall klein beigeben. Diese Scheißkrankheit musste doch zu besiegen sein! Also verfolgte ich Bellas Geschichte und hielt so gut es ging Kontakt zu ihr. Irgendwann, so dachte ich, entfaltet sich ihr Leben und sie hat die Kraft es zu leben. Sie wird es schaffen, sie ist stark, intelligent und mutig. Irgendwann hole ich sie zu mir und sie kann die Leichtigkeit des Lebens hier genießen, wenn sie nicht mehr so starke Medikamente nimmt. Einfach schwimmen gehen. Fischen gehen. Allein das Blau des Meeres hat sicher enorme Heilungskräfte, die direkt aufs Gehirn wirken. Das frische Grün. Gesundes Essen. Immer lächelnde Insulaner. Sie massieren lassen. Wenn meine Ehe besser ist, hole ich sie zu mir, wenn sie möchte. Doch bevor ich mich weiter mit diesem Problem auseinandersetzen konnte, bekam ich einen Anruf aus Deutschland mit der akuten Message: „Komm bitte sofort nach Hause, unser Vater liegt im Sterben.“ Meine Lieblingsschwester Veronika hatte echt Nerven! Aber natürlich war es nun unmöglich, die Tatsache zu ignorieren, dass ich entweder Himmel und Hölle in Bewegung setzen konnte, um so schnell wie möglich zwanzigtausend Kilometer zurück nach Deutschland zu fliegen, oder aber mit der Gewissheit weiterleben musste, dass ich zu träge war, um mich von meinem Vater zu verabschieden, der seit Jahren an Alzheimer litt. Managermeeting, Kindermädchenmeeting, kurz Bruno informiert, alles klar. Also packte ich schnell meinen Pass, Kreditkarte, Lippenstift und ein paar frische Unterhosen und raste zum Flughafen. Schaffte den Morgenflug von Tavarua nach Nadi. Auch ein Platz bei Air New Zealand nach Los Angeles war noch frei. Von dort nach ein paar Stunden Wartezeit mit Lufthansa weiter nach Frankfurt. In Badelatschen, mit kalten Zehen und trockener Haut, stand ich also Ende September im Flughafen und kaufte mir erst mal ein Paar giftgrüne Wildlederpumps und eine Jeansjacke. Danach fuhr ich mit dem Zug nach Höxter in Ostwestfalen. Knapp dreißig Stunden waren seit dem Anruf von Veronika vergangen und ich stand am Bett meines sterbenden Vaters, der mich deswegen aber immer noch nicht erkannte. Wenigstens war mein eigenes sündiges Gewissen beruhigt, alles geht, wenn man nur will. Veronika staunte nicht schlecht, als sie mich sah. „Das ging aber schnell", sagte sie anerkennend und ich grinste frech, aber müde. Ich hatte nie ein wirklich enges Verhältnis zu meinem Vater gehabt, der schon fast fünfzig war, als ich als achtes Kind geboren wurde. Außerdem sollte ich ein Junge werden und er war wohl auch ein bisschen enttäuscht, dass nun schon das fünfte Mädchen in Folge kam. In der Grundschule war er mein Lehrer gewesen. Ich glaube, er konnte Kinder nicht mehr so recht leiden, sie hatten ihn in den vielen Jahren als Volksschullehrer und dann als lärmende, quirlige Meute zu Hause sehr zermürbt. Ich erinnere mich vor allem daran, dass er seine Ruhe haben wollte vor uns. Seinen heiligen Mittagsschlaf. Seine mangelnde Autorität („frag die Mama!"), seine Gereiztheit, wenn es mal ein bisschen lauter wurde („RUHE!!!"). Selbst schuld, warum zeugten sie auch so viele Kinder? Plus jede Menge Pflegekinder? Weil die Kirche es predigte und der Papst es so wollte, war ihre einzige Erklärung. Es gibt überhaupt nur eine Erinnerung als Kind, bei der ich seine väterliche Liebe spürte. Beim Abendessen war ich eingeschlafen, und als ich aufwachte, trug er mich auf seinen starken Armen ins Bett. Ich war drei Jahre alt und er sagte mit weicher Stimme: „Schlaf schön, wir haben dich alle lieb." Das habe ich nie vergessen, ist ja auch nicht sehr viel zu merken. Nun dachte ich an diesen Moment, als ich neben seinem Bett stand, noch halb betäubt von der langen Reise im Flugzeug, der trockenen Luft, den dröhnenden Geräuschen und der Sorge um alle und alles: Hoffentlich ist alles o. k. im Resort, die Kinder sind versorgt, der Bruno macht keinen Blödsinn, hoffentlich bin ich noch nicht zu spät und kann mich von meinem Vater verabschieden. Erstaunlicherweise ging es ihm stündlich besser und sie konnten den Katheter entfernen und er durfte sogar nach Hause, zur Freude meiner Mutter. „Na, der Trip hat sich ja gelohnt, wenigstens habe ich superschicke, giftgrüne Lederpumps mit riesenhohen Plateauabsätzen, die ich sicher niemals in Fidschi tragen kann, macht nix", dachte ich seufzend. Ich konnte mir schließlich nicht wünschen, dass er wirklich starb, nur damit die Reise an Legitimität gewann. Warum hatte ich dann trotzdem ein schlechtes Gewissen? Später nahm es Bruno mir tatsächlich übel, dass ich so verschwenderisch einfach in der Welt rumreiste und mein Vater „nicht einmal gestorben" war. Darüber konnte ich nur noch lachen, wirklich. Am nächsten Tag versuchte ich, mich in seiner Nähe aufzuhalten, um vielleicht ein bisschen Nähe herzustellen, wenn ich schon mal da war, aber die Alzheimerkrankheit hatte ihn so verändert, dass er meistens völlig in sich gekehrt dasaß, mich nicht einmal sah. Es wurde mir langweilig, ich hatte drei Tage bis zu meiner Rückreise, wie sollte ich die nun am besten verbringen? Also setzte ich mich ans Klavier und spielte meine Mozart-Sonate, die ich auswendig konnte. Nachdem der letzte Ton verklungen war, lächelte mich mein Vater an und sagte: „Das werde ich dir nie vergessen." Ich musste einfach spontan darüber lachen, es war so makaber, denn das große Vergessen war schließlich seine Krankheit, doch ich spürte genau, dass er mir damit sagen wollte, dass er sich sehnlichst bemühte, diesen Moment in Erinnerung zu behalten. Nun hatten wir unseren Abschied. Und was für einen. Ich von ihm und er von mir. In Würde. Natürlich wusste er nicht, wer ich war, oder vielleicht doch? Er liebte die Musik, hatte zeit seines Lebens Geige gespielt und oft im Duett mit meiner Mutter, die am Klavier saß und die Klassiker mit ihm genoss. Musik, besonders Mozart, dringt selbst in ein stillgelegtes Alzheimerhirn wie das meines Vaters. Wir waren beide glücklich in diesem Moment und ich glaubte ihm.

Beruhigt machte ich mich auf den Rückflug zurück in mein Inselparadies. Dort angekommen schlug die Arbeit wie eine Tsunamiwelle über mir zusammen, ich kam gar nicht dazu mein Jetlag auszukurieren, sondern raste wie ein ferngesteuerter Zombie durch meine Pflichten. Bruno war sauer, dass sich die Reise nicht einmal gelohnt hätte, denn mein Vater lebte schließlich immer noch. Ich schüttelte den Kopf – kein Kommentar.

Es war schön, wieder die frische, kindliche Energie der Kinder zu genießen, wir machten zusammen Ausflüge und erkundeten unsere neue Heimat, die vor natürlichen Attraktionen nur so strotzte. Da war zum Beispiel die Wasserrutsche, eine Lavarinne, die das Wasser aus den hohen Bergen über viele Tausend Jahre lang glattgewaschen hatte. Erst stapften wir eine halbe Stunde durch den Dschungel immer höher und kamen oben an, setzten uns auf den glatten Stein und rutschten quietschend vor Vergnügen hinunter, bis wir in einen kühlen, natürlichen Pool plumpsten. Es gab Windungen und Wendungen, eine richtige Gaudi, besonders weil der Wasserstand wegen des starken Regens von letzter Nacht ziemlich hoch war. Wir sausten nur so runter und holten uns auch ein paar blaue Flecken als Souvenir, aber das machte nichts, denn der Spaßfaktor war es allemal wert. Einige der Fidschikinder sprangen sogar kreischend kopfüber vom Rand des Pools hinein. Obwohl das Wasser frisch und sauber war, konnte man nicht auf den Grund sehen, denn die schwarzen Lavasteine und der schattige Dschungel machten selbst das klarste Wasser dunkel. Zum Glück passierte nie etwas. Ab und zu tauchte eine mittelgroße, braune Schlange auf, aber niemand wusste genau, wo sie lebte, und so jagte sie den Kindern zwar immer einen riesigen Schrecken ein, aber war ansonsten harmlos. Eines Tages, es war der 31. August 1997, fuhren wir nach dieser köstlichen Abkühlung noch ein Stück weiter die Küstenstraße entlang. Das dunkelblaue Meer glitzerte unter einem tizianfarbenen Himmel in der Sonne, dass es nur so blinkte und blendete. Wir wollten George Bennett besuchen, einen schrulligen, nichtsdestotrotz begnadeten Künstler, der sich mit seinen äußerst filigranen, tropischen Naturzeichnungen einen Namen gemacht hatte und in regelmäßigen Abständen seine blutjungen indischen Frauen wechselte, entweder weil sie es nicht mit ihm in der Einsamkeit seines abgelegenen Wohnorts aushielten, oder weil er eine Jüngere, noch Hübschere kennenlernte. Georges' Eltern waren deutsch und irisch, er konnte aber kein Deutsch sprechen. Er war ungefähr Ende fünfzig und sah ein bisschen aus wie ein ungepflegter Thomas Mann mit zerrissenen Shorts und fleckiger Nickelbrille. Ich liebte seine Verschrobenheit, denn er war ein freundlicher Freigeist, ein künstlerisch und kreativ sich voll auslebender Individualist und immer fröhlich. Wir sahen uns seine Bilder an und bewunderten einen zahmen jungen Papagei, den er von Hand aufgezogen hatte und der sich frei in der Natur und im Haus bewegen durfte. Er kam zum Essen und um sich auszuruhen. Wir durften ihn mit zerstampften Papayas füttern, die er von einem kleinen Kaffeelöffel mit viel Geklecker fraß. Fidschianer behaupten, dass Papageien nur dann sprechen lernen, wenn man ihnen ausschließlich kleine scharfe Chilis zum Essen gibt, aber George sagte, das wäre ein Märchen wie so vieles andere, was sie von sich gaben – alles Legenden, heiße Luft und nichts dahinter. Obwohl Papageien sehr gerne Chilis essen, denn ihnen fehlen die Geschmacksnerven auf der Zunge, die für das Empfinden von Schärfe zuständig sind. George mochte Fidschianer nicht besonders, zog die sanftmütigen Inder vor, offensichtlich hatte er in den vielen Jahren, die er in Fidschi lebte, zu viele negative Erfahrungen mit dem berühmten „Kere-kere“-

System gemacht und viel Hab und Gut dabei verloren. Er erzählte immer tolle Geschichten, die nicht nur meine Kinder faszinierten, von einem bewegten Leben, denn er pflegte viele Leidenschaften, also Frauen, Malen, Vögel, Fledermäuse und Palmen in jeder Form. Seit Jahren zog er aus Samen und teils heimlich ins Land geschmuggelten Ablegern aus aller Welt die tollsten Palmen in seinem Garten, sogar aus den Samen der Coco de Mer von den Seychellen. Die dunkel glänzenden, riesigen Nüsse erinnerten an einen Frauentorso, klar, dass er sie am meisten liebte. Es gab auch Palmen mit feuerroten Blättern, mit Stacheln, buschige, schlanke, ich wusste gar nicht, dass es eine derart große Auswahl überhaupt gab, und bewunderte sein Werk, bevor ich mir einige schöne Exemplare aussuchte, die wir in Matavu anpflanzen würden. Seine kleine, zierliche Mädchenfrau kochte indische Spezialitäten im Haus und hörte dabei Radio, während wir schwitzend im Garten standen, weit und breit keine Nachbarn, nur hin und wieder Papageienschreie aus den hohen Flammenbäumen. Wir befanden uns in Sonqulu, eben jener Gegend mit einsamen Grundstücken und vereinzelten, meist unbewohnten Villen in Hanglage, die Bruno und ich uns damals als eventuelle Traumimmobilie angeschaut hatten, bevor Matavu uns verzauberte. Durch das offene Fenster hörten wir plötzlich die Stimme des Nachrichtensprechers, weil das Radio lauter gedreht wurde, aber konnten nichts verstehen. Die Mittagshitze flirrte heiß und so feucht, dass unsere T-Shirts auf der Haut klebten, ein paar schläfrige Vögel zankten sich in den Ästen über uns um ihre mittäglichen Schlafplätze und mitten im nächtlichen Paris, auf der anderen Seite der Welt, verstarb Prinzessin Diana gerade an den Folgen eines schweren Autounfalls in einem Tunnel, gemeinsam mit ihrem Freund Dodo, Sohn des Harold Geschäfts in London, nachdem sie noch beide ein schönes Abendessen in einem Luxusrestaurant eingenommen hatten. Das Ende einer Paparazzi-Jagd. Die indische Frau heulte sofort laut auf und kam herausgelaufen, Prinzessin Diana galt in Fidschi schlichtweg als Göttin und wurde von allen geliebt und verehrt. Mitten im Dschungel bekamen wir zeitgleich mit dem Rest der Welt Kunde von dieser Nachricht und fühlten uns irgendwie taub und erstarrt, denn es riss uns aus diesem verträumten, tropischen Tagtraum. „Erschreckend, wie die Medien einen bis in den tiefsten Urwald verfolgen, sobald man Strom hat, um ein Radio einzuschalten“, murmelte George leicht genervt in seinen Bart. Natürlich empfand ich Mitgefühl, besonders für ihre beiden Söhne, und gleichzeitig wurde mir die Vergänglichkeit des Lebens schlagartig bewusst. Wie schnell ist alles aus und vorbei. Alle Pläne, alles Leiden, alles „o. k., dann mach ich es eben erst morgen“, ist in der Sekunde null und nichtig. Aus und vorbei. Wem die Stunde schlägt, der hat keine Zeit mehr, so einfach ist das. Als umso wertvoller empfand ich meine Zeit und mein Glück hier auf der Insel. Es fühlte sich authentischer an, dieses Leben hier, pur und echt im Vergleich zu all den massenhaften, hausgemachten Problemen in der zivilisierten Welt mit all ihren gesellschaftlichen Hypnosen, die so vielen Menschen Probleme einredeten, obwohl das Glück so einfach zu finden war, wenn man nur ein paar liebe Menschen in der Nähe hatte, eine Arbeit, die einem sinnvoll erschien, genug zu essen, Wärme und ein Dach über dem Kopf. Mit diesen philosophischen Gedanken und ein paar Kisten seiner vorzüglichsten Palmenableger verließen wir George. Ich nahm mir ganz fest vor, mein Glück in jeder Sekunde ab jetzt bewusster zu genießen und solch kleine egoistische Momente wie den Mangel meiner sexuellen Erfüllung tapfer zu ertragen. Es ging mir gut. Ich lebte im Paradies. Meine Kinder waren glücklich. Die Nachricht von Dianas Tod schwappte wie eine Trauerwelle über alle kleineren und größeren Inseln hinweg, die Anteilnahme war gigantisch, viele Frauen schnitten sich zum Zeichen ihrer Trauer die Haare ganz kurz und tranken weder Alkohol noch Kava für hundert Nächte, so war es Brauch, wenn ein Familienmitglied verstarb.

Verschiedene amerikanische Reiseveranstalter bewarben Matavu in ihrem Programm und schickten uns immer mehr Taucher, denn das weltberühmte Regenbogenriff, benannt nach seiner Weichkorallenvielfalt, zählte zu den zehn weltweit schönsten Tauchgebieten. Da nun Matavu nach viel Arbeit, Schweiß, Geld und Herzblut glücklicherweise endlich ein etabliertes Luxusresort für heterosexuelle Pärchen, Singles, Familien und natürlich auch für Schwule und Lesben war, erfreuten wir uns vieler Gäste und bauten gleich noch ein paar Bures dazu. Täglich bangte ich um das Leben meiner Tauchgäste und war froh, wenn sie abends lustig an der Bar standen. Nix passiert, alles wunderbar. Die Leute von der Tauchbasis waren eigentlich auch ganz nett, gleich unten am Strand lebten sie in einer Hütte. Alex war Engländer und Tania kam aus Neuseeland. Sogar in unserem Alter, also um die Dreißig. Er war sehr kräftig von der täglichen Arbeit auf dem Boot, sonnenverbrannt mit blitzblauen Augen und einem frechen Grinsen. Seit ungefähr zwei Jahren hatte er keine Gelegenheit mehr gehabt zum Friseur zu gehen und so hingen die schulterlangen, sonnengebleichten Haare wild um seinen Kopf, was ihn sehr archaisch aussehen ließ, fast schon sexy. Tanja hingegen hatte, seitdem sie zusammen waren, zwanzig Kilo zugenommen und passte optisch überhaupt nicht zu ihm. Den ganzen Tag saß sie in der Hütte und kümmerte sich um die Buchhaltung und die Reservierungen. Sie behandelte ihn wie einen kleinen Jungen, der sich im Sandkasten schmutzig gemacht hat, was mir peinlich war, und so versuchte ich die Situation auszubalancieren, indem ich manchmal mit ihm flirtete. Ein paar Mal lud ich beide zum Essen ein, damit wir gemeinsames Marketing besprechen konnten, und staunte über seine Taucherlebnisse. Nie und nimmer wollte ich mich diesem lebensgefährlichen Risiko beim Tauchen aussetzen. Bis Cordula kam.

5

Du bist ein freies, selbstbestimmtes Wesen.
Kein anderes Lebewesen noch irgendeine Gruppe von Wesen kann deine Schwingungsebene beeinflussen.
(Thaddeus Golas)

Cordula war die Freundin einer Freundin aus dem Allgäu und stolze Absolventin eines Politikstudiums. Zur Belohnung schenkte sie sich eine ausgedehnte Südseereise, die ihr wohlhabender und um etwa zwanzig Jahre älterer Ehemann spendierte. Über unsere gemeinsame Freundin erfuhr sie von unserem Hotel, deshalb buchte sie sich gleich für drei Wochen ein. Cordula war eine Schönheit mit langen Beinen, eine richtige Diva, aber gleichzeitig war sie auch natürlich, sogar ein bisschen frech und sehr lustig. Wir hatten so viel Spaß miteinander und befreundeten uns spontan, nicht zuletzt, weil unser beider verwaister Ehewüsten sich erschreckend ähnelten. Auch ihr Mann hatte kein Interesse mehr an ihr, besonders kein körperliches, obwohl sie so toll und attraktiv war. Viele Stunden beschäftigten wir uns mit diesem Phänomen und rätselten und grübelten, warum uns die Männer erniedrigen wollten und warum wir so blöd waren und es uns auch nur eine Sekunde gefallen ließen. Die Fesseln der Familie? Sie hatte keine Kinder. Materielle Abhängigkeit? Sicher. Angst vor dem Unbekannten? Angst davor, sich die Bilanz seines eigenen Lebens anzuschauen und einen privaten Bankrott festzustellen? Die Gewohnheit, als Opfer immer schön in der Rolle der Nörglerin stecken zu bleiben, statt komplett selbstverantwortlich unser Leben zu organisieren, und zwar so, dass es uns ausfüllt? Da war ich mir nicht sicher, denn mein Leben war wunderschön. Klar, ich hatte immer ein bisschen zu viel Arbeit und eben keine Sexualität, aber ansonsten war's perfekt. Ich liebte die Menschen, mit denen ich arbeitete, und meine Kinder und die Wärme der Tropen. Aus unserer Sicht waren wir jedenfalls völlig normale, charmante, attraktive Frauen, die sich immer wieder Mühe gaben, damit sich unsere Männer wohlfühlten, was aber leider dauernd mit Lustentzug bestraft wurde. Nie hatten sie Zeit für uns, immer war alles andere wichtiger. Jeder Schrank im Haus, jeder Hund an der Kette, jedes Pferd auf der Wiese, jeder verdammte Telefonanruf war wichtiger als wir. Erst versprachen sie hoch und heilig, uns immer zu verwöhnen, uns die Sterne vom Himmel zu holen, immer für uns da zu sein und dann wollten sie uns nur noch klein machen. So fühlten wir uns ständig zurückgestoßen und hatten im Laufe der Zeit unsere eigene Liebe gründlich verloren. Nun wurde aus den oben genannten Gründen der Schein gewahrt, eine sehr ärmliche, traurige Bilanz nach ein paar Ehejahren. „Na ja, das Schicksal wird uns sicher nochmal Freude bescheren, so lange machen wir es uns miteinander lustig", seufzte Cordula und ich nickte und pflichtete ihr bei. Wir prosteten uns mit Champagner am Strand zu. Unsere Probleme schienen schrecklich dekadent, aber es war real, dass wir uns unglücklich fühlten, ob das nun verboten war oder nicht. Unbedingt wollte sie nun tauchen lernen, aber ich musste mitmachen, sonst würde sie sich nicht trauen. Nach ein paar Tagen Bitten und Betteln war ich schließlich einverstanden und wir stapften gemeinsam runter zum Strand, um Alex von unserem Entschluss in Kenntnis zu setzen. Er lachte laut und sagte: „Klar bring ich euch beiden das Tauchen bei. So schöne Frauen kommen hier nicht alle Tage vorbei. Kommt morgen früh wieder, dann fangen wir gleich an." „Nein, nein, nein, so schnell geht das nicht, ich trau mich nicht ins Wasser zu gehen mit der ganzen Ausrüstung, lass uns erst mal im Pool probieren", quiekte ich zitternd und so machten wir es dann auch. Meine erste Tauchminute fand auf der dritten Stufe unseres Pools statt. Kopf runter, atmen, Kopf wieder raus. „Tauchen ist die Raumfahrt des kleinen Mannes“, sagte ein deutscher Gast, der auch gerade mit seiner Frau zum Tauchen nach Fidschi gereist war. Er lieh uns netterweise sogar ein kleines Buch, in dem der ganze Unterrichtsstoff, den Alex uns nun beibringen würde, auf Deutsch beschrieben war. So konnten wir die Fachausdrücke besser verstehen und uns gegenseitig auf Deutsch abfragen. Es fühlte sich herrlich an, schwerelos im Pool direkt über der Wasseroberfläche unsere Kreise zu ziehen, aber immerhin mit allem Gerät, also Luftflasche, Bleigürtel, Atemgerät und aufblasbarer Taucherjacke. Fleißig lernten wir die Theorie, bei der ich den Dolmetscher für Cordula spielte, die noch nicht so viel Englisch konnte. Alex war ein sehr gründlicher Lehrer und wir kapierten schnell das Prinzip unter und über Wasser, also Druck beim Runtertauchen und Ausdehnung von Luft beim Rauftauchen. „Genug Theorie, nun seid ihr reif für den echten Pazifik“, verkündete er am nächsten Morgen. Nachdem wir uns in die drei Millimeter dicken Neoprenanzüge gequetscht hatten und auch die restliche Ausrüstung angezogen war, watschelten wir rückwärts ins seichte Wasser. Sobald unsere Waden bedeckt waren, legten wir uns hin, zogen uns die Flossen an und schwammen langsam hinaus, Taucherbrille und Luftschlauch fest im Gesicht. Es war so spannend, das erste Mal. Durch die Aluflasche am Rücken und den Neoprenanzug hatten wir so viel Auftrieb, dass wir trotz der Bleigewichte am Gürtel an der Oberfläche blieben. Nachdem wir ungefähr fünf Minuten rausgeschwommen waren, hielten wir an. Unter uns war das Wasser hell und ich konnte den Boden sehen, der von weißem Sand bedeckt war. An einer Boje ließen wir uns langsam auf fünf Meter runter, ich klammerte mich an das von Algen und Muscheln reichlich überwucherte Seil, immer auf der Suche nach den gefährlichen Unterwassermonstern, die aber heute wohl extra freigenommen hatten, damit ich mich nicht so fürchten musste oder die sich gerade an irgendwelchen anderen Tauchern labten, denn wir sahen nur kleine bunte Fische, so wie beim

Schnorcheln. Ein ungeheuer großes Glücksgefühl ergriff mich, das Blut pochte in meinen Adern, die Haut kribbelte, Wasser lief mir in die Maske, denn ich konnte mein Dauergrinsen gar nicht mehr abstellen, das Blau um mich herum, unter Wasser atmen, mich so frei zu fühlen und einmal nur etwas für mich zu tun ergriff mein Herz. Natürlich schafften wir die Prüfungen mit wehenden Fahnen, Cordula und ich waren nun begeisterte Taucher und sie schleppte mich jeden Morgen mit aufs Boot. Mein schlechtes Gewissen wurde schnell beruhigt, weil ich lieber ganz schnell lernte, die meisten Arbeiten zu delegieren. Nie hatte ich frei, und deshalb genoss ich nun die Vormittage unter Wasser, solange sie Gast bei uns war. Danach plante ich, mein neu gefundenes Lieblingshobby sonntags zu pflegen, weil die meisten Mitarbeiter dann freihatten. Bis zum Mittagessen war ich immer wieder zurück und so viel konnte in der Zwischenzeit nicht passieren. Zwischen Alex und mir hatte es kräftig gefunkt. Einmal fuhr ich am Strand entlang, als ich ihn draußen im Wasser mit einem riesigen Hammer einen Pfahl für eine Boje in den Grund schlagen sah. Sein wildes Haar, seine kräftigen Arme und sein sonnengebräunter, freier Oberkörper verursachten, dass eine heiße Welle durch meinen Körper schoss, ich konnte mich überhaupt und beim besten Willen nicht dagegen wehren. So ausgehungert und einsam war das Weib in mir, ich schmachtete ihn unwillkürlich an, obwohl mir völlig bewusst war, wie kitschig und unmöglich diese Situation aussehen musste. Aber was konnte ich dagegen tun? Alex war leider keine Hilfe, um meine Moral im Lot zu halten. Er machte mir Komplimente und brachte mich zum Lachen, eine sehr gefährliche Kombination, die all meine inneren Schutzwälle zum Schmelzen brachte. Und wo war Bruno? Natürlich wieder in Deutschland. Davor hatte er die meiste Zeit in Suva verbracht und den Bau seines tollen Bootes beaufsichtigt. Tania war auch für ein paar Wochen verreist und nun verbrachten Alex und ich viel zu viel Zeit miteinander. Vom Resort runter zur Tauchbasis waren es nur ein paar Minuten zu laufen, entweder besuchte ich ihn oder er kam am Nachmittag vorbei. Wir erzählten uns von unseren Beziehungsproblemen, ließen uns von Mary massieren, verbrachten den ganzen Abend zusammen im Restaurant, bis alle zu Bett gegangen waren. Dann stand er auf und verabschiedete sich. Wie von einem starken Magneten angezogen lagen plötzlich unsere Lippen aufeinander, köstlich, eine Ewigkeit regloser warmer Nähe, wir spürten den Druck unserer Lippen und atmeten uns einfach ein. Um uns herum nichts als die Geräusche der tropischen Nacht, untermalt vom Meeresrauschen, welches vom Strand zu uns hochgetragen wurde. Ich hatte keine Ahnung, wie das passiert war. Nur ein Gutenachtkuss, kein Thema. Warum hatte ich so weiche Knie? Warum klopfte mein Herz bis zum Hals? Ich ging ins Bett und heulte mich in den Schlaf. Warum war ich so geil auf diesen Typ, warum konnten wir uns nicht einfach fallen lassen? Wenn ich mich darauf einlasse und meinen Gefühlen folge, zerstöre ich die Familie, ich werde mich von Bruno trennen, diese Insel hat tausend Augen, es ist absolut unmöglich, eine heimliche Affäre zu haben, alle werden davon reden und ich werde den Respekt meiner Mitarbeiter verlieren und ich will den armen Kindern nicht antun, dass die Familie zerrissen wird, nur weil ich sexuell nicht mehr so unbefriedigt weiterexistieren kann, warum gibt es keine andere Lösung, der Preis ist einfach zu hoch. Natürlich liebe ich meinen Mann nicht mehr, meine Liebe ist erstickt, gestorben, aber nicht das Pflichtgefühl unserem Abenteuer gegenüber, wir haben uns zusammen entschieden hier zu leben, die Kinder in den Dschungel gezerrt, da kann ich doch nicht einfach alles kaputt machen, Hilfe!!! Und ich fragte mich auch, was das Schicksal, das Universum, mit mir vorhatte. Ist dies eine Prüfung oder ein Wendepunkt? Fragte ich mich. Bleib einfach stark, mache deine Arbeit, kümmere dich um deine Kinder und alles Weitere wird sich schon richtig entwickeln. Dachte ich. Eine innere Stimme sagte mir aber schon damals ziemlich unverblümt, dass es unmöglich ist, auf Dauer ein so wichtiges Grundbedürfnis wie Sexualität zu verdrängen und mit der Lüge zu leben. Mein Leben hat es verdient, in Freude voll gelebt zu werden, ich kann zwar versuchen, mich in die Schablone der verantwortungsvollen Ehefrau zu zwängen, aber ohne echte Liebe platzt diese falsche Illusion irgendwann wie eine Seifenblase oder eher wie ein Molotowcocktail, der viel Schmerz und Verwüstung anrichtet. Deshalb beschloss ich, mich der Obhut meines höheren Selbst, meiner kleinen Hexe, inneren Fee, des Universums – oder wer auch immer als geistiger Führer mein Leben überwachte – zu unterstellen. Wenn es sich richtig anfühlte, war es o. k., dieser Gradmesser allein sollte mir als Entscheidungshilfe dienen. Durch die Gespräche mit Fidschianern und Gästen aus aller Welt hatte ich von so vielen Schicksalen gehört, es geht doch immer nur darum, das Leben authentisch, integer und so intensiv wie möglich zu genießen, dann entwickeln sich die Konsequenzen daraus positiv. Alles andere macht unglücklich. Ich will ganz glücklich sein, das ist mein Geburtsrecht, dachte ich trotzig. Nur wenn ich selber glücklich bin, kann ich mein Glück auch weiterschenken, was dann wiederum alle anderen um mich herum auch glücklich macht, ist es nicht so? Ich weiß nicht, welche Rolle ich spiele, es kommt auf die Sichtweise an. Opfer oder Täter? Egoist oder Märtyrer? Wolf oder Lamm? Modern und feministisch oder vom Patriarchat gegängelt? Aber ich war im Moment in erster Linie komplett verknallt, das konnte ich beim besten Willen nicht mehr schönreden. Um mich abzulenken, stürzte ich mich in den Resortalltag und krempelte die verschiedenen Bereiche gründlich um. Ständig musste ich Entscheidungen treffen, auch Mitarbeitern kündigen, wenn sie Geld, Werkzeuge, Essen oder Alkoholika klauten. Allerdings nervte es mich immens, dass Bruno sie oft wieder einstellte, sobald er wiederkam, um sein Zepter zu schwingen, denn sie nutzten die Partyfreundschaft mit ihm schamlos aus und bettelten ihn an, bis ich sie wieder rauswarf, sobald der nächste Diebstahl sie überführte. Dieses Spiel war ermüdend, aber notwendig, denn ich konnte einfach nicht tatenlos zusehen, wie unsere Arbeit durch ein paar Schurken verwässert wurde. Dabei hatten sie nur ein sehr vermindertes Unrechtsbewusstsein, denn das Prinzip des „Kere kere“ lehrte sie, alles zu teilen. Und hier waren wir also auf diesem schönen Gelände mit so vielen tollen Sachen und sie brauchten einfach die Flasche Rum und ein paar Hühner, ein paar Liter Dieseltreibstoff hier und da, das fanden sie überhaupt nicht schlimm. Oder sie waren einfach untragbar aus professioneller Hinsicht, wie zum Beispiel Mary. Ich hatte sie in unserem ersten Matavujahr kennengelernt, da stellte sie sich als ausgebildete Masseurin vor, die mit ihrem ersten Kind zurück zur Großfamilie gezogen war, denn der Kindesvater hatte sie verlassen. Bald schon waren wir beide ein begeistertes Team, weil sie mir half, den Traum von einer Wellnesshütte in die Tat umzusetzen. Frisch gepresste Kokosöle, die ihre Mutter liebevoll selber herstellte, angereichert mit wertvollen Aromaessenzen wie Ysop, transportierten während der Massage Botschaften wie „sich freudvoll der Klarheit öffnen“. Lavendel verhieß als Wirkung „von blauen Gipfeln blicken“, Rose half, der Weisheit des Herzens zu folgen, und Vanille verführte dazu, „mit der Süße zu kosen.“ Außerdem boten wir Körperpeelings aus Rohrzucker, Feuchtigkeitspackungen, bei denen Papayafruchtfleisch und Bananenblätter verwendet wurden, Gesichtsbehandlungen, Maniküre, eben alles für die Schönheit und besonders für die sonnenbrandgeschädigte Urlaubshaut unserer Gäste, die sich nach einem anstrengenden Tag am Pool, am Strand, nach einer Wanderung oder nach einem Tauchgang komplett verwöhnen lassen wollten. Mary bekam ihr zweites Kind und heiratete einen Jungen aus dem Dorf. Am liebsten ging sie auf die berühmt-berüchtigten Strandpartys, bei denen sie mit allen möglichen Typen rummachte und ihren Mann, der offensichtlich hochgradig depressiv war, damit derart wahnsinnig machte, dass er sich eines schönen Sonntagmorgen in seiner Hütte erhängte, nachdem er einen Abschiedsbrief an sie verfasst hatte, in dem er sich dafür entschuldigte, dass er ihr nicht der Mann sein konnte, den sie brauchte, um glücklich zu sein, er es aber leider nicht länger ertragen könne, sie mit so vielen anderen Männern zu teilen.

Wir waren alle sehr betroffen, ich tröstete sie tagelang, außerdem war sie schon wieder schwanger. Nach ein paar Wochen erklärte sie, dass sie am liebsten wieder arbeiten wolle, um sich abzulenken und weil sie dringend das Geld brauche, hängte sein Foto in die Massagebure und erzählte allen Gästen von ihrem schweren Schicksal als Witwe. Ich musste sie schließlich entlassen, denn viele Gäste fühlten sich unwohl und genötigt ihr Geld zu spenden, was sie mir dann bei Gelegenheit durch die Blume zu verstehen gaben, denn in Wirklichkeit belästigte sie Marys Schicksal. Sie kamen, um sich massieren zu lassen und nicht um sich Probleme anzuhören, schließlich war es ihr teurer Südseeurlaub, bei dem sie nicht gewillt waren, ihre rosarote Brille abzusetzen. Die Armut der Menschen wollten sie nur beim Vorbeifahren als exotische Einfachheit wahrnehmen, aber belasten wollten sie sich auf keinen Fall. Sie wollten nicht das Elend der Dritten Welt abschaffen, so leid es ihnen auch tat, sagten sie. Im Laufe der Jahre arbeitete Mary immer wieder für mich, bekam zweimal Zwillinge, alles Jungen, bis ihre Kinderschar auf neun angestiegen war. Dabei verdiente sie für fidschianische Verhältnisse ein Traumgehalt, weil ich ihr mehr Kommission zahlte als die anderen Hotels, sie war nämlich eine sehr gute Masseurin. Aber manchmal kam sie einfach nicht mehr und dann wieder kündigte ich sie aus den bekannten Gründen, trotzdem respektierten und mochten wir uns als Frauen. In Fidschi geht das. Fasziniert war ich von dem Ritual, das sie für ihren verstorbenen Mann organisierte. Die Bandboys waren richtig gute Musiker und wurden von den Insulanern als Barden verehrt und angeheuert, um eigene Lieder für wichtige Erlebnisse zu komponieren. Genau wie der Tanz waren es ihre Lieder anstelle von Büchern, um die Geschichte der Insel zu erzählen und um sie weiterzugeben an die nächsten Generationen, so war es Tradition seit Tausenden von Jahren. Aus Respekt den Musikern gegenüber war es Brauch, dass sie nicht mit Geld entlohnt wurden, allerdings Geschenke annehmen konnten. Mary setzte sich im Schneidersitz zu ihnen auf die Pandanussmatte an die große, geschnitzte Kavaschüssel und sie hörten aufmerksam zu, wie sie vom Leben ihres verstorbenen Mannes erzählte. Ein paar Tage später trugen sie ihr Lied mit Gitarren und Ukulelebegleitung vor, vielstimmig, volltönend, mehrstrophig, fidschianisch. Wir ließen uns von der Musik in die Zwischenwelt der Toten tragen, um dem armen Erhängten eine letzte Ehre zu erweisen. Tränenüberströmt, aber glücklich strahlend beschenkte sie anschließend Charly, Sai, Seppo und Stan reichlich mit einem Sack Mehl, einem Sack Zucker, einem Kanister Kerosin für ihre Lampen und einem großen Stoffballen, den sie um die ganze Gruppe wickelte. Von nun an war dieses Lied Teil des Bandboyrepertoires, sie spielten es oft und ich bekam jedes Mal eine Gänsehaut, weil ich die Bedeutung der fidschianischen Wörter nun kannte. Dieses Lied handelte vom Tod, während unsere Gäste interessiert lauschten, dabei ihre Cocktails tranken und sich prächtig amüsierten. Das war überhaupt kein Widerspruch, es lag einfach ganz viel Herzenswärme in diesem Lied, denn Tod ist nur das Ende vom Leben, was in sich schon wieder einen Neuanfang verheißt, denn so ist der Zyklus, genauso wie die Natur sich ständig erneuert in diesem Tropenparadies ohne Herbst und Winter.

Auf Dauer konnte mich auch die Arbeit nicht mehr ablenken, deshalb fing ich wieder mit meinen Sonntagstauchausflügen an und rannte morgens runter zum Strand, nachdem ich mir beim Vorbeilaufen ein paar Muffins vom Frühstücksbuffet geschnappt hatte, die ich mit Alex während der Bootsfahrt zum ersten Tauchplatz verspeiste. Tania schaute uns mit verkniffenen Augen misstrauisch nach, denn sie selber traute sich nicht ins Wasser und war neidisch auf mich. „Sie ist so verdammt sinnlich, wenn sie sich auf dem Boot mit Sonnencreme einschmiert“, beschwerte sie sich bei Roberta, der Delfinspezialistin. Mir war das Gerede schon längst egal, sollten sie sich doch das Maul zerreißen über mich, taten sie doch sowieso, egal was ich machte. Wenn die anderen Taucher zufällig keine Matavu-Gäste waren, blieb ich inkognito und tat so, als wäre ich auch Touristin, damit ich einfach mal nur Alicia sein konnte, ohne Rolle. In der einstündigen Pause zwischen den beiden Tauchgängen machten wir das Boot an einem einsamen Strand fest. Dort legten wir uns in den Sand und ließen uns von der Sonne durchwärmen, dabei streichelte Alex einmal ganz leicht meine Oberlippe oder meine Augenbraue, nahm meine Hand, um mir beim Aufstehen zu helfen, immer nur ganz leichte, zarte Berührungen, von denen ich wie eine Jungfer aus längst vergangenen Zeiten tagelang zehren konnte. Er schwärmte mir vor, wie schön es wäre nachts zu tauchen und ich ließ mich mit ihm langsam in der Dämmerung auf ungefähr zwanzig Meter Tiefe sinken. Starke Taschenlampen warfen einen Lichtkegel in das schwarze Wasser. Schon auf der Bootsfahrt überkam mich ein meditativer Zustand, weil ich so ruhig werden wollte, um auf keinen Fall Angst zu bekommen. Schauen, atmen, ruhig bleiben, schweben. Mehr nicht. Es war herrlich. Der Großteil dieses Planeten ist mit Wasser bedeckt, das Meer ist unser Fruchtwasser, ich war in der Mutter, warm, dunkel. Ein unbeschreibliches Glücksgefühl überkam mich, als wir unsere Taschenlampen ausschalteten und mit ihnen hin und her wedelten, worauf alles um uns plötzlich anfing zu glitzern, was den Effekt verstärkte, dass ich mich wie ein kleiner Astronaut im Weltall fühlte, inmitten von Sternschnuppen. Die Fische schlafen nachts mit geöffneten Augen, die Muränen jagen, Haie jagen natürlich auch, aber die Angst vor ihnen ist unbegründet, weil sie kein Interesse an Tauchern haben. Immer freute ich mich, wenn ich Haie sah, je größer desto besser, außer Tigerhaie, denn vor ihnen fürchtete ich mich. Sie sind allerdings so selten, dass es wenige Taucher gibt, die von ihnen berichten können. Einmal unternahmen wir sogar einen Nachtströmungstauchgang und ließen uns von der Strömung am von bunten Weichkorallen bewachsenen Riff entlangtragen. Das Regenbogenriff ist gefürchtet für seine zum Teil sehr starken wechselnden Strömungen. Als wir wieder im Boot saßen, gab Alex zu, dass er noch nie so etwas Verrücktes beim Tauchen initiiert hatte, denn die Strömung hätte uns auch leicht ganz woanders hintragen können und in der Nacht wären wir nie vom Boot wieder gefunden worden. Er nahm mich ganz fest in die Arme und hielt mich warm, bis wir zurück am Strand waren. Nun war eine Grenze überschritten worden. Wir waren bereit, auch für unsere Leidenschaft das Risiko einzugehen. Nachdem wir zusammen unser Leben aufs Spiel gesetzt hatten, wollten wir wenigstens die Freude der Lust genießen.

Am nächsten Tag wurde mir eine schriftliche Einladung zur Jungfernfahrt des umgebauten Tauchschiffes von Nigel und Carol überreicht. Es sollte getauft werden, wir waren Geschäftsfreunde. Natürlich kam auch Alex, ein Konkurrent für sie, weil auch im Tauchbusiness, aber die Auswahl an Weißen auf der Insel war ziemlich beschränkt, jeder kannte jeden, viel zu gut. Mit einer traumwandlerischen Choreografie des Abends, die sich anfühlte wie vom Liebesgott höchstpersönlich inszeniert mit Champagner, Sonnenuntergang, sternenübersätem Himmel und heißem Flirt, landeten wir später in meinem Bett. Das erste Mal Sex in diesem Bett, endlich. Kein schlechtes Gewissen. Ich werde mich von meinem Ehemann trennen. Noch vor dem ersten Kuss musste ich mich entscheiden, denn so konnte ich nicht mehr weiterleben. Wir hatten dramatischen Sex. Wie fast Verhungerte stürzten wir uns aufeinander, tierische Lust, die Druckknöpfe meines kurzen Jeanskleids wurden mit einem Ruck aufgerissen und die ganze Nacht über liebten wir uns immer wieder, waren zu aufgekratzt, um auch nur eine Sekunde mit Schlafen zu verschwenden, kreuz und quer durchs Bett, bis ich ihn bat zu gehen, da wurde es schon wieder hell.

Nachmittags trafen wir uns, um Ananas von der Plantage zu holen, eine gute Ausrede für mehr Zeit miteinander. Wir fuhren eine Stunde die Küstenstraße am Meer entlang, luden ein paar Säcke Ananas in den Jeep und waren schon wieder auf dem Heimweg, als Suk Lal uns mit seinem Taxi, holzbeinig, wie er war, entgegenkam. Er glotzte und winkte. Abends kam schon der Anruf aus Deutschland: „Du fickst auf der ganzen Insel rum, alle rufen mich an, was ist denn los?“, brüllte Bruno in den Hörer. „Schrei mich nicht an, es ist Schluss, ich erklär es dir, wenn du wieder da bist", antwortete ich knapp und legte auf. Wie verliebt war ich eigentlich? War ich wirklich bereit, alles liegen und stehen zu lassen, nur um meine ungestüme Leidenschaft endlich ungebremst auszuleben? Nein, der Preis war zu hoch. Ich liebte meinen Job, die Insel, mein Leben. Nur meine Ehe nicht. Es wird eine Lösung geben, dachte ich. Schließlich habe ich das Resort aufgebaut. Am besten wir trennen uns und arbeiten nach wie vor zusammen, dann werden die Kinder auch nicht so leiden. Warum war es so schwer, all dies unter einen Hut zu bringen? Entweder einsam und frustriert mit Resort oder ein normales Leben mit Sex ohne Tropenparadies? Das war ein schlechter Kuhhandel. Alles, was ich konnte, war meine Wahrheit zu leben. Und diese Wahrheit bestand darin, dass ich meinen Mann nicht mehr liebte und in einen anderen Mann verknallt war. So, und nun? Ich wartete einfach mal ab, lebte mein Leben. Atmen, arbeiten, lieben. Alex lud mich ein auf einen Tauchgang in Thombia. Zwei Stunden Bootsfahrt entfernt lag ein unendlich tiefer Vulkankrater mitten im Meer. Kreisrund, türkisblau am Rand, direkt unter der Wasseroberfläche ging es hinunter ins schwarze Unbekannte. Wir wollten herausfinden, ob es dort etwas Sehenswürdiges gab, was abenteuerlustigen, erfahrenen Tauchern gefallen könnte. Ich war gespannt, noch nie hatte ein Mensch in dieser Gegend getaucht, die Riffe waren jungfräulich, wer weiß, welche Fische wir dort antreffen würden. Wir sahen wenig farbenprächtige Korallen, aber dafür viele Haie, überwiegend Hammerhaie, die wie Außerirdische ihre Kreise zogen mit ihren breiten eckigen Köpfen, die Augen an der Seite. Ihre Größe war nicht beängstigend, wir blieben fast eine Stunde unten und beobachteten ihr Treiben fasziniert. Als Taucher orientiere ich mich immer am Riff, es liegt entweder zu meiner Linken oder zu meiner Rechten. Meistens schaue ich nach vorne oder herunter. In etwa fünfzehn Metern Tiefe schlug ich gemütlich mit meinen Flossen aus, trieb vor mich hin, schaute mir die Fische an, als mir plötzlich ein elektrischer Schlag durch den Nacken fuhr, der mir die Haare aufstellte. Instinktiv drehte ich mich um, schaute nach oben und sah ihn. Nur ein paar Meter von mir entfernt schwamm über mir der größte Hammerhai, den ich jemals gesehen hatte, an mir vorbei, in entgegengesetzter Richtung. Das war eine Reaktion des Stammhirns, Millionen Jahre alte Information. Dieser Fisch hatte mich als Beute in Betracht gezogen, wahrscheinlich war ich ihm aber dann zu mager gewesen oder mit zu viel Gummi und Plastik, jedenfalls streifte er an mir vorbei und hatte beschlossen, mich jetzt nicht zu fressen. Er hätte es aber gekonnt, noch bevor ich ihn sah, war seine Entscheidung zu meinen Gunsten längst gefallen, nur mein Stammhirn hat mit Urreflex reagiert. Das Wasser trägt Geräusche um ein Vielfaches schneller und natürlich auch andere Schwingungen. Diese Schwingung war eindeutig gewesen, ich war die Beute und er der Jäger. Der Schock ging so tief, dass ich nicht mehr atmen konnte, aber instinktiv zoomte ich mich aus dieser Szene heraus, indem ich die Augen fest zukniff und mich selbst beschwor: „Du bist nicht hier, alles ist gut, einfach ausatmen, dann langsam wieder einatmen und wieder aus, das ist alles nicht Wirklichkeit hier, atme einfach und lass die Augen zu, bis alles vorbei ist." In so einer Situation können wir gar nichts mehr machen. Wenn es der Tag ist, an dem wir als Mittagssnack von einem Hammerhai verspeist werden sollen, dann ist es eben der Tag, aber ich weiß, dass ich weder beim Tauchen noch beim Fliegen sterbe, ich weiß es einfach, deshalb beruhigte ich mich schnell wieder. Das Atmen unter Wasser ist natürlich lebenswichtig, aber auch kompliziert, denn die Nase fällt aus, sie ist unter der Maske, bleibt also nur der Mund mit dem Luftschlauch, um ein- und wieder auszuatmen, egal was passiert, eine Öffnung für alles. Bis ich Alex mit Zeichensprache auch nur andeutungsweise von meinem Erlebnis berichten konnte, war der Spuk schon längst vorbei, der Hai war im Blau verschwunden.

Auf dem Weg nach Hause wünschte ich mir noch einen Tauchgang an der weißen Wand, denn es dauerte noch ein paar

Tage bis zum Vollmond, was bedeutete, dass die Strömung perfekt war. An manchen Tagen ist es unmöglich, an diesem Riff zu tauchen, denn die Strömung wird gefährlich stark. Es gibt sogar Unterströmungen, die einen heimlich runterziehen, was mit normaler Ausrüstung und nur einer Flasche komprimierter Luft am Rücken ab vierzig Metern Tiefe lebensgefährlich werden kann. Rick, unser Nachbar, der auch ein kleines Hotel betrieb, hatte vor zwanzig Jahren genau wie wir heute ein paar jungfräuliche Tauchgänge gemacht, um unbekannte Tauchplätze aufzustöbern. Er fand einen herrlich bunten Weichkorallenteppich in ungefähr zehn Metern Tiefe mit einem Tunnel, der senkrecht nach unten führte. Rick war damals ein legendärer Taucher, den man locker in einem Atemzug mit Jack Cousteau nennen mochte, also überlegte er nicht lange und tauchte kopfüber in den Tunnel hinein, der eben gerade breit genug war, dass er nicht anstieß. Dabei sah er Dutzende von Feuerfischen, die ihre rot-weißen Schillerflossen sanft in der Strömung bewegten inmitten von Korallen, die aussahen wie bunter Brokkoli. In dreißig Metern Tiefe eröffnete sich vor ihm die unendlich tiefe, steile, über und über mit weißen Weichkorallen bewachsene Wand, die er „White Wall" taufte. Die Strömung trägt einen sanft an der Steilwand entlang, hinter mir das leuchtende Blau mit spielenden Delfinen und patrouillierenden Haien, aber vor mir ein weiß schillerndes Unterwasserparadies, gespickt mit Fischen aller Form und Farben, ein wahrlich psychedelisches Taucherlebnis, mein absoluter Lieblingstauchgang. Alex und ich tauchten in hypnotisch-meditativer Ruhe an den Feuerfischen vorbei, genossen jede Sekunde, dies war unsere Zeit. Wir hatten nicht viel, das fühlte ich genau, aber diese Zeit war unglaublich wertvoll, wir lebten sie mit jeder Faser unseres Seins. Wenn ich ganz entspannt tauche, wiederhole ich immer mal wieder ein paar Sicherheitsübungen, die ich gelernt habe, zum Beispiel das Abnehmen der Maske unter Wasser, um sie dann wieder aufzuziehen und auszublasen. Die Strömung kann manchmal so stark sein, dass sich das vorbeiströmende Wasser wie steifer

Wind im Gesicht anfühlt, was im schlimmsten Fall dazu führen kann, dass einem die Tauchermaske verrutscht oder sogar abgeht, deshalb übte ich das Abnehmen und wieder Aufsetzen, um für den Fall der Fälle vorbereitet zu sein. Gerade war ich fertig und versuchte mit Zeichensprache, ihm stolz davon zu berichten, was er völlig falsch verstand, denn er riss sie mit einem frechen Grinsen einfach nochmal runter. Ich war total geschockt und erwischte gerade noch einen Zipfel der Schlaufe. Unter Wasser kann man nicht reden, was für ein schreckliches Missverständnis. Alex dachte, ich wollte, dass er mir die Maske wegnimmt, damit ich übe sie wieder aufzuziehen, aber ich war doch schon fertig! Nun erwischte es mich völlig unvorbereitet, was prompt dazu führte, dass ich schneller atmete, wobei ich langsam aufstieg, von Alex weg. Ich bekam Angst. Ohne Maske sieht man im Salzwasser so gut wie gar nichts, obwohl ich meine Augen aufriss, damit ich wenigstens die Umrisse des Riffs als Orientierung behalten konnte. Meine innere Stimme befahl „ruhig bleiben, langsam atmen, Maske ans Gesicht drücken, ausblasen“, dabei hielt ich sie mit zwei Fingern zwischen die Augenbrauen gepresst fest, bis ich wieder sehen konnte. Tarierte mein Gewicht, aber traute mich nicht, die Maske hinter meinem Kopf zu befestigen, weil ich sie dazu noch einmal hätte abnehmen müssen. Fürs Erste hatte ich jetzt genug Übung, zeigte Alex einen Vogel, der überhaupt nichts kapierte. Als wir wieder im Boot waren, erklärte ich es ihm und wir lachten. Voll mit Abenteuer, Dankbarkeit und Glück aufgetankt wanderte ich ein paar Stunden später wieder den Hügel hinauf zu meiner Bure, um das Salzwasser abzuwaschen und mich für den Sonnenuntergangscocktailempfang vorzubereiten, also mich mit den Barleuten zu treffen und die Cocktails besprechen, die es heute Abend als Specials gab, mir alle Gästenamen nochmal aufschreiben, damit ich sie persönlich ansprechen und miteinander bekannt machen konnte, die Tische kontrollieren, das Menu durchgehen, einfach überall nach dem Rechten sehen. Leider wurde ich aufgehalten, denn Bruno war zurückgekommen. Er zitterte am ganzen Körper. „Ja, wir können uns später unterhalten", willigte ich ein, bevor ich eilig weiterging, an ihm vorbei durch den Garten zum Haus. In unserer Hütte lag sein Koffer aufgeklappt, ich wollte ihn zur Seite schieben, denn er versperrte mir den Weg, da sah ich eine kleine Schmuckschachtel mit einem Riesenring aus Gold in Herzform, perlenverziert. „Komisch, der kann unmöglich für mich sein, sicher wird er ihn einer seiner Flittchen in Suva schenken, muss was Ernstes sein", dachte ich und legte ihn vorsichtig wieder zurück. Es war kurz vor Weihnachten, zwei Jahre waren erst vergangen seit unserer Ankunft im Paradies. Nachdem alle Gäste an ihren kerzenerleuchteten Tischen saßen, während die Bandboys ihre Lieder spielten, kam Bruno aus dem Büro und wir setzten uns an die Bar und tranken Champagner, den er einschenkte. „Edel geht die Welt zugrunde", sagte ich und wir lachten beide etwas verlegen. Ich empfand eine Art von Freundschaft für ihn, ein bisschen Loyalität für ihn als Partner, mit dem zusammen ich schon so viele Abenteuer erlebt hatte, aber keine Liebe, schon gar keine romantische Liebe, aber auch keinen Hass. Es war einfach vorbei, meine angebotene Liebe war zu oft zurückgestoßen worden, nun war nichts mehr übrig davon, meine Liebe für ihn war aufgebraucht, denn sie hatte keine Nahrung bekommen, war verhungert. Er war traurig. Fragte mich, ob wir es nochmal miteinander probieren könnten. „Nein, ich kann nicht so tun, als wäre alles normal, wir leben keine Ehe und ich bin zu jung, um nur eine Rolle zu spielen, ich brauche mehr zum Leben", entgegnete ich ruhig. „Dann nimm diesen Ring bitte dennoch aus Freundschaft an, zum Dank für die gemeinsame Zeit und alles, was wir miteinander erlebt haben", bat er mich, während er mir die Schachtel in die Hand drückte. Natürlich wusste ich, was darin war, also öffnete ich sie erst gar nicht. „Das kann ich unmöglich annehmen, schenke es doch deiner nächsten Frau", schlug ich vor. „Nein, es ist dein Geschenk, mach was du willst damit, sonst werfe ich ihn eben weg." Das kam natürlich nicht infrage, also steckte ich ihn ein. Ich habe ihn nie getragen, ein Abschiedsring ist so deprimierend, deshalb tauschte ich ihn nach der Scheidung in meinen Freiheitsring ein, den ich liebend gerne trage. Er ist nur ein breites schweres Goldband, ohne Schnickschnack, ich trage ihn am Mittelfinger.

Das war's dann schon gewesen, unser Aus für die Ehe. Alles, was jetzt noch folgen würde, waren Formalitäten. Das Wichtigste war gesagt, die Weichen waren gestellt, die Familienidylle war zerstört, meine Karriere in Matavu ungewiss, meine Rolle als Mutter und Geschäftsfrau ungewiss und all das nur, weil ich nicht mehr mit diesem Mann leben konnte. Ich fühlte mich schrecklich auf der einen Seite, wirklich als Sünderin, besonders den Kindern gegenüber, aber auf der anderen Seite konnte ich nicht anders, ich konnte keine Sekunde mehr die Tatsache ignorieren, dass Bruno in meinem Leben der dunkle, traurige, schmerzhafte Schatten war und ich sicher genau dasselbe auch für ihn. Wir waren unglücklich miteinander. Sobald wir zusammen waren, bäumte sich das Unglücksmonster zwischen uns auf und nährte sich an unserem Schmerz. Er konnte mich nicht befriedigen, ich empfand keine Lust. Das schönste Tropenparadies, die süßesten Kinder, materieller Reichtum, all das hatte überhaupt keinen Wert im Angesicht des Dramas, dass unser Hunger nach Liebe, echter, allumfassender, romantischer, erotischer, leidenschaftlicher, zärtlicher Liebe nicht befriedigt werden konnte. Lange hatte ich geglaubt, dass ich nur noch ein bisschen liebenswerter, schlanker, hübscher, fleißiger oder nachgiebiger werden müsste, dann würde es besser, aber das war nicht der Fall. Die Wut über seine Lustlosigkeit mir gegenüber fraß mich auf, der Ekel vor seiner mangelnden Hygiene widerte mich an. Ich konnte schlaue Eheberatungsbücher lesen, so viel ich wollte, Einzeltherapien machen und neue Anfänge planen, vergeben, probieren, reden … die Ehe war in einer Sackgasse, am Ende, wir hatten beide keine Kraft und keine Lust mehr aufeinander. Bruno vertraute mir an, dass er sich immer gewünscht hätte, in meinen Armen zu sterben, nun fehle ihm jegliche Orientierung. Ich war sprachlos. Dafür wäre ich dann also noch gut gewesen oder wie konnte ich das verstehen? Und ich? In welchen Armen sollte ich dann sterben? Auf der anderen Seite gab es mir einen Einblick in seine Sichtweise der Beziehung, bei der ich schon lange den Verdacht hatte, dass ich eher eine Mutterrolle übernehmen sollte. Außerdem sprach er davon, dass wir uns nun auch räumlich trennen müssten, und weil er die Mehrheit von Matavu besitze, möchte er, dass ich gehe. In den letzten Monaten habe er sich auch schon in Suva amüsiert und verschiedene Beziehungen ausprobiert, sowohl in Fidschi als auch in Deutschland, somit sollte ich mit meiner neuen Beziehung am besten sobald wie möglich von der Insel verschwinden, damit er sein Leben frisch organisieren könne. Wow, das ging aber schnell, dachte ich. Kein Wunder, ich mach mir Sorgen und wälze alle möglichen Szenarien in meinem Kopf hin und her und er schmeißt mich kurzerhand raus, das ist natürlich die leichteste Lösung. Schließlich war ich Ehebrecherin, offiziell, deshalb schliefen Alex und ich im Zelt am Strand. Weder wollte ich meinen Beruf verändern noch meine Lebensumstände, einzig und allein trennte ich mich von meinem Ehemann. Aber wir leben im Patriarchat, da geht das alles nicht so einfach. Nun bekam die Situation eine ganz neue Färbung, weil ich mich damit abfinden musste, Matavu zu verlassen. Alex war eine Affäre für mich, als meine unbefriedigte Lust wie ein Vulkan explodiert war. Dabei konnte ich mir nicht vorstellen mit ihm zu leben, obwohl er tolle Pläne schmiedete. Ein Tauchresort irgendwo in den Tropen gemeinsam aufbauen, ich hatte ehrlich gesagt keine große Lust dazu. Ich hatte auf überhaupt nichts Lust, außer weiterhin in Matavu zu leben und zu arbeiten, aber das Leben zwang mich die Entscheidung zu treffen, denn leider konnte ich nicht alles haben. Damals hatte ich noch überhaupt keine Ahnung vom Geheimnis der positiven Gefühle und des richtigen Wünschens und taumelte ziemlich unbewusst durchs Leben, denn das Negative zog ich genauso an wie das Positive, indem ich mir alles in den glühendsten Farben ausmalte. Bis zur Scheidung wollte ich in Matavu bleiben. Wir würden alle gemeinsam nach Deutschland fliegen, wo ich mir einen Anwalt suchen würde. Tagsüber arbeitete ich ganz normal weiter und abends trafen Alex und ich uns am Strand. In der Küche wurde mir ein Korb mit Essen vorbereitet und Bruno legte sogar manchmal noch eine Flasche Champagner mit dazu, wir hatten nämlich beschlossen, uns mit Stil zu trennen, und da die ganze Insel sich über uns das Maul zerriss und er nun als zahnloser Tiger dastand, wollte er in seiner Großmütigkeit Stärke zeigen. Im Zelt hatte ich schöne weiße Hotelbettwäsche ausgebreitet, die täglich von den Zimmermädchen gewechselt wurde. Einmal krabbelte und scharrte es unter meinem Kopf und ich schlug die ganze Nacht immer wieder auf mein Kissen ein, weil ich vermutete, dass draußen im Sand irgendwas versuchte ins Zelt zu kommen, und bemerkte erst morgens, dass eine riesige Kokoskrabbe direkt unter meinem Kopfkissen im Zelt lag, nicht etwa draußen. Die hätte mir die Nase abzwicken können, mindestens, zum Glück hatte ich sie aus Versehen wohl k. o. geschlagen, denn sie rührte sich lange nicht vom Fleck. Natürlich genoss ich die Lust und die männliche Wärme in meinem Leben nach so langer Zeit, aber andererseits schrie mein Herz vor Schmerz über die absurde Situation, in die ich mich hineinmanövriert hatte. Tief in mir vernahm ich allerdings immer noch eine leise Stimme, die mich ermahnte mutig weiterzuleben, in Würde, meine Wahrheit zu leben, wie auch immer, dann würde sich alles zum Guten entwickeln. Emils fünfter Geburtstag war ein trauriges Fest, bei dem Bruno und ich ziemlich verkrampft Eltern spielten, obwohl wir unserem Jüngsten keine Sicherheit für die nächste Zukunft bieten konnten. Emil saß auf meinem Schoß, ich inhalierte den wundervollen Kinderduft, der in seinen blonden Locken lag, und er erzählte mir: „Weißt du, wenn ich groß bin, dann nehme ich mir eine Frau und dann lass ich mich auch mal scheiden." Da nahm ich seine kleinen, weichen, braunen Händchen und versuchte ihm so gut wie möglich zu erklären, dass es manchmal besser ist, wenn die Erwachsenen nicht mehr zusammenleben, weil es zu schwer ist, zusammen zu sein, wenn einer einen anderen mehr lieb hat, aber bei Kindern wäre das eben ganz anders und ich liebte sie immer und ihr Papa liebte sie auch immer. Stundenlang konnte ich versuchen, ihm die Situation zu erklären, aber Fakt blieb, dass ihre Welt zerstört war durch den Schritt von mir, mich zu trennen. Das bedeutete, dass ich die Arschkarte hatte. Böse, schlechte Mutter. Darunter litt ich am meisten. Heimlich war ich froh, dass sie ihr Kindermädchen, ihre Lehrerin für die neuseeländische Fernschule, ihren Kindergarten, ihre Freunde, Hunde, Strand, Gärtner, Köche, eben alle Mitarbeiter in Matavu als Gefährten hatten, um die Lücke, die meine Abwesenheit in ihrem Leben hinterließ, nicht überall spüren zu müssen. Es waren die Kuschel- und Singrituale, die wegfielen, alles andere ließ sich organisieren. Ich schwor mir, dass ich ganz schnell etwas Neues aufbauen würde, damit ich sie sobald wie möglich wiedersehen konnte. Die Trennung hatte Franz dermaßen aus seiner Juckidentität gerissen, dass sein Ekzem ausheilte und er keine Symptome mehr bekam. Das war mit Abstand der tollste Nebeneffekt dieser ganzen Trennungsaktion. Ich war ja nicht mehr da, um mich mit seiner Haut zu beschäftigen, auf seine Diät zu achten, ihn zu säubern und einzucremen, und Schwups, war's auch nicht mehr nötig. Anfang Januar flogen wir alle gemeinsam zurück nach Deutschland, um uns scheiden zu lassen, was innerhalb von ein paar Wochen dank gutem Anwalt und Ehevertrag ziemlich glatt über die Bühne ging. Anschließend flog ich nach England, um Alex zu treffen, der seine Eltern besuchte. Bruno hatte auch die Lehrerin mitgenommen, eine burschikose Frau aus Nordamerika, die in Matavu außerdem Gäste auf Ausflügen begleitete und als Meeresbiologin mit ihnen im Meer schnorchelte. Sie war jung und sportlich und hatte ein Gesicht wie ein Pferd. Marge hasste mich und ärgerte den kleinen Emil gern, was mich zur Weißglut trieb. Oft hatte ich sie deswegen ermahnt, aber nun fehlte mir die Macht in der Familie, weil ich sie alle verlassen würde, denn Bruno war ihr Boss und ich war seine Exfrau. Auch ich hasste Marge. Es war so lächerlich, wie sie sich nun Chancen ausrechnete, sich ihren Millionär zu angeln. Ein paar Mal erwischte ich sie, dass sie in unserem Haus duschen wollte, weil ihre Dusche angeblich nicht funktionierte. Wie sie Bruno in den Arsch kroch und mit ihrem wiehernden Lachen über alles und nichts dauernd so viel Lärm veranstaltete! Nach ein paar Wochen in London flogen Alex und ich wieder zurück in die Südsee. Er hatte sich von seiner Freundin und der Tauchbasis neben Matavu auf Tavarua getrennt. Auch ich war frei, denn die Scheidung war schon offiziell, und ich hatte auch genug Kapital, um einen neuen Start zu wagen. Beide liebten wir die Südsee, besonders das Meer. Leider fehlte mir die Vision und Lust, mit ihm zu arbeiten und zu leben, das Feuer der Leidenschaft war schon abgeflacht. Oft wussten wir nicht recht, was wir miteinander reden konnten, denn er war ein Abenteurer und Tauchlehrer und ich war Alicia. Auf Tavarua lebten wir in der Natur und nun fehlte uns das neue Projekt, das sich natürlich nie manifestieren konnte, weil wir so ängstlich und unentschlossen in den Tag blickten, jeder für sich in seiner eigenen Gedankenwelt lebend. Er war mein sonnengebräunter Tauchadonis gewesen, nicht mehr und nicht weniger, das war längst nicht genug, um ein neues Leben miteinander aufzubauen. Nie hatte ich das vorgehabt und nun saßen wir beide auf dem Trockenen. Vorsichtig und etwas beschämt über meine Maßlosigkeit ließ ich den Gedanken zu, dass ich eigentlich einen richtigen Supertraummann vom Leben wollte. Das war ein Vorgeschmack der Wahrheit, dass ich einen Lebenspartner suchte, der mir alles geben konnte: Liebe, Leidenschaft, Sicherheit, Intellekt, Freude, Kultur. Die kleine fiese, kritische Stimme in meinem Kopf sagte natürlich: „Das hast du dir nun selbst eingebrockt, also sieh zu, was du draus machst.“ Immer wieder spürte ich den Schmerz meines Mutterherzens schrecklich stechend, ziehend. Die Kinder waren so klein, sobald ich an sie dachte, war ich todunglücklich. Meistens dachte ich an sie. Wir telefonierten oft, aber das machte den Schmerz nur noch schlimmer, obwohl sie immer versicherten, dass es ihnen gut ging. Wie jämmerlich fühlt sich die gegenseitige Versicherung an, dass man sich lieb hat und vermisst und freut sich bald wiederzusehen? Gar nichts gibt sie uns, lässt uns den Verlust nur umso mehr spüren. Alex und ich hatten uns ein Appartement in Suva genommen, von dem aus wir unsere Reisen planten auf der Suche nach einem neuen Paradies. Dabei flogen wir bis nach Vanuatu und auf die Salomon-Inseln. Es machte Spaß zu tauchen. Wir tauchten in bunten Korallengärten, sahen wunderschöne bunte Fische und viele Haie, aber die Insulaner auf Vanuatu und auch auf den Salomonen waren längst nicht so freundlich wie auf Fidschi, und solange nicht gefühlsmäßig der Blitz einschlug, wollten wir uns nicht festlegen. Oft hatte ich das Gefühl einfach abzurutschen, mein Leben war mir aus den Händen geglitten, es fühlte sich an, als würde ich verzweifelt an einer vereisten Stelle auf einem Steilhang mit meinen Skiern festsitzen, weil ich ausgerutscht war und mich nun nicht traute, den Schwung zu wagen, um weiterzufahren, denn unter mir lag die gähnende Leere, und ich krallte mich in den vereisten Steilhang und wartete darauf, wieder Mut zu spüren. Das Schöne beim Skifahren ist das Loslassen, wenn ich den Körper zum Tal neige, um runterzurasen. Im Moment krallte ich mich mit aller Kraft ins Eis, um bloß nicht abzurutschen, ins Ungewisse. Warum dachte ich immer wieder an Schnee?

6

Ob du denkst, dass du kannst,
oder ob du denkst, dass du nicht kannst –
es ist beides richtig.
(Henry Ford)

Ich dachte an Tod. Wünschte mir oft einfach tot zu sein, damit dieses komplizierte Leben mit dem nagenden Herzschmerz endlich aufhörte. Ohne unsere gemeinsamen Tauchausflüge fehlte Alex und mir die wichtigste Gemeinsamkeit. Wir waren beide selbstständige Unternehmer gewesen, nun hingen wir in diesem Apartment mitten in Suva rum und warteten auf irgendwas, im besten Fall darauf, dass wir auf unserer nächsten Reise ein schönes Fleckchen Erde finden würden, um dort unser Tauchresort zu eröffnen. Ich hatte immer noch keine Lust mit Alex zu arbeiten, es lag zu viel Schweigen und zu wenig Lachen in der Luft und ich hegte den Verdacht, dass er Angst vor der Zukunft bekam.

Bis zum 22. Juli 1998, dem Mittwochmorgen, an dem mich meine tantige Schwester Veronika wieder anrief. Da sie zwölf Jahre älter ist als ich, verhält sie sich eher wie eine Tante, was uns beide aber überhaupt nicht stört, im Gegenteil, denn sie liebte mich immer. Es waren zwei Jahre vergangen, seitdem ich Hals über Kopf nach Deutschland gerast war, um mich von meinem Vater zu verabschieden, der an Alzheimer erkrankt war.

„Heute Nacht wird Papa sterben. Er atmet immer flacher und langsamer. Seine Beine waren so verkrampft, er lag völlig verrenkt im Bett, deshalb habe ich das gute Kokosöl von dir genommen und ihm damit die Füße massiert. Dabei habe ich ihm von dir erzählt, von Fidschi und dass ihm das Öl sicher gut tut und ihn wärmt. Daraufhin haben seine Beine sich langsam entspannt und ich half ihm, dass er sich auf die Seite legen konnte. Irgendwie fühlt es sich an, als ob er eigentlich gar nicht mehr da ist, sein Ich ist verschwunden, die Alzheimerkrankheit hat sein Gehirn ganz in Beschlag genommen und sein Körper schließt nun so langsam ab mit dem Leben. Ich sage dir das jetzt nicht, damit du traurig bist und dir Sorgen machst, sondern damit wir ihn gemeinsam in dieser Stunde begleiten, damit wir im Geist bei ihm sein können, um ihm zu helfen über die Schwelle des Todes zu gehen. Es ist alles ganz friedlich hier. Kein Schmerz, keine Trauer."

Unsere Mutter war schon schlafen gegangen, bevor Veronika mich anrief. Alle schliefen, es war Nacht auf der anderen Seite der Welt. Aber ich schlief nicht. Veronika und ich weinten ein bisschen in unsere Telefone hinein, während wir miteinander sprachen. Es war vor Rührung, Erleichterung, nicht vor Trauer. Ich konnte die feierliche Stimmung fühlen, die der Tod ins Haus wehte, obwohl 20 000 Kilometer zwischen uns lagen. Geburt ist genauso, das hatte ich selber zweimal erlebt, denn die Geburten meiner Söhne waren beide Male Grenzerlebnisse mit Nah-Tod-Erfahrung gewesen. Die gleiche Tür. Einmal gehen wir rein ins Leben und ein andermal wieder hinaus. Es passiert, wenn wir loslassen, ganz von allein, was gleichzeitig die schwierigste und leichteste Aufgabe unserer Lebenszeit ist. Nachdem Veronika und ich uns voneinander verabschiedet hatten, beschloss ich, diesen Tag so heilig wie möglich zu gestalten. Kleidete mich ganz in Weiß und zündete eine weiße Kerze an. Trank roten Kräutertee und fastete. Dachte immer an Papa, hatte ihn vor meinem geistigen Auge und konzentrierte mich ausschließlich auf schöne gemeinsame Bilder mit ihm zusammen, denn positive Energie hilft immer und erleichtert alles. Von den Bildern gab es nur ein paar, aber das war egal. Ich stellte mir sein gütiges Lächeln vor. Einen Sonntagsausflug im Sommer, den ich als Zweitjüngste, ungefähr fünfjährig, mit allen Geschwistern im Wald erlebte, wo wir ein Picknick veranstalteten. Die alte Decke, die wir nur für solche Ausflüge verwendeten, lag auf dem piksenden Grass der Lichtung mitten im Wald, dort wuchs sogar herrlich duftendes Waldmeisterkraut im Frühling. Wir ließen uns darauf fallen und Papa las uns aus einem Buch vor, nachdem wir hart gekochte Eier, Apfelkuchen und Himbeersaft in uns hineingestopft hatten, lachend, kichernd, auf der Decke rumtobend. Es war ein dickes Buch, oft las er uns abends vor, wenn wir schon im Bett lagen, sodass ich die Geschichten mit in meine Träume nahm. Ein Elefant und ein kleiner Junge kamen darin vor, die zusammen viele Abenteuer bestanden. Daran dachte ich, während ich im fernen Fidschi saß und das züngelnde, goldene Licht der weißen Todeskerze bewunderte. Plötzlich hörte ich seine tiefe, weiche Stimme in meinem Kopf, er sprach zu mir: „Alicia, Liebes, geh zurück auf die kleine Insel, deine Familie wartet auf dich, deine Kinder brauchen dich, ihr gehört doch zusammen und als Mutter kannst nur du ihnen die Wärme und Liebe geben, die sie zum Wachsen brauchen." Wieder und wieder sprach er, väterlich mahnend, aber nicht drängend, empfand ich seine Gegenwart, als säße er neben mir, vollkommen gesund und Herr seiner Sinne. Was ich vom Zustand meiner Sinne halten sollte, war mir im Moment nicht so richtig klar, also ließ ich mich einfach in Trance fallen und gab mich nur dem Gefühl im Moment hin. Nicht denken, nicht planen, hör nur dem Augenblick zu. Der fühlte sich sehr klar an. Also packte ich ein paar Hüfttücher, frische Unterwäsche, Zahnbürste, Lippenstift und Brieftasche ein. „Alex, ich muss zu meinen Kindern, ich ruf dich an." Er starrte mich wortlos mit toten Augen an, wusste in dem Moment sofort, dass unsere Beziehung zu Ende war, aus und vorbei. Wir hatten nie mehr Substanz als die gemeinsame Leidenschaft beim Tauchen und die Sehnsucht nach Sex, das war einfach nicht genug für ein gemeinsames Leben. Meine Kinder waren noch zu klein, der Mutterinstinkt übertönte alles andere. Mehr brauchte ich nicht zu sagen, er ließ mich gehen und wollte nur, dass ich ihn anrief, sobald ich auf Tavarua landete. Ich nahm mir ein Taxi zum Flughafen. Auf der Straße schien eine gleißende Sonne, heiß, besonders die Hibiskusblüten am Straßenrand leuchteten wie von innen heraus um die Wette, als hätten sie heute Morgen eine extra Dosis Farbe bekommen. Überall entdeckte ich Schmetterlinge. Schwarze, mit orangen Punkten und weißblau schimmernden großen Flecken auf jeder Seite, die wie Augen auf und zu blinkten, wenn sie mit den Flügeln schlugen. Es kam mir vor, als winkten sie mir zu. Vom kleinen Suva-Flughafen aus rief ich in Matavu an. „Nein, Bruno ist nicht da, er ist auf Wakaya Island." Wie bitte? Was machte er denn in diesem Superluxusresort für Hollywoodstars, ich dachte, er wäre in Matavu zusammen mit den Kindern. „Wo sind Emil und Franz?", fragte ich streng, weil ich wusste, dass Wakaya keine Kinder duldete und sie deshalb unmöglich bei ihm sein konnten. „Die sind hier und haben Unterricht im Haus mit Marge, willst du sie sprechen?", antwortete Pasepa. „Nein, ist schon gut, sag ihnen bitte, dass ich am Nachmittag mit dem Flieger aus Suva komme", antwortete ich. „Uschi und ihre Kinder sind auch da", fügte sie leise hinzu. Gleich nach unserer Trennung hatte mir Bruno eröffnet, dass er schon seit Längerem mit einer guten alten Freundin aus Stuttgart in Kontakt war, mit der er nun eine feste Beziehung aufbauen wollte. Gute alte …, was? Sie war mir während unserer Ehe nie vorgestellt worden, ich wusste überhaupt nichts von ihrer Existenz, aber o. k., von mir aus, es war nun im Nachhinein eindeutig zu spät, sich darüber zu entrüsten, aber eine Frage fühlte sich für mich etwas mehr geklärt an, und zwar verstand ich die langen Wochen seiner Abwesenheit nun besser. Wenn er in Deutschland war und ich den Arbeitsalltag und die Kinder allein jonglieren musste, war mir immer mal wieder der Gedanke gekommen, ob er vielleicht wirklich ein Doppelleben führte, so wie es ihm sein Freund damals riet, nachdem seine Mutter verstorben war und er das vermögende Erbe antrat. Dieser Freund empfahl ihm tatsächlich, sich eine Frau für die Familie, eine fürs Bett und noch eine für den Intellekt, schön verteilt in unterschiedlichen Ländern, zu nehmen, dann würde es ihm sicher nie langweilig immer nur mit ein und derselben. Ich erinnerte mich an ein Gespräch am Anfang unserer Beziehung, als er mir davon erzählte. Natürlich hatte ich es nicht ernst genommen, ich schüttelte nur den Kopf, so ein Quatsch! Schon bald nach unserer Trennung wollte er mir aber dann unbedingt von seiner tollen Partnerin in Stuttgart erzählen, er platzte regelrecht damit heraus und prahlte, der Sex mit ihr sei phänomenal, nicht so schwierig und frustrierend wie mit mir. Schulterzuckend nahm ich diese Information zur Kenntnis, immerhin hatte sich das Problem mittlerweile, auch was mich betraf, von selbst gelöst. Ich beglückwünschte ihn und meinte es sogar ehrlich. Wir alle müssen einfach den richtigen Partner finden, mit dem es klappt, ohne Anstrengung, wo alles stimmt, alles passt. Manchmal hält die Leidenschaft nur kurz an, manchmal lang, es ist nicht immer leicht, es so zu steuern, dass sie ewig hält. Jedenfalls zu diesem Zeitpunkt fehlte mir noch das Geheimrezept dafür, aber das Thema interessierte mich sehr und heute habe ich diese Nuss endlich geknackt, den Gral gefunden. Aber auch ein guter Moment genügt eigentlich, erst mal, finde ich. Das ist sowieso effektiv alles, was wir haben im Leben. Die Zukunft ist noch nicht da, die Vergangenheit vorbei, es gibt immer nur das Jetzt, dieser einzige Augenblick zählt. Uschi, seine neue Partnerin, hatte drei Kinder ungefähr im gleichen Alter wie Franz und Emil und wohnte nun für ein paar Monate als Familie mit meinen Söhnen und Bruno zusammen in Matavu. Sie wollte so gerne in der Südsee leben und war als Englischlehrerin auch qualifiziert, um hier zu arbeiten. Wir waren uns noch nie begegnet, natürlich, nun machten seine ständige Abwesenheit und seine wochenlangen Deutschlandaufenthalte ohne mich und die Kinder auch endlich mehr Sinn, offensichtlich war sie der Grund für sein Doppelleben, jedenfalls ein Aspekt. Denn die andere Seite von ihm hatte eindeutig weibliche Qualitäten, was sich darin äußerte, dass er sich ziemlich widerlich für meinen Geschmack wie eine Tunte aufführte, sobald der Alkoholpegel hoch genug war. Hüftschwung, abgespreizte Finger, Augenrollen, auf dem Tisch tanzen, am Pol tanzen wie eine Stripperin, alles wurde geboten und sah bei seiner schmächtigen Figur mehr als lächerlich aus. Auf Fidschi war er allerdings der „King of the Coconut", alles klatschte und kreischte und feuerte ihn an, da traute er sich seinen Mr. Hyde rauszulassen, aber meistens bekam ich solche Shows gar nicht mit, weil ich es sowieso nicht aushielt zu warten, bis er sich betrank, und ihn auch nicht mehr zu den Busch- und Strandpartys auf der Insel und ekligen, stinkenden, dreckigen Discos in der Stadt begleitete. Lieber las ich ein gutes Buch und masturbierte, wenn ich Lust auf Sex hatte, ehrlich. Ich dachte wirklich oft, dass er vielleicht schwul sei und er sich nur nicht aus gesellschaftlichen Gründen traute, auch dazu zu stehen, dabei wäre es mir sogar egal gewesen, denn endlich hätte ich keine Schuldgefühle mehr gehabt, weil mein eigener Mann keine Lust auf mich hatte, wo ich von vielen anderen Männern doch ziemlich viel sexuelle Bestätigung bekam. Na ja, wir werden sehen, dachte ich damals, vor unserer Trennung. Nun saß ich im Flieger nach Tavarua und dachte: Familie ist wichtiger als Sex, ich versuchte mich regelrecht zu hypnotisieren, damit ich es selber glaubte. Der Plan war nun, dass ich meine Sehnsucht nach sexueller Erfüllung opfern wollte für das Wohl der Kinder. Die brauchten mich mehr als Alex, den ich mittlerweile zunehmend als Klotz am Bein empfand mit seiner Lethargie. Mehr als alles andere brauchte ich jetzt die Gewissheit, dass ich als Mutter meine Kinder Techniken über das Leben lehren konnte, damit sie zu starken, glücklichen Menschen heranwuchsen, das war mein wichtigster Job in diesem Leben für mich, meine größte Verantwortung. Damals war mir noch nicht bewusst, dass ich in erster Linie die Verantwortung für mein eigenes Leben und Glück selber trage, und zwar auf der Prioritätenliste ganz oben, erst dann ist es überhaupt möglich, meine Kraft und Liebe wirklich weiterzugeben, das ganze Opferthema funktioniert nämlich überhaupt nicht. Familie war wieder das Allerwichtigste für mich, ich würde mich meiner Verantwortung stellen. Als das kleine Flugzeug Tavarua anflog, erfasste mich das gewohnte Glücksgefühl wie ein Zauber beim Anblick des dunkelgrünen, undurchdringlichen Regenwaldes unter mir, der weißen Strände, die sich mit schwarzen Lavabrocken und schwarzen Sandstränden abwechselten. Eine schmale Inselstraße wand sich an der Küste entlang, hier und da sah ich Rauch, der aufstieg und nach Verbranntem roch. Unter mir sah ich die kleine Landepiste, und als ich ausstieg, begrüßten mich die Mitarbeiter der beiden kleinen Fluggesellschaften so selbstverständlich und fröhlich, als wäre ich nur kurz fort gewesen. Ganz fest schloss ich Emil und Franz in meine Arme und zwang mich, nicht weiter nachzudenken. Minischritte. Einer nach dem anderen. Ich lief natürlich sofort Uschi über den Weg, sie saß an der Rezeption. Die Freundin von Bruno verzog verzweifelt das Gesicht, als sich unsere Augen begegneten, es sollte wohl als Lächeln durchgehen. Sie war sehr hübsch mit ihren Sommersprossen, knabenhaft schlank, braune, halblange Locken, etwas größer und um einige Jahre älter als ich, ungefähr wie Bruno. „Ich habe gehört, dass Bruno auf Wakaya ist, was macht er denn da?", fragte ich sie. „Er hat Schiffbruch erlitten beim Versuch, sein neues Boot von Suva nach Tavarua zu transportieren." Nein wirklich! Typisch! Echt? Ich musste lachen. Bruno ist der untalentierteste Mensch, der je ein Boot steuerte. Sobald er in einem Boot, Tretboot, Motorboot, Segelboot oder einem Schiff sitzt, wird es gefährlich, und zwar für alle, er zieht die Gefahr regelrecht an. Fidschianer sind abergläubisch, was solche Menschen betrifft, er kann nichts dafür, ein Persönlichkeitsmerkmal, vielleicht sein Horoskop. Aber er wollte unbedingt ein großes Holzboot besitzen, mit riesigen Motoren, was er sich auch prompt von einem nicht sehr vertrauenswürdig aussehenden Australier aufschwatzen ließ und dann monatelang im Jachthafen von Suva renovierte. Natürlich nicht selbst, sondern mit Leuten, die er dafür bezahlte und die gründlich Mist bauten und sich ewig Zeit ließen. Aber während dieser Monate konnte er mit dieser Ausrede unzählige Male nach Suva fliegen und seine wilde

Seite rauslassen, sprich saufen, huren, was das Zeug hielt. Nur zwei Stunden von Suva entfernt gerieten sie auf offenem Meer in Seenot, mitten im Pazifik. Heute Morgen passierte es, die Motoren zogen Wasser, nur noch ein Motor lief, der andere war kaputt gegangen. Sie streiften trotz GPS, Kapitän und Bootsbauer ein Korallenriff, das den Bauch des Holzschiffs sofort ungnädig ein bisschen aufriss, woraufhin Wasser einfloss und das Boot zu sinken begann. Trotz allem war ihnen das Glück irgendwie noch hold, fast wären sie untergegangen, mit Mann und Maus gesunken. Sie hatten unglaubliches Glück, als sich mit letzter Kraft das sinkende Boot auf die Sekunde genau am Strand von Wakaya ächzend in den Sand setzte. Dort lag es nun fest und dem australischen Etepetete-Managerehepaar blieb nichts anderes übrig, als die drei schlecht angezogenen, unrasierten Schiffbrüchigen inmitten ihrer Hollywoodstarklientel aufzunehmen, bis sie ihre Reise per Inselflieger fortsetzen konnten. Sie mussten sogar heute dort noch übernachten, weil kein Flug mehr ging, was mir mehr Zeit allein mit Emil und Franz gab und Energie, mich auf den nächsten Tag einzustimmen, bei dem ich unser weiteres Leben als Familie rumreißen wollte, alles auf eine Karte setzen würde. Den Jungs ging es gut, sie spielten mit ihrem Hund Brownie, der am liebsten unten am Strand an einer Liane schaukelte, die von einem riesigen Vutubaum nahe der Flutgrenze herabhing, und wie wild daran riss. Sie surften mit den Kajaks auf den kleinen Wellen, die sich auf dem Weg zum Strand im knietiefen Wasser brachen, und arbeiteten fleißig mit der schrecklichen Marge, die als Lehrerin vormittags ihren Fernschulkurs beaufsichtigte. Franz hatte schon genug Disziplin und lernte vollkommen selbstständig, aber Emil hoffte alle zehn Minuten darauf, dass jemand die Tatsache, dass er nun schulpflichtig war, vergessen würde und er heimlich zurück in den Garten schleichen und mit den Gärtnern spielen konnte. Jeden Tag gab es Tränen deshalb, er war ein echtes Inselkind, weil er schon mit drei Jahren die Freiheit lieben lernte, ein Wildfang. Aber auch ich konnte ihn nicht vom Zwang des Schulalltags erlösen, obwohl ich ihm immer wieder erklärte, dass er es nur deshalb so schlimm empfand, weil er es so sehr hasste und sich dagegen anstemmte. Ich las ihm Bücher vor und versuchte ihn fürs Malen zu begeistern, mit mäßigem Erfolg, denn am liebsten spielte er draußen mit den Fidschianern, von früh bis spät. Einige Mal erwischte ich Marge, wie sie Emil ausschimpfte und „dumm“ nannte, und ging auf sie los, schimpfte scharf mit ihr, aber sie lachte nur dreckig, weil sie genau wusste, dass Bruno froh darüber war, dass sie ihm so eine treue, genügsame Hilfe in allem war und nicht nur die Ausflüge mit den Gästen organisierte, sondern sogar den Unterricht der Kinder beaufsichtigte. Ich schwor mir, sie sobald wie möglich rauszuschmeißen. Marge hasste mich so sehr, weil sie Angst davor hatte, dass ich wieder auf Matavu leben würde. Alle waren gespannt, wie sich die Dinge in den nächsten Tagen entwickeln würden. Unsere Mitarbeiter fragten mich, ob ich für immer bleiben würde, und ich gab allen nur ausweichend Antwort. Uschi schwitzte wohl heimlich Blut und Wasser, denn sie traute sich nicht mich zu fragen, wie lange ich bleiben wollte, deshalb mussten wir dieses Thema auch nicht besprechen. Sie schaffte es allerdings ziemlich gut, mir aus dem Weg zu gehen, sodass ich sie zum Abendessen nicht im Restaurant antraf. Mit ihren Kindern bewohnte sie eine Bure weitab von unserem Haus. Bevor ich zu Bett ging, rief ich Veronika an, um ihr von meinem Tag zu berichten, den Kerzen, der weißen Kleidung, der feierlichen Stimmung. Sie teilte mir mit, dass unser Vater ganz friedlich entschlafen war, mit entspannten Füssen. Dann fragte sie mich, wo ich sei, weil die Verbindung durchs Telefon sich anders anhöre. „Ich bin in Matavu, die Kinder besuchen“, mehr Details wollte ich ihr zu diesem Zeitpunkt noch nicht geben, denn über ungelegte Eier redet man nicht. „Das ist schön, Papa hätte sich bestimmt sehr gefreut, wenn er das wüsste, denn er wollte immer, dass die Familie zusammenbleibt“, antwortete sie mir. „Na ja, er hat mich immerhin hierher geschickt, natürlich weiß er Bescheid“, hätte ich fast gesagt, aber ich verkniff es mir gerade noch, denn manche Gedanken hören sich ausgesprochen einfach nur verrückt an. Wir beide empfanden immer noch keine Trauer über den Tod unseres Vaters, wahrscheinlich weil er schon seit Jahren so krank war und litt und auch weil er sicher ein erfülltes, langes Leben genossen hatte. „Wie geht es Mama?", fragte ich anstandshalber, obwohl ich sicher war, dass sie genauso empfand. „Oh, es geht ihr gut, sie schwebt ganz beschwingt durchs Haus, die Treppen rauf und runter, singt schon den ganzen Morgen Kirchenlieder und nachher fahre ich sie zum Amt und helfe ihr bei den Bestattungsformalitäten. Man merkt ihr die Erleichterung an, die Pflege war unglaublich anstrengend und hat sehr an ihr gezehrt, nun sprüht sie voll Energie. Sicher malt sie sich aus, dass Papa nun im Himmel ist bei seiner Mutter und so weiter, du weißt ja, wie schrecklich kirchlich religiös sie sind", erwiderte Veronika. „Ist es o. k., wenn ich nicht zur Beerdigung komme?", fragte ich. „Absolut, allein die Tatsache, dass du ihn so schön in Gedanken begleitet hast, war mehr als hilfreich für seine letzte Reise, da bin ich mir ganz sicher, es fühlte sich sehr wertvoll an, mit dir diese Verbindung über Nacht zu haben, in der wir alle schliefen und du über ihn wachtest im Geiste, indem du deinen Tag auf der anderen Seite der Welt lebtest. Ich werde den anderen Geschwistern von unseren Telefonaten erzählen und Grüße ausrichten, alle werden dafür Verständnis haben, dass dein Leben aufgrund der weiten Entfernung es nicht zulässt, dass du für seine Beerdigung extra nach Deutschland kommst. Außerdem habt ihr euch ja schon vor Jahren voneinander verabschiedet, als wir alle schon mal dachten, dass es mit ihm zu Ende gehen würde, und es ist viel wichtiger im Moment, dass du bei deinen Söhnen bist", antwortete die gute Veronika. Im März '98 hatte ich mich scheiden lassen, seit Dezember '97 lebte ich in Trennung, nun hatten wir August '98, was bedeutete, dass nur neun Monate vergangen waren. In der Zwischenzeit verstarb mein Vater und nun befand ich mich schon wieder hier, als hätte ich mich nur im Kreis gedreht, mit klopfendem Herzen, und musste mir selber verzeihen, dass es innerhalb von neun Monaten so viel

Veränderung und Schmerz kostete, für alle Beteiligten. Aber das Wichtigste war nun mal die Energie der Herzenssehnsucht nach den Kindern, die mittlerweile fünf und sieben Jahre alt waren. Ich wollte und konnte sie nicht aus diesem paradiesischen Leben herausreißen, weil ich ihnen im Moment nicht annähernd ein ähnliches Leben bieten konnte. Das Opfer war einfach zu groß, ich konnte mich doch noch nicht von ihnen trennen, eine psychische Nabelschnur war noch zu spüren, ich musste sie einfach sehen, riechen, schmecken, hören, anfassen, sonst fühlte es sich so an, als würde mein Herz erfrieren, mitten in tropischer Hitze. Also hatte ich beschlossen, mich selbst zu opfern, so ein Mist! Jahre später erst wurde mir klar, dass es nie gut gehen konnte, wenn ich mich selber an die letzte Stelle setzte, natürlich würde ich unglücklich werden, aber mir fiel zu diesem Zeitpunkt einfach keine bessere Lösung ein.

Mir ist Brunos Glück egal, schließlich war ich nicht seine Mutter. Ich weiß, dass ich ihn nicht glücklich machen kann, aber ich nahm mir fest vor, dass ich mir ganz viel Mühe geben würde, um ihm eine geduldige, brave, tolerante und hilfsbereite Partnerin zu sein, egal was kommt, und nie frech oder launisch zu werden, Hauptsache, die Kinder wachsen in einer kompletten Familie auf. Das war ein bitterer Kelch und ich schluckte schwer, als ich mir das alles selbst versprach, ohne zu wissen, wie er auf meinen Vorschlag, es noch einmal miteinander zu versuchen, reagieren würde, denn immerhin hatte ich ihm denselben Wunsch im Dezember noch abgeschlagen. Mittlerweile war da eine neue Frau mitsamt drei Kindern in seinem Leben. Innerlich zitterte ich vor Spannung. Ich ging mit den Jungs schlafen und es war wie immer: Zähne putzen, duschen, Rücken kraulen, Gutenachtlieder singen, und zwar jeweils drei auf Wunsch, danach ging ich selber ins Bett, in mein altes Ehebett, in dem nur einmal Sex stattgefunden hatte und das war mit meinem Liebhaber gewesen, nicht mit Bruno. Alles kam mir so absurd und kompliziert vor, warum fügte sich nicht alles von selber, warum musste ich mich dauernd entscheiden, ohne sicher zu sein, ob meine Entscheidungen richtig waren? Irgendetwas hat das Leben noch mit mir vor, sonst wäre ich jetzt nicht an dieser Stelle, dachte ich mir erschöpft und schlief ein.

Am nächsten Morgen frühstückten Emil, Franz und ich gemütlich im Restaurant und aßen unser mächtiges Signaturomelett mit Ingwer, Knoblauch, Chili, Käse, Tomaten, Pilzen, Schinken und natürlich Eiern, aber ohne Zwiebeln. Dazu gab es frischen Saft aus Bananen, Passionsfrüchten, Ananas und Papayas. „Schaut mal, die Schmetterlinge! Ich habe noch nie so viele auf einmal gesehen, die müssen alle nach dem Regen geschlüpft sein", machte ich meine Söhne auf das Phänomen aufmerksam, denn vor uns im Garten purzelten Dutzende Schmetterlinge durch die warme Morgenluft. Genau wie am Vortag in Suva sah ich nun auch auf Tavarua überall Schmetterlinge glückselig durch die Luft taumeln oder sich an Blüten laben, ich musste dann immer an meinen Vater denken, vielleicht sendete er mir so seine Grüße aus dem Jenseits, wer weiß, denn Realität ist ein dehnbarer Begriff. Mir wurde bewusst, wie sehr ich es genoss, draußen in der tropischen Natur zu sein. Mittendrin rauschte Bruno herein, superhektisch wie immer und sehr nervös, als er mich sah, denn nun musste er sich ein Konzept überlegen, wie er auftreten wollte, denn Uschi war ja schließlich auch noch da. Mir taten ihre Kinder leid, die sich so sicher waren, dass sie ab jetzt in der Südsee leben würden, denn ich würde keine Rücksicht auf ihr Schicksal nehmen, war wirklich mit ernsten Absichten in den Ring geklettert und bereit, mit Klauen und Zähnen dafür zu kämpfen, dass ich und meine Söhne das Rennen machten. Tief in mir war ich schrecklich wütend, dass es überhaupt so weit kommen musste, Scheißpatriarchat! Uschi und ich bemühten uns um einen wahrscheinlich schwulen Mann, Herrgott nochmal! Allein meine gesellschaftliche Rolle als Mutter schaffte es, mich in dieses wahnwitzige Eroberungsvorhaben zu manövrieren. Ich hörte mein schlechtes Gewissen im Hintergrund schon höhnisch lachen über diese Farce und ich malte mir aus, wie mein höheres Selbst wohl irgendwo in meiner Seele saß und sorgenvoll den Kopf schüttelte. Bruno setzte sich nun erst mal zu uns in die große offene Lounge, denn wir waren nun fertig mit unserem Powerfrühstück. Franz und Emil strahlten übers ganze Gesicht, als er sie fragte, ob sie sich freuten, dass ich da war. Sie hörten sich die Geschichte vom gesunkenen Boot mit großen Augen gespannt an und ich lächelte geduldig, weil ich sie schon kannte. Er war unrasiert und sonnenverbrannt, seine Kleider klebten seit zwei Tagen verschwitzt am Körper und ich musste es fertigbringen, dass ich ihn charmant anflirtete. Ich tat mein Bestes. Er fragte mich, wie lange ich bleiben wollte. „Darüber wollte ich mit dir reden, ehrlich gesagt habe ich kein fixes Datum, um zurück nach Suva zu fliegen", antwortete ich. Wir schickten die Kinder in ihren Schulunterricht, weil Marge schon mit wippenden Sohlen am Eingang des Restaurants auf sie wartete. Uschi hatte sich noch nicht blicken lassen, sie wartete offensichtlich ab, wie mein Gespräch verlaufen würde. Ich weiß wirklich nicht, woher, aber es kam mir plötzlich ganz so vor, als wüsste Bruno genau, aus welchem Grund ich nun da war, und hätte sich innerlich schon längst auf dieses Gespräch vorbereitet. „Der andere hört genau, was du nicht sagst", habe ich mal in einem meiner schlauen Paartherapiebücher gelesen, genauso fühlte sich diese Situation für mich an. Da ich sowieso mit dem Rücken zur Wand stand, empfand ich viel Mut, einfach drauflos zu plappern, und so platzte ich heraus: „Natürlich ist mir klar, dass du dich mit unserer Trennung abgefunden hast und nun ein neues Leben lebst, und was zur Scheidung geführt hat, ist nach wie vor zwischen uns nicht gelöst, unsere Probleme, die fehlende Nähe, das fehlende Vertrauen, kein Sex oder komischer, abgekürzter Sex, aber ich möchte dich trotzdem fragen, ob du dir einen Neuanfang mit mir vorstellen kannst und dass wir beide daran arbeiten, miteinander glücklich zu werden, denn ich will den Kindern eine gute, gegenwärtige Mutter in einer intakten Familie sein und ich habe das Gefühl, dass wir beide noch einen Weg im Leben miteinander zu gehen haben, es ist noch nicht vorbei. Aber sag bitte genau, wie du darüber denkst, nachdem ich dich derart mit meinen Wünschen überfalle, denn ich werde deine Antwort akzeptieren, auch wenn es bedeutet, dass du mich nicht mehr in deinem Leben willst." Bruno schaute nachdenklich, bevor er antwortete. „Du brauchst mir nicht sofort antworten, denk bitte in Ruhe darüber nach, besonders auch wegen Uschi und ihren Kindern, sprecht ruhig darüber, und wenn du zu einem Entschluss gekommen bist, dann sag Bescheid, ich habe Zeit und bin einfach hier, um mit unseren Söhnen Zeit zu verbringen", sagte ich schnell.

Nun lächelte er so, als hätte ich ihm gerade eben ein gutes Bankgeschäft vorgeschlagen. Mir wurde angst und bange, denn ich fürchtete seine eiskalte Berechnung, aber ich wollte während dieser ersten Verhandlung nicht auch noch meinen verstorbenen Vater erwähnen, denn das würde eventuell so aussehen, als wollte ich seine Entscheidung manipulieren. „Was denkt er jetzt gerade bloß?", fragte ich mich. „O. k.", antwortete er noch, während ich mir darüber Gedanken machte, dass dieses ganze Unternehmen absolut unmöglich, um nicht zu sagen erbärmlich lächerlich aussah. „Ich habe eine Entscheidung getroffen. Du bist wieder in meinem Leben als Partnerin willkommen, aber nur, wenn du nicht allein der Kinder wegen zurückkommst. Liebst du mich denn ein bisschen oder nur die Kinder?" Ich log. Bruno nickte: „Lass uns nach oben gehen ins Haus, ich muss auspacken und duschen." Warum kam ich mir vor wie ein Opferlamm, das gerade sein Schicksal besiegelte? Ich hatte doch genau das bekommen, was ich mir gewünscht hatte, also keine Beschwerden bitte. „Lächeln, Alicia, immer schön lächeln", betete ich in mich hinein. Wenn er mich nicht wirklich liebte und begehrte, warum tat er sich das an? Mir wäre es am liebsten, wir könnten der Kinder wegen zusammen sein und jeder unser eigenes Privatleben aufbauen, es wäre den Versuch wert, auch in dieser spießigen Inselsituation. Wir haben nur ein Leben, es sollte es uns wert sein, es so schön und würdig als möglich zu genießen. Er konnte sich heute wirklich frei entscheiden, ob er mich, nachdem die Scheidungspapiere unterschrieben und alles geklärt war, wieder zurücknahm oder nicht, aber dass sich mein tolles Erfolgserlebnis so schal und so kalt anfühlte, damit hatte ich nicht gerechnet. Als wir zusammen zu unserem Haus durch den Garten gingen, wollte er plötzlich ganz dominant sein, mich spüren lassen, dass er der Boss war. Noch mieden wir das Thema, ob ich überhaupt wieder eine Rolle im Resort spielen würde oder einfach nur Mutter und Partnerin sein durfte. Alles, was ich wollte, war, bei meinen Kindern zu sein, solange sie noch so klein waren. Der Kuhhandel war geschlossen. Ich würde alles tun, mir alles gefallen lassen, alles erdulden, um als Familie zu leben. Die Bure stand leer, als wir eintraten, denn Emil und Franz waren schwimmen gegangen, der Unterricht war beendet. Alles war still. Die Vögel sind mittags immer sehr ruhig, ich glaube, sie schlafen oder fliegen auf hohe Bäume, um die Hitze besser zu ertragen. Die Gäste saßen beim Mittagessen im Restaurant. Ich setzte mich auf die Veranda und wartete. Bruno legte seine Tasche ab und ging in die offen gebaute Dusche, die mit Flusssteinen dekoriert war. Man konnte in den blauen Himmel blicken und die riesigen Äste eines Regenwaldbaumes neigten sich wie ein schattiges Dach darüber. Nach einer Weile rief er mich zu sich. Noch nie hatte er mich sexuell gefordert, immer hatte ich die Initiative ergriffen. Nun wollte er Mann sein, mich beherrschen. Er zog mich unter der Dusche aus und schlief mit mir unter freiem Himmel, das Wasser streichelte meine Haut. Ich tat so, als hätte es mir gefallen. Später am Abend sagte ich ihm, dass ich es tolerieren könnte, wenn er endlich zugeben würde, dass er schwul wäre und sein eigenes Sexualleben führte, ich würde es akzeptieren und ihn meinerseits ganz sicher niemals in Verlegenheit bringen. Er stritt vehement ab, dass er homosexuell sei. „Aber dein Benehmen, wenn du trinkst! Und dass du so schnell kommst, wenn du mit mir schläfst", versuchte ich einzuwenden. Nein, nein, nein. Wie ich darauf käme, fragte er nur. „Ich fühle es", antwortete ich verzweifelt. Über den Mittagssex unter der Dusche sprach keiner von uns beiden noch ein Wort. Nie wieder. Es war so eine blöde Zwickmühle, in die wir uns nun beide manövriert hatten. Er hatte beschlossen, mich als Alibifrau wiederzunehmen, denn nun würde ich mich mit seinen Eskapaden abfinden, was für ihn viel leichter war, als sich mit einer neuen Frau und deren Ansprüchen an eine Partnerschaft auseinanderzusetzen. Nun besaß er quasi einen Freibrief für alles, von mir aus mit der einzigen Bedingung, als Familie weiter zusammenleben zu dürfen. Mit 33 Jahren war ich so unendlich naiv dem Leben gegenüber und dachte wirklich, dass ich es irgendwie schaffen könnte, meine eigene Identität und mein Lebensglück trotzdem zu leben. Ich war stark und tapfer mit der Löwenenergie einer verzweifelten Mutter. Aber das reicht nicht, denn jede Nacht belog ich mich, selbst wenn ich mich an den Rand meiner Betthälfte klammerte und manchmal heimlich masturbierte, während er neben mir schlief und leise den Alkohol ausdünstete, den er vorher genossen hatte. Zum Glück zeigte mein Exmann sehr selten sexuelles Interesse und so lebten wir nebeneinander her wie Geschwister mit gemeinsamen Kindern. Zufällig neigte sich genau in dieser Woche der Aufenthalt von Uschi und ihren Kindern in Matavu seinem Ende zu, die Sommerferien in Deutschland waren vorbei und sie mussten zurück. Es gab nie ein Gespräch zwischen uns Frauen, ich glaube sie war entschlossen, weiter für ihren Traum von der Südsee zu kämpfen, aber das war mir egal. Sollte sie doch über die Distanz von Deutschland aus eine Affäre aufrechterhalten, wenn es ihr Spaß machte. Also reisten sie ab und jeder dachte sich seinen Teil. Dass wir uns tatsächlich acht Jahre später wieder gegenüberstehen würden, wussten wir beide zu diesem Zeitpunkt zum Glück noch nicht. Bruno stolzierte mit geschwellter Brust über sein ausladendes Anwesen, denn er war auf jeden Fall der Hahn im Korb mit einer unterwürfigen Frau, die demütig zu ihm zurückgekommen war. Die Rolle erforderte schrecklich viel Disziplin von mir, aber ich hatte mich auf den Deal freiwillig eingelassen, somit gönnte ich mir auch kein Selbstmitleid mehr. Ich flüchtete mich in die Lektüre verschiedener spiritueller Bücher, um einen Sinn zu finden und auch Trost. Mit Alex telefonierte ich ein paar Mal heimlich und musste auch noch einmal nach Suva, um meine Sachen zu holen. Er machte mir schreckliche Szenen, heulte und klammerte sich an mich, aber das Herz einer Mutter kann selbst der bestgebaute, blauäugige, muskulöse, sonnengebräunte, blonde Adonis nicht umstimmen. Widerstrebend willigte ich ein, noch einmal mit ihm Sex zu haben, was ich als total langweilig und überflüssig empfand. Abschiedssex. Eroberungssex. Sex hat solch eine Macht, aber ich empfinde ihn nur dann schön, wenn beide es genau gleich stark wollen. Danach schüttelte ich ihn ab wie ein lästiges Insekt und empfand Abscheu mir selbst gegenüber, weil er mir wirklich schrecklich leidtat. Keine moralischen, gesellschaftlichen Regeln, die hier irgendwen interessierten. Es gab eigentlich nur Opfer und Täter. Einzig meine Söhne hatten ihre Mutter wieder, das war all den Schmerz und all den Zweifel dann doch irgendwie wert. Die Macht des Universums und die energetischen Konsequenzen meines Handelns, was ich bei so viel negativer Energie, so viel Schmerz, so viel Lüge anzog, waren mir zu diesem Zeitpunkt nicht bewusst. Ich konnte nur mir selbst treu sein und nahm überhaupt keine Rücksicht auf das Schicksal der Menschen um mich herum, ausgenommen natürlich meine Söhne. Das war alles, was ich konnte, und das Leben würde mich viele Lektionen lehren, damit ich endlich die Kraft des wirklich glücklich machenden Wünschens erlernte. Bis dahin würden noch einige Jahre vergehen.

Eines unserer größten Beziehungsprobleme war das Thema Autorität. Weil Bruno es nicht ertragen konnte, mir sexuell unterlegen zu sein, versuchte er, mich in allen anderen Bereichen zu dominieren. Wir versuchten zwar höflich miteinander umzugehen, aber die kleinsten Entscheidungen führten zu Tauziehmachtkonflikten, denn er war grundsätzlich nicht mit meinen Entscheidungen einverstanden und argumentierte dagegen, sodass wir uns angewöhnt hatten, streng getrennte Bereiche zu betreuen, um uns nicht ständig in die Quere zu kommen. Als alleiniger Herrscher über ganz Matavu mitsamt Hofstaat in Form von fast fünfzig Mitarbeitern wollte ich nicht wieder mit dem leidigen Machtkampf beginnen und schlug vor, um unserer neuen Liebe willen ausschließlich für die Familie da zu sein, damit sich unser Südseetraum endlich erfüllen konnte. Das ging ungefähr eine halbe Stunde gut, denn ich konnte nicht einfach dasitzen und zuschauen. Emil und Franz genossen es einfach, dass ich in der Nähe war und wir uns immer wieder sehen, anlachen, reden, streicheln konnten, dass ich sie ins Bett brachte und sie mit unseren gemütlichen Ritualen verwöhnte, also kuscheln, am Rücken streicheln, kraulen und mit Kokosöl einreiben und dabei mindestens drei Gutenachtlieder singen, alle Strophen, und danach Mozart am Klavier spielen. Als Franz ein Baby war und sich ständig kratzen musste, konnte nur mein Singen und gleichzeitiges Streicheln ihn zur Ruhe bringen, deshalb hatte ich mir einen ansehnlichen Vorrat an Liedern angeeignet. Tagsüber kümmerte sich ein Kindermädchen um die Reinigung des Hauses und unserer Wäsche, sodass wir Zeit hatten, miteinander zu frühstücken und uns nach der Schule im Restaurant zum Mittagessen zu treffen, und abends sammelte ich sie irgendwo im Resort auf und wir gingen zusammen duschen. Marge beaufsichtigte sie während ihrer Schulzeit, aber ich hatte mir vorgenommen, sie so schnell wie möglich loszuwerden, da sie mich dermaßen hasste, dass sie nicht mal mit mir redete. Auf einer kleinen Insel ist es sehr schwer, sich nicht über den Weg zu laufen, und der Hass, den ich bei ihr spürte, machte mich sehr wütend. Eine der neuseeländischen Lehrerinnen, die über E-Mail mit Franz arbeitete, schrieb mir immer mal wieder, dass sie Lust hätte, mit uns zu leben und die Kinder zu unterrichten. Für die Organisation der Ausflüge stellte ich einen Tauchlehrer aus dem Dorf namens Setoki ein, einen großen, starken Fidschianer, der immer fröhlich lachend mit unseren Gästen die Bootstouren, Vulkanbesteigungen, Wasserfalltouren und kulturellen Besuche in den Dörfern begleitete. Zum Glück war Marges Visum just abgelaufen und sie selbst mittlerweile völlig verzweifelt, weil ihr Traummann nun doch wieder diese blöde deutsche Schlampe (ich) zurückgenommen hatte und sie ihn nur deshalb wieder nicht bekam. Deshalb entschloss sie sich freiwillig, zurück nach Arkansas zu gehen, „da, wo unser Präsident herkommt (Bush Senior)", wie sie jedem fröhlich mitteilte. Bruno organisierte eine Abschiedsparty, bei der er uns zwang, viele süße Cocktails zu trinken und miteinander zu reden. Als ob nun alles o. k. wäre. Hauptsache, sie reiste ab, dachte ich erleichtert und freute mich auf Carol, die schon in ein paar Tagen anfangen würde, liebevoll und kompetent meine Söhne zu unterrichten.

Das Rad der Veränderungen drehte sich zurzeit ziemlich schnell. Eine neue Tauchbasis mit Schweizern, Dominique und Evi, ein neuer österreichischer Koch namens Chris, Carol, die neue Lehrerin aus Neuseeland, die deutsche Rezeptionistin Andrea, Hermann aus dem Allgäu, der ein Gastronomiepraktikum über drei Monate bei uns machte, das er meistens in der Bar vorbildlich absolvierte, und Marianne, eine deutsche Masseurin, auch aus Bayern, vergrößerten den internationalen Hofstaat.

Aus meinem ursprünglichen Südseetraum war ein regelrechter Albtraum geworden: Ich war hier mit einem lieblosen Mann, was er mir daran zeigte, dass er nie Zeit mit mir verbringen wollte und mir oft das Wort abschnitt. Sosehr ich mich auch bemühte, das brave Weibchen zu spielen, wir waren nie einer Meinung. Deshalb arbeitete ich lieber Tag und Nacht, um in irgendeiner Form Bestätigung zu erfahren, indem ich mich um die Gäste kümmerte, die Mitarbeiter kontrollierte, die Reservierungsanfragen per E-Mail beantwortete und die Einkäufe koordinierte. Die Kinder wuchsen und gediehen, das war noch das Beste an der ganzen Angelegenheit. Ich war so erschöpft und frustriert, aber wusste einfach keinen Ausweg. Dominique und Evi lebten in ihrer Hütte direkt am Strand. Ihr Plan war, zusammen mit Chris so viel Einfluss auf Bruno zu nehmen, dass Matavu in ein reines Tauchresort umgewandelt würde mit Gästen, die samstags anreisten und freitags abreisten, aber das wollten wir nicht, denn die Vielfältigkeit der Gäste war unsere Spezialität. Nun hing in der Hinsicht der

Haussegen schon mal schief. Es ist nicht leicht, auf so engem Raum mit Weißen zu leben, die man nicht mag. Abends kamen sie gern auf einen Drink an die Bar und unterhielten sich mit den Gästen, bis ich Dominique bat, sich nicht mehr dickbäuchig seine entzündeten Mückenstiche kratzend hinter die Bar zu stellen und so zu tun, als wäre er der Chef, nachdem Gäste immer wieder dachten, er sei mein Mann, denn Bruno hielt sich meistens im klimatisierten Büro auf und kam erst spät zum Essen. Ihre schweizerische Besserwisserart regte mich auf und sie hielten mich sowieso für eine Hure, nachdem sie die Storys über die öffentliche Sexaffäre mit Alex am Strand und die darauf folgende Scheidung von diversen mitteilungswütigen Inselbewohnern erfuhren. Wir wurden nie Freunde, aber ich bin ihnen sehr dankbar für eine wichtige Lebenslektion, die ich durch ihre Gegenwart erfahren durfte, und zwar hasste ich sie damals mit so viel Inbrunst, dass ich schon gar nicht mehr an unseren Strand, der wirklich wunderschön war, hinunterging, nur um ihnen und ihren verbissenen Gesichtern nicht zu begegnen. Sie grüßten mich nicht einmal. Auf einer kleinen Insel an meinem eigenen Strand nicht gegrüßt zu werden, tat schon ziemlich weh. Als ich Jahre später dann über die Geheimnisse vom positiven, richtigen Wünschen und Fühlen las, probierte ich es an ihnen aus. Je mehr Energie ich darauf verschwendete, sie zu hassen, umso stärker waren sie in meinem Leben präsent, damit ich sie auch immer gut hassen konnte, was ich tat. Sobald ich mir aber vorstellte, dass wir alle miteinander strahlend und winkend am Flughafen stehen und sie verabschieden, verschwanden sie innerhalb von ein paar Wochen. Ich konzentrierte mich jeden Tag ein paar Minuten ganz bewusst auf dieses positive Bild vom lächelnden, winkenden Abschied im Sonnenschein und bekam genau diese Energie vom Universum geliefert. Aber vorerst litt ich noch ein paar Jahre, stolperte unbewusst von einem Unglücksfettnäpfchen ins nächste und wusste dabei nicht, dass ich alles Negative mit meinem Selbstmitleid und meinem Hass gegenüber Umständen und Menschen, die mir nicht gut taten, selber anzog.

Ich hatte zu viel Arbeit, zu wenig Zeit für die Kinder, zu wenig Sex und wenn, dann nur schlechten, schnellen Sex. Und was bekam ich davon? Mehr. Immer nur mehr. Zum Glück wünschte ich mir auch immer wieder die richtigen Sachen, interessante Gäste, schöne Momente mit der Natur und deshalb bekam ich auch davon ganz viel.

Andrea und Marianne befreundeten sich toll miteinander an und gaben mir das Gefühl, dass ich maßlos war in meinem Anspruch ans Glück, denn sie mussten mit ihren Minigehältern auskommen und ich war ein undankbares Luxusweib in ihren Augen. Dabei hatte ich mir gewünscht, dass diese beiden deutschen Frauen mir wenigstens ihre Freundschaft anbieten würden, aber außer Neid bekam ich nur falsche Freundlichkeit. Hermann war schüchtern, aber sehr professionell, wir verstanden uns noch am besten, obwohl er seine Freizeit mit Andrea und Marianne verbrachte. Natürlich, ich war schließlich seine Chefin. Alle außer Hermann waren älter als ich, am meisten Carol, die sich sehr um eine Freundschaft mit mir bemühte. Sie war in ihren Fünfzigern und legte viel Wert auf ihr Äußeres. Nie sah man sie ungeschminkt und immer hatte sie ihre Haare schön frisiert und frisch gefärbt. Sie lebte in einem kleinen Zimmer im Bürogebäude, wo auch die anderen ausländischen Mitarbeiter schliefen. Der Grund, warum die anderen nichts mit ihr zu tun haben wollten, lag an ihrer Vorliebe für männliche Insulaner, die sie gern spontan auf ein Glas Wein in ihr Zimmer einlud und dann verführte. Niemand erzählte mir davon, bis sie mit so vielen Männern auf der Insel geschlafen hatte, dass es selbst mir zu Ohren kam. Es war mir egal. Hauptsache, sie war den Kindern eine gute Lehrerin, ich war sogar ein bisschen neidisch auf all den wilden, animalischen Sex, den sie offensichtlich genoss. Wir sprachen darüber und sie erklärte mir, dass sie versuche, ihr Privatleben diskret zu genießen, und ich antwortete, dass ich ihr alles von Herzen gönnte, schließlich war sie Single und wir lebten nicht mehr im Mittelalter. Dafür liebte sie mich und manchmal machten wir Ausflüge zusammen mit den Jungs wie eine kleine Familie, denn Bruno hatte ja sowieso nie Zeit für so etwas. Wir schnorchelten vor einer kleinen Insel, die für Honeymooner reserviert war. Unberührte, bunte Korallengärten an einem strahlend blauen Tag. Nach einer halben Stunde sah ich plötzlich etwas vor mir im Wasser schwimmen. Es sah aus wie ein großer Korken, der auf den Wellen auf und ab hüpfte, aber als ich darauf zu schwamm, war es eine wunderschöne Nautilusmuschel aus tausend Metern Tiefe, deren Fleisch sich mit großer Wahrscheinlichkeit ein großer hungriger Tintenfisch einverleibte und die genau vor meiner Nase auftauchte, eben jetzt. Tintenfische können nämlich ein kleines Loch in die Muschel bohren, um sie dann auszusaugen. Ich fühlte mich vom Gott des Meeres persönlich beschenkt und gab sie Carol, weil ich schon so viele Muscheln seit Jahren sammelte, dass ich gar nicht mehr wusste, wohin, und Carol freute sich so riesig darüber, dass es mir mehr Spaß machte, der Schenker zu sein, als eine weitere Muschel in meine Sammlung aufzunehmen.

Wir machten uns per Motorboot zurück auf den Heimweg, Emil lenkte, und wir ließen uns den warmen, weichen, salzigen Seewind durch die Haare wehen. Außer Emil, denn er trug praktisch eine Glatze, nachdem er am Vortag einfach mit einer Papierschere seine blonden Locken abgeschnitten hatte mit der Erklärung, dass er so aussehen wolle wie Robert. Robert hatte nämlich am Wochenende eine Wette verloren und musste sich deshalb die Haare schneiden lassen. Robert und ich waren fast gleich alt, er arbeitete manchmal für uns als Tischler und wohnte im Dorf. Sein Vater war Deutscher gewesen, einer dieser abenteuerlustigen Seefahrer, und auch schon verstorben und seine Mutter Fidschianerin. Für Emil war er der Gott der Südsee. Groß, muskulös, supercool, konnte alles reparieren und beschäftigte sich stundenlang mit ihm. Mir war nichts anderes übrig geblieben, als die restlichen Locken mit Tränen in den Augen abzuschneiden. Emil war das egal, beide Jungs hatten null Eitelkeitsgefühl. Wenn ich nicht aufpasste, gingen sie morgens nackt aus unserer Bure oder trugen ihre fleckigen T-Shirts, bis ich sie ihnen auszog. Der Sonnenuntergang spulte sein dramatisches Bühnenstück ab, so wie sich das gehört, mit roten, wilden Wolken am Horizont und allen Goldschattierungen. Zum Abendessen im offenen Restaurant gesellte sich Chris, der österreichische Koch, zu uns. Er fühlte sich schon sehr zu Hause in Matavu, schließlich bewohnte er ganz feudal seine eigene Bure, die eigentlich für zahlende Gäste bestimmt war, für meinen Geschmack ein wenig zu entspannt, denn er scheute sich nicht, uns mit ziemlich persönlichen Geschichten zu unterhalten, wahrscheinlich aus Langeweile, denn außer mit mir, Bruno und den Kindern konnte er mit niemandem Deutsch sprechen. Also hörten wir uns seine Lästertirade über Ronnas dreckige Zehen an, während wir dabei seinen berühmten Chocolate Silk Cake verspeisten. Und zwar betrieb Ronna ein kleines Restaurant mit tollem Meerblick gleich gegenüber dem Flughafen. Sie und ihr in die Jahre gekommener Dobermann bewirteten Touristen, denen es in Matavu zu teuer war, mit gegrillten Sandwiches, Fischgerichten, Milchshakes und Kaffee. Natürlich servierte Gracy, die Hündin, nicht persönlich mit ihren Pfoten, aber sie kümmerte sich um jeden mit einem gewissen Unterhaltungswert, denn sie konnte die Tür zur Terrasse mit der Schnauze öffnen und stellte sich dann meist ganz ruhig neben einen, Schnauze und Tischkante auf einer Höhe, und ließ sich streicheln. Manchmal furzte sie oder schaute mit sehr hungrigen Augen so lange, bis sie einen Leckerbissen abstaubte. Ronna kam aus Florida, eine Lady in mittleren Jahren, deren Lebensgefährte nach Abschluss des Hausbaus beschloss, sich aus dem Staub zu machen und sich lieber doch mit jungen, willigen, fidschianischen Mädchen zu vergnügen als mit launischen westlichen Frauen, deren Figur nicht mehr so knackig war wie noch vor zwanzig Jahren. Steve hatte mir damals geholfen, den angeschwemmten Baumstamm vom Strand hoch in die Lounge zu bugsieren. Er war Künstler, Jude, Weltenbummler, Hippie und glücklich. Sein Motto hieß: „Das Leben ist zu kurz, um es mit Sorgen zu vergiften“, deshalb hatte er keine. Jammerte nie rum, so wie die meisten Weißen, die in den Tropen leben, lief in seinen leicht zerrissenen und etwas verfleckten Hawaiihemden entspannt und unrasiert rum, pflegte sein stattliches Bäuchlein und strahlte in den Tag. Das korrespondierte überhaupt nicht mit Ronna, die eine knallharte Geschäftsfrau war und sich ständig sorgte. So kam es, das sie Single wurde, aber dieser Umstand störte nicht weiter, denn Gracy war ihr Ein und Alles, ihre Freundin, ihr Kind, ihr Partner – widersprach nie und hörte meist aufs Wort. So ungefähr argumentierte sie, wenigstens wenn wir sie manchmal besuchten und ich sie darauf ansprach, dass es schön wäre, wenn sie einen netten Mann in ihrem Leben hätte. Mit den Jahren wird es offensichtlich immer schwieriger, sich auf einen neuen Partner einzulassen, besonders dann, wenn eine Frau ihr Leben als autoritäre Unternehmerin führt und sich angewöhnt hat, dass alles nach ihrer Pfeife tanzt, statt sich demokratisch mit dem anderen Geschlecht auseinanderzusetzen. Auf Fidschi hast du schon als kleiner Restaurantbesitzer so viel Macht über ein paar devote Angestellte, die natürlich dem Dritte-Welt-Status entsprechend niedrige Löhne erhalten, dass es einem schnell zu Kopf steigt. So saß Chris wohl am frühen Nachmittag auf ihrer Veranda und trank Kaffee. Dabei tauschten die beiden den neuesten Inselklatsch und -tratsch aus, wer mit wem und warum, schließlich kennt hier jeder jeden. Dabei fiel sein Blick auf ihre Füße. Man braucht auf Tavarua nur ein Paar Schuhe, das sind Flipflops, die herrlich bequemen Gummisandalen, in die man in einer Sekunde rein- und wieder rausschlüpft. Ronna pflegt mit Leidenschaft ihren kleinen Gemüsegarten, deshalb waren ihre Zehen wohl noch etwas schmutzig von der Erde. So wie Chris das erzählte, ekelte es uns alle. Später, als ich mir unter freiem Himmel den Schweiß vom Körper duschte, kam mir sein Lästermaul wieder in den Sinn und ich sorgte mich, dass jemand so ähnlich über meine eigenen Füße sprechen könnte, vielleicht sogar unsere erlauchten Gäste! Wenn du den ganzen Tag in Flip Flops durchs Gras läufst, kann es schon mal passieren, dass nach einem heftigen Regenguss ein wenig Erde an den Zehen klebt, mein Gott. Deshalb schrubbte ich heute

Abend besonders gründlich mit Bürste und Bimsstein jegliche Schattierungen von meinen Füßen und schnitt die Nägel so kurz wie möglich. Am nächsten Morgen waren die Ecken der großen Zehen immer noch glänzend sauber, allerdings auch leicht gerötet und druckempfindlich, was ich auf das rigorose Reinigungsritual am Vorabend zurückführte. Doch leider verschlimmerte sich der Zustand und trotz Salben konnte ich nicht verhindern, dass sich das Nagelbett auf beiden Seiten entzündete. Na, prima! Ich war so sauer auf Chris und Ronna, aber das half leider überhaupt nicht. Nach ein paar Tagen konnte ich nur noch humpeln auf meinen blitzblanken Füßen und hatte ständig Schmerzen, besonders wenn Brownie mich Freude wedelnd ansprang und mit seiner dreckigen Pfote auf einem Zeh landete, danach auf meine Schmerzensschreie mitleidig reagierte und hilfreich versuchte ihn abzulecken, oder auch wenn ich mir den Fuß am Tischbein stieß, was nun blöderweise dauernd passierte. Immer waren diese entzündeten Zehen im Weg und leuchteten geschwollen in die Gegend – sauber zwar, aber hässlich entzündet. Nun schämte ich mich sogar damit rumzulaufen, aber geschlossene Schuhe konnte ich noch viel weniger tragen. Natürlich kam auch Sand rein, Staub von der Straße, es war unmöglich, die Füße steril zu halten, nicht in der Hitze hier. Und ins örtliche Krankenhaus kriegten mich auch keine zehn Pferde, denn ich sah, was sie mit eingewachsenen Nägeln machten, sie rissen sie nämlich einfach raus. Jemand erzählte mir, dass es mehr wehtat als die Entbindung ihres Kindes. Darauf konnte ich verzichten. Also probierte ich verbissen alles Mögliche, machte dabei alles falsch, weil ich die Zehen natürlich nie in Ruhe ließ, sondern ständig unter fließendes kaltes Wasser hielt, um sie zu kühlen, dann sorgfältig den Eiter abtupfte und Salbe auftrug, bis wieder neuer Eiter hervortrat und ich alles noch schlimmer machte, indem ich immer mehr vom Nagel abschnitt und die Entzündung immer tiefer ins Fleisch und weiter unter den Nagel wuchs. Tapfer wollte ich sein. Deshalb ging ich auch nicht mehr viel aus dem Haus, vergrub mich und meinen Schmerz in der Bure, beschäftigte mich mit dem Schreiben und Übersetzen der Matavu-Webseite, studierte unzählige Rezepte für die Küche und kreierte Menüs.

Derweil übernahm Delia das Kommando, sowohl im Büro als auch bei der Leitung der Mitarbeiter. Sie war Roberts ältere Schwester, ein Jahr älter als ich, doppelt so breit und zwei Köpfe größer. Ein Vorderzahn fehlte und sie trug immer eine verwaschene Baseballkappe verkehrt herum auf ihrem Kopf. Irgendwie sah sie aus wie ein Pirat. Mit ihrer dicken Knollennase und listigen Äuglein stapfte sie durch die Anlage und verbreitete Angst und Schrecken. Sie wurde von allen Angestellten gefürchtet und hielt Bruno den Rücken frei, sodass er sich als „King of the Coconut" gemütlich feiern lassen konnte. Es war ermüdend und schlussendlich zu schwer, mich dazwischenzudrängen, also war die Flucht ins Haus mit der Nagelbettentzündung wohl intuitiv die beste Lösung für alle. Eines Tages kam Franz den Hügel hinaufgestapft und trug etwas Kleines, Buntes auf seiner Schulter. Vorsichtig stieg er die Stufen zu unserer Bure hinauf und öffnete leise die Tür. „Ich habe einen Papagei im Dorf bekommen, der Emil auch, er hat schon fast alle Federn und ist ganz süß." „Hm", dachte ich und freute mich dann für die Jungs. Keine Ahnung, wie man so kleine, halb nackte, halb verhungerte Vögelchen aufzieht. Was essen die eigentlich? Wir fragten in der Küche nach und jemand sagte, dass sie sich von Früchten und Blüten ernährten, zu ganz feinem Mus püriert. Zum Glück hatten wir noch die Glasfläschchen von Franz' homöopathischer Tropfenbehandlung übrig, das Beste daran war die kleine Gummipipette. Emil kam auch ein wenig später und hielt sein Vogelbaby in der Hand, ganz vorsichtig. Innerhalb von Minuten bildeten sich in mir verstärkt mütterliche Gefühle und ich wollte alles tun, um diesen kleinen süßen Wesen das Leben zu retten, denn sie sahen wirklich sehr verhungert und verwahrlost aus. Franz' seiner schleckte ihm ununterbrochen mit klitzekleiner Vogelzunge den Schweiß vom Hals, er war eindeutig sehr, sehr hungrig, wohingegen Emils Vögelchen schon ziemlich apathisch wirkte. Schnell humpelte ich in die Küche und ließ aus reifem Papayafruchtfleisch und Honig mit etwas warmem Wasser einen feinen Brei mixen. Den füllte ich in die kleinen Flaschen und humpelte wieder ins Haus. Natürlich wusste niemand, wie man das Essen in die Vögel reinkriegt, dieselben waren in keinster Weise kooperativ und nach verschiedensten Versuchen hielt ich sie mit der linken Hand umklammert, öffnete mit Daumen und Zeigefinger leicht ihren Schnabel, schob ihnen die Pipette rein und drückte mit den Fingern der rechten Hand vorsichtig am Gummi, damit der Brei langsam in ihren Schlund floss. Das ging irgendwie, obwohl ich Angst hatte, sie zu verletzen. Sie waren mir so völlig ausgeliefert, ich schätzte einfach nach Gefühl ab, wie viel Nahrung sie fürs Erste vertragen würden. Die ganze Aktion fand über dem Waschbecken im Bad statt, denn immer wieder schüttelten sie ihren Kopf und der Brei flog herum und sie waren am Ende so bekleckert, dass ich sie komplett unter laufendes warmes Wasser hielt und reinigte. Danach waren sie völlig fertig, total erschöpft. Und zitterten wie Espenlaub in der tropischen Hitze, obwohl ich sie mit ganz warmem Wasser abgespült hatte. Da half nur eins: trocken föhnen. Ich machte mir Sorgen, ob das laute Geräusch des Föhns sie nun endgültig umbringen würde, und stellte ihn auf kleinste Stufe, nicht zu heiß. Emil und Franz standen gespannt neben mir. Wir stellten die Vögelchen neben dem Waschbecken auf den Fliesen ab und ganz vorsichtig föhnte ich sie trocken. Sie liebten es, standen ganz still und hörten auf zu zittern. Das wurde nun unser Ritual, mehrmals täglich. Dazwischen schliefen sie in einem kleinen Weidenkörbchen neben meinem Bett. Weil ich sowieso die ganze Zeit im Haus verbrachte, hatte ich genug Zeit, um ihnen die Mutter zu ersetzen. Sie waren so zutraulich, ihre Federn wuchsen langsam. Die Jungs zeigten relativ wenig Interesse, weil es doch nur ums Füttern und Reinigen ging. Manchmal stolzierten sie mit ihnen auf der Schulter durch die Gegend und ließen sich bewundern. Wir machten aus, dass sie später mehr mit ihnen spielen konnten, wenn sie ein bisschen größer wären. Es waren schließlich wilde Vögel, die irgendjemand aus ihren Nestern gestohlen hatte im Dorf, um sie meinen Söhnen zu schenken. Nach ein paar Wochen lernten sie fliegen. Sie kletterten die Gardinen hoch bis auf die Stange, nahmen Anlauf und flogen auf den Boden herunter. Manchmal legten sie eine Bruchlandung hin, aber das gehörte alles zum Lernprozess. Ganz früh morgens wurden sie wach, piepten ein bisschen und wollten essen. Als sie schön rund und gesund aussahen, versuchte ich, die Mahlzeiten morgens und abends ein bisschen hinauszuzögern, damit ich nicht schon um halb fünf in der Früh mit Breiritual und Trockenföhnen beschäftigt wäre. Also lernten sie geduldig zu warten, bis ich um sieben Uhr aufstand. Es war so süß, sie zu beobachten, wie sie geduldig-ungeduldig auf der Gardinenstange hin und her stapften, immer wieder runter aufs Bett schauten, ob ich mich schon rührte, kleine Geräusche ausstießen, aber ansonsten ganz brav blieben. Als sie besser fliegen konnten, setzen sie sich zwischen Bruno und mich und warteten darauf, dass ich aufwachte. Dann wurde begrüßt, geschmust und gespielt, bis sie ihr Frühstück bekamen. Sie waren kleine Vögelchen, aber so schlau und zutraulich. Einmal rollte sich Bruno im Schlaf fast auf Chuckie drauf, der ihn geistesgegenwärtig in den Hintern pickte und ihn so ungnädig weckte. Seitdem platzierten sie sich exakt neben mein Gesicht aufs Kissen. Wenn ich die Augen aufschlug, schaute ich in winzige, glänzende, liebende Vogeläuglein, so süß! Am meisten gefiel es ihnen, wenn ich sie auskitzelte. Dann rollten sie sich auf den Rücken, Beine in die Luft und ich kitzelte ihren kleinen Bauch, dabei gaben sie kichernde Geräusche von sich und schauten verschmitzt zu mir hoch. Sie liebten mich wie ihre Mutter. Wehe, Emil und Franz tobten durchs Zimmer und zankten sich, das konnten Chuckie und Puckie überhaupt nicht leiden. Mit aufgeplusterten Federn rasten sie schimpfend unterm Bett hervor und pickten ihre Füße, bis sie so viel Angst und Respekt zeigten, dass sie sich leise durchs Zimmer bewegten. Eines Tages schaute ich aus dem Fenster und beobachtete, wie tiefe regenschwangere Wolken über den Palmen waberten. Die hügelige Rasenlandschaft des Parks war längst völlig durchweicht vom frühlingshaften, lang andauernden Oktoberregen, der zwar weich und warm auf die Haut tropfte, aber nachdem es tagein und tagaus ununterbrochen heruntergeprasselt hatte, fühlte sich alles klamm und feucht an. Mit den Texten für unsere Webseiten war ich fast fertig und so vertrieb ich mir die meiste Zeit damit, mit meinen Vögeln zu spielen oder sie zu beobachten. Da sah ich Bruno, der durch den Regen zum Haus hochstapfte, im Arm eine schwarze große Ratte. „Oh nein, das darf ja wohl nicht wahr sein, warum bringt der mir so ein Vieh, wenn ich doch zwei Babypapageien zu versorgen habe", dachte ich erschrocken, aber es war vielmehr ein kleiner, schwarzer Schäferhundwelpe, der mit unendlich traurigen Augen ziemlich abgemagert vor mir auf den Boden gestellt wurde. „Andrea hat heute ihre sechs Welpen aus Savusavu mitgebracht, sie hat doch eine reinrassige Schäferhündin, aber der Vater der Hündchen ist natürlich unbekannt, irgend so ein Inselköter. Alle Fidschianer wollen große Hunde als Wachhunde. Ich kam dazu, als sie sich um die fettesten Welpen stritten und dieser kleine Bombel blieb übrig, weil er der Kleinste und Schwächste war. Da konnte ich nicht widerstehen und Franz wollte doch sowieso wieder einen eigenen Hund, nachdem Blacky weg ist und nur der Emil seinen tollen Brownie hat." „Ich kann mich nicht darum kümmern und wir gehen doch bald nach Deutschland, ihr müsst sicher sein, dass er gefüttert und gepflegt wird, o. k.?", antwortete ich. „Aber wenn wir ihn nicht nehmen, hat er überhaupt keine Chance zu überleben", entgegnete Bruno und ein Mörder wollte ich natürlich nicht sein. So war es beschlossene Sache, dass wir die Familie um ein Mitglied erweitern würden. Franz war ganz aus dem Häuschen und schloss seinen Bombelhund sofort tief ins Herz. Natürlich musste ich mithelfen, zumindest am Anfang, denn es gab die ganzen Läuse und Zecken zu entfernen, dann wurde er entwurmt und geimpft. Die Küche bereitete ihm Babybreis mit Hühnchensuppe und Haferflocken, das schlabberte er fleißig runter. Er passte locker in zwei Hände, war schwach und babyhaft und fiel immer noch oft um, wenn er wackelig auf seinen Beinchen stand, also wurde er meistens getragen. Egal wie lieb man mit ihm säuselte und ihn streichelte, er schaute meistens sehr, sehr traurig in die Welt. Dabei wurde er von uns allen geliebt und verwöhnt. Ganz sicher vermisste er seine Mutter und war noch traumatisiert von seinen brutalen, wohlgenährten Geschwistern, die ihn sicher nur selten hatten trinken lassen. Nach ein paar Wochen entwickelte er sich prächtig, wurde rund und bekam glänzendes Fell. Man musste ihn einfach lieben und ich schimpfte mehrmals mit Maretta, dem Kindermädchen, und auch mit Franz und Bruno, weil Bombels Füße fast nie den Boden berührten, er wurde einfach dauernd rumgetragen. Mir gefiel die Sache immer noch nicht ganz, denn ich machte mir Sorgen um die Zeit während unseres Deutschlandaufenthaltes und wer in den drei Monaten ab Weihnachten für das Hundekind sorgen würde, nachdem er sich an uns gewöhnt hatte. Meine Sorgen wurden leider bestätigt, denn als wir im März wieder nach Fidschi zurückkehrten, begegnete uns ein bis auf die Knochen abgemagerter, verfilzter, verängstigter Bombel mit entzündeten Augen, der sich fast nicht mehr an uns erinnern konnte. Seitdem hasste er alle Fidschianer. Wahrscheinlich wurde er trotz strengster Anweisung schlecht behandelt und getreten. Natürlich war niemand verantwortlich, alle stritten alles ab und es war auch müßig, nach dem Schwarzen Peter zu suchen, den fand man sowieso nie. Als er noch ganz klein war, baute Franz ihm einen kleinen Holzsteg, auf dem Bombel nachts bequem in sein Bett wandern konnte. Morgens wurde mein Sohn damit geweckt, dass er sein Gesicht ableckte. Und jeden Morgen lag ein wunderhübscher brauner, runder, kleiner Haufen immer auf dem gleichen Fleck des geflochtenen Pandanussteppichs. Es war nur Hundebabykacke und roch nicht sehr streng, aber langsam sehnte ich den Tag herbei, wo unsere Hütte nicht mehr die Arche Noah war und man aufpassen musste, entweder in Geckokot, Vogelkot oder Hundekot zu treten. Schäferhunde bellen viel, das lernten wir schnell, als wir ihn mal draußen lassen wollten. Keine Chance, er winselte und bellte und jaulte alles zusammen, so lange, bis wir ihn wieder reinließen. Ein totaler Familienhund, der niemand anderen mochte, nur seine Schafe, wir vier, die Familie. Er war wirklich nur dann glücklich, wenn er in unserer unmittelbaren Nähe sein durfte, und schaffte es spielend, uns um die Finger zu wickeln, und ließ sich kein bisschen dressieren. Als wir versuchten ihn an die Leine zu nehmen, schrie er so laut und gequält, dass Gäste angelaufen kamen, die dachten, wir würden den armen Hund quälen. Natürlich wurde die Leine sofort verbannt. Wenn die Vögel im Haus waren, musste ich nun höllisch aufpassen, denn ich hatte drei naive Tierkinder zusammen, die ganz angstfrei aufeinander zugingen, um je nach Temperament miteinander zu spielen. Einmal wurde Chuckie fast von Bombel getötet, der auf ihn zutapste und ihm die große schwarze Pfote kumpelhaft über das Köpfchen hauen wollte.

Sie lernten verschiedene Rufe, die sich anhörten wie hohes Quietschen oder Krächzen. Ich konnte es ganz gut imitieren, aber singen oder sprechen lernten sie nicht. Mittlerweile aßen sie Mangostückchen und Hibiskusblüten, ich musste sie nicht mehr so oft baden und das Haus wurde irgendwie zu eng für ihre Flugkünste. Zum Glück wurde es jeden Tag gründlich von einem der Hausmädchen gereinigt, denn sie ließen natürlich alles fallen. Da beschlossen wir sie freizulassen, auch und besonders deshalb, weil sich die Zeit näherte, da wir alle zusammen als Familie für einige Wochen über Weihnachten nach Deutschland fliegen würden, und ich wollte einfach sicher sein, dass sie auch ohne mich überlebten. Auf die Fidschianer verließ ich mich nicht, denn die hatten ein komplett anderes Verhältnis zu Tieren, ohne jegliche Zuneigung frei nach dem Motto: „O. k., wenn man es essen kann, dann wird es eine Weile gefüttert, bevor es in den Topf wandert.“ Nein, das wollten wir nicht und so kam es, dass wir die giftgrünen Papageien mit ihren dunkelblauen Köpfen und leuchtend roten Brüstchen wie wertvolle Dekorationsstücke auf unseren Köpfen, Händen, Armen oder Schultern herumtrugen. Das war eine tolle Attraktion für manche Gäste, aber andere bekamen Angst, denn sie flogen einfach los, wenn sie Lust dazu hatten, setzten sich im offenen Restaurant auf die Tische und fingen an, die Blütentischdekoration zu verspeisen, flogen dann im Tiefflug einmal längs durch den Raum zurück auf meinen Kopf. Aber wenn sie zwischendurch müde wurden, landeten sie auch schon mal auf irgendeinem anderen Kopf. Leider löste das bei manchen Damen helle Panik aus, sie kreischten und schlugen um sich. Unser Haus fungierte nun als großer Vogelkäfig, in den sie abends und tagsüber, wenn sie Lust hatten, zurückkamen, um sich auszuruhen, sicher zu sein, zu schlafen. Mich hielt es auch nicht länger ständig im Haus, ich fing an, trotz entzündeter Zehennägel herumzuhumpeln und mich wieder ins Business einzubringen, wenigstens ein paar Stunden am Tag. Wenn ich dann durch den tropischen Garten wieder zurück in mein Nest wanderte, hörte ich meine Babys hoch in den Palmen nach mir rufen. Ich antwortete mit dem gleichen Ruf und sie kamen angeflogen, setzten sich auf meine ausgestreckten Arme und ließen sich schmusend von mir ins Haus tragen. Die Babygeräusche lockten auch andere Vögel an, die neugierig wurden, wer da so feudal in einem richtigen großen Haus lebte. Manchmal flogen Königsfischer, Buschfalken und wilde, ausgewachsene Lorivögel rufend ums Haus herum. Der Falke wurde Puckie wahrscheinlich zum Verhängnis, denn er kam eines Tages nicht mehr von seinem Freiluftausflug zurück und ich ahnte Schreckliches, denn normalerweise blieben die beiden Geschwister immer eng zusammen. Einige Tage später wurde auch Chuckie vom Falken gejagt, der im Avocadobaum vor dem Haus Stellung bezogen hatte. Laut schimpfend raste ich raus, um meinen kleinen Liebling zu retten, der zielsicher durch die geöffnete Tür zurück ins schützende Haus flog. Ein andermal hörte ich sehr deutliche Lorirufe, die von dem fünfzig Meter entfernten Frangipanibaum kamen. Chuckie hüpfte ganz aufgeregt umher, offensichtlich wurde er gerufen, und ich dachte, dass ich sie mal miteinander bekannt machen sollte. Auf meinem Unterarm trug ich ihn langsam zum Baum hin, dabei versuchte ich, keine raschen Bewegungen zu machen, um die erwachsenen Vögel nicht zu erschrecken. Vorsichtig setzte ich ihn auf einen niedrigen Ast und ging ein paar Schritte zurück. Sie beäugten sich lange und piepten sich an. Ich hoffte fast, dass Chuckie neue Adoptiveltern gefunden hätte, aber nach ungefähr zehn Minuten flogen sie davon. Chuckie hatte wohl nicht die richtige Reaktion gezeigt, alles, was ich beobachten konnte, war, dass er regungslos auf dem Ast saß, völlig überfordert von der Tatsache, dass es offensichtlich noch mehr von seiner Sorte gab, auch ängstlich, denn die beiden anderen Loris waren ausgewachsene Vögel, und es war mir auch lieber so, denn ich wollte ihn doch noch eine Weile genießen. Wir hatten so viel Spaß miteinander, riefen uns Grüße zu und manchmal setzte ich ihn mir aufs T-Shirt und rollte ihn auf den Rücken. Dann zog ich mit den Händen unten am Saum, sodass er hin und her kullerte und dabei vor Freude quietschte und kicherte wie verrückt. Das war unser kleines Kunststück. Mittlerweile kam er nur noch alle paar Tage mal auf meine Hand und ließ sich auch nicht mehr zurück ins Haus tragen, aber immer wieder hörte ich sein Rufen, das ich genau von den Schreien der anderen Vögel unterscheiden konnte. Wenn ich zurückrief, schauten mich Gäste und Angestellte oft an, als hätte ich komplett den Verstand verloren, das war mir aber egal. Dieser kleine Vogel schenkte mir so viel Freude, Liebe und Spaß, ich schämte mich für nichts. Mit meinen entzündeten Zehen kam ich auf keinen grünen Zweig, denn die tropische feuchte Hitze verhinderte ein Abtrocknen der Entzündungen und so humpelte ich mit offenen Flipflops durch die Gegend. Zusätzlich hatte ich die Nägel viel zu tief eingeschnitten, nun wuchsen sie natürlich noch mehr ein und bohrten sich durchs Fleisch, sodass sie manchmal sogar an der Seite stückchenweise wieder rauswuchsen. Immer wieder musste ich mich setzen und die Füße hochlegen und mit kaltem Wasser kühlen. Hunde, Kinder, Tischbeine, Stuhlbeine und Tomatendosen landeten immer wieder genau auf den schmerzhaften Punkten, egal wie gut ich aufpasste. Nach so vielen Monaten im Haus hielt ich es einfach nicht mehr aus. Die Vögel waren flügge (oder gefressen), die Texte für unsere Webseiten waren geschrieben, auf Deutsch und auf Englisch, Dutzende von verschiedenen Menüs hatte ich mit Leidenschaft kreiert, die für viel Lob und Abwechslung im Restaurant sorgten. Die Beziehung zu Bruno hatte sich nun offiziell auf einen Level eingependelt, der distanziert und funktionell auf die Leitung im Resort und Elternschaft für Emil und Franz reduziert blieb. Er lebte sein Leben und ich fand mich damit ab, dass er machte, was und wann er wollte, Entscheidungen alleine traf, nach Suva reiste, ins Bett kam, wann es ihm passte, sich betrank, wenn er Lust hatte, meine Entscheidungen revidierte, wenn er wollte, und oft lange Wochen in Deutschland verbrachte, um sich um seine Geschäfte zu kümmern. Ich hatte keine Lust auf ihn und er hatte keine Lust auf mich. Anstatt darüber zu jammern oder zu kämpfen, vermied ich das Thema, denn tief in mir hatte ich ein schlechtes Gewissen, dass ich ihm keine gute Frau war. Dieses verdammte „nicht gut genug" wuchs und gedieh in mir wie giftige Schlingpflanzen. Nicht hübsch genug. Nicht lieb genug. Ich war froh, dass er mich wenigstens wieder zurückgenommen hatte und ich somit meine Kinder aufziehen konnte. Ich lebte gerne in der Südsee und konnte mir nicht vorstellen, wieder in Deutschland mit der unfreundlichen Mentalität die langen, kalten Winter zu erleben. Die Kinder würden mir nie verzeihen, wenn ich sie aus ihrem luxuriösen Leben und der tropischen Freiheit herausreißen würde, außerdem hatten wir gemeinsames Sorgerecht, was bedeuten würde, dass sie wohl freiwillig hierbleiben würden, was mir das Herz bräche, da hängte ich lieber meine eigenen Sehnsüchte an den Nagel und spielte für ein paar Jahre die Märtyrerin, dumm, wie ich war. Ich hatte keine Ahnung vom Geheimnis der Quantenphysik, des Magnetismus im positiven Fühlen, das anzieht, was du aussendest, merkte nur, dass wenn etwas schlimmer wurde und ich mich nur genug darauf konzentrierte, es immer noch schlimmer wurde, wusste aber keinen Ausweg aus dem Teufelskreis. Dazwischen genoss ich mein Leben, freute mich immer wieder über besonders interessante Gäste, mit denen es Spaß machte, sich zu unterhalten und Ausflüge zu machen, ihnen die Insel zu zeigen mit den glücklichen, sehr einfach lebenden Fidschianern, tauchen oder schnorcheln zu gehen. Die Wärme, die Freiheit … aber diese Glücksmomente zu verlängern oder bewusst herbeizuführen, war für mich nach wie vor ein Rätsel. Aber ich ahnte, dass es einen Trick geben musste, und wachte immer wieder mit Neugier und Lebenslust auf, gespannt auf den Tag und auf alles Schöne, was er mir bringen würde. Nun meldete sich das Weib in mir und trotz entzündeter Füße hatte ich unbändige Lust zu tanzen. Wieder einmal lag Veränderung in der Luft, das spürte ich deutlich. Vielleicht, weil es keinerlei Elektrosmog auf einer kleinen Insel gibt. Die Gestirne, die Mondenergie, die Gezeiten des Meeres und natürlich ganz besonders die Resonanz der eigenen Energie und die unserer Mitmenschen, die wir ständig ausstrahlen, positiv oder negativ, wird sehr deutlich wahrgenommen, meistens intuitiv, aber auf der Insel spürte ich sie stärker als anderswo. Wir freuten uns aufs Millennium, weil die Datumslinie mitten durch Tavarua hindurchging und man mit einem Schritt vom Heute ins Morgen schreiten konnte. Es gab einen entsprechenden Wirbel in der Reisewelt und wir rüsteten uns für die Myriaden von Besuchern, die schlussendlich aber ausblieben, denn es war einfach zu mühsam, zu teuer und die Kapazität an Betten war wirklich nicht gegeben. Es gab Pre-Millennium-Partys und 1999 Partys, um die Tanzeinlagen, die von den Insulanern vorbereitet wurden, zu begutachten und den Ablauf dieses überaus speziellen Abends mit Dinner im Kerzenschein und feierlicher Stimmung, Tanz und Gesang, zu üben. Um mit Brunos Trinkfestigkeit mithalten zu können, probierte ich verschiedene Drinks und fand heraus, dass ich am besten Gin Tonic vertrug, ich wurde nicht betrunken davon und am nächsten Morgen hatte ich einen klaren Kopf. Den brauchte ich dringend, denn so ein Unternehmen schläft nie – die Gäste, die Mitarbeiter, E-Mails, Telefonate, Reiseveranstalter, die vorbeischauen und gebauchpinselt werden wollten, natürlich auch unsere Söhne und was noch so alles auf mich einprasselte. Jedenfalls konnte ich es mir nicht leisten verkatert rumzulaufen, aber tanzen wollte ich trotzdem. Mit nackten Füßen im Sand, mit nackten Füßen auf der Wiese, nur mit einem weichen Hüfttuch und T-Shirt bekleidet, endlich raus aus meinen Exerzitien allein im Haus mit vereiterten Zehennägeln, die waren mir mittlerweile nach so vielen Monaten des Selbstherumdokterns schnurzegal, sollten sie doch heilen oder auch nicht. Viel später fand ich zufällig heraus, dass einige der Barleute öfter Gin und Wodka, eben die klaren Drinks, während ihres Dienstes von den großen Flaschen an der Bar in kleine Fidschiwasserflaschen umfüllten und danach zum Beispiel die Ginflasche einfach wieder mit Leitungswasser auffüllten, um damit ihre kleinen privaten Feierabendpartys zu veranstalten. Somit erklärte sich das Rätsel um die erstaunliche Toleranz bei meinem Standarddrink. Ansonsten hätte ich mich vielleicht doch zum Alkoholiker entwickelt. Im Nachhinein bin ich froh, dass ich doch nicht so viel konsumierte, wie ich manchmal dachte. Als ich in Deutschland später einmal vier oder fünf Gin Tonics in einer Bar trank, weil ich dachte, dass ich die ja seit Fidschi locker vertrug, hatte ich jedenfalls einen Filmriss und fand mich glücklicherweise mit einer Frau in einem Taxi wieder, die mich nach Hause brachte und mich freundlicherweise dabei weder ausraubte noch vergewaltigte.

Heute aber spürte ich meine Lebensfreude unbändig in mir, also folgte ich ihr. Es gab Männer, die versuchten mit mir zu flirten, aber die meisten waren zu schüchtern, als dass sie sich trauten die Chefin anzubaggern. Außer Jo, der ohne Scheu war, weil er schon mit vielen Touristinnen vom Camp-Ground heiße Affären erlebt hatte. Er sah dunkel und gefährlich aus, mit diesen langen, etwas von der Sonne ausgebleichten Rastalocken und dem Raubtierlächeln. Es machte Spaß, mit ihm zu reden, obwohl er völlig verrückt war und viel wirres Zeug erzählte. Von Geistern, vom Haigott, dem er persönlich begegnet war, von Pflanzen, die alles heilen konnten, aber ich hatte in den vergangenen Jahren durchaus abgefahrene Erlebnisse mit der Zwischenwelt genossen, somit hörte ich ihm interessiert zu, ohne alles als Quatsch abzutun. Vieles, was er erzählte, hatte durchaus einen wahren Kern. Er war ziemlich spirituell, allerdings auch ein richtig schlimmer Kiffer, denn das Zeug wuchs wie Unkraut überall, wo es mal angepflanzt wurde. Er war ein Eigenbrötler, der wochenlang in den Bergen allein lebte, um Dalo, Kava und Cassava anzupflanzen. Emil vergötterte ihn seit ihrer ersten Begegnung und lauschte seinen wilden Geschichten, auch deshalb war ich freundlich zu ihm. Natürlich versuchte er bei einer dieser Partys sein Glück bei mir und ich ließ mich darauf ein, im Dunkeln am Strand allein mit ihm entlang zu spazieren. Er nahm meine Hand, aber seine Haut fühlte sich ganz lederig und hart an von der vielen Arbeit auf dem Feld, obwohl er noch nicht mal dreißig war. Seine Haut roch ein bisschen nach Pferd, verschwitztem Pferd, so wie alle fidschianischen Männer, denen ich bis auf Riechnähe gekommen bin. Meine Nase ist so empfindlich, ich könnte mich niemals mit jemandem einlassen, der nach meinem Geschmack nicht gut riecht. Schnell erklärte ich ihm klipp und klar, dass ich nichts mit ihm anfangen wollte, worauf er argumentierte, dass eine Frau wie ich doch unmöglich immer nur allein sein könne, denn mein Mann vergnüge sich offensichtlich anderweitig. Die ganze Insel sprach wohl von meinem nicht vorhandenen Liebesleben und machte sich ihre Gedanken, wie peinlich. Natürlich kamen sogar mir immer wieder Geschichten zu Ohren, in denen es darum ging, wie sich Bruno aufführte, wenn er getrunken hatte. Am liebsten feierte er mit den Inselschwulen zusammen, tanzte auf dem Tisch, wiegte dabei die Hüften und benahm sich ziemlich tuntenhaft. Zum Glück sah ich solche Szenen weniger, denn ich verduftete immer, sobald sein Alkoholpegel in den geschmacklosen Bereich stieg. Ich antwortete Jo, dass mir das völlig egal sei, was die anderen, wer auch immer das sein mochte, dachten oder redeten und jeder so leben solle, wie er es für richtig hielt. Er gab zu bedenken, dass ich meine Natur nicht ständig unterdrücken könne, schließlich sei ich für die Liebe geschaffen, dafür habe er ein sicheres Gespür. Ich bedankte mich für das Kompliment, aber „Nein, danke." Diese Unterhaltung fand im Dunkeln statt, wir saßen im Sand und ließen das Salzwasser bis knapp an unsere Zehen spülen. Von weiter oben her hörte ich Musik, Kreischen und ausgelassenes Lachen, die Party war an dem Punkt, wo die Stimmung den Höhepunkt erreicht hatte und bald darauf kippte. Bruno amüsierte sich königlich wie immer, ohne mich. Plötzlich hörte ich einen Lorivogel irgendwo über mir in den großen Vutubäumen rufen. Wie glücklich mich das machte! Sofort antwortete ich mit dem gleichen Ruf und erklärte Jo, dass dies mein kleiner Chuckie-Liebling sei, der mich immer noch ab und zu besuchte. Chuckie war mittlerweile erfolgreich in die Natur zurückgekehrt und ich hoffte sehr, dass er auch bald seine eigene Familie gründen würde. Jo war sehr beeindruckt von meinen Franz-von-Assisi-Fähigkeiten, denn ich stellte mich einfach so im Dunkeln in den Sand, breitete beide Arme aus und rief meinen Vogel, der prompt angeflogen kam und sich vorsichtig auf meiner Hand niederließ. Es ist schwer in Worte zu fassen, welch ein Glücksgefühl mich durchströmte nur wegen so eines kleinen, bunten Vogels, den ich aufgezogen hatte und der mich nun freiwillig ab und zu besuchen kam, einfach aus Liebe und weil er mir vollkommen vertraute. Chuckie ließ sich ein paar Minuten lang von mir kraulen und ich redete mit ihm, dass ich mich so freute über seinen Besuch und dass alles gut wäre und er immer schön aufpassen sollte, damit der Falke ihn nicht fing. Jo war perplex, komplett beeindruckt, denn natürlich sprach ich auf Deutsch mit dem Papagei. Er glaubte wirklich, dass dieser alles verstünde, aber das glaubte ich auch. Warum nicht. Die Liebe kennt nur eine Sprache. Als Chuckie genug mit mir geschmust hatte und Jo versuchte ihn anzufassen, pickte er nach ihm und flog wieder davon, in die Nacht hinein. Leider konnte ich ihm nicht erklären, dass er sich untypisch verhielt, denn normalerweise suchen sich alle Vögel bei Anbruch der Dunkelheit einen sicheren Schlafplatz. Aber Chuckie konnte sich nur an die Zeit bei uns im Haus erinnern, deshalb fehlten ihm ein paar Instinkte, und ich war so froh, dass er mich immer wieder besuchen kam, wie hätte ich ihn da wegschicken können, egal ob tagsüber oder nachts. Sekunden später schrak ich zusammen und Jo schaute angespannt wie ein Krieger, der sich verfolgt fühlt, denn plötzlich sahen wir den Kegel einer Taschenlampe und Rufe nach mir, die rasch auf uns zukamen. Bruno stapfte und stolperte, sehr alkoholisiert, zusammen mit einem Nachtwächter durch den Sand und rief nach mir. Ach du Schreck, er durfte mich auf keinen Fall zusammen mit Jo hier antreffen, die Szene wollte ich mir gar nicht ausmalen. Rasch versteckten wir uns im Schatten eines riesigen Baumes und hielten den Atem an. Sie fanden uns zum Glück nicht und nach einer Weile verabschiedete ich mich von Jo mit einem Kuss auf die Wange und ging hoch, zurück zum Resort. Die Party war vorbei, es war ganz ruhig, alles lag im Dunkel. Komisch, warum kümmerte es Bruno plötzlich, was ich machte, er interessierte sich doch sonst nicht die Bohne dafür, wie ich meine Tage und meine Abende verbrachte. Als ich unsere Bure betrat, um schlafen zu gehen, lag er schon ungeduscht und stinkend auf dem Bett, lallte Zeugs, dass er mich gesucht hätte und wo ich gewesen sei. Darauf antwortete ich, dass ich allein am Strand war, um die Ruhe zu genießen und um zu meditieren. Wir hätten uns dort wohl grad verpasst, als ich schon wieder auf dem Weg zurück war. Dann ging ich duschen, so lange, bis ich sicher war, dass er fest schlief. Über mir rauschten leise die Blätter des Mangobaumes, der seine Äste bis über die Außendusche erstreckte. Millionen von Sternen leuchteten in der mondleeren Nacht. Die Luft fühlte sich warm an, feucht, nach Grün duftend. Wirklich, ich hatte keinerlei schlechtes Gewissen, es war nichts Unmoralisches passiert und irgendwie fand ich es auch lächerlich, dass Bruno plötzlich Besitzansprüche anmeldete, wo wir doch so gut wie keine Zeit miteinander verbrachten.

7

Nicht, weil die Dinge schwer sind, wagen wir sie nicht, sondern weil wir sie nicht wagen, sind sie schwer.
(Seneca)

Der Sommer näherte sich mit großen Schritten, die Mangos im Garten auf den alten großen Bäumen wurden reif, was nicht nur von den Menschen mit Begeisterung aufgenommen wurde, auch die süßen Flughunde kamen scharenweise. Das sind ziemlich große Fledermäuse, für die Mangos eine echte Leibspeise sind, sodass sie am liebsten diese Früchte essen und sich lautstark um die reifsten Mangos stritten. Emil fand sie zudem auch noch schmackhaft, die Fledermäuse, denn im Dorf bei seinen befreundeten Familien wurden sie gern als Delikatesse verspeist. Er erzählte uns begeistert vom Geschmack, der ihn an Huhn erinnerte, nur dass sie eben viel kleiner waren. Wahrscheinlich so ähnlich wie Froschschenkel.

Es wurde immer heißer und schwüler auf der Insel, in Deutschland jedoch begann die Zeit, in der man Lust bekam, Weihnachtsplätzchen zu backen, und Schneeflocken bestaunen konnte, wenn es schneite. Aber wir lebten hier am anderen Ende der Welt. Darum war alles andersrum, das Wasser im Waschbecken floss in die entgegengesetzte Richtung ab, unser Tag in Fidschi begann, wenn es Nacht war in Deutschland, Winter dort war Sommer hier, natürlich mit dem Unterschied, dass es auf Fidschi das ganze Jahr über warm blieb. Wieder einmal war es an der Zeit, um nach Deutschland zu reisen, damit die Kinder ihre Wurzeln pflegen konnten. Besuche bei allen Onkeln, Tanten, Freunden und der Oma standen auf dem Programm, Skifahren natürlich und einfach mehr Zeit für die Familie haben, denn das tägliche Gschäft war dann weit weg, und wenn es kalt war, rückte man gerne zusammen. Auch Bellas Beerdigung würde diesmal auf dem Programm stehen, aber davon ahnte ich noch nichts. Bevor sie starb, musste ich erst noch ein kleines Fohlen in den Tod begleiten.

In wenigen Wochen würde der Flug von Nadi zurück nach Frankfurt starten. Es war wie immer eine Zeit, in der ich versuchte, den täglichen Arbeitsablauf so straff und autoritär wie möglich zu organisieren, damit während der Wochen unserer Abwesenheit alles mehr oder weniger glatt weiterlaufen konnte. Delia galt als große Stütze, schließlich war sie Managerin und weidete sich an der Macht, die sie so offensichtlich über uns besaß. Manchmal kündigte sie kurzfristig, nur um ihren Marktwert zu prüfen, denn wir rannten ihr natürlich bettelnd hinterher, weil wir ohne sie Matavu nicht ein paar Wochen sich selbst überlassen konnten. Alternative Manager gab es auch keine, das hatten wir schon ausprobiert. Ich hasste ihre Spielchen, sie waren so leicht zu durchschauen, wie sie mich gegen Bruno ausspielte, mal auf meiner, mal auf seiner Seite war. Aber wir waren auch selbst schuld, denn wenn Bruno und ich am gleichen Strang gezogen hätten, wären ihre Ränkespiele einfach im Sand verlaufen. Aber Bruno machte meine Entscheidungen rückgängig, und sobald er ein paar Tage die Insel verließ, machte ich wieder seine Entscheidungen rückgängig, alle spielten mit und keiner nahm uns wirklich ernst. Ich würde weiterhin die Anfragen und Buchungen, E-Mails von Reiseveranstaltern und eben alles, was so an E-Mails reinkam, täglich von Deutschland aus beantworten, sie musste sich dann nur um das Tagesgeschäft und die unmittelbare Buchhaltung kümmern, den Einkauf und die Arbeitspläne der Angestellten organisieren und uns über alles auf dem Laufenden halten. Per Telefon und Internet waren wir sowieso ständig miteinander verbunden, mit etwas mehr Kooperationsbereitschaft konnte man es schaffen, schließlich befanden wir uns in der Nebensaison mit wenigen Gästen. Zu all diesem Stress kam eines Nachmittags Franz plötzlich zu mir ins Büro gestürzt und sagte: „Die Gärtner haben ein Babypferd gefunden, die Mutter liegt tot daneben, oben im Busch!" Verdammt, auch das noch! Was war passiert? Die Pferdemutter war am Hügel oberhalb des Geländes im aufgeweichten Gras ausgerutscht und prompt in den blöden Stacheldrahtzaun gefallen, den wir schon lange ersetzen wollten. Sie verletzte sich dabei so schlimm am Hals, dass sie verblutete. Ihr kleines Fohlen lag seit Tagen ohne Milch daneben und niemand hatte etwas bemerkt, obwohl es Anweisungen gab, täglich nach den Pferden zu sehen und ihnen Wasser zu bringen. Die Gärtner sollten sich darum kümmern, aber alle hatten Ausreden und einer schob es auf den anderen, wie immer. Zum Glück lebte das Fohlen noch, aber es war dehydriert und völlig abgemagert. Vom Liegen war das Fell an einigen Stellen abgeschabt. Unser befreundeter Tierarzt, Dr. Irving, ein lieber, alter Engländer, der auf der Nachbarinsel lebte, wurde kurzerhand eingeflogen und sah sich die Bescherung an. Er wollte Pinkie sofort einschläfern, damit sie nicht weiterlitt, denn sie brauchte noch Muttermilch und war sowieso mehr tot als lebendig. So ein Fohlen ohne Muttertier aufzuziehen, sei sehr schwierig, er habe es in den vielen Jahren in Fidschi noch nicht erlebt, dass es jemand geschafft hätte. Damit konnte Bruno sich nicht abfinden. „Und wie wir dieses Fohlen aufziehen und gesund pflegen, ihr werdet alle staunen!", wetterte er. Irving gab ihm ein paar Stärkungsspritzen und zu viert trugen sie das Fohlen runter in den Park, direkt neben unser Haus. Da lag es nun und schaute mich mit großen Augen hilflos an. Selbst ein kleines Fohlen ist ein großes Tier, meine Erfahrung in der Aufzucht von hilflosen Tierbabys lag eher im Bereich von Vögeln, Katzen und Hunden. In der Küche machte ich einen ähnlichen Brei wie für meine Vögel, natürlich um ein Vielfaches mehr, und kaufte im Laden Babynahrung und ein paar Babyfläschchen mit Saugern, „die größte Größe bitte". Für einen kurzen Moment machte es mir Spaß, in die verdutzten Augen der indischen Ladenbesitzerin zu sehen, die sich dennoch nicht traute zu fragen, wozu ich das alles brauchte. Achtmal am Tag bekam Pinkie von mir nun die Flasche, ich hatte zu nichts anderem mehr Zeit. Bruno musste wieder dringend nach Suva, und obwohl ich keifte und schimpfte, konnte ich das arme Fohlen nun nicht einfach sterben lassen, deshalb nahm ich mich seiner an. Es gab einen Koffer mit Medikamenten für Pferde, darin fand ich eine Paste für aufgeschürftes Fell. Damit schmierte ich Pinkie ein und die Farbe der Paste erklärt somit seinen Namen. Es war so süß und zutraulich. Nach ein paar Tagen stellte es sich auf und trabte mir hinterher. Sehr wackelig, aber stetig. Manchmal fiel es um. Beim Trinken schnaubte es leise vor sich hin und ich stand immer ganz still und zog seinen schönen Babyduft ein. Die Gäste erschreckten sich natürlich, wenn plötzlich dieses hässliche, abgemagerte, kleine, mit pinkfarbener Paste zugepflasterte Fohlen ins Restaurant stolperte, aber ich sprang gleich auf und führte es wieder zurück zum Haus. Es war so zutraulich und rief mich schon mit einem speziellen Ruf, den ich überall hörte, es war so süß. Ich hoffte inständig, dass es überlebte. Die offenen Stellen an seinem Körper heilten zwar nicht, aber waren auch nicht entzündet. Pinkie nahm nicht zu, aber trank immer brav sein Fläschchen und ich beobachtete, wie es Pippi machte, das schien auch in Ordnung zu sein. Aber ich war kein Tierarzt und verstand zu wenig von der ganzen komplexen Behandlung, die so ein krankes Tier gebraucht hätte. Das Fohlen war einfach zu groß, als dass ich es abends hätte mit ins Haus nehmen können und so stellte es sich wie bei Pippi Langstrumpf auf unsere Veranda. Aber es blieb dort nicht stehen, stelzte nachts umher, stolperte mal hier, mal da, und blieb oft einfach irgendwo liegen. Morgens, wenn ich zum Frühstücken ins Restaurant hinunterging, rief es mich dann und ich musste es im Gebüsch suchen. Das ging fast zwei Wochen lang gut, bis es eines Nachts ganz heftig regnete. Es hörte die ganze Nacht nicht auf zu regnen, so ein Tropenregen lässt irre Wassermassen vom Himmel fallen. Am nächsten

Morgen lag Pinkie im Gras und konnte nicht mehr aufstehen. Das Fohlen versuchte es auch nicht mehr, wahrscheinlich hatte die Unterkühlung es so erschöpft. Nun war es todmüde. Seine Augen waren trüb und es atmete nur noch ganz leicht und langsam, der Lebensodem strömte aus ihm heraus. Es wollte nichts trinken. Ich konnte nicht zuschauen und flüchtete mich ins Büro. Dort heulte ich vor mich hin. Irving, den ich anrief, sagte, dass wir nichts mehr tun könnten und dass es ein Wunder sei, dass das Pferd so viele Tage schon weiterlebte. Wir weinten alle, stundenlang, denn sein süßer Charakter hatte uns bezaubert. Ich brachte es nicht übers Herz, es sterben zu sehen, und wartete, bis man mir die Nachricht brachte. Als alle weg waren, ging ich zu ihm und setzte mich neben es ins Gras. Nun sah es entspannt aus. Erlöst. Keine Schmerzen mehr. So ruhig. Kein Atem, kein süßer Babyduft, der aus den Nüstern strömte. Das Fohlen war im Pferdehimmel bei seiner Mama. Ich sprach zu ihm und bedankte mich für die schöne Freundschaft und liebliche Zeit, die ich mit ihm verbringen durfte. Dann gruben die Gärtner ein Loch, gleich neben der Stelle, wo sie lag, hinter ein paar Hibiskusbüschen gleich neben Bure Nummer zehn und beerdigten Pinkie. Später am Abend und an den darauf folgenden Tagen passierte es mir immer wieder, dass ich wie aus heiterem Himmel seinen Duft in meine Nase bekam, so als wäre es ganz in der Nähe. Seine Präsenz war noch lange Zeit zu spüren, es gibt sicher also auch Pferdegeister. Jedenfalls war ich mir sicher, dass Pinkie mich grüßte und in der Nähe war, irgendwo im Jenseits.

Bald darauf flogen wir für einige Wochen nach Deutschland. Emil und Franz genossen die Winterzeit, denn wir waren alle begeisterte Skifahrer und verbrachten immer einige Wochen im Allgäu, während Bruno seinen Geschäften in Stuttgart nachging. Wahrscheinlich pflegte er während dieser Zeit auch die Beziehung zu Uschi, wie sich Jahre später herausstellte. Egal, es war mir wirklich egal. Hauptsache, die Kinder und ich waren mal eine Weile weg vom Hotelbetrieb, der mich schon wieder mit Haut und Haaren auffraß. In Stuttgart telefonierte ich sofort mit verschiedenen Ärzten und machte Termine für uns, damit Zähne, Leberflecken und Blutwerte kontrolliert wurden. Dabei fasste ich Vertrauen zu Dr. Eger, einem Kinderchirurgen. Eigentlich wollte ich nur die Leberflecken der Jungs nachschauen lassen, denn schließlich lebten wir in den Tropen und trotz Sonnencremes und spezieller Sonnenschutzkleidung im Wasser bekamen sie mehr als genug Strahlen ab. Dr. Eger war lustig, jung, kompetent und lebte in Scheidung. Er machte Witze darüber, ziemlich zynisch, denn seine Frau war im Begriff, ihm die Praxis wegzunehmen. Zum Glück hatte er viel Humor und freute sich darauf, irgendwann einmal, wenn er nicht mehr so im Stress wäre, so richtig schön einen Urlaub bei uns in der Südsee zu verbringen. Er überredete mich, mir mein Muttermal im Gesicht entfernen zu lassen, denn es hatte sich im Laufe der Jahre vergrößert. Als Kind wischte mir mal meine Mutter mit ihrem Finger drüber, weil sie dachte, es wäre ein Krümel, so klein war es damals. Ich hielt es immer noch für einen Schönheitsfleck und erst jetzt fiel mir auf, dass rechts neben meinem Nasenflügel eine regelrechte braune Warze prangte. Sofort willigte ich in den Eingriff ein und traute mich sogar, ihm meine eingewachsenen, entzündeten großen Zehennägel zu zeigen. Seit Monaten behandelte ich sie selbst, hatte mich an den ständigen Schmerz gewöhnt und schnitt mir immer tiefer ins Fleisch, was dazu führte, dass der arme Nagel immer wilder herumwuchs. Einmal konnte ich ein Stück Nagel aus einer Blutblase entfernen, die sich ganz oben an der Zehenspitze gebildet hatte. Die Angelegenheit war außer Rand und Band geraten, das war mir auch klar, trotzdem traute ich mich nicht, irgendjemanden an meinem Fuß operieren zu lassen. „Oh Gott, oh Gott, was haben wir denn da!“, kam sein spontaner Kommentar. „Kein Problem, das kriegen wir in null Komma nichts wieder hin. Es gibt eine Methode, bei der ich nur die Seiten aufschneide und dann wieder zusammennähe, nachdem alles gesäubert wurde. Dann kann der Nagel wieder schön wachsen. Ich verspreche Ihnen, dass es nicht wehtun wird und dass ihr Nagel danach wieder hübsch aussieht. Keine Schmerzen, versprochen." Hey, ich glaubte ihm, er strahlte Kraft und Kompetenz aus, und wenn er mit hysterischen, ängstlichen Kindern umgehen konnte, sie täglich beruhigte und operierte, dann übergab ich mich doch gerne in seine kundigen Händen. Weiterleben mit diesen blöden Zehen war sowieso nicht mehr länger möglich, ich konnte ja kaum laufen. Dabei ignorierte ich es immer wieder und handelte mir damit noch mehr Schmerzen, schlimmere Entzündungen und dreimal sogar eine Blutvergiftung, die ich mit Antibiotika behandelte, ein, genug war genug. Die Operation verlief rasch und tat wirklich nicht weh. Dabei hielt ich die ganze Zeit die Hand einer Arzthelferin, die sich rührend mit mir beschäftigte und mich abzulenken versuchte, währenddessen Dr. Eger meine Zehen aufschnitt und wieder zusammennähte. Er machte die ganze Zeit Witze, es war eine einzige Kicherparty. Ein echter Vollprofi, ich konnte mir gut vorstellen, wie toll er mit Kindern umging, die sicher auch viel Angst mitbrachten. Als ich ihm ein Kompliment deswegen machte, erwiderte er, dass die meisten Kinder erstaunlich tapfer seien, ganz besonders die mit den wirklich schlimmen Krankheiten oder dramatischen Unfällen. Ganz kurz schämte ich mich ein bisschen, denn so wehleidig und ängstlich, wie ich mit meinen Zehen daherkam, habe ich wirklich noch niemanden erlebt, ich konnte nichts dafür, es war die helle Panik. Den Pieks von den Betäubungsspritzen spürte ich und den Druck seiner Finger und den Druck vom Skalpell und später der Nadel, mit der er durch mein Fleisch und den Zehennagel stieß, um alles wieder zusammenzunähen. Die Betäubung hielt noch an, bis ich zu Hause war, danach lag ich erst mal zwei Tage flach und ernährte mich von Schmerztabletten, denn als es anfing zu heilen, tat es doch höllisch weh. Nach ein paar Tagen war ich noch einmal in der Praxis, um Fäden ziehen zu lassen, aber dann war es weg, ich war so froh! Endlich konnte ich wieder meine geliebten hohen Schuhe tragen!

Deshalb plante ich stehenden Fußes eine Reise zu meiner Mutter nach Westfalen in das kleine Dorf, in dem ich aufgewachsen bin. Bella wünschte sich ganz herzlich, dass wir uns dort mal wiedersehen würden. Es war schon Jahre her, dass ich sie im Allgäu vom Bahnhof abgeholt hatte, völlig verwirrt und durchgeknallt, um sie dann später ins Krankenhaus einzuliefern. Seitdem litt sie an dieser schrecklichen, unheilbaren, nicht mal auf den Punkt diagnostizierten Geisteskrankheit, vage als „Borderline Syndrom“ benannt, mit schwersten Depressionen, Halluzinationen, Erscheinungen, Angst, Schmerz und den Nebenwirkungen der immer wieder wechselnden Medikamente. Unsere Mutter versuchte es mit religiösen Mitteln, Beten half nicht, Exorzieren half nicht, sie immer wieder aus der Klinik holen und die Medikamente einfach komplett absetzen half nichts. Dabei war sie erst Mitte zwanzig. Ihr Leben hatte noch gar nicht richtig begonnen und sie fühlte sich am Ende. Eine Invalidenrente durfte sie beanspruchen, das war der letzte Stand der Dinge, was ihre Karriere als Mensch in dieser Gesellschaft anging. In den vergangenen Jahren haben wir uns manchmal schöne lange Briefe geschrieben, in denen wir uns gegenseitig Mut machten und unseren Alltag in bunten Farben schilderten, wie um den anderen damit zu trösten. Ich liebte sie leidenschaftlich, sie war meine Babyschwester, es gab unzählige schöne Erinnerungen, die wir teilten. Irgendwie hoffte ich, dass sie es einfach schaffen würde, die Kurve zu kriegen, wieder gesund würde, ihr Leben beginnen mit einer Liebe, einer Arbeit, ganz normal. Aber als wir uns wiedersahen, in der Küche meiner Mutter, erschrak ich sehr, denn sie konnte mich gar nicht anschauen. Nichts war normal. Sie schaute an meinem Gesicht vorbei und rollte die Augen zur Decke, dabei sprach sie über den Alltag im Krankenhaus, die Maltherapie, die ihr Spaß machte, und die psychologischen Gespräche mit verschiedenen Ärzten. Sie war viel zu intelligent, um weiterhin als wachsfarbener, schlaffer Patient in der medizinischen Institution dahinzuvegetieren. Ich war einfach nur sprachlos. Sie war tot. Innerlich schon tot. Ich konnte sie nicht mehr spüren. Nicht mehr ihre Essenz spüren. Wir plauderten Belanglosigkeiten, und als sie mich einlud, zusammen mit ihr in die hauseigene Sauna zu gehen, lehnte ich höflich ab. Am nächsten Tag verabschiedeten wir uns mit einer Umarmung. Ihre Kleidung roch nach Krankenhaus. Dann fuhr ich wieder fünf Stunden Autobahn zurück, um endlich die Kinder ins Allgäu zu begleiten, damit sie mit ihren Skikursen beginnen konnten. Das Treffen mit Bella hatte mich innerlich aufgewühlt. Ich fand keine Lösung, merkte aber, dass meine Energie immer trauriger wurde. So gerne wollte ich helfen, aber ich wusste nicht wie. Anstatt ihr gute, kraftvolle Energie zu schicken, sackte ich in mich selbst zusammen, verschwamm im Selbstmitleid über meine lieblose Beziehung, meine sexlose Existenz, meine überfordernde Karriere, meine Schuldgefühle darüber, dass ich nach außen hin so ein tolles, beneidenswertes Leben führte und innerlich so einsam und traurig war. Morgens fuhr ich Franz und Emil in den Skikurs und arbeitete dann am Laptop, um die Buchungsanfragen per E-Mail zu erledigen. Abends kochten wir gemeinsam, telefonierten mit Bruno, der in Stuttgart saß und immer ganz schrecklich viel Stress hatte. Dann schauten wir zusammen Fernsehen oder spielten Karten, machten Feuer im Kamin oder badeten im Whirlpool.

Eines Morgens, nachdem ich die Kinder zum Skifahren gebracht hatte, wurde mir plötzlich schlecht. Ich saß im Auto, am liebsten wollte ich mich hinlegen, so schwach fühlte ich mich und traurig, ganz schrecklich traurig. Ich wusste gar nicht genau, warum, irgendwie war ich über alles einfach todtraurig. Ich heulte laut vor mich hin, allein im Auto, und fuhr zurück in unser schönes Berghaus. Ich war energetisch auf Bellas Ebene, ein quantenphysikalisches Erlebnis wie eine Zeitreise mit dem Geist. Nicht mal eine Stunde später kam der Anruf, dass Bella sich morgens gegen acht Uhr auf die Bahngleise ganz in der Nähe ihrer Klinik zum Sterben gestellt hatte. Nun war sie wirklich tot. Meine spontane Reaktion war Bewunderung, denn es gehörte Entschlossenheit und Mut zu so einer Aktion.

Natürlich auch allertiefste, unfassbare Verzweiflung. Aber ich respektierte, dass sie selbst entschieden hatte, wie sie ihr Leben beenden wollte. Später fand eine Schwester heraus, dass sie offensichtlich im Internet Berichte gelesen hatte, in denen genau beschrieben wurde, wie man sich mithilfe eines auf einen zurasenden Zuges selbst umbringen kann, sodass der Körper noch einigermaßen unversehrt blieb.

Als ich sie das nächste Mal sah, trug sie ein Tuch um den Kopf, wie einen hübschen Turban geschlungen, und meinen elfenbeinfarbenen Angorapulli, den ich ihr vor Jahren zu Weihnachten schenkte. Ihre Hände lagen gefaltet auf dem Bauch, ich sah nur ein paar dunkle Flecken im Gesicht, die Lippen ganz leicht geöffnet, leichenblass, wie man so schön sagt. Ansonsten lag sie still und entspannt mit geschlossenen Augen in ihrem Sarg in der Aufbahrungshalle des Friedhofs unseres kleinen Dorfes. So friedlich, als ob sie nur ein bisschen schlafen würde. Ich wollte flüstern: „Hey, wach auf, ich bin da. Du brauchst keine Angst mehr zu haben, ich bin doch jetzt bei dir." Aber stattdessen strömten mir nur literweise die Tränen über die Wangen. Ich konnte sie nicht berühren. Alle Geschwister und auch unsere Mutter fassten sie ständig an und streichelten ihre Hände, ich aber hatte Angst vor der Kälte. „Schau mal, wie schön lang und dunkel ihre Wimpern sind", sagte jemand. „Wow", dachte ich, „jetzt ist alles gut. Du tapfere Bella, jetzt hast du das Leiden hinter dir."

Die Beerdigung war schlicht, sie legten sie ins Familiengrab neben unseren Vater. Unserer Mutter ging es schlecht. Neun Monate waren vergangen, seitdem sie ihren Mann verloren hatte, und heute senkte sich der Sarg mit ihrer jüngsten Tochter in die Erde.

Als sich dieser kalte, sonnige Märztag dann endlich doch noch dem Ende zu neigte, glomm der Funke des Lebenswillens wieder in mir hoch, ich fühlte, dass ich etwas Besonderes mit meinem Leben anfangen wollte, ich wollte Bella beweisen, dass ich meine Chance auf diesem Planeten, gesund, wohlhabend und attraktiv wie ich war, voll und ganz nutzen wollte. Kein Selbstmitleid mehr. Keine Opferhaltung. Keine Schuldgefühle, kein Verurteilen, keine Zweifel, keine Angst, keine Sorgen. Ich war der Meister meines eigenen Lebens, niemand außer mir selbst entschied, wie ich es leben würde, ich trug die Verantwortung für mein eigenes Glück, jede Sekunde, jeden Tag. Von jetzt an würde ich so vollkommen und ganz und kraftvoll und dankbar und machtvoll und liebevoll und harmonisch und stark und glücklich leben, wie ich nur konnte, damit sie sah, dass ich das Beste aus meinem Leben machte, wenn schon ihr Leben durch so viel Leiden viel zu früh ein Ende gefunden hatte. Deshalb bat ich die Bandboys in Matavu um eine Ballade über ihr Leben, ein Lied für sie, und erzählte ihnen alles. Seit diesem Moment spüre ich ihre Energie wieder. Es geht ihr gut. Hoffentlich wurde sie mittlerweile in einer tollen Familie wiedergeboren und lebt ein glückliches, neues Leben.

Zufällig war am Tag der Beerdigung auch Brunos vierzigster Geburtstag. Es hatte etwas Skurriles, ein kleiner Neffe sang hoch und klar das Lied für ihn, ansonsten ging die Feier im allgemeinen Trauerzustand der Anwesenden ziemlich unter.

Auch für meine Beziehung wollte ich wieder kämpfen, alles geben, alles versuchen, probieren, damit es eine lebenswerte, liebevolle Beziehung würde. Ich nahm mir vor, netter zu sein, niemals zu kritisieren, niemals zu schimpfen, niemals in irgendeiner Form etwas Negatives zu sagen, damit ich es ihm leichter machte mich zu ertragen.

Immer noch hatte ich keinerlei Kenntnis vom Geheimnis des richtigen Wünschens und Fühlens, des Manifestierens und der positiven Energie, ganz zu schweigen von den Königsregeln. Ich stocherte im Dunkeln und verrannte mich darin, mich selbst zu verleugnen und so zu tun, als wäre ich glücklich. Mein höheres Selbst stand mir bei, schüttelte sorgenvoll den Kopf und spielte mir aber immer wieder tolle Karten des

Lebens in die Hand. Manchmal klappte es gut und manchmal bekam ich einfach Kopfweh. Ich war nach wie vor ein Spielball des Schicksals, alle guten Vorsätze waren nichts als kleinliche Theorie, noch traute ich mich nicht, mit der mächtigen Magie des Manifestierens zu arbeiten.

So geschah es auch auf der Millenniumsparty. Riesengroß angekündigt, wie überall auf der Welt, wollten wir mit erlauchten, internationalen Gästen feiern. Sie bezahlten viel Geld für eine Woche im Paradies, schließlich führte der 180. Meridian mitten durch die Insel, geografisch gesehen. Eine coole Musikband wurde organisiert und von der Hauptinsel eingeflogen, Weine, die das ganze letzte Jahrhundert reflektierten, wurden kredenzt, es gab ein zehngängiges Menü und Bruno war im Dauerstress. Mein Wunsch war es, nach dem Dinner ein großes Lagerfeuer anzuzünden und mit einer traditionellen Kava-Zeremonie, bei der alle Gäste rund ums Feuer auf Pandanussmatten saßen und die halbe Kokosschale mit dem heiligen Getränk rundum gereicht wurde, das Jahr in Würde und mit spirituellen Gesprächen und Gedanken ausklingen zu lassen. Ich hatte Fackeln aufstellen lassen im Gras, die Sterne funkelten, die Luft war warm und feierlich. Ich ging herum und lud die Gäste nacheinander ein, sich zu uns zu gesellen, etwas abseits vom offenen Restaurant. Das Dinner war vorbei, alles hatte gut geschmeckt, nach Mitternacht würde es noch eine Fischsuppe geben, dann eine Bootsfahrt, um die ersten Sonnenstrahlen des neuen Jahrtausends zu begrüßen, und dabei natürlich so viel Champagner, wie jeder wollte. Plötzlich sah sich Bruno seiner Trinkkameraden beraubt und wankte heran. „Lass uns endlich mit der verdammten Party anfangen“, schrie er, schon ziemlich betrunken. Mir fiel gar nichts mehr ein, es war so peinlich, ich hasste ihn plötzlich wieder so sehr, dass es mich innerlich fast verbrannte. Es war auch mein Millennium, warum konnte er nicht ein bisschen warten. Die Band, der Tanz und die Musik, das alles würde doch schon bald beginnen, wie immer. Aber der spirituelle Moment war nun verflogen, er hatte ihn verdorben. In diesem Augenblick war die Party für mich selbst vorbei, dabei hatte ich mich so darauf gefreut. Ich war so verletzt, er war sowieso nicht mehr ansprechbar, denn sein Dr. Jekyll/Mr. Hyde-Syndrom war wieder in Erscheinung getreten. Unsere Gäste, die extra für diesen Abend aus Russland, aus Amerika, aus Deutschland, aus England, aus Polen, aus Italien, aus Israel und aus Österreich gekommen waren, standen alle langsam schweigend auf und versammelten sich in der Lounge, in der die Band anfing zu spielen. Am nächsten Morgen erzählten sie mir, dass es eine schöne Party gewesen wäre und sie sich gut unterhalten hätten. Der hässliche Zwischenfall wurde von niemand mehr erwähnt. Vor Mitternacht ging ich also am 31. Dezember 1999 allein ins Bett, heulte mich in den Schlaf, wollte ihn am liebsten sofort verlassen, wusste aber nicht wohin und wollte das Drama auch nicht den Kindern antun. Deshalb rappelte ich mich am nächsten Morgen eben einfach wieder auf. Ich hatte Routine im Wiederaufrappeln und bei Sonnenschein und Palmenrauschen klappte es auch meistens ganz schnell. Ein neuer Tag. Lippenstift auftragen, Haare kämmen, einen Tupfer Coco Chanel hinters Ohr, dann noch eine Hibiskusblüte ins Haar und lächeln. Die Gäste interessierte mein Privatleben nicht, sie sahen nur das Klischee der Südseeprinzessin, die im Paradies lebte und das war auch gut so.

Als Reaktion auf den Vorfall in der Millenniumsnacht zog ich mich allerdings wieder zurück in mein Schneckenhaus und vermied es, so gut es ging, Kontakt mit Bruno zu haben. Nachts lag ich am äußersten Zipfel unseres gemeinsamen Bettes und tagsüber erledigte ich meine Telefonate und Computerarbeiten vom Laptop aus in unserem Haus. Klavierspielen, besonders mein geliebter Mozart, half mir immer wieder aus der melancholischen Stimmung. Die Kopfschmerzen waren schlimm, ich wusste mir nicht zu helfen. Veränderung. Irgendeine Veränderung. Ich muss hier raus, ich will, dass sich mein Leben verändert, dachte ich inbrünstig, und so geschah es.

Es fing damit an, dass Ganesha wackelte. Eine antike, über hundert Jahre alte, aus Holz geschnitzte, mir bis an die Brust reichende Figur des indischen Elefantengottes. Bruno hatte ihn von seinen Reisen mitgebracht und ich gab ihm einen Ehrenplatz gleich neben der Eingangstür. Auf die fiel mein Blick, als ich eines Nachmittags vom Computer aufblickte, um meine Augen für einen Moment zu entspannen. Plötzlich wackelte der ganze Ganesha auf seinem Holzsockel hin und her, obwohl er aus einem Stück geschnitzt war, ein paar Mal, es dauerte nur wenige Sekunden, dann war alles wieder ruhig. „Das glaubt mir keiner, was soll das denn wohl bedeuten, vielleicht ein kleines Erdbeben?“, dachte ich spontan. Ich schaute mich um, alle anderen Gegenstände im Raum waren stehen geblieben, außer dem Ganesha hatte sich wirklich nichts bewegt und unter mir hatte ich auch keinerlei Erschütterung gespürt. Tavarua ist eine Vulkaninsel und es gibt immer wieder kleine Erdbeben, aber so etwas hatte ich noch nie erlebt. Mich gruselte und ich bekam eine Gänsehaut am ganzen Körper. Ganesha schien meine Aufmerksamkeit zu suchen, ich fühlte mich von ihm direkt angeschaut. „Häh, wie bitte?“, dachte ich. Rasch rief ich Bruno an, der im Büro saß. Er kam auch sofort und wir untersuchten die Figur gründlichst, konnten aber nichts finden, das in irgendeiner Form erklären half, warum das Ding wackelte. Ich hatte keine Ahnung von der Bedeutung, die Ganesha in der hinduistischen Mythologie zufällt. Offensichtlich ist er ein sehr bedeutender Gott. Wir beschlossen jemanden zu fragen, der mehr von der Materie verstand. Die Hälfte der einheimischen Bevölkerung Fidschis besteht aus Indern, die während der englischen Kolonialherrschaft als Arbeiter für die Zuckerrohrfelder geholt wurden, denn Fidschianern war die Feldarbeit, außer für den unmittelbaren Eigenbedarf, ziemlich egal. Die Nachfahren dieser Inder leben nun mehr oder weniger friedlich neben den Fidschianern, jeder geht seinem Glauben erstaunlich tolerant nach. Meistens sind die Inder Hindus, es gibt aber auch Christen und Moslems. Irgendeiner Religion gehören die meisten an und so kommt es nicht selten vor, dass sich ein kleines Dorf von höchstens hundert Einwohnern bis zu acht verschiedene kleine Kirchen leistet.

Lalita, die Mutter eines Serviermädchens, war sehr gläubig und wurde gebeten, sich die Angelegenheit persönlich anzuschauen. Bald darauf kam sie angeeilt, verneigte sich tief und ehrfürchtig vor der Holzfigur und auch vor mir, dann erklärte sie feierlich: „Alicia, du bist gesegnet. Große Gnade ist dir widerfahren. Wir befinden uns in einem wichtigen Jahr für Ganesha. Er hat um deine Aufmerksamkeit gebeten. Für diesen Augenblick, den du heute erlebt hast, meditieren und fasten die gläubigsten Hindus ihr Leben lang. Du bist gesegnet", sagte sie noch einmal und ich fühlte mich geehrt. „Aber was macht er, was kann ich jetzt tun, damit es wirkt, was auch immer, kann ich mir was wünschen?", fragte ich begierig. „Ganesha ist der Sohn Shivas und Pravatis, er ist der Herr aller Wesen", erklärte sie mir. „Er ist einer der mächtigsten Götter, auch Zerstörer von Hindernissen, Geber von Erfolg." „Warum hat er vier Arme und einen Kinderkörper und einen Elefantenkopf?", wollte ich wissen. Lalita lachte etwas verlegen. „Weißt du, das ist eine sehr alte, viele tausend Jahre alte, hinduistische Geschichte, ich weiß nicht, ob ich die richtigen Worte finde, um sie dir jetzt sofort zu erzählen, sie hört sich ein bisschen kompliziert an für jemand, der den hinduistischen Glauben nicht kennt." „Bitte erzähl es mir einfach, ich will alles wissen", bettelte ich ungeduldig. „O. k., also, am Anfang der Zeit gab es Dämonen, die schufen Hindernisse und verhinderten, dass in Weltlichkeit gefangene Seelen fortschritten, der Erlösung entgegen. Die Göttin Devi sah dieses traurige Spiel und in ihrem Mitgefühl beschloss sie, diesem Übel ein Ende zu setzen. Die Dämonen erdreisteten sich sogar, den Göttern Hindernisse in den Weg zu legen. An diesem Punkt schaute Devi in Shivas Antlitz und lächelte. Aus dem Strahlen ihres Lächelns ging eine Gottheit mit einem Elefantengesicht hervor. Devi setzte diese Gottheit, den Beseitiger von Hindernissen, ein, um den Dämonen Einhalt zu gebieten. Sie zerstörte die Blockaden auf dem Weg der Götter. Deshalb verehren wir Hindus Ganesha zu Beginn aller vielversprechenden Unternehmungen."

„Und gebt der Maus immer etwas zum Essen", fügte sie nach einer kurzen Pause hinzu und schaute mich von der Seite an. „Nein, um Gottes willen!", schrie ich auf. „Nimm sofort die Mausefalle und das Gift wieder weg, ich will sie nicht töten", heulte ich. Bruno rannte und klaubte die Falle und das Gift auf, das wir ein paar Tage zuvor unters Bett und neben das Klavier platziert hatten, denn seit einiger Zeit hielt uns das Trippeln und ein nagendes Geräusch, wahrscheinlich von einer Maus, nachts wach. Irgendwie war sie wohl reingekommen und nun hielt sie unser Heim für ihr Haus. Ich sah sie nie, aber es nervte, immer wieder aufzuwachen, weil sie offensichtlich versuchte, ein Loch in die Tür zu nagen. Als Eingang und Ausgang, eine Mausetür, sozusagen. Andere Leute haben eine Hundeklappe in der Tür, aber bitte, wir waren ja sowieso ein verrückter Haufen mit all dem Hokuspokus, der sich hier offensichtlich abspielte. Was nun? „Es tut mir leid, hoffentlich hat sie das Gift noch nicht gegessen", zitterte ich. „Warum ist die Maus wichtig?", fragte ich Lalita gereizt. „Sie ist Ganeshas Gefährte, sein kleiner Freund, er braucht sie, um darauf zu reiten. Er lebt immer mit einer kleinen Maus, sie ist immer in seiner Nähe." „Warum?" „Ihre Bedeutung steht für Egoismus und weltliche Wünsche, worin die Ursache für all unser Leiden liegt. So wie die Maus in Dunkelheit lebt und stiehlt, so lebt unser Bewusstsein in Unwissenheit und ist ständig beschäftigt mit materiellen Gewinnen, wodurch unser innerer Friede gestohlen wird. Ganesha beherrscht seinen Gefährten vollständig, das heißt, er hat Egoismus und Wunschnatur überwunden.

Ganesha, der auf seiner Maus reitet, steht für einen vollendeten Menschen, der seinen begrenzten Körper, Fühlen und Denken, dargestellt durch die Maus, benutzt, um die grenzenlose Wahrheit, die Ganesha symbolisiert, zu übermitteln. Körper, Fühlen und Denken sind begrenzt. Der Intellekt des Durchschnittsmenschen kann die Wahrheit nicht begreifen, nur diejenigen, die Ganeshas Gnade erfahren. Damit bist du gemeint", lächelte sie. Ich konnte es kaum glauben. Was war mir alles widerfahren? Gnade? Wann? Als ich sah, dass Ganesha wackelte? Echt? Warum ich? In meinem Unglück, auf meiner Suche nach dem ultimativen Glück in mir selbst gefangen? Ich verstand nur Bahnhof. „Du hast nicht nur spirituelle Erleuchtung erfahren, sondern bist auch gesegnet mit Wissen, Wohlstand und Erfolg. Es ist gut, wenn du regelmäßig meditierst."

Also, so eine Art spiritueller Sechser im Lotto, dachte ich. Dann zuckte ich die Schultern. Ich verstand nichts von Meditation, ich war kein Hindu, das war alles neu für mich, ich hielt sowieso nichts von einengenden Religionen im Allgemeinen, das war mir alles zu dogmatisch, da reichte mir die allgemeine Traumatisierung meiner streng katholischen Erziehung, aber die Geschichte von Ganesha und seiner Maus gefiel mir, so ein bisschen Segen, egal von wem, konnte sicher nicht schaden. „Erzähl mir noch mehr über Ganesha", bat ich Lalita. „Also gut." Sie streichelte zart mit ihrem braunen Finger über die Figur. „Jeder Teil von Ganeshas Körper symbolisiert ein spirituelles Prinzip. Ganeshas große Ohren und Kopf weisen auf Weisheit, die durch Hören und Denken erworben wurde. Der Elefantenkopf auf seinem menschlichen Körper repräsentiert höchste Weisheit. Sein Rüssel repräsentiert den Intellekt oder die Unterscheidungskraft, die aus Weisheit hervorgeht. Der Rüssel besitzt die besondere Fähigkeit gröberer als auch feiner Betätigung. Ganeshas Denken erfasst das Reich der Materie und auch des Geistes. Zwei Stoßzähne symbolisieren die Gegensatzpaare: Freude und Schmerz, heiß und kalt, Tag und Nacht, Ehre und Schmach. Er hat nur einen Stoßzahn, das weist darauf hin, dass er alle Gegensatzpaare versteht und akzeptiert, jedes für sich hat seine Berechtigung. Ohne Schmerz keine Geburt, ohne Nacht kein Tag und so weiter. Ganeshas großer Bauch bedeutet, dass er Vollkommenheit erreicht hat und alle Erfahrungen konsumieren und absorbieren kann. Ganeshas vier Arme repräsentieren die vier Aspekte des feinstofflichen Körpers: den Geist, den Intellekt, das Ego und das Bewusstsein. Die Axt in der einen Hand symbolisiert die Zerstörung aller Wünsche und Bindungen. In der anderen Hand hält er ein Seil, mit dem er den Sucher aus seinen weltlichen Problemen herauszieht und ihn verbindet mit ewiger Glückseligkeit. In der dritten Hand siehst du, dass er eine Süßigkeit hält, die die Belohnung für spirituelle Suche darstellt. In der vierten Hand hält er eine Lotusblume, die das höchste Ziel der menschlichen Evolution versinnbildlicht, nämlich die Erleuchtung. Ganesha hat kleine, durchdringende Augen, die das winzigste Detail jedweden Gegenstands untersuchen können. Diese Augen verfügen über die innere Schau, das Göttliche in jedem zu sehen."

Heiliger Bimbam, das war vielleicht eine große spirituelle Portion für meinen müden, kleinen Kopf! Aber ich nahm alles begierig auf, wild entschlossen, eine Wahrheit für mich darin zu finden. Nachdem Lalita sich verabschiedet hatte, saß ich noch lange und schaute gebannt auf die Figur. Sie hat sich nie wieder vor meinen Augen bewegt. Aber dafür kam ein kleines Wesen auf mich zugewankt. Die Maus, vergiftet und plötzlich zutraulich, starb vor meinen Augen. Ich war untröstlich, wollte ich den Zauber doch nicht zunichtemachen mit dem Mord an der Maus. Wir begruben sie vor dem Haus und ich ließ noch einmal nach Lalita rufen, die mir geduldig erklärte, dass der Segen wirklich nicht zerstört war, denn ich wusste ja noch nicht, dass es sich um Ganeshas Maus handelte. „Aber du wirst eine andere, neue Maus im Haus haben, schon bald, nur dass du es weißt", schmunzelte sie. Ich nahm mir vor, nie, nie wieder eine Maus zu töten.

Täglich horchte ich ab jetzt aufmerksam in mich hinein, schaute mir selbst minutenlang vor dem Spiegel tief in die Augen, bis es mir ganz schwummerig wurde, und versuchte, das Leuchten der Erleuchtung in mir zu sehen, aber es fiel mir wirklich nichts Ungewöhnliches auf. Alles blieb wie immer; mein Hass auf Bruno, mein Hass auf mich selbst, weil ich es einfach nicht schaffte, mein Leben glücklicher zu leben, meine Kopfschmerzen, meine sexuelle Frustration, meine Traurigkeit, die Angst, dass mein Leben einfach weiterhin so vor sich hinplätschern würde und ich zu allem Überfluss auch noch vor anderen verleugnen musste, wie unglücklich ich in Wirklichkeit war. All das machte mich wahnsinnig vor Ungeduld. Ich wollte unbedingt, dass sich bald mal was änderte, irgendwas. Leider war mir damals nicht bewusst, dass ich nicht freiwillig der Spielball des Lebens sein musste, denn wenn ich mich nur eine Minute mal hingesetzt und tatsächlich formuliert hätte, was ich mir wirklich vom Leben wünschte, könnte ich das Rad ganz schnell selbst herumreißen. Aber stattdessen kultivierte ich die negativen Energien, sodass sie nur immer noch mehr Schmerz anzogen. Meine energetische Frequenz war auf „Leiden" gestellt, also litt ich und bekam noch mehr davon, so ist das nun mal. Was wir aussenden, das bekommen wir auch zurück. Ein magnetisches, universales Gesetz, schade, dass man so was nicht schon im Kindergarten lernt. Mit ein bisschen Basiskenntnis über Quantenphysik wüssten wir alle viel schneller, warum wir in einer unglücklichen Situation gefangen sind und was wir energetisch ändern könnten, um schnellstens wieder mit einer glücklicheren Frequenz zu leben. Aber das musste ich alles noch selbst erlernen. Bis dahin kratzte mein eigenes, von mir sträflich ignoriertes, höheres Selbst nachdenklich den Kopf und legte mir immer wieder Begegnungen, Erlebnisse und auch Steine in den Weg, die ich wegräumen musste, oder fabrizierte mir auch regelrechte Knoten in den Lebensfaden, die ich auflösen musste, damit ich mich auf diese Weise hoffentlich bald selbst erwecken würde.

So erlebte ich den tragischen Fall der Twin Towers in New York. Als Geburtstagsgeschenk wünschte ich mir eine Reise, nur für mich allein, zum Ausspannen. Bruno und die Kinder waren immer sehr wuselige Reisende und ich wollte einfach allein Zeit mit mir verbringen, den Luxus genießen, das, was ich wollte, dann, wann ich wollte, genau so, wie ich wollte, zu unternehmen, ohne Diskussion, ohne Kompromisse. New York übte eine starke Anziehung auf mich aus, besonders weil ich auf einer kleinen Insel lebte. Als ich im September ankam, überraschte mich das warme Wetter, ich konnte genau die gleichen Kleider tragen wie auch auf Fidschi. Mit einer riesengroßen, pinkfarbenen Stoffhibiskusblüte im Haar und einer nagelneuen, digitalen Kamera bewaffnet stapfte ich glücklich los und filmte alles, was mir unter die Linse kam. Mein Hotel lag direkt am Broadway, alle Menschen lächelten in die Kamera und machten mir Komplimente wegen der Blüte im Haar, ich fühlte mich herrlich frei. Das Rockefellercenter, Tiffany, Museen, die Fith Avenue rauf und runter, den Broadway rauf und runter, eine Fahrt in der Pferdekutsche durch Central-Park, ich lief und ging, solange ich Lust hatte und mich meine Beine trugen, es war herrlich. Abends legte ich mich quer auf mein schönes großes Hotelbett und schaute mir Filme auf Pay-TV an, Bridget Jones und auch ein paar Pornos, die komischen amerikanischen, in denen alle Frauen harte, runde, große Brüste haben und immer „shit, shit, shit" und „fuck, fuck, fuck" stöhnen. „Wer weiß, ob ich wohl jemals wieder Sex haben werde, irgendwelchen Sex, von mir aus sogar durchschnittlich guten Sex", seufzte ich sehnsüchtig. Am letzten Tag, dem Tag vor meiner Abreise, stand das World Trade Center auf dem Programm. Um dem Andrang der täglichen Besucher zuvorzukommen, beeilte ich mich und war schon früh dort. Fuhr mit dem Aufzug hoch, stellte mich ganz nah an die Glasscheibe und filmte in schwindelerregender Höhe runter mit Zoom auf die Straße, dann wieder hoch, bis mir schwindelig wurde.

Als ich später, wieder zurück auf meiner kleinen Insel, die mitgebrachten Geschenke für alle auspackte, ließ ich die Hausmädchen und Serviermädchen und Gärtner, die in der Nähe waren, zusammentrommeln, um ihnen meinen Film über New York zu zeigen. Wir quetschten uns alle gemeinsam in unser kleines Wohnzimmer und ich achtete darauf, dass niemand den guten alten Ganesha umstieß. Es gab viele „Ah" und „Oh", wir saßen alle auf dem Boden, eng aneinander gequetscht, und staunten über die Bilder der großen Stadt. Die Aufnahmen waren toll, weil ich gleichzeitig auf Englisch alles kommentierte. Dann ging ich mit den Kindern zum Mittagessen runter ins Restaurant, wo unsere amerikanischen Gäste aufgelöst, weinend und völlig entsetzt an der Bar zusammensaßen. „Was ist passiert?", wollte ich wissen. Ja, und das war der Tag, an dem die Flugzeuge von Bin Laden in die Twin Towers krachten und alles zum Einstürzen brachten. Ich konnte es erst nicht glauben. „Das geht nicht, ich habe es grad noch gefilmt, ich war grad noch oben", stammelte ich blöde dahin. Natürlich waren mittlerweile wegen des langen Flugs schon wieder zwei Tage vergangen, es kam mir allerdings so vor, als wäre ich gestern erst dort gewesen. Die Bilder waren so frisch im Kopf, es war ein so schöner Ausflug gewesen, warum hatte es mich nicht erwischt, warum so viele andere, unschuldige Menschen? Lange weigerte ich mich, die Bilder im Fernsehen anzuschauen, erst Monate später sah ich, wie der Angriff passierte und mir wurde ganz schlecht vor Traurigkeit.

Als ich darüber nachdachte, warum ich nicht zwei Tage später um die gleiche Uhrzeit am gleichen Ort war, kam ich zu keinem Schluss. Zufall? Schicksal? Ehrlich gesagt fühlte ich mich nur noch klein und unwichtig. Wer war denn der Drahtzieher hier und entschied, wer umkam und wer Glück hatte? Unschuldige Menschen waren Opfer eines Terroranschlags, es hätte mich genauso erwischen können, ich war nicht wertvoller als jeder andere. Auch Dankbarkeit empfand ich. Und Scham. Darüber, dass ich mein Leben nicht bewusster lebte, wo es mir doch so großzügig geschenkt wurde.

8

Umzug nach Suva

Als nächste Veränderung stand der Umzug auf die Hauptinsel in die Hauptstadt, nämlich nach Suva, auf dem Programm. Franz eröffnete uns in seiner herrlich ausdrucksstarken, intelligenten Sprachweise, viel zu klug für einen Elfjährigen, beim Abendessen, dass er nun gerne in eine richtige Schule gehen wolle, nach fünf Jahren Fernunterricht mit der neuseeländischen Schule würde er sogar ein Internat unserer Wahl in Betracht ziehen. Hauptsache, eine richtige Schule mit Schulkameraden und Sport. Dagegen war nichts einzuwenden. Seine Argumentation war hieb- und stichfest, außerdem war ich es mittlerweile leid, auf dieser Insel zu leben. Keine Freunde, immer nur Gäste, die ständig wechselten. Das Brummen des Generatormotors, der unseren Strom herstellte, begleitete mich wie ein Herzschlag, weil ich immer darauf achtete, ob er gleichmäßig lief, denn alles auf der Insel war so schrecklich reparaturanfällig und ging dauernd kaputt. Einmal brannte der ganze Generatorraum, mitten in der Nacht, dann war es stundenlang stockfinster. Den Gästen war es egal, sie saßen wie immer bei Kerzenschein und genossen ihr Dinner, aber mein Herz raste, als wir versuchten, das Ding wieder zu reparieren. Darauf wollte ich gern verzichten, auch auf den ständigen Ärger mit Mitarbeitern, die ihre Arbeit nicht erledigten, diese ganze Anspannung, Hühner, Milch und Eier, die ständig aus der Küche wie von Geisterhand verschwanden, der Dauerstress, der sich nach ein paar Jahren einstellt, wenn du vierundzwanzig Stunden, sieben Tage die Woche, für diesen großen Organismus verantwortlich bist. „Ja, eine gute Idee", strahlte ich. Bruno und ich würden uns abwechseln und das Resort leiten, wenn der andere mit den Kindern in Suva lebte und die ganze Administration, das Marketing und die Einkäufe organisierte. Weder er noch ich diskutierten darüber, dass wir uns ja dann überhaupt nicht mehr sehen würden.

Es war meine Aufgabe, ein Haus für uns zu finden, aber da ich beide Söhne gleich am nächsten Tag in der internationalen Schule anmeldete, war das noch das kleinste Detail. Ich fand sogar ein schönes Haus, alt, im Kolonialstil mit weißen Säulen und großen Räumen, ruhig, mit viel Garten, einem Gärtner und seiner Frau, die sich um unseren Haushalt kümmern würde. Endlich würde auch Bombel ein richtiges Schäferhunddasein führen können denn es war ihm am liebsten, wenn er nur mit seiner Familie zusammenlebte, alle anderen Menschen waren für ihn Störenfriede. So wurde eine Kiste zusammengenagelt, der Hund reingezwängt, und unser persönliches Hab und Gut per Schiff nach Suva geschickt.

Innerhalb von drei Monaten entwickelte ich mich zur begeisterten Hausfrau, die ihren Kindern morgens Butterbrote schmierte, sie zum Klavierunterricht, Tennisunterricht, Schwimmunterricht, Segelunterricht und Rugbyunterricht kutschierte. Vormittags und nachts erledigte ich die E-Mails und Buchungsanfragen. Wir stellten einen Buchhalter und eine Sekretärin ein, die mir bei den Reservierungen half. Endlich lebte ich ein relativ normales Leben. Vor lauter Freude nahm ich auch gleich noch ungefähr acht Kilo zu. Popcorn im Kino, McDonald's am Nachmittag, Fernsehabende mit Chips, eine eigene Küche, in der ich selbst wieder kochen durfte, all das ging nicht spurlos an mir vorbei.

Zum Glück lernte ich Linda kennen, die mich einlud, zusammen mit ihr abends an der Küste entlang zu gehen, so eine Art Power-walk. Dabei führten wir lange Gespräche über den

Sinn des Lebens und die Suche nach dem Glück, denn sie studierte Psychologie. Meistens allerdings jammerten wir über unsere blöden Männer und über unsere blöden Kilos, die wir abnehmen wollten. So klappte das natürlich nicht. Bruno und ich lebten mittlerweile fast immer getrennt. Wenn wir telefonierten, sprachen wir ausschließlich über das Business, die Kinder und unseren Hund. Ich bekam nicht mit, was er trieb, wenn er in Suva war und ich in Matavu und umgekehrt. Die Geschichten, die mir zugetragen wurden, ignorierte ich einfach. Ich hatte keine Zeit für noch mehr Probleme. Die Jungs waren glücklich, das war die Hauptsache.

Immer wieder raffte ich mich auf, wild entschlossen, meine eingefahrene Beziehung zu retten. Neben all den Büchern über Liebe, Glück, Spiritualität und Partnerschaft, die ich las, und auch den erotischen Romanen mit Tipps für ein besseres Sexleben, die ich leider nicht umsetzen konnte, aber interessiert verschlang, beschäftigte ich mich auch mit der chinesischen Philosophie Feng-Shui. Denn jemand erzählte mir, dass es einen großen Einfluss auf unser Wohlbefinden ausübe, wenn Farben und Zimmeraufteilung im Haus nach einem ganz bestimmten System ausgerichtet würden. Zum Glück traf ich Bijou, eine junge Französin, die mit ihren Töchtern seit Jahren in Suva lebte. Von ihrem fidschianischen Mann und Vater der Kinder hatte sie sich getrennt. Sie war eine gute Masseurin und legte unter anderem auch Tarotkarten. Die meisten Gespräche mit ihr nahm ich nur zum Teil ernst, denn sie redete viel von Aura und Geistern und was sie zu ihr sprachen, damit konnte ich nichts anfangen und ich wollte mich ihr auch nicht so ausliefern und einfach alles glauben, was sie sagte. Vieles hörte sich einfach wie Hokuspokus an, aber dann wiederum sagte sie Dinge, die erstaunlich den Punkt der Wahrheit trafen. Als ich sie bat, sich unser Haus anzusehen und mir mit Feng-Shui bei der Farbauswahl für die Wände und bei der Zimmeraufteilung zu helfen, schlug sie die Hände über dem Kopf zusammen. „Mon dieu, wie kannst du nur das Bett an dieser Stelle stehen haben. Das geht auf keinen Fall, damit blockierst du jegliche Erotik." „Ach ne, das wäre mir jetzt wirklich nicht aufgefallen", dachte ich zynisch. Komischerweise gab es wegen der Anordnung der Fenster und der Funktion aller anderen Räume im Haus keine Alternative. Wir konnten das Bett schließlich nicht ins Esszimmer oder vor die Tür stellen. Sie grübelte eine Weile, dann erhellte sich ihr Gesicht. „Ich habe eine Idee! Der Raum unter dem Schlafzimmer wird doch als Waschküche genutzt, nicht wahr? Wenn wir ihn in einem ganz kräftigen rosa Ton streichen, wird die schädliche Wirkung für euer Bett aufgehoben." Die Waschküche wurde rosa gestrichen. Jeder, der es sah, schüttelte den Kopf, es sah einfach lächerlich aus, doch die erotische Beziehung zwischen Bruno und mir änderte sich tatsächlich radikal, es dauerte aber ein paar Monate, bis die Wirkung eintrat.

Auf einem Inselflug zurück nach Tavarua roch es plötzlich nach Kerosin. Ich saß in der letzten Reihe, mit mir reisten noch ein junges amerikanisches Paar, eine Inderin mit Baby und ein alter fidschianischer Mann. Eigentlich wollte ich die Gunst der Stunde für ein Mittagsschläfchen nutzen, aber der Geruch stieg mir immer mehr in die Nase. Da sah ich das Kerosin durch die kleine Tür hinten im Flugzeug hinein in den Passagierraum strömen, direkt auf mich zu. Sogleich sprang ich auf und hastete nach vorne, um den Piloten Bescheid zu sagen. Beide erschraken sichtlich und einer ging mit mir zurück, um sich die Bescherung anzusehen. Daraufhin wies er uns an, ruhig zu bleiben, dabei sah er kreideweiß aus. Ruhig? Was denn sonst? Wir saßen in einem winzigen Flugzeug, ungefähr tausend Meter über dem Boden – nein, es war der Pazifische Ozean direkt unter uns, und sogar mir war klar, dass ein einziger Funke in der Elektronik zur Explosion führen konnte. Wir saßen in einer Bombe, die jede Sekunde losgehen konnte. Ein komisches Gefühl, so völlig ausgeliefert zu sein. Die Piloten drehten um und flogen zum Flughafen zurück. Dies dauerte nicht mehr als zehn Minuten. In der Zeit schaute ich unverwandt durch die Scheibe und bewunderte die schöne Welt, diesen wunderschönen, herrlich blauen Planeten, der da unter uns lag. In dem Bewusstsein, dass jede Sekunde die letzte sein könnte, dachte ich nur noch daran, dass es wirklich sehr schade wäre, wenn ich nicht noch länger auf dieser Welt weiterleben könnte und ich wurde sehr traurig, weil ich mir vorstellte, meine Söhne nicht aufwachsen zu sehen. Alle Insassen der Maschine weinten leise, niemand bekam Panik. Dann landeten wir wieder und das Flugzeug wurde abgesprüht. Der Tank war zu voll gewesen, in der Höhe dehnt sich alles aus, auch Flugbenzin.

In dem Bewusstsein, dem Tod wieder einmal von der Schippe gesprungen zu sein, grübelte ich über die großen Fragen: „Warum bin ich hier, was ist meine Aufgabe?"

Als Antwort wurde ich mit Marie bekannt gemacht, einer schönen, großen Frau aus England, die mit ihrem Mann, der als Kunstprofessor an der Universität von Suva unterrichtete, für ein paar Jahre in Fidschi lebte. Sie selbst gab Yoga-Unterricht, zweimal die Woche, und lud mich ein. Plötzlich eröffnete sich mir eine neue Welt. Als hätten all meine Zellen darauf gewartet, denn endlich spürte ich meinen Körper wieder. Am liebsten genoss ich die Meditation, in die sie uns zum Abschluss der Yogastunde leitete. Oft reiste meine Seele so weit fort, dass sie mich sanft zurückholen musste, denn mein Körper lag entspannt auf der Yogamatte, aber mein Geist war weg. Das tat mir unendlich gut. Ich las nachts spirituelle Bücher und Bücher über Sex: „How to tell a naked man what to do", geschrieben von einer ehemaligen Pornodarstellerin, also: „Wie sage ich meinem Mann, wie er mich befriedigen soll." Das ließ ich auf dem Nachttisch, sodass es Bruno sehen konnte, wenn er da war. Linda ermutigte mich, meine Sexy-Seite zu zeigen. Am liebsten würde ich immer weite Kleider tragen, um mich darin zu verstecken.

Auf den Marketingreisen, die mich nach Japan, Kanada, England, Neuseeland, Australien und in die USA führen, lerne ich Judy kennen. Früher reiste Bruno immer in Marketingangelegenheiten, um Matavu anzuwerben, aber mittlerweile hat er keine Lust mehr dazu. Es macht mir unglaublich viel Spaß, mit Reiseveranstaltern und anderen Hoteleigentümern zusammenzukommen und ich entdeckte mein Verkäufertalent, den Begeisterungsfunken überspringen zu lassen. Zweimal im Jahr fliege ich nach Kalifornien. Mit Judy habe ich am meisten Spaß. Als Reiseveranstalterin liebt sie Matavu und arbeitet von zu Hause aus per Telefon und E-Mail. Wir sind ein tolles Team und arbeiten immer bessere Specials gemeinsam aus, sodass sie uns mit weitem Abstand die meisten Buchungen schickt. Dafür besuche ich sie persönlich und wir verbringen lustige Mädchenabende zusammen, bei denen wir Cocktails trinken und ich meine neuesten Einkäufe von Victorias Secret vorführe. Judy ist Ende vierzig und eine Schönheit. Leider raucht sie Kette und liebt die Sonne, was nicht spurlos an ihrer Haut vorbeigegangen ist. Aber sie ist der beste Kumpel, nächtelang sitzen wir aneinandergekuschelt auf dem Sofa und kraulen ihre drei Labradors. Dabei philosophieren wir das Blaue vom Himmel herunter, immer auf der Suche nach dem ultimativen Glücksrezept. Auch sie lebt in einer unglücklichen Ehe mit Alkoholproblemen und weiß nicht, wie sie da wieder rauskommt. Dabei sind wir dem Geheimnis schon längst auf der Spur, denn immerhin haben wir mittlerweile begriffen, dass es nur um uns selbst geht, um unser eigenes Glücklichsein, alles andere ist erst mal zweitrangig. „Weißt du, ich stell mir einen Eimer vor. Im Garten. Nun legst du einen Schlauch rein und lässt Wasser hineinlaufen. O. k.?“, raunt sie mir mit ihrer heiseren Raucherstimme müde zu. „Was dann?“, frage ich. „Na, der Schlauch ist die gute Energie, die positive Energie. Der Eimer bist du selbst, dein Empfinden. Durch negative Erlebnisse, negative Gedanken, negative Muster, wird das Wasser im Eimer trüb und schlammig. Solange wir den Schlauch einfach in der richtigen Position halten, damit das frische Wasser in den Eimer nachlaufen kann, wird das saubere, klare Wasser den Eimer zum Überlaufen bringen und nach und nach das Schmutzwasser hinausspülen, somit wird das Wasser wieder klar, unsere Energie bleibt positiv und unser Leben ändert sich entsprechend und alles wird positiv." Entweder hatten wir zu viele Erdbeer-Margaritas getrunken oder ihre Philosophie machte tatsächlich Sinn. „Hm, ja, ich verstehe", nickte ich und dann gingen wir schlafen.

Als Veronika ihren Besuch ankündigte, damit wir zusammen ihren fünfzigsten Geburtstag auf Fidschi feierten, freute ich mich riesig und empfing sie mit einer warmen Umarmung. „Na, schmeckt's?", schmunzelte sie. Mir waren die Pölsterchen auf meinen Hüften auch längst nicht mehr egal, aber ich wusste nicht, wie ich sie wieder runterkriegen konnte. „Geh doch mal mit mir joggen", schlug sie vor. Sie lief vor mir her, mit kleinen Trippelschritten, und ich lief hinter ihr, solange und so schnell ich konnte. Zwischendurch machte ich immer mal wieder eine kleine Pause. Wir liefen die ganze Küstenstraße auf und ab, insgesamt eine Stunde lang, und am Ende war ich völlig erschöpft, aber stolz und sehr glücklich. Seit diesem Tag ist Joggen ein wichtiger Teil meines täglichen Lebens. Ganz langsam brachte ich mir selbst bei, länger und schneller zu laufen. Nachdem der Muskelkater verschwand, schmolzen auch die Pfunde. Endlich passten die engen Jeans wieder und ich liebte meinen Körper. Der tollste Nebeneffekt aber ist die geistige Entspannung. Auf mich wirkt so eine Stunde joggen in der Natur wie Meditation, mein Kopf wird frei, mir fallen Lösungen für alltägliche Probleme ein und ich habe kreative Ideen. Schließlich bin ich ein Feuerpferd im chinesischen Horoskop, deshalb tut mir das Dahintraben wohl wirklich einfach besonders gut, es wirkt wie ein Blitzableiter und machte mich viel ausgeglichener. Bis dahin konnte ich schon gar nicht mehr richtig atmen, bekam Panikattacken und das Gefühl, nur ganz leicht einatmen zu können, schrecklich. Es war also höchste Zeit, um diesen herrlichen Sport kennenzulernen. Veronika bekommt allerdings auch einige hässliche Szenen mit. Als wir an ihrem Geburtstag zusammen ausgehen, wird Bruno vom Türsteher des Nachtklubs abgewiesen mit der Begründung, dass er dort schon so viele Mädchen belästigt habe. Sehr peinlich. Für mich und Veronika ist der Abend gelaufen. Wir fahren nach Hause, aber er geht dann später nochmal aus und kommt völlig besoffen am nächsten Morgen heim. Veronika sagt, ich soll mich trennen.

Obwohl ich so große Lust habe, mein neues Leben in Suva zu genießen und Leute einzuladen, habe ich immer mehr Angst vor den peinlichen Situationen, die entstehen, weil Bruno einfach zu viel trinkt und dann ausfallend wird. Die Tourismusindustrie gilt als wichtigste Einnahmequelle für Fidschi und wir werden immer wieder auf Partys eingeladen. Manchmal ging ich mit, aber meistens blieb ich lieber zu Hause. Einmal werden wir ins Sheraton eingeladen, der Anlass ist für einen guten Zweck, ich glaube ein Kinderheim. Wir ersteigern zwei Übernachtungen im Sheraton in Venedig, juhu! Ich habe keine Ahnung, wie und wann wir diese Reise unternehmen wollen. Venedig ist so romantisch und unsere Liebe ist so tot. Nachdem ich die Party verlassen habe, weil es langweilig ist und alle besoffen werden, dreht er nochmal richtig auf und kommt morgens mit blutiger Nase ins Zimmer.

Ein wenig später besucht uns meine Schwester Susi mit ihren beiden Kindern. Robert ist gerade achtzehn Jahre alt geworden und will unbedingt mit Bruno saufen gehen. Wir gehen alle aus und trinken und essen, dann gehen beide noch in Nachtklubs und Susi und ich fahren mit Emil und ihrer Tochter zurück nach Hause. Die Kinder liegen bald darauf im Bett und schlafen. Susi macht sich auch fertig zum Schlafen. Sie kommt noch in mein Büro und schaut erstaunt, als sie sieht, dass ich mir eine Kanne Kräutertee hingestellt, die Duftlampe frisch gefüllt habe und mich zum Arbeiten an den Computer hinsetze. Ich beantworte Geschäftsmails, Reservierungen, Marketing, Freunden schreiben, wie immer. Dabei habe ich mir angewöhnt zu warten, bis Bruno sicher nach Hause kommt. Stunden später hält ein Taxi, Bruno ist so blau, dass er sich nicht mehr koordinieren kann, um aus dem Taxi zu steigen. Hinten sitzt eine hässliche, fette Nutte, auch total zu, und Robert ist plötzlich ganz nüchtern mit seinen achtzehn Jahren, total geschockt über die Monsterverwandlung, die er miterlebt hat, und gibt Bruno die Schuld an allem. Susi heult hysterisch. Ich lasse Bruno nicht ins Haus rein und bezahl auch nicht das Taxi, er hat alles verloren, Handy, Brieftasche, wieder einmal. Ich sag dem Fahrer, dass es mir egal sei, dieser Typ da sei nicht mein Ehemann und er soll ihn doch einfach zur Polizei bringen, um sein Geld zu kriegen. Es ist drei Uhr morgens. Wir gehen alle schlafen. Die Polizei ruft mich einige Male an, ich bleibe stur und antworte, dass ich nicht vorhabe, das Taxi von diesem Penner zu bezahlen, und ihn auch nicht in mein Haus lassen werde. Am nächsten Morgen spricht Susi eindringlich mit mir, sie rät mir dringend, mich von ihm zu trennen. Er ruft unseren Buchhalter morgens von der Polizei aus an, lässt sich abholen und auszahlen. Spielt mir gegenüber die beleidigte Leberwurst. Ich kann ihn nicht mal anschauen, weil ich mich so ekele. Ich hasse ihn so, wünschte, dass er tot sei. Es tut mir so leid, dass alle so unter Schock stehen, denn ich hatte mich damals schon an seine Eskapaden gewöhnt, und mit Joggen, Linda mein Herz ausschütten und Marketingreisen immer wieder Bodenhaftung gefunden, um weiterzuleben.

Dieser Vorfall allerdings stellte ihn vor mein allerletztes Ultimatum: entweder Paartherapie oder Trennung. Mit Lindas Hilfe fanden wir einen kompetenten, amerikanischen Paartherapeuten, der an der Uni arbeitete und bereit war uns zu treffen.

Zusätzlich setzt er sich auch mit Bruno wegen dessen Trunksucht auseinander, in separaten Terminen. Die Therapie wirkt tatsächlich, wir fangen wieder an zu reden, es ist ganz interessant. Ich bin so verletzt, dass ich immer wieder sage, dass ich nicht mehr so weiterleben will, mit diesem Mann hier, und der Therapeut antwortet dann immer geduldig, dass ich das auch nicht muss, wenn ich nicht will. Komischerweise hilft mir das, ich fühle mich weniger als Opfer. Bruno bemüht sich und trinkt weniger und klagt mir seine Geldsorgen in Deutschland und wir halten Händchen beim Schlafengehen, aber mehr nicht, weil ich mich so ekele und er nicht weiß, was er machen soll.

Monate später, als wir uns längst getrennt haben, beichtet mir Linda, dass ihr Lehrer, unser Therapeut, damals im Unterricht der Klasse von unserem Fall erzählte, natürlich ohne dass er unsere Namen erwähnt, und natürlich weiß er auch nicht, dass Linda meine Freundin ist. Er sagte, dass wir es nicht schaffen würden, es sei keine Substanz mehr da.

Währenddessen fühlen Bruno und ich uns wieder mehr als Paar, halten uns an den Illusionen der Vergangenheit fest, nehmen uns vor, mehr gemeinsam zu reisen, versuchen, mehr Nähe zuzulassen. Essen gemeinsam zu Abend. Gehen gemeinsam ins Bett. Eines Abends vertraut er mir an, dass er so unsicher sei, was mir denn überhaupt sexuell gefallen würde, und dass ich ihm bitte alles wieder neu zeigen soll. Daraufhin muss ich erst mal lachen, denn ich bin nun von der Wirkung des Feng-Shui persönlich überzeugt und finde seine Offenheit so herzig, dass ich es ihm wirklich zeige. Die ganze Nacht lang. In unserem Bett über der pinkfarbenen Waschküche. Petting. Mir macht es Spaß. Einige Nächte gibt er sich als Liebesstudent her und versucht redlich, mich zu befriedigen, während ich ihm Anweisungen gebe, doch bald darauf merke ich, dass er lieber wieder säuft. Oder arbeitet.

Emil drängt dauernd, dass er eine richtige Familie will und dass wir wieder heiraten müssen. Deshalb planen Bruno und ich die Tage in Venedig für den Winterurlaub im Januar, wenn wir sowieso alle nach Deutschland reisen.

Leider erlebe ich das Sheraton selber ziemlich verschnupft, obwohl es ein tolles Hotel ist. Ich fühle mich elend, ich bin krank, habe Grippe mit Fieber und Rotznase. Kein Sex mehr. Er schenkt mir einen herrlichen Ring, macht mir einen Heiratsantrag, ich nehme an. Venedig ist mittlerweile rauchfrei, das ist angenehm.

Zurück in Fidschi plane ich unsere Hochzeit, fühle mich dabei wie ein gefühlloser Roboter, der einfach nur organisiert, und fauche beleidigt jeden an, der erstaunt seine Augenbrauen hebt. Alle heben erstaunt die Augenbrauen, aber niemand traut sich etwas zu sagen. Es ist meine Entscheidung, wir werden wieder heiraten. Ordnung muss sein. Emil wünscht es sich, meine Mutter wünscht es sich, und wenn wir erst mal wieder richtig verheiratet sind, wird alles besser und er wird nicht mehr trinken und ich werde glücklich sein. Dachte ich. Bildete ich mir ein. In Matavu ging derweil alles drunter und drüber, die Managerin spinnt und lebt ihre eigene Midlife-Crisis aus mit einer Affäre, die über die ganze Insel getratscht wird. Sie arbeitet nicht mehr, es brennt an allen Enden und Ecken und schwuppdiwupp sind Bruno und ich wieder in der alten Aufteilung, dass nämlich einer von uns in Matavu arbeitet und der andere in Suva. Am Anfang rufe ich Bruno noch abends an, damit er nicht säuft, aber nach einer Weile beklagt er sich über die Kontrolle. Stattdessen kommen mir wieder einmal schlimme Geschichten zu Ohren über Saufgelage und Strandpartys mit den Inselschwulis. Noch bilde ich mir erfolgreich ein, mit meiner Vogel-Strauß-Politik durchzukommen, und versuche all das zu verdrängen. Ich bin dermaßen im Stress, muss so viel arbeiten, und am 15. April 2006 findet die Hochzeit statt. Prompt bekomme ich vorher meine Regel, renn aber schnell zum Arzt und lass mir die Pille geben. Zusätzlich bekomme ich auch noch eine Bindehautentzündung, kann fast nicht aus den Augen schauen, nehme Salben und Tropfen. Bruno ist fein raus mit seinem tollen Armani-Anzug in Cremeweiß, nur für mich habe ich noch nichts zum Anziehen gefunden. Einen Tag vor der Hochzeit renne ich in die Stadt und kaufe einen weißen Rock und ein weißes T-Shirt.

Bijou kommt auch auf die Insel und fotografiert und ihre Töchter sind die Blumenmädchen. Am Hochzeitstag gehen wir alle zusammen tauchen, die Jungs sind mittlerweile auch schon erfahrene Taucher. Auch Daniela und Jay sind wieder einmal da und staunen über die Größe der Kinder und freuen sich mit uns über die Hochzeit. Daniela schenkt mir das Buch „Delta der Venus“ von Anais Nin mit einem Schmunzeln („für den Nachttisch, als Inspiration“). Nach dem Tauchen treffen sich alle zum Mittagessen, aber ich lass mich mit den schönen Kokosölen massieren und werde wenig später hoch zu Ross zum Strand geritten.

Sabine aus München ist auch da und steht mir als Trauzeugin bei. Alle sind glücklich. Die Zeremonie findet auf einer ganz kleinen, vorgelagerten Insel statt, wir trinken Champagner. Abends trinkt er zu viel und schaut glasig aus den Augen. Sabine und ich fühlen uns immer noch feierlich, aber als wir ins Bett gehen, sinkt mein Gatte neben mir aufs Bett und schläft sofort ein. Es geht alles ganz normal weiter; keine Zeit, nur Stress, die Managerin kündigt. Entweder ich bin in Matavu oder er ist in Matavu, wir sind nie zusammen.

Bald darauf plane ich meinen vierzigsten Geburtstag. Wer hat gesagt „das Leben fängt mit vierzig an“? Aber so kommt es tatsächlich.

Wir werden in Deutschland feiern, und zwar als Familientreffen, denn zu der Zeit findet auch die Fußball WM statt, das passt also für alle gut. Meine Mutter wird achtzig Jahre alt, also machen wir ein Riesenfest. Ich freu mich so drauf und stelle mir vor, dass ich allen die schönen Hochzeitsfotos zeige.

In Suva lässt Bruno eine riesengroße Deutschlandfahne nähen, die wir vom Balkon hinaushängen. Nachts kommen die Spiele im Fernsehen, er schaut sie sich oft an. Er geht auch wieder oft saufen.

Es ergibt sich, dass wir ein paar Tage lang zusammen in Suva sind, aber er geht aus, kommt total besoffen nach Hause, randaliert und ich lass ihn wieder nicht ins Haus. Nun bin ich es leid. Bin so verletzt. So enttäuscht. Er zieht die Fahne vom Balkon und wickelt sich darin ein. Morgens geht Emil an ihm vorbei aus dem Haus zum Schulbus, er liegt auf der Eingangsbank vor der Tür wie ein Penner. „So kann das nicht weitergehen", denke ich geschockt. Seine Reaktion ist wieder einfach nur beleidigt sein, dass ich ihn nicht reingelassen habe. Wir haben eine Abmachung. Dass er entweder im Hotel übernachtet oder mit dem Taxi nach Hause kommt, aber nie mehr besoffen nach Hause kommt. Als jung vermähltes Paar finde ich dieses Gespräch irgendwie haarsträubend, ich kann gar nicht glauben, was wir da reden, aber ich kneife die Augen und Ohren so fest zu, wie ich kann, ich habe mich darauf eingelassen, ihn nochmal geheiratet, jetzt muss ich die Suppe auch auslöffeln. Vielleicht säuft er sich ja bald tot.

Endlich kann ich Bruno dazu bewegen, wieder zur Therapie wegen des Saufens zu gehen, er sträubt sich aber immer noch und verneint, dass er ein Problem hat. „Aber ich habe ein Problem damit", schreie ich ihn verzweifelt an. Bijou macht Sitzungen mit ihm, ruft mich an und kritisiert mich, weil ich ihn nicht in sein Haus reinlasse, wenn er besoffen ist. Armer Schatz! Sie ist alleinerziehend und wollte immer schon in Matavu leben – Nachtigall, ich hör dir trapsen! Ich geh auch manchmal zu ihr wegen Reiki und sie erzählt immer, was sie dann sieht, und sie sieht mich immer mit Koffern nach Europa gehen, Matavu verlassen. Na ja.

Ein andermal kommt er vom Saufen und stellt den Fernseher um drei Uhr morgens auf volle Lautstärke, um sich ein Fußballspiel anzusehen. Ich werde wach und schimpfe. Rufe die Polizei. Die sagt, dass sie nicht kommt, weil sie ihn sowieso schon kennt und es sich nun um eine Familienangelegenheit handelt, weil wir verheiratet sind. Ich will mich wieder trennen, aber ein paar Tage später fliegen wir alle nach Deutschland. Die Kinder sind mittlerweile große Teenagerjungs und freuen sich so, deshalb spiele ich wie immer heile Welt für meine Familie.

Das Familienfest wird ein peinliches Schauspiel, denn Bruno kann sich überhaupt nicht mehr beherrschen. Als wir in einem Gasthof nahe meinem Elternhaus übernachten, lässt er sich volllaufen, nachdem wir Fußball geschaut haben. Er säuft mit anderen Fans, steigt auf einen Tisch, schreit, grölt, Wahnsinn. Ich sitze ungerührt an der Bar und warte mit einer gruseligen Loyalität, bis er fertig ist, um fünf Uhr früh. Lasse mich von einem knapp zwanzigjährigen Typ bewundern und flirte ein bisschen. Habe festgestellt, dass mich Männer in diesem Alter nun sehr sexy finden und kann mit meiner Macht und Herrlichkeit noch gar nichts anfangen. Aber es schmeichelt meinem Ego, denn immer fühlte ich mich nicht gut genug, nur weil mein Ehemann, mit dem ich lebe, mich niemals begehrt.

Zurück in Fidschi verbringen wir die nächsten Monate sehr krampfhaft miteinander. Bijou versucht Bruno zu helfen, während ich versuche, so wenig Zeit wie möglich mit ihm zu verbringen. Wir sind endgültig an einem toten Punkt angelangt.

9

Ich bin jetzt so froh und dankbar,
dass ich vollkommen, ganz, machtvoll,
harmonisch, liebevoll, glücklich und stark bin.
(Charles Haanel)

In der besagten Nacht im November zum Soundtrack von Miami Vice fielen dann endlich die Würfel, endlich traute ich mir endgültig zu, mich von Bruno zu trennen. Es fühlte sich befreiend an. Plötzlich war auch Bruno ganz entspannt. Als ob ein Krebsgeschwür endlich aufplatzt, nun konnten wir beide damit beginnen, unser Leben zu heilen. Erstaunlich zivilisiert besprachen wir die organisatorischen Details der nächsten Wochen.

Ich schlug vor, dass ich eine Bure in Matavu beziehen und weiterhin als Managerin arbeiten würde und somit auch zusätzlich mein Holistic Holiday Package umsetzen konnte. Einmal im Monat würden mich unsere Söhne auf der Insel besuchen und dazwischen wollte ich sie besuchen, so oft es ging. Die Ferien planten wir, zusammen zu verbringen, als Familie. Neue Liebes- oder Lebenspartner würden freundlich akzeptiert und das Privatleben des anderen diskret respektiert werden. Das war jedenfalls der Plan. Nach Absprache wurde beschlossen, dass Bruno die Weihnachtsferien zusammen mit unseren Söhnen auf Tavarua verbringen würde, währenddessen ich in Suva blieb und mich um das Geschäftsbüro kümmerte. Im Februar wollte ich nach Indien reisen und im März nach Amerika, einmal in spiritueller Mission, die ich seit Jahren vor mir herschob und Veronika versprochen hatte, aber in Kalifornien warteten Marketingtermine und Reiseveranstalter auf mich, das war also ausschließlich eine Dienstreise.

Sobald Bruno mit Emil und Franz auf dem Weg nach Tavarua war, lebte ich auf. Dezember ist die heißeste Jahreszeit und ich genoss es, meistens nackt im Haus herumzulaufen, fünfmal zu duschen, wenn ich Lust dazu hatte, mich von frischen Mangos zu ernähren und mit voller Lautstärke Justin Timberlake zu hören, dabei tanzte ich wild durchs Wohnzimmer. Wie frei und schön ich mich fühlte! Die ganze Welt stand mir offen, ein völlig neues Leben wartete darauf, von mir entdeckt und gelebt zu werden. Nie wieder würde ich auch nur für eine Sekunde lang unglücklich sein. Niemand außer mir selber würde je wieder entscheiden, wie ich lebte. Über die Weihnachtsfeiertage meldeten sich viele Freunde und Familienmitglieder, die sich um mich sorgten. „Mir geht es gut, bitte macht euch keine Sorgen", lautete meine Standardantwort. Meine Schwester Petra schrieb mir von einer wirklich seriösen Partnerschaftsbörse im Internet, weil sie sich mich immer mit einem richtigen Mann, eben ganz anders als Bruno, vorstellte. „Was um Himmels willen meint sie denn damit?", musste ich lachen. „Nein danke, das ist lieb gemeint, aber diese Kettensäger und Perverslinge im Internet müssen sich schon jemand anderen suchen, dafür bin ich nicht zu haben", lehnte ich ab.

Auch Linda machte sich Gedanken über meine Zukunft als Singlefrau. Sie empfahl mir einige Männer aus ihrem Bekanntenkreis, aber die meisten waren verheiratet oder versoffen, das schränkte die Auswahl schon mächtig ein. Um ehrlich zu sein, gab es in ganz Suva keinen Mann für mich, weil ich an Fidschianern oder Indern nicht interessiert war und mir auch nicht vorstellen konnte, mit einem Amerikaner, Australier oder Neuseeländer zusammen zu sein. „Was hast du denn jetzt vor?", fragte sie mich, als wir beide gemütlich bei mir auf dem Sofa saßen. „Weißt du, jetzt will ich erst mal ganz viel Sex. O. k., ich wünsche mir Sex. So viele Jahre habe ich entbehrt und gelitten, aber jetzt darf ich mir so viel tollen Sex wünschen, wie ich nur will", lachte ich übermütig und klatschte dabei in die Hände. Sie schaute mich verblüfft an, aber dann musste sie mitlachen. „Mit wem denn?", fragte sie. „Ich habe keine Ahnung, ich wünsch es mir einfach und schau dann, was kommt!", erwiderte ich verträumt.

Am nächsten Tag rief mich Melissa an. Sie galt als eine der wichtigsten Reiseveranstalterinnen in den USA und uns verband seit Jahren eine herzliche Geschäftsfreundschaft. „Hey, was machst du an Sylvester, ich bin in Fidschi und lasse mich von meinem Mann scheiden", tönte es am anderen Ende der Leitung. „Wirklich wahr, das ist ja interessant, ich nämlich auch", antwortete ich verblüfft. Es gab eine kurze Pause, dann prustete Melissa vor Lachen los. Sie war zehn Jahre älter als ich und durchaus attraktiv. „Lass uns zusammen feiern, das Pearl-Resort hat mich eingeladen und du kannst ja mit dem Auto kommen, ist ja nur eine Stunde von Suva entfernt. Wenn du Lust hast, kannst du auch gerne bei mir schlafen, ich habe ein großes Zimmer." „Vielen Dank, das ist eine gute Idee. Wir sehen uns dann später, ich freu mich", sagte ich und legte auf.

Wir tanzten unter Palmen, tranken Champagner und verschwendeten höchsten zwei Stunden damit, um uns gegenseitig das tragische Ende unserer Ehen zu beschreiben. Den Rest der Nacht amüsierten wir uns königlich. Melissa hatte schon seit ihrem Flug von Hawaii ein Auge auf diesen zum Schreien klischeehaften Adonis geworfen, der mit einem älteren Ehepaar an der Bar stand. Immer wieder fiel ihr Blick auf ihn und sie schmachtete ihn an. „Los geh schon und sprich ihn an, du kannst es dir nun erlauben, schließlich bist du frei wie ein Vogel", ermunterte ich sie, aber plötzlich war sie schüchtern. Als es mich anfing zu nerven, stand ich auf und sprach ihn einfach selbst an. „Hey, meine Freundin findet dich wirklich sehr nett, hast du Lust ein Glas mit uns zu trinken?", fragte ich ihn forsch. „O. k.", antwortete er knapp. Mit weichen Knien ging ich zurück an unseren Tisch. „Mission erfüllt, ich habe ihn dir bestellt", grinste ich listig. Er kam nach einer Weile zusammen mit seinen Eltern und setzte sich zu unserer kleinen Gruppe. Wir unterhielten uns unverbindlich, aber Melissa traute sich nicht aus sich raus. Mir war es egal, er war wirklich süß und wir hatten Spaß zusammen. Ich erfuhr, dass er in Colorado lebt, da, wo die Charaktere der Serie „South Park" herkommen, seine Mutter war Vietnamesin und sein Vater Amerikaner. Das erklärte seine Mandelaugen und die helle Haut. Am auffälligsten aber waren seine langen, dicken, hellbraunen Haare. Sie reichten bis über die Brust und er war durchtrainiert von Kopf bis Fuß, denn Khai war Polospieler. Er war zehn Jahre jünger als ich und sah aus wie ein Model für Unterhosenwerbung. Immer wieder versuchte ich, ihn in Melissas Richtung zu schubsen, aber nach einer Weile lächelte er mich an und bat mich damit aufzuhören, denn er würde sich viel lieber mit mir unterhalten. Ein Blickwechsel mit Melissa genügte, um ihr zu verstehen zu geben, dass ich meine Mission für sie nun aufgab, und sie nickte verständnisvoll und lächelte mir ermutigend zu. Na gut, dann genoss ich eben einfach den Augenblick so, wie ihn mir das Universum schickte. Zu Mitternacht, als das allgemeine Geknutsche begann und wir uns alle zuprosteten, ließ mich Khai dann nicht mehr los. Er umarmte mich so fest, dass es wehtat, aber es tat auch gut, endlich begehrt zu werden. Endlich befriedigt zu werden. Zwei Wochen lang ließ er mich nicht mehr los. In der Zeit erlebte ich so viel Sex wie in all den Jahren vorher nicht.

Als ich Linda davon erzählte, staunte sie nicht schlecht. „Aber genau das hast du dir doch gewünscht!", sie schüttelte den Kopf. „Komisch, nicht wahr, ich glaub ich bekomme jetzt alles, was ich mir nur wünsche, es ist mir fast ein bisschen gruselig", entgegnete ich.

„Willst du, dass es so weiter geht?", fragte sie mich. „Ich bin mir nicht sicher, aber ich glaube nicht. Es wird mir schon ein bisschen eng in dieser Beziehung. Wir kennen uns kaum, er will eine Familie gründen, dabei bin ich doch längst fertig mit dem Reproduktionsthema. Er ist so jung und außer Sex haben wir uns echt nicht sehr viel zu sagen. Außerdem ist Bruno total ausgeflippt, als er ihn sah. Nun leidet er wirklich an seinen Komplexen, untrainiert und übergewichtig, wie er ist. Aber am Wochenende fliegt Khai mit seinen Eltern wieder zurück nach Amerika. Dann werden wir sehen."

Der Abschied am Flughafen verlief freundlich. Wir wollten es einfach offen lassen, ob und wie es weitergeht. Realistisch hatten wir keine Zukunft, das wussten wir beide. Aber der Augenblick war schön, ich habe ihn sehr genossen.

Abends setze ich mich auf den Rasen unter den Sternenhimmel und ordne meine Gedanken. Was will ich? Ich komme zu dem Schluss, dass ich nicht nur Sex, sondern auch Liebe in meinem Leben will. Allumfassende, durch Mark und Bein gehende Liebe. Die wünsche ich mir nun, um wirklich meine Wahrheit zu leben.

Zum Glück gibt es Skype, so kann ich per Computer kostenlos mit meiner besten Freundin Sabine in München telefonieren. Ich muss ihr einfach alles erzählen, so viel hat sich in meinem Leben in den letzten Wochen ereignet, ich platze, wenn ich es nicht loswerde. „Schreib doch alles auf, das wird ein tolles Buch", ermuntert sie mich. „Glaubst du wirklich?", frage ich. Mir gefällt die Idee. „Als Nächstes reise ich nach Indien in ein Meditationsresort, das meine Schwester so liebt", rede ich weiter. „Dort könnte ich eigentlich anfangen zu schreiben, denn da habe ich Zeit, keinen Arbeitsalltag und ganz viel Muße. Also gut, ich machs, ich werde versuchen alles aufzuschreiben", versprach ich ihr.

10

> Die wirklich wichtige Frage ist doch:
> Ist es ein freundliches Universum?
> Und die Antwort ist: ja, es ist ein freundliches Universum.
> (Albert Einstein)

Indienreise:
Donnerstag, siebter Februar, 2007
Liebe, allerbeste Freundin,
heut ist ein Tag so gut wie jeder andere, um anzufangen, dir meine Geschichte zu erzählen. Nicht von Anfang an, das wäre langweilig, aber direkt von heute. Dann beschreibe ich meine Vergangenheit und springe immer mal wieder zurück in die Gegenwart und berichte von Erlebnissen, die heute zum Beispiel noch gar nicht stattgefunden haben, somit bleibt es für mich spannend. Wer weiß, was sich noch alles so entwickelt. Im Moment steh ich auf jeden Fall an einer großen Kreuzung und viele Möglichkeiten sind offen. Mit knapp vierzig fängt das Leben erst mal wieder richtig an, so viel ist klar. Da du meine beste Freundin bist und ich weiß, dass du alles, was ich dir schreibe, akzeptierst und mit Liebe, ohne Verurteilung oder Bewertung betrachtest, kann ich total offen sein, das ist mir am Wichtigsten.

Der Flug von Fidschi nach Indien war erst ab der zweiten Hälfte anstrengend.

Ich hatte noch die ganze Woche Tag und Nacht gearbeitet und E-Mails, Anfragen, Buchungen, Marketing und Meetings erledigt, damit unser kleines Paradies, das immerhin gerade bei Tripadvisor im Internet den ersten Preis als bestes Hotel im South Pacific erhalten hat, ohne mich weiterlaufen kann. Bruno, mein um sieben Jahre älterer, schwäbischer Noch-Ehemann und Geschäftspartner war abwechselnd nett und grässlich, ich habe beschlossen, ihn nicht mehr ernst zu nehmen und mit Höflichkeit und Sachlichkeit zu beschenken. Somit kann er mich nicht mehr verletzen und ich mach einfach mein Ding, Matavu muss schließlich weiterlaufen, Mitarbeiter müssen motiviert sein und letztendlich wissen alle, was zu tun ist, um das Tagesgeschäft zu meistern. Also habe ich mir nun zwei Wochen Urlaub genommen und besuche Oshos Meditationscenter. Veronika, hatte vor Jahren den Wunsch geäußert, dass, wenn sie ihren fünfzigsten Geburtstag in meinem Paradies, Matavu, feiert, ich dann auch mal in ihr Paradies, ein moderner Ashram in Pune, Mumbai, komme, wo sie schon über zwanzig Jahre lang ihre Erleuchtung sucht und immer wieder mal auch findet. Warum nicht, dachte ich mir, schließlich liebe ich es zu reisen, liebe die Auszeit vom Alltag und wollte immer schon mal nach Indien.

Also buchte ich letztes Jahr schon mal die Tickets günstig und Unterkunft konnte ich auch billig über sie organisieren in einem Apartmenthaus, wo sie immer eine kleine möblierte Wohnung mit Reinigungsservice mietet. Die gehört einer deutschen Frau, Ekanta, und deren indischen Mann, die beide im Meditationsresort in der Verwaltung arbeiten.

Von Fidschi nach Seoul waren es zehn Stunden Flug, total locker. Ich hatte vier Sitzreihen allein für mich und habe mich die meiste Zeit ausgestreckt, mit meiner tollen weiche Nackenrolle als Kissen für die Reise mitgenommen, und lecker koreanisches Essen mit dieser Knoblauch-Pfefferpaste gab es auch. In Seoul dann drei Stunden Aufenthalt.

Ich leistete mir noch eine herrliche Shiatsumassage und dann ging es weiter, nochmal über neun Stunden in einer überfüllten, stinkenden Korean-Airline-Maschine. Ich hatte einen Sitzplatz am Fenster neben einem dicklichen Koreaner in mittleren Jahren und zu engem Geschäftsanzug, der offensichtlich noch schnell eine Packung Zigaretten vorm Abflug geraucht hatte und dementsprechend stank. Die sind so schrecklich süchtig nach Nikotin, die Koreaner, igitt, und auf den Flügen dürfen sie ja Gott sei Dank nicht mehr rauchen und leiden stattdessen und essen nervös ihre Reisgerichte und schnarchen rum, während die Reste der letzten Zigaretten über die Haut rausgeschwitzt werden. Später musste ich bemerken, dass er zusätzlich unter Blähungen litt, vielleicht war ihm auch alles einfach egal und er ließ sich gehen, so sind sie, die Asiatenmachos, oje oje …, obwohl ich herzlich dankbar für meine sensible Nase bin, aber zu viel ist zu viel Ekelkram. Ich habe meinen Körper in Schlafmodus eingestellt und es irgendwie geschafft, beide Mahlzeiten und die meiste Zeit in der Luft zu verschlafen. War dann allerdings total dehydriert und habe mir erst mal eine Flasche Wasser von den Stewardessen geben lassen und in einem Zug ausgetrunken. Die Toiletten will ich dir gar nicht beschreiben … ich sag nur: kein Papier und keine Seife; also schnell rein, Luft anhalten, solange es geht, und es als Übung fürs Schnorcheln und Tauchen ansehen, schnell wieder raus, nur mit einem Fingernagel den Spülknopf gedrückt.

Übrigens bin ich ja wieder frisch gebackener Nichtraucher. An Sylvester hatte ich aus Jux wieder angefangen, ein paar Zigaretten zu rauchen, habe mich so frei und wild gefühlt, sexy und mondän, da musste einfach eine Fluppe in die Hand, in der nicht das Glas Champagner war, total blöd, aber wie gesagt, nach meiner Entscheidung mich von Bruno zu trennen ist so viel angestaute Energie in mir einfach explodiert und fließt nun heiß und gefährlich in meinen Adern, sodass ich mich selbst nicht so ganz zurechnungsfähig und urteilsfähig einschätze – eine Phase, die auch gelebt werden will und dann mach ich's eben. Nun, der Scheidungsstress mit Bruno und das entsprechende Wechselbad der Emotionen während vieler Gespräche dazu, mal nett und sachlich, mal zerstörerisch und verletzend, und auch die langen Nächte bis letzte Woche, die ich philosophierend, rauchend und trinkend mit Patrick und Julia verbracht habe … Er ist Deutscher, der einen Bestseller über

Wasser geschrieben hat und damit reich und berühmt geworden ist, mit seiner neuen Verlobten, halb so alt und amtierende Miss Schweiz, kein Witz. Die beiden waren auf der Suche nach ihrem perfekten Plätzchen Paradies hier auf Fidschi und weil Patrick seit zehn Jahren immer mal wieder in Tavarua bei uns Urlaub gemacht hat, mit verschiedener weiblicher Begleitung und einmal sogar mit seiner Ehefrau und beiden Kindern, sind wir uns freundschaftlich verbunden und haben die Zeit zusammen sehr genossen. Abenteurer, die tatsächlich das Leben an den Hörnern packen und es bis zum letzten Tropfen gierig in großen Schlucken trinken und ihren Träumen folgen, dabei so viel wie möglich realisieren, finde ich faszinierend und habe seit fast zwölf Jahren in meinem eigenen, gelebten Abenteuer in Fidschi das Vergnügen mit vielen Menschen, die auf eben dieser Wellenlänge sind, genossen. Immer war mir klar, dass ich mit dem blauen Dunst wieder aufhören will, schließlich rauche ich seit über zehn Jahren nicht mehr und finde das Gestinke und Gehuste auch überhaupt nicht sexy, mal abgesehen von den vielen anderen Faktoren, die auch nicht gerade gesundheitsförderlich sind. Ich habe gemerkt, dass das Rauchen mich sehr schnell wieder süchtig gemacht hat, mir einfach Energie absaugt, das nervt. Ich brauche alle Energie für mich selbst und habe auch lieber einen frischen Geschmack im Mund. Also hatte ich mir vorgenommen, dass ich an dem Tag, wo ich ins Flugzeug nach Indien steige, wieder Nichtraucher bin, weil so ein Nichtraucherkurs, den Bruno letztes Jahr besucht hat, mit Erfolgsgarantie, die leider bei ihm ausnahmsweise versagt hat, davon überzeugt, dass man jeden Morgen als Nichtraucher aufwacht. Es ist eh alles nur im Kopf, wir können so unglaublich viel mit unserem Denken beeinflussen. Jedenfalls, es hat geklappt. Kein Entzug, kein Garnix. Das ist nochmal gut gegangen, ich hatte echt keine Lust, bei diesem Laster zu bleiben.

In Mumbai ging alles glatt mit dem Zoll. „Indien, hallo, hier bin ich." Den Augenblick, in dem ich neu in einem Land bin oder nach einem Flug zum ersten Mal irgendwo ankomme, erlebe ich immer mit einer Riesenfreude wie ein kleines Kind, ich bin gespannt wie ein Flitzebogen auf das Abenteuer, das mich diesmal erwartet, spannend und toll. Also Koffer vom Gepäcklaufband geholt, der kleine, drahtige, indische Taxifahrer wartete mit meinem Namensschild in der Ankunftshalle auf mich. Sein Auto war sogar ziemlich sauber und geräumig, was mir als deutsche Fidschianerin sofort positiv auffiel, denn in Fidschi könnte man zoologische Studien in den dreckigen Taxis unternehmen, so viel Zeug krabbelt da rum. Aber auf meine Frage, wie lange die Fahrt bis zum Ziel dauere, antwortete er fröhlich: „Nur drei Stunden, du bist sehr spät dran, ich habe schon sehr viel Chai Tee getrunken, während ich auf dich warten musste, ja, es ist schon sehr spät, du bist sehr spät, Blabla …"

Wie bitte? Ich konnte dem Piloten doch schlecht ein Messer an die Kehle halten, damit er pünktlich für meinen Fahrer ankommt, aber der will mir am liebsten das Gefühl geben, als hätte ich Schuld. An irgendwas. Einfach mal so. Erschöpft verteidige ich mich, was er dann auch mit einem Nicken zu akzeptieren scheint. Also, Frieden. Daran hatte ich bei meiner Reiseplanung gar nicht gedacht, zu fragen, wie lange es dauert, und als ungeduldiger, ausgelaugter Mensch um drei Uhr morgens und jetzt nochmal drei Stunden im Auto bis zur nächsten Dusche, zum sauberem Klo, zu frischer Bettwäsche, o. k. Wieder im Kopf einfach auf Schlafmodus eingestellt, kein Problem mit meiner guten Nackenrolle. Ging auch wieder ganz prima und als Nächstes erinnere ich mich, dass wir schon am Ziel waren. Apartmenthaus in Pune, fünfter Stock, ich kriege das Zimmer mit Balkon und zwei Zentimeter dicker Schaumgummimatratze auf einem komischen runden Bett, selbst gebaut von irgendwem, es ist ein sehr einfacher Standard, aber o. k., relativ sauber. Der Ausblick ist schrecklich deprimierend: auf schmutzige Elendshütten. Überall liegt Müll und ein dreckiger, breiter Fluss schiebt sich mit minimalem Wasserstand durch die Landschaft. Schön finde ich die Tatsache, dass ich so hoch oben wohne, fünfter Stock und niemand über mir, da bin ich weit weg von dem Dreck auf der Straße und es gibt mir ein Gefühl, als wäre ich ein Vogel hoch oben im Baum. Ein wenig weg vom Getümmel, Gestank, Lärm, den hässlichen Häusern mit buntem, fleckigem Anstrich, auch Baracken, denen man fast nicht zutraut, dass sie morgen auch noch so dastehen, wahrscheinlich hält sie der Dreck zusammen, als Klebstoff sozusagen, der völlig verseuchte, kleine Fluss, in den momentan noch mehr Rohre gebaut werden, damit noch mehr Abwasser reinfließen kann. Ein großes Areal direkt unter mir ist leer geräumt und die nackte, braune Erde, Platz für ein neues, großes Mietshaus, starrt tot zu mir herauf. Das ist die Stadt Pune in Indien, berühmt für ihre Schönheit und Natur. Wie lange ist das wohl her? Die Bevölkerung explodiert, das Geschäftsleben ist außer Rand und Band, Wachstumswahnsinn, die Folgen sehe ich lebhaft und ungeschminkt. Extrem fällt mir dies wohl auch auf, weil ich von Fidschi wirklich pure, paradiesische Natur gewohnt bin, täglich. Der Unterschied, obwohl es hier auch tropisch ist, fällt extrem auf. Als Ursache sehe ich allein die Bevölkerungsdichte und alles, was als Konsequenz daraus entsteht.

Veronika und ihr langjähriger Lebenspartner Samu sind schon wach, es ist sieben Uhr morgens und wir begrüßen und umarmen uns herzlich. Sie zeigt mir die ganze Wohnung, in der wir gemeinsam die nächsten zwei Wochen verbringen werden. Es gibt auch eine Terrasse. Neben meinem Schlafzimmer ist ein Balkon, der allerdings ausschließlich von einer Kolonie Tauben benutzt wird, entsprechend ist das Hintergrundgeräusch, was mich nicht stört. Ganz lieb, überall, wo sich Veronika länger als zehn Minuten aufhält, hinterlässt sie eine Spur von biologisch-wertvollen Süßigkeiten, pädagogisch-spirituellen Zeitschriften, Tempotaschentüchern und netten Zettelchen, die auf das eine oder andere Detail hinweisen, empfehlen, erklären, grüßen. Meine liebe, tantige Schwester, es fühlt sich warm und kuschelig an, so begrüßt zu werden, und mir wird in dem Moment erst bewusst, wie hart meine Stacheln und mein Selbstschutz die vergangenen letzten Wochen sein mussten, damit der Unterschied mir nun so drastisch auffällt. Samu ist schon so um die sechzig Jahre alt, ein typisch jung gebliebener Sannyasin, der durch ausgewogene, reizarme Lebensweise (kein Fernsehen, Alkohol, Nikotin oder sonst welche Drogen), biologisch-vollwertige-vegetarische Ernährung sowie eine für einen Schweizer wirklich offene Einstellung zur Häufigkeit von Sex total fit geblieben ist. Zweimal die Woche, immerhin, das weiß ich von meiner Schwester und ich erinnere mich lebhaft an den heißen Schmerz des Neides während meiner völlig sexlosen Ehezeit, als wir mal ein Gespräch darüber hatten.

Sie hat sich für eine Woche Workshop „In Silence" eingeschrieben, was so viel bedeutet wie, dass sie nicht angesprochen werden darf, sich ausschließlich auf innere Arbeit konzentriert, bei der sie sich damit auseinandersetzt, wie sie als Frau in der Gesellschaft und speziell in ihrer Partnerschaft ihr Verhalten nach bestimmten Mustern bestimmt, um sich Zuneigung zu erarbeiten, was natürlich nie den erwünschten Erfolg bringt und dann in Minderwertigkeitsgefühlen, Schuldgefühlen, Nicht-genug-sein-Gefühlen und Vorwürfen endet, weil sie nicht mit sich selbst zufrieden genug ist und immer meint, dass irgendetwas „von außen" für ihr Glück verantwortlich sein muss, ein sehr typisch weibliches Problem, mit dem ich mich auch dauernd unbewusst rumschlage, ehrlich gesagt, und ich bewundere ihre Entscheidung, sich eine Woche lang ganz intensiv mit diesem Thema auseinanderzusetzen. Deshalb spricht sie außerhalb der Gruppe auch mit niemandem und schläft auch dort wie im Camp. Wir sehen uns erst in einer Woche wieder. Schlau eingefädelt, der clevere Astroskorpion, dann muss (kann) sie sich nicht mit meinen Anfängerschwierigkeiten im Meditationsresort auseinandersetzen, schmeißt mich also bewusst ins kalte Wasser, obwohl wir im Vorfeld viel darüber diskutiert haben, dass sie mir helfen wird, mich zurechtzufinden. Auch recht, ich will eh meine Ruhe, das habe ich auch deutlich gesagt, bevor ich ankam.

Der Samu ist aber da und wird mich unter seine Fittiche nehmen, um mir alles zu zeigen.

Anmelden bei der Pforte, Aidstest (das Ergebnis kommt schon nach fünfzehn Minuten und ist natürlich negativ), Einführungsgruppe. Da wird erst mal getanzt, in einem verspiegelten, runtergekühlten Unterrichtsraum. So ganz auf nüchternem Magen nach der langen Reise und mit meinem nörgelnden, verwöhnten, kleinen inneren Selbst habe ich erst gar keine Lust. Der Ashram ist nicht so sauber und luxuriös, wie die Werbeprospekte und Internetseiten versprochen haben, und riecht an vielen Stellen nach Abwasser, also Kloake. Die Luft ist abgasverseucht, das bin ich von meinem Fidschileben nicht mehr gewöhnt, obwohl das ganze Resortareal riesig und als Palmengarten angelegt wurde. Nase und Ohren können so sensitiv werden, dass es fast unmöglich ist, sie abzuschalten, um dem Rest der Eindrücke eine Chance zu geben (schon wieder Schuldgefühle, „warum bin ich so verdammt empfindlich?"). Tief in den Bauch atmen, hier? Lieber nicht, es stinkt, das ist eklig. Oder doch? Außerdem ist alles schrecklich bürokratisch, dauernd muss man seine Mitgliedskarte vorzeigen und sich entweder ein rotes oder weißes, langes, glockig geschnittenes Kleid anziehen, um an Meditationen und Workshops teilzunehmen, auf offener Straße dann bitte wieder normale Klamotten, herrjeh, wie im Internat, und Punktekarten abstempeln lassen, um zu essen und zu trinken, und dauernd unterschreiben, total nervig im Vergleich mit meinem Leben, wo alles immer großzügig und selbstverständlich serviert wird, aber für diesen großen Betrieb mit über tausend Besuchern täglich dann auch wieder irgendwie verständlich.

Und vergleichen bringt eh nichts. Wirf dich rein. Tanze. Lebe den Moment. Keine Agenda, mein neues Lebensmotto oder etwa nicht? Seit Sylvester predige ich es jedenfalls. Also tanze ich mit. In unserer Einführungsgruppe sind fünf Frauen und Jens, ein Deutscher, in seinen Fünfzigern. Das nervt mich dann auch gleich. Warum ein Mann und dann gleich ein Deutscher? Ich habe keine Lust auf Männer, die spannen nur rum, wenn man sich beim Tanzen gehen lässt, und ich bin hier, um spirituelle Erlebnisse für mich zu sammeln und nicht als Lustobjekt für so einen blöden Typen, der sich dann nachts einen darauf runterholt. Er stört mich und ich versuche, ihn zu ignorieren. Um ehrlich zu sein, bin ich ein bisschen zu viel damit beschäftigt, alles, was mich stört, ignorieren zu wollen, damit ich diesen verdammten Moment nicht verpasse, um den es ja hier ganz besonders und ausschließlich geht. Irgendwie Stress. Hoffentlich wird's besser, von Entspannung bislang keine Spur.

Mit dem Tanzen klappt es langsam besser, es wird uns alles auf Englisch erklärt. Verschiedene Meditationen zu verschiedenen Zeiten in der herrlichen Marmorpyramide finden statt, und wie die gehen, wird auch erklärt und was noch so alles angeboten wird. Mal schauen, was ich hier machen werde. Vielleicht ein Jahreshoroskop erstellen lassen, viel schreiben, die Morgen- und Abendmeditation mitmachen, mittags auf dem weißen Marmorplatz, umgeben von Palmen, eine Stunde mit Hunderten in schwingenden, roten Roben unter Palmen tanzen und vielleicht ab und zu abends nochmal in der Disco, die auch unter freiem Himmel stattfindet, das ist so ganz nach meinem Geschmack. Den einen oder anderen Workshop werde ich mir noch aus dem Programm raussuchen, die nächsten zwei Wochen bringe ich schon rum, das wäre doch gelacht! Ich wünsche mir, dass ich am Ende, glücklich über die gewonnenen Erfahrungen und einen erweiterten Horizont, lächelnd zurückschauen kann. Im Moment blockier ich mich selbst mit meiner arroganten Einstellung, dass ich die dunkelroten Roben schrecklich finde, die alle tragen müssen, so viele grauhaarige Leute rumlaufen und sich dauernd seufzend in Zeitlupentempo in die Arme fallen. Es stört mich sehr, dass es so staubig ist, mir kratzt es schon im Hals. Ich schaffe es irgendwie nicht mehr, meine innere Leuchtkraft anzuknipsen vor lauter Liebessehnsucht, Scheidungsenttäuschung, Angst vor der Zukunft, Mist! Warum bin ich in die Falle der Verknalltheit geraten, obwohl es doch höchstens ein Onenightstand hätte werden sollen, wenn überhaupt, warum mussten die völlig losgelösten, ausgelassenen zwei Wochen nach Silvester mit Khai so krass enden, dass wir uns überhaupt nichts mehr zu sagen hatten und auf zwei verschiedenen Planeten lebten. Warum fühlte ich mich so müde, weil es nur Sex zwischen uns geben konnte, und ich mich dann doch ein wenig mehr geöffnet habe, nur um festzustellen, dass es nichts gibt, was wir gemeinsam haben? Es lief doch eigentlich alles genau so, wie ich wollte. Nur Sex, viel davon, bitte, das hatte ich mir doch gewünscht. Warum nervt mich das so unendlich und warum verletzt es mich so? Warum fühle ich mich so schlecht, nur weil dieser Typ von mir überfordert ist? Es scheint, dass seine Nicht-Reaktion das Stichwort ist, damit all meine kleinen Dämonen im Kopf sich nun wieder mit frischer Kampfkraft auf mich stürzen und kreischen: Du bist nicht schön genug, nicht jung genug, nicht nah genug, nicht passend genug, vergiss es, es ist vorbei, es war nur ein Silvesterflirt und du hast dummerweise doch gegen dein besseres Wissen viel zu viel hineininterpretiert. Klar war der Sex toll, aber das reicht eben nicht. Du bist einfach zu alt, zehn Jahre Altersunterschied, überleg mal, das kann ja nicht gut gehen. Sein Karriereplan als Häuserbauer in North Carolina, USA, eine kleine Familie gründen, Babys kriegen, vergiss es, das willst du doch gar nicht. Er ist gerade mal dreißig und ich bin schon vierzig, habe das Kinderkriegen hinter mir. Er ist doch auf einem ganz anderen Planeten in seiner Entwicklung, hat seine Träume, in die ich nicht reinpasse, nicht reinpassen will, das ist doch lächerlich. Als ich ihn an Silvester kennenlernte, war ich ja auch ganz deutlich gewesen, dass es nur schön ist, wenn wir den Moment leben, ganz offen sind, keine Agenda haben. Genau das habe ich ihm stundenlang erklärt und ihn dabei angestrahlt mit meinem brandneu gefundenen Selbstbewusstsein. Dieses neue Gefühl von Freiheit, das ich genieße, seit die Entscheidung gefallen ist, dass ich mich endgültig aus der Beziehung mit Bruno befreie. Ich habe nur so gestrotzt vor Freude und Glück. Wenn ich in den Spiegel schau, sehe ich eine attraktive Frau. Das bin ich, warum fühle ich mich so schrecklich minderwertig? Der Dresscode im Pearl-Resort verlangte irgendwas in Weiß mit Silber, also trug ich ein kurzes weißes T-Shirt mit Spaghettiträgern und silberner Schmetterlingsspitze im tiefen Ausschnitt, sogar etwas bauchfrei, und eine weiße Caprihose. Dazu metallicblaue Barbie High Heel Slippers, die ich beim Tanzen immer auszog, denn barfuß tanzen macht mehr Spaß. Das ist erst fünf Wochen her und ich war die Königin der Nacht, habe nur so gestrahlt, das Glück ist mir aus allen Poren geströmt. Warum kann das nicht so bleiben?

Bijou, meine spirituelle Freundin in Suva, erklärt mir, dass das Leben immer in Spiralen abläuft, unsere Entwicklung geht von innen heraus. Die Erfahrungen, Höhen, Tiefen, Karmaerlebnisse, die uns wachsen lassen oder uns wenigstens immer wieder an Schnittstellen führen, die für uns ein Weiterkommen als Seele ermöglichen, haben eine Hoch/Tief-Energie. Also stell dir eine Spirale vor, die sich von innen herausbewegt. Oben ist ein kleiner Verdickungspunkt, unten gegenüber auch. Das sind zum Beispiel die Phasen von den besagten Höhen und Tiefen. Schon Goethes Faust hat verzweifelt versucht, den schönen Moment anzuhalten. Das geht offensichtlich deshalb nicht, weil wir uns weiterbewegen müssen, um tiefe Verhärtungen in unserer Seele zu adressieren und zu heilen. Wir können versuchen, die schönen Momente bis zum letzten Tropfen auszukosten und so lange wie möglich zu verlängern. Und dann die schwierige Zeit mit Mut und Stärke anzugehen, ja, das versuche ich. So wie bei einem Baum die Jahreskreise anzeigen, ob es ein trockenes, feuchtes, kaltes oder warmes Jahr war, befinden sich in jedem Kreislauf unseres Lebens mindestens ein Hoch und mindestens ein Tiefpunkt. Da kommen wir wohl nicht dran vorbei, das Leben will gelebt sein, davor können wir nicht die Augen schließen, irgendeinen Sinn muss der ganze Quatsch ja schließlich haben, warum sind wir sonst da? Um eine Antwort darauf zu finden, warum es manchmal leichter und manchmal schwerer ist, glücklich zu sein, bin ich nun auch hier in Indien und habe mich einem zweiwöchigen Erleuchtungsprozess verschrieben.

Also, was mache ich hier eigentlich? Vormittags gehe ich ins Meditationsresort, manche nennen es auch „den Ashram". Dort wandere ich viel herum, lasse die Eindrücke auf mich wirken auf der Suche nach Erleuchtung. Später, zum Mittagessen, treffe ich Steven, einen völlig frustrierten Amerikaner Ende vierzig. Wir essen unsere vegetarische Mahlzeit am gleichen Tisch draußen. Es wird erst mal herzlich abgelästert über alles, was schrecklich hier ist. Er wohnt im Gasthaus im Ashram und wurde nicht mal morgens zur dynamischen Meditation geweckt, nun weiß er gar nicht, was er hier soll. Ich erzählte ihm von meinem Versuch, bei einer Meditation teilzunehmen, nur um rausgeworfen zu werden von einer Frau in schwarzer Robe mit weißem Gürtel (ach so, das sind die Aufpasser hier, hatte mich schon gewundert, weil alle dunkelrot tragen müssen, außer abends zur Osho Meditation, da müssen alle blütenweiß angezogen sein). Das frustrierende Erlebnis mit der Meditation hatte ich gestern Nachmittag. Ich habe mich einfach in diese schöne, große, saubere, klimatisierte Pyramide auf den dunkelgrünen Marmorboden gesetzt und der Meditation, die gerade stattfand, beigewohnt und nichts gemacht. Wusste ehrlich auch nicht, was ich machen sollte, wollte nur die saubere, kühle Luft in der Pyramide genießen. Alle anderen saßen oder lagen auch einfach nur so da, ich konnte nicht feststellen, dass sie etwas Spezielles machten oder dachten, und habe einfach so dagesessen und rumgeschaut und an mein Leben gedacht. Da kam plötzlich vom anderen Ende des Saals diese Frau auf mich zu und fragte, ob ich wüsste, was ich hier mache, und ich schaute sie verdutzt an und sagte: „Nein." Also müsste ich gehen, sagte sie. Um vier Uhr fing die Kundalini Meditation an, darüber hatten wir vormittags bei der Einführung schon gehört. Es fanden sich ein paar Hundert Leute ein, alle in roten Roben. Zu der Musik, die ich schon seit Jahren von Veronika kenne, indische Meditationsmusik, wiegten und wackelten wir alle eine gute Stunde, um anschließend die Zeremonie mit Hinlegen zu beenden. Das war genug Nirwanaerleuchtung für mich heute, durch die Reise fühlte ich mich noch ein bisschen wackelig, dazu die vielen Eindrücke, die es zu verarbeiten gibt. Obwohl ich keinerlei Erwartungen zu haben glaubte, bin ich doch ziemlich enttäuscht und frage mich ehrlich, was ich hier eigentlich soll. Alleinsein, Meditieren, Tanzen. Versuchen, wieder autark zu werden, das Glück aus mir selbst raussprudeln zu lassen. Ich schlaf mich mal aus und morgen erzähl ich mehr.

Freitag
Liebe Freundin,
heute ging es schon ein klein bisschen besser mit dem Erleuchtungsprozess. Gestern war es ja auch sehr anstrengend. Nach über zwanzig Stunden Flug habe ich mich immerhin ungeduscht volle Pulle reingeschmissen in den Ashramablauf, kein Wunder, dass ich am Ende nörgelig, fix und fertig war.

Ich habe wirklich gut geschlafen auf meiner spartanisch dünnen, runden Schaumstoffmatratze, nachdem ich mich in meinem Minibad neben dem Klo mit einer Dusche, wie sie es auf Schiffen haben, sauber gewaschen habe vom Staub und Schweiß des Tages. Eigentlich wollte ich um fünf Uhr aufstehen und Samu begleiten, der wie immer um sechs Uhr pünktlich an der „Dynamischen Meditation" teilnimmt. Er borgte mir netterweise einen Wecker, der sogar funktionierte, aber so laut tickte, dass ich nicht schlafen konnte, bis ich ihn aufs Waschbecken, vier Meter von meinem Bett entfernt, stellte. Als ich um halb neun ganz erfrischt und ausgeschlafen allein in der Wohnung erwachte, entdeckte ich, dass der Wecker abgestellt war, ist mir wohl aus Versehen passiert. Vom Tanzen gestern auf dem harten, kalten Marmorboden sind meine Waden schmerzhaft geschwollen. Ich habe Muskelkater, obwohl ich die Bewegung vom Joggen gewöhnt bin. Der kalte Boden mit klimatisierter Luft bei den Meditationen hat mir auch eine Erkältung beschert. Ich passe lieber auf, damit ich nicht noch krank hier werde, und habe beschlossen, es heute mal ganz langsam angehen zu lassen. Rote Robe angezogen, ein bisschen hergerichtet, damit meine erkältungsgeschwollenen

Augen nicht so schlimm aussehen, und allein die zehn Minuten vom Apartmenthaus bis zum Ashram über die vierspurige Straße zwischen tutenden Rikschas, Fahrrädern und Autos durchgetappt, in meinen schwarzen Flipflop Sandalen. Es ist schön warm, tropisch wie auf Fidschi, nur leider sehr staubig, müllig und heruntergerissen. Viel schlimmer als zu Hause und das will was heißen. Samu sagt, die Inder, die auf Fidschi leben, immerhin über fünfzig Prozent der Gesamtbevölkerung, gehören der Kaste der Hindus an, die sehr geschäftstüchtig sind. Hier gibt es ganz viele Menschen, die sehr niedrigen Kasten angehören. Sie leben schlimmer als Tiere in Armut und Elend, aber Kinderkriegen klappt nach wie vor im Übermaß, auch wenn niemand weiß, wie die wachsende Familie satt werden soll. Das ist schon ein krasser Kulturschock, den ich nicht mal versuche zu verstehen. Schrecklich, abstoßend, beängstigend, mitleiderregend, deshalb schau ich einfach weg, wenn möglich, bleib in meiner Welt, wenigstens heute. Im Ashram angekommen geh ich erst mal in das hübsche, mit schwarzem Marmor ausgekleidete Café am Pool, der wie ein schöner See angelegt ist mit Wasserfall, baumumrandet. Hier gibt es Sojamilch mit Espresso, mein Lieblingsgetränk, und ich esse eine Banane wegen dem Magnesium drin, damit der Muskelkater schneller abklingt. Danach laufe ich wieder ein bisschen verloren in der Gegend herum, lass mich treiben, habe gar keinen Plan. Bleibe beim Infostand hängen und nerve die freundliche Frau dort mit meinem Leid: „Ich weiß nicht, was ich hier soll, ich finde alles total bescheuert, was kann ich in meiner Zeit denn machen, damit ich nicht nur nörgelig hier rumhänge, Hilfe." Sie hört mir freundlich, aber völlig ungerührt zu, schiebt mich sanft an einen kleinen Nebentisch, wo Pramada, eine deutsche Sannyasinfrau, mir bestätigt, dass es normal ist, anfangs hier so zu reagieren, weil es eine Weile braucht, um sich an die neue Umgebung zu gewöhnen. Das Meditationsresort kann sich nennen, wie es will, es ist aufgebaut wie ein College zum Lernen. In erster Linie werden Workshops angeboten, Gruppenarbeit mit Lehrern. Kleine Seen, gesäumt von

Bambussträuchern, stolzierende Pfaue hier und da, tropische Bäume und Pflanzen, aber es ist ein Ort zum Arbeiten an sich selbst, an deiner Spiritualität, und dafür musst du erst mal mutig den Hintern hochkriegen und dich wirklich reinfallen lassen, so bequem ist das eben nicht, sonst wäre es kein Prozess, der mit alten Mustern aufräumt und inneren Mist wegschaufelt, das ist echt Arbeit. Damit dein wahres Ich zum Vorschein kommt, dein ganzes Potenzial sichtbar wird und du dich nicht nur voller leben kannst mit deinem ganzen Karmakram, sondern auch alte Wunden heilen können. Große Worte, dazu bin ich schon bereit, hoffentlich tut es nicht so weh, o. k., wo fange ich an? Pramada assistiert mir, mithilfe des ausführlichen Programms rauszufiltern, was von den vielen Angeboten und Kursen für mich infrage kommt. Zum Beispiel die „Lachmeditation", weil ich diese oshoverherrlichenden Meditationen nicht ausstehen kann, da geh ich doch gleich in die Kirche und knie mich nieder vor dem Kreuz, so ein Quatsch! Spiritualität o. k., aber bitte ohne Guru, ich weiß, vielleicht bin ich dann hier völlig falsch, aber andererseits legen sie auch Wert darauf, dass alle offen sind und Osho es gar nicht will, wenn man ihn so heilig macht. Aber verschiedene Menschen suchen eben verschiedenes Heil und bei vielen funktioniert es nur auf der Verherrlichungsebene, bei der sie Osho auf die gleiche Stufe wie damals Jesus stellen. Nun kann man sich nur ausmalen, was in den nächsten paar hundert Jahren passiert, wenn das Oshotum sich so ausbreitet wie das Christentum, Hilfe! Also, jedenfalls wird mein erster Workshop dann am Montag beginnen und „Öffnung für die Selbstliebe" heißen, das trifft gerade den Nagel bei mir auf den Kopf, denn sobald es im Leben etwas stürmisch wird, ist es mit meiner Selbstliebe nicht mehr weit her, und wenn ich mich nicht von außen total geliebt fühle, sehe ich mich schnell als kleines, schäbiges Etwas und mach mich selbst dauernd runter, ich will das endlich überwinden. Nur aufgrund von äußerer Bestätigung ein Selbstwertgefühl zu haben, ist ganz schön kläglich. Schwupps, da ist es schon wieder, das Mich-selber-Runtermachen, gleich erwischt. Dieses

Thema muss ich auf jeden Fall angehen, sobald wie möglich, und zwar gründlich. Es gibt so klein gedruckte Wochenprogramme im Taschenformat, davon hab ich mir eins genommen und interessante Veranstaltungen angekreuzt, die kurz vorgestellt werden, damit man sich leichter entscheiden kann. Mal schauen, wie viel davon ich morgen ausprobiere.

Später habe ich beim Mittagessen die gute Kasia aus Polen getroffen. Sie war auch beim Einführungskurs mit dabei und wir hatten schnell ein gemeinsames Thema, nämlich dass es hier total bescheuert ist mit den ganzen Regeln und den blöden roten Roben und dann muss man sich auch noch einen roten Bikini, der total hässlich ist, kaufen, damit man überhaupt in den Pool kann. Sie wird in ein paar Tagen nach Goa weiterreisen, weil sie hier nicht noch mehr Zeit verschwenden will. Sternzeichen Löwe, ich Stier, komisch, dass wir die störrischen Elemente hier zu repräsentieren scheinen. Alle anderen flattern glücklich um uns herum. Was ist ihr Trick? Nehmen die irgendwelche Happy-Drogen oder was? Sie sagt, dass sie nun eben einfach in ihrem blöden langen, roten Resortkleid schwimmen geht, und lässt sich tatsächlich in das kühle, dunkelgrüne Wasser gleiten. Ich leg mich auf einen Liegestuhl am Pool, schau ihr zu und winke ermunternd. Zum Glück kommt kein schwarz gewandeter Aufpasser, um sie rauszuschmeißen. Auch Steven von gestern treffe ich wieder, er läuft an uns vorbei, als wir draußen zu Mittag essen, und ich ruf ihn, dass er sich zu uns setzt und nun sind wir der Dreierlästertisch und haben herrlich Spaß und lachen und erzählen uns die peinlichen Erlebnisse, die dazu führen, dass wir es blöd hier im Erleuchtungsort finden. Steven hat schon ausgecheckt und will weiterreisen nach nur einer Nacht, er trägt seinen Reiseabzug unter dem roten Umhang und schwitzt schrecklich. Ich empfehle ihm Matavu, um wirklich schön Urlaub zu machen, und gebe ihm meine Karte. Erst will er nach Vietnam, aber er hat bis Mitte Mai Zeit.

Wir trennen uns und ich verwechsele Zeit und Ort einer bestimmten Meditation, die ich mir eigentlich vorgenommen hatte mitzumachen, und folge stattdessen der Musik, bis ich auf der großen weißen Open Air Marmortanzfläche lande, wo Viresh, der legendäre, gute, ganz persönliche Freund Oshos und Begründer der Multivercity in Holland eine sogenannte „Love Meditation“ leitet. Tolle Tanzmusik mit bebenden Bässen, schön laut, die Sonne scheint und alle sind wirklich lustig drauf, insgesamt so um die zweihundert Männer und Frauen. Während ich schon mal ein bisschen mittanze, bilden die Männer einen Kreis und die Frauen wiegen sich währenddessen im Kreis drinnen, so wie wilde, rot gewandete Furien hippiemäßig tanzen und lachen. Beim nächsten Song werden die Rollen getauscht und nun sind die Männer dran, wild rumzuhüpfen. Anschließend ordnet Viresh per Mikrofon an, dass alle Frauen und alle Männer aufeinander zugehen, sich umarmen und sich dabei gegenseitig dafür bedanken, dass sie eine Frau beziehungsweise ein Mann sind. Ich steh ein bisschen abseits, aber es kommen doch fast zwanzig Männer nacheinander an, ich lass mich umarmen und ich muss sagen: „Danke, dass du ein Mann bist“, und ich kriege gesagt: „Danke, dass du eine Frau bist.“ Dabei lach ich etwas verlegen und bin schon wieder weit über meine persönliche Guruschmerzgrenze hinaus. Was soll das, von fremden Männern umarmt zu werden? Die schwitzen und ich finde es ein bisschen grapschig. Gern geschehen. Danach wird weitergetanzt. Der Boden unter meinen Füßen ist heiß und glatt von der Mittagshitze, bald spüre ich, dass nicht nur meine Waden immer noch schmerzhaften Muskelkater haben, sondern ich mir gerade eine kleine Blase unter dem linken großen Zeh tanze, wenn ich nicht sofort aufhöre. Also stelle ich mich an den Rand und bin noch eine Weile Zaungast, schau zu. Viresh erzählt noch ein paar Osho-Anekdoten, bis ich merke, dass die ganze Veranstaltung hier ein Osho-Verherrlichungsritual ist, und genervt weggehe. Er sagt zum Beispiel: „Osho ist in dir, du bist Osho, sagt es alle miteinander … Wir sind Osho …“ Oje, so ein Quatsch, da kann ich nicht drauf, was finden die Leute daran so toll? Eine andere Geschichte geht ungefähr so: „Einmal brachte ich meinen indischen Freund aus New York mit nach Indien. Er besuchte dort seine Familie und kam dann, um mich im Ashram zu treffen. Am Eingang fragte er nach Viresh, aber der Pförtner sagte: ‚Nein, Viresh ist nicht hier, Osho ist hier.' Daraufhin reiste er wieder in das indische Dorf zu seiner Familie und ich traf ihn erst Wochen später in New York wieder. Osho erzählte ich Monate später davon, dass es mir peinlich war, dass mein Freund den ganzen weiten Weg kam, nur um abgewiesen zu werden, weil er unbedingt mich treffen wollte, und ich fragte Osho, was man machen könnte, damit alle wegen ihm kämen und nicht wegen mir. Darauf antwortete Osho: ‚Es ist egal, wegen wem sie kommen, Hauptsache, sie kommen. Sie sollen gar nicht wegen mir kommen, sondern wegen uns.'" Und eine andere Geschichte ging ungefähr so: „Einmal wanderte Viresh im Ashram rum auf der Suche nach einem Date für den Abend (das war offensichtlich noch in den Jahren der freien Liebe vor Aids, denn er ist schon seit Mitte der siebziger Jahre Teil der Sannyas-Bewegung), und plötzlich sprach ihn die Haushälterin von Osho an, weil sie ihm ein Geschenk von Osho übergeben wollte, nämlich eine seiner vielen Rolex Armbanduhren. Osho ließ ausrichten, dass er ihn zu treffen wünsche, und zwar in seinen Privaträumen. Ganz aufgeregt und mit neuem Besitzerstolz über die tolle neue Uhr begab sich Viresh zu Oshos Haus. Er wurde hineingeleitet, da war eine Tür und dort ein Gang, immer wieder bat er, ob er sich ein wenig umsehen könne, weil er so neugierig und begierig war zu sehen, wie Osho lebte. Als er sich endlich genügend umgesehen hatte, besonders in der Küche und Bibliothek, war er bereit Osho gegenüberzutreten, aber sein Begleiter informierte ihn nun, dass Osho müde sei und sich hingelegt habe." Seitdem bereut er es, die Zeit nicht voll und ganz mit Osho verbracht zu haben, den er so unendlich verehrt. Na ja.

Ich setz mich nochmal draußen in die Sonne mit einer kalten Sojalatte und esse einen Apfel. Dabei überleg ich, wie ich am schnellsten aus meinem Herzeleid rauskomme. Das ist bestimmt so ein altes Muster, in dem ich gefangen bin, weil ich mich nur dann liebenswert fühle, wenn ich geliebt und begehrt werde von einem ganz bestimmten Menschen, egal, wer sonst auf der Welt mich alles liebt und toll findet. Ich mache alles von dieser einen Person abhängig, nichts anderes gilt auch nur den Krümel. Ich brauche ganz bestimmte Beweise für diese Liebe, egal, ob realistisch oder nicht. Hier liegt sicher die Wurzel des Problems begraben, und zwar beim unrealistischen Liebesbeweis, den ich mir als Ziel stecke, damit er nie erreicht werden kann, damit ich mich weiterhin nicht liebenswert fühle und in meinem Leid bade, was ich so schön gewohnt bin. Es ist also ein vertrauter Schmerz und das sind die schlimmsten. Vielleicht stecke ich mein Ziel für eine perfekte Liebesbeziehung so unmöglich hoch, dass es nie klappen wird, was mir wiederum den Beweis gibt, dass ich nicht gut genug usw. bin, verdammt, diesen Code will ich nun endgültig knacken, das darf doch nicht wahr sein, dass ich in so einem blöden Teufelskreis stecken bleib! Ich muss rausfinden, warum ich nicht einfach so aus mir heraus rund und glücklich sein kann, manchmal schon, wenn ich sehr bewusst an mir arbeite, meditiere, tanze, für mich selber bin, aber immer wieder rutsche ich ab, irgendwie. Also schreibe ich es auf, fange mit einer Liste an, ganz pragmatisch:

Status quo: Ich sitze hier im Garten des Ashrams in Indien und bin noch mit einem Säufer verheiratet, der mir keinerlei körperliche Nähe gibt und den ich ästhetisch und energetisch eklig finde. Scheidung läuft. Habe eine wilde Affäre mit einem Polospieler hinter mir, der viel zu unreif für mich ist. Bin in Indien und kriege grad die Krise, weil alle im Ashram mit diesen blöden langen, dunkelroten Flatterroben rumlaufen und meine Waden vom Tanzen wehtun und ich fast eine Blase am Fuß habe. Mein momentan größtes Problem: Alles steht und fällt mit der Tatsache, dass ich unbedingt geliebt werden will und lieben will, nicht nur Sex, sondern alles. Raumfüllende, allumfassende, schwindelerregende, echte, authentische, bis ins Herz schießende Liebe. Nach den langen Jahren des Kämpfens, Leidens und der Kompromisse will ich nie wieder nur ein bisschen, sondern das Allerbeste, Allerschönste, Allermeiste in meinem Liebesleben.

Lösungsvorschlag: Liebe/Freiheit/Loslassen/mein Leben leben/meinen Weg gehen/den Augenblick lieben. Dies soll mein neues Mantra sein, das ich mir immer wieder vorsage, vorstelle, lebe.

Jetzt laufen mir aber doch unkontrolliert die Tränen über die Wangen, weil ich mich so klein und alleine fühle, ich kann es nicht mehr abstellen, steh auf und geh die zehn Minuten durch den staubigen, stinkenden, tosenden Abendverkehr in die Wohnung zurück im fünften Stock, geh die Stufen hoch, nehme nicht den Aufzug. Auf der Straße wollten mir zwei indische Männer einen kleinen, dreckigen, circa fünfjährigen Jungen mit Leopardendruckhemdchen am Leib verkaufen, jedenfalls habe ich sie von ihren Gesten her so verstanden, aber ich ließ mich nicht auf ein Gespräch ein und ging mit meinem verheulten Gesicht einfach weiter, ich will grad keine kleinen Jungs kaufen, bin zu traurig heute. Vielleicht dachten sie, das sei genau das, was ich brauche, oje, Indien ist ganz schön anstrengend, es geht mir echt an die Nieren. Hier schwelge ich in einer Hand voll Problemchen und da werden Kinder verkauft oder Schlimmeres. Dabei fühle ich mich nicht mal imstande, irgendetwas daran zu ändern, es lähmt mich, ich will das alles gar nicht wissen und schäme mich dafür. Oben leg ich mich aufs Bett und hör Musik vom Laptop, Nelly Furtado, Justin Timberlake und Lieder von Keane, schön laut. Die Sonne geht himbeerrot am Horizont hinter einem hässlichen Neubaugerüst unter, habe vom Balkon aus zugeschaut. Lange geduscht, den ganzen Staub, den Frust, die Traurigkeit abgeduscht. Mich schön gepflegt, eingecremt, das rotseidene Nachthemd angezogen und wünsche mir speziell heute Nacht einen schönen Traum, am liebsten was Romantisches, Erotisches oder Hellseherisches.

Samstag
Die Nacht war tatsächlich noch sehr schön. Immer wieder bin ich aufgewacht, aber eher mit einem wohligen Gefühl, und habe mich auf die andere Seite gelegt, die Kissen im Nacken neu arrangiert und bin wieder kuschelig eingeschlafen. Der Zeitunterschied von Fidschi nach Pune beträgt sieben Stunden zurück, wenn es hier bei mir abends ist, dann ist es auf Fidschi ganz spät mitten in der Nacht oder ganz früh morgens schon wieder, weil dort ja der Tag anfängt. Gerade ist es hier acht Uhr abends und auf Fidschi schon drei Uhr früh am Sonntag. In der Nacht irgendwann lag ich eine Weile ziemlich wach, der Jetlag, und es überkam mich eine friedliche kleine Geilheit, der ich ohne viel Nachdenken folgte, indem ich mich gemütlich selbst befriedigte, darin habe ich wenigstens Übung seit meiner einsamen Ehe.

Danach konnte ich schnell wieder einschlafen. Habe mich wohl auch unbewusst sehr mit meinem leidenden Muster auseinandergesetzt, das mein ganzes Glück von der Aufmerksamkeit abhängig macht, die ich bekomme oder auch nicht, und irgendwie habe ich offensichtlich die Kurve gekriegt und meinen inneren Frieden wiedergefunden. Zum Glück. Heute Morgen war ich leider immer noch verschnupft und bin in den Ashram gelaufen, habe vorher noch ein paar Haferflocken gefrühstückt und danach draußen vor dem Cyber Café meine E-Mails runtergeladen. Judy hat mir geschrieben aus Kalifornien, dass es ihr gut geht, nachdem sie endlich ihren Mann in eine Entzugsanstalt gebracht hat. Sie muss sich nun viel um ihn kümmern, dazu kommen noch ihre vier Hunde, Reiseveranstalter und besagter alkoholkranker Mann im Krankenhaus, aber sie schreibt, sie ist sehr glücklich und voll auf ihrem eigenen spirituellen Entdeckungspfad. Wir sind beide Stiere im Horoskop und haben uns vor ein paar Jahren angefreundet, weil sie so viele Gäste ins Matavu-Resort bucht. Oft spiegelt sich unsere Lebensenergie, wenn sie gut drauf ist, bin ich's auch, wenn bei ihr Drama angesagt ist, schlagen auch in meinem Leben die Wellen hoch. Sie schickt mir manchmal unser gemeinsames Horoskop des Tages, das stimmt wirklich oft überein. Bruno schrieb auch und erkundigte sich, wie es mir in Indien gefalle, eine nette, zivile E-Mail. Ich hoffe, dass wir einen Nenner finden, bei dem es keine Verletzungen, sondern eine respektvolle, geschäftliche Partnerschaft auch nach der Scheidung noch gibt, damit wir Matavu weiterführen und unsere Söhne als Familie zusammen erleben können. Ich möchte richtig selbstständig im Leben stehen und nicht das Ehefrauanhängsel von einem Mann sein. Immer schön in kleinen Schritten leben. „Was da ist, das komm herbei“, heißt der berühmte alte Zauberspruch, den ich mir manchmal vorsage. Alles wird gut.

Dann war es Zeit für meinen Tagesworkshop, der da hieß „Fast track to Yourself“.

Wir sind zwölf Teilnehmer aus allen Altersgruppen und Ländern, also aus Italien, Russland, Portugal, Spanien, Griechenland, Indien, Amerika und ich zum Glück als einzige Deutsche. Die „Statuenübung“ habe ich mit einem Griechen gemacht und die „In-die-Augen-schauen-Übung“ mit der Inderin Sheela, die mir in ihrer Reflexion Erstaunliches erzählte, woraus ich schließen kann, wie schwierig es für eine Frau in der indischen Gesellschaft sein muss, aus dem sozialen System auszusteigen und sich einer religionslosen Spiritualität hinzugeben. Der Amerikaner heißt Brian, aus North Carolina. Er ist völlig auf dem Erleuchtungstrip und legte sich irgendwann auf die Matte in der Mitte des Raumes neben mich, nahm meine Hand und kuschelte sich gleichzeitig an eine Italienerin. Ein paar Minuten ließ ich ihn gewähren, dann machte ich mich sanft los. Freie Liebe abstauben oder was? Der Raum war mit weichen Matten und Kissen ausgelegt und es ging darum, mit unseren Emotionen in Kontakt zu kommen, sie zu fühlen, zu sehen, zu akzeptieren, ohne sie dabei zu werten, damit wir als Ganzes dem Leben begegnen können und uns bewusst werden über schmerzende, schädliche alte Muster, Konditionen und alte Wunden. All das möchten wir uns von der Gruppe geschützt ansehen, damit es heilen kann. Es heilt einfach so von selbst, nur weil wir es uns friedlich anschauen. Alles ist einfach, das lerne ich hier. Nur wenn es einfach ist, dann wirkt es tief. Lächelnd durchs Leben tanzen. Der Leiter, ein Italiener mit viel Humor und tiefer menschlicher Reife, leitet uns in verschiedene Rollenspiele, dazwischen gibt es immer wieder schöne, lange, wilde Tanzpausen, damit wir uns entspannen. Bei einem Rollenspiel sind wir eine Statue und unser Partner ist der Tonkünstler, der uns formt und an uns rumschiebt und mit Kleenex Tüchern verziert, Hauptsache, es sieht so blöd wie möglich aus. Dann umgekehrt. Wir spielen Wut, Trauer, Freude, Angst und toben uns leidenschaftlich mit musikalischer Begleitung dazu aus. Danach immer wieder Reflexion, in sich schauen, erklären, was man empfunden hat. Zum Schluss setzen wir uns einem Partner gegenüber, schauen uns in die Augen und sollen fünf Minuten lang über uns reden, und zwar soll jeder Satz anfangen, mit: „Im Moment empfinde ich ganz deutlich das …" Durch die tiefen Übungen bin ich so stark mit meinen Emotionen in Kontakt gekommen, dass mein inneres, verängstigtes Kind ganz an die Oberfläche meines Bewusstseins geschwommen ist, deshalb übermannen mich sogleich die Tränen und ein tiefes Mitgefühl dafür, dass mein inneres Kind so leidet und sich so schnell allein und ungeliebt fühlt. Ich konnte dann darüber sprechen und langsam in eine reifere Identität übergehen. Nun verstehe ich, dass ich in jedem Moment die Möglichkeit habe, mein inneres Kind zu schützen, indem ich so authentisch wie möglich lebe und durchaus das Risiko eingehe, nicht wiedergeliebt zu werden. Das ist nämlich nicht weiter schlimm, weil ich mich selber genug und somit auch mein eigenes, inneres Kind genügend lieben kann, um zu überleben. Meine Liebe kommt aus mir selbst heraus, das reicht vollkommen aus und es macht mich stark genug, aber auch verletzlich genug, um mir selber treu zu bleiben. Ich habe auch die Freiheit, die ganze Palette an menschlichen Emotionen auszuleben und dabei gewahr zu werden, was ich empfinde, ohne zu werten, sondern einfach zugestehe: „Ach so, nun bin ich traurig", „Ach so, nun bin ich wütend", und dabei ein Beobachter zu bleiben und mich nicht davon wegschwemmen lasse oder durch Verurteilung und Scham mich von meinen Emotionen abschneidc. Ein interessanter Prozess ist hier auf jeden Fall in Gang gekommen, der Kurs wurde mit einer tiefen Meditation und Selbsthypnose beendet. Danach haben wir alle noch bis zum Abwinken wild rumgetanzt, das hat Spaß gemacht und ich fühle mich zunehmend freier und aufnahmefähiger. Möchte für mich annehmen, was mir gut tut, und das Tanzen macht sowieso immer Spaß.

Veronika lief mir plötzlich nach der Mittagspause über den Weg. Sie trägt einen Sticker, auf dem steht „In Silence“, damit sie von niemandem angesprochen wird. Das hatte sie mir bei der Begrüßung erklärt und mich gebeten, dass ich, wenn ich sie irgendwo im Ashram zufällig sehe, wegschauen soll. O. k. Ich feg also um die Ecke, um zurück zu meiner Gruppe zu kommen, da steht sie allein da, auf dem mit tropischen Pflanzen gesäumten Weg an einem Mäuerchen, und wühlt in ihrer Tasche, bestimmt nach einem kleinen, liebevoll morgens vorbereiteten Snack, das ist typisch für sie. Intuitiv hebe ich die Arme und grüße sie strahlend, aber wenigstens wortlos, während ich mich gleichzeitig bewusst erinnere, dass ich das ja nicht soll, und bleib irgendwie gefroren stehen, weil mein Weg an ihr vorbei führt. Spielerisch drehe ich schon mal meinen Kopf in die andere Richtung und versuche, mich ihr zu nähern, ohne sie dabei anzuschauen. Da kommt sie aber schon selbst auf mich zu und sagt: „Jetzt machen wir aber mal eine Ausnahme“, während sie mich ganz lieb in die Arme nimmt und lange drückt. Dabei weint sie sogar ein bisschen vor Freude und erzählt, dass sie immer mal nach mir Ausschau hält und sich schon gewundert hat, warum sie mich in drei Tagen noch nicht einmal gesehen hat. Ich erklär ihr die Geschichte mit der klimatisierten Meditationspyramide und dass ich mich erkältet habe und dass ich diesen Workshop heute mache, der „Fast track to Yourself“, also „Abkürzung zu deinem inneren Ich“ heißt, was mir viel Einsicht bringt. Sie freut sich und ich freu mich und unsere Wege trennen sich wieder.

O. k., ich geh schlafen, hoffentlich ist die Erkältung morgen weg.

Sonntag
Wache mit verquollenen Augen und kratzendem Hals auf, immer noch verschnupft und immer noch Muskelkater in den Waden und zusätzlich Muskelkater im Hals, weil ich gestern so wild getanzt habe, dabei hippiemäßig meine Haare hin und her schleuderte. Bin nachts eine lange Weile wach gelegen und habe angefangen zu lesen. Veronika hat eine deutsche Zeitschrift, die heißt „ab Vierzig", und ein englisches Buch über Familienaufstellung auf meinen Nachttisch gelegt, die habe ich mir beide angeschaut und einen interessanten Artikel über Matriarchatsforschung gelesen. Damit beschäftige ich mich schon seit mehr als siebzehn Jahren leidenschaftlich und es hat mich gefreut, dass es aktive Forscherinnen und Filmemacherinnen gibt, die ihre Zeit und ihr Leben dem widmen, um mehr Informationen zu bekommen und Licht in das Thema zu bringen nach der jahrtausendealten Vergessenheit. Geträumt habe ich auch was, und zwar war ich auf der Veranda eines alten Schlosses mit dicken alten Steinmauern und habe fast nackt einen schönen Bauchtanz vorgeführt. Ein paar Männer haben zugeschaut. Am meisten habe ich die alten Steine des Schlosses genossen mit dem Ausblick in die Weite über Wiesen, auf denen uralte, knorrige Bäume standen, die von kleinen Bächen umspielt wurden. Als ich aufwachte, dachte ich darüber nach und erschreckte mich ein bisschen, weil ich mir vorstellte, wie lange ich mit meiner Identität als Tänzerin noch davonkomme, altersmäßig. Zehn Jahre vielleicht? Ist es o. k., noch mit sechzig, also in zwanzig Jahren, wild rumzutanzen? Ich liebe Tanzen so sehr. Egal, ich werde gut auf mich aufpassen, schön fit bleiben, meine Muskeln mit Pilates und Joggen straff halten und meine Kalziumtabletten abends schlucken und mich schön gesund und frisch ernähren, dann ist es egal, wie alt ich bin, oder? Natürlich sehe ich mich innerlich als reifere Frau, aber mein Körpergefühl ist überhaupt nicht gealtert. Hilfe! Egal. Einfach Leben. Nur heute zählt.

Davor hatte ich noch einen anderen Traum, an den ich mich gut erinnere, und zwar war ich auf einer schönen Segeljacht irgendwo im Meer zusammen mit ein paar Leuten, um mit ihnen gemeinsam zu tauchen. Meinen Tauchgang hatte ich gerade beendet, war also schon wieder zurück auf dem Schiff und half mit, die anderen Taucher zurück ins Boot zu ziehen, sobald sie auftauchten. In dieser Gruppe gab es eine Frau, die an einer langen Leine tauchen gegangen war, und plötzlich war es ganz schwer sie reinzuziehen, so viel Widerstand, als würde sie irgendwo festhängen. Wir versuchten es noch lange, die Jacht bewegte sich allerdings auch in die entgegengesetzte Richtung, und nach einer Weile wusste ich nicht mehr, ob die Frau überhaupt noch an dem Seil hing unten im Meer, tauchend, und habe mir schreckliche Sorgen um sie gemacht. Sie war dann irgendwann ganz weg. Untergegangen oder hatte sich in eine Meerjungfrau verwandelt, da war ich mir nicht sicher und beschloss aufzuhören, darüber nachzugrübeln. Komischer Traum.

Habe es heute nur bis drei Uhr nachmittags im Ashram ausgehalten, bin total genervt von den ganzen blöden, robengekleideten Erleuchtungsjüngern und habe meine Tage gekriegt. Einen Tag früher als im Kalender eingetragen, aber o. k. Mir laufen die Nase und die Augen und ich fühl mich überhaupt nicht fit.

Wir alle wollen doch nur geliebt werden und lieben, ist das so ein schwieriges Thema? Ich verstehe das nicht. Warum gibt es so viele Blockaden? Entweder Selbstzweifel, Scheißkriterien, in die man nicht passt oder in die der andere nicht passt, oder vielleicht auch einfach Faulheit, Feigheit, Angst vor Zurückweisung, Angst vorm Verletztwerden, wer weiß?

Habe mir ein Buch im Osho-Buchladen gekauft, das mir der nette Deva Kuteer, der italienische Workshopleiter von gestern beim „Fast track to Yourself“, empfahl, und habe angefangen, darin zu lesen. Somit lese ich gerade drei Erleuchtungsbücher gleichzeitig, eins heißt „Liebeskummer lohnt sich doch“ über Co-Abhängigkeit in Beziehungen und die Angst des inneren Kindes, „The roots of love“ über Familienaufstellungen und die damit verbundene Psychologie und nun eben

„Meditation – the first and last freedom“ über Meditationstechniken für viel beschäftigte Menschen in unserer stressgeplagten Zeit. Darüber, dass wir uns einfach total bewusst werden darüber, was wir denken, und damit die Gedanken und den Körper wieder in Einklang miteinander bringen können, was automatisch glücklich macht, wenn ich das so recht verstehe. Danach kommt der zweite Schritt dran, bei dem ich mir meiner Gefühle, Emotionen und Stimmungen bewusst werde und versuche, sie miteinander zu verschmelzen. Wenn ich das schaffe, wird alles leichter, harmonischer, ein summendes Orchester in meinem Inneren aus Harmonie spielt die Melodie und dann erst kommt der letzte Schritt im Erleuchtungsprozess, und zwar ist es das ultimative Erwachen, bei dem ich mit innerer Ruhe, Buddha gleich, einen Zustand der Verzückung erlebe. Sie nennen das „Bliss“, totales, friedliches Glücksempfinden. Bevor wir diesen Zustand erreichen, ist es durchaus möglich, dass unser Köper Befriedigung spürt, auch unser Geist kann Glück empfinden, das Herz kann Freude empfinden, aber der vierte Zustand ist eben einfach „Bliss“. Dies alles bekomme ich sozusagen frei Haus, indem ich bewusst bleibe und in Kontakt mit meinen Gefühlen, Emotionen, Gedanken und Launen. Soviel verspricht zumindest die Einleitung. Bin mal gespannt, wie schlau ich bin, wenn ich es fertig gelesen habe.

Am liebsten würde ich einfach volle Pulle den Moment leben, so intensiv und leidenschaftlich und authentisch, wie mein ganzes Sein es nur vermag, kann ich das? Ich probiere mal. Alles andere ist schmerzhaft. Grübeln, Schmachten, Vermissen, Heruminterpretieren, Planen, Zweifeln, Hoffen, Träumen. O. k., träumen ist erlaubt, das erlaube ich mir, solange es schöne Träume sind.

Montag

Habe heute Morgen schon sehr viel und tief nachgedacht, um mich mit meiner Traurigkeit auseinanderzusetzen. Mein Leben ist total aus den Fugen, seit ich die Scheidung eingereicht habe. Vertrauen, Liebe, Leidenschaft, Sicherheit, Familie, meine Arbeit, alles wackelt, nichts ist mehr so, wie es war, es gibt nichts, was mich schützt, ich bin ganz allein auf mich gestellt und stolpere über meinen schlecht asphaltierten Lebensweg wie ein Blinder, der noch dazu betrunken ist. Erst war ich glücklich mit meiner Entscheidung, habe mich kraftvoll gefühlt, dann habe ich so viel Spaß gehabt, dass ich es kaum noch aushalten konnte, und nun sitze ich hier, um alles zu reflektieren, und breche vor Angst zusammen. Heute habe ich in dem Meditationsbuch gelesen, dass Entspannung dann passiert, wenn wir uns von dem lösen, an dem wir hängen. Nicht mehr dranhängen, abhängig machen, sondern loslassen. Alle Träume loslassen, alle vertrauten Wege verlassen, dann passiert die tiefe, meditative Entspannung und ich komme an, bei mir, komm zu mir selbst nach Hause. Ich muss weinen, wenn ich diese Stelle lese, es löst sehr viel bei mir aus und ich stehe der Angst gegenüber, allein, einsam zu sein. Mein neues Leben und meine neue Identität sehen nun so aus: Ich liebe, aber frei. Ich bin bei mir selber zu Hause, aber zugänglich. Ich gebe, aber erwarte nichts. Ich vertraue meiner Eigenliebe und respektiere mich selber, sodass ich diese Bestätigung nicht von außen brauche. Ich bin neugierig auf das Leben, ohne gierig zu sein. Ich empfinde Würde meinem Leben gegenüber und kann es schützen, ohne hart zu sein. So wie an leckerem Essen und Trinken erfreue ich mich an jedem Augenblick, der Freude und Lachen enthält. Ich bin so sinnlich, so intensiv, so kreativ, so kraftvoll, so leidenschaftlich, so erotisch, so abenteuerlustig, so verspielt, so neugierig, so wissbegierig, so lustvoll und freudvoll, wie ich nur sein kann in diesem Leben, in diesem Körper, in dieser Zeit.

Vormittags begann mein nächster Workshop „Opening to Self Love“, also „Öffne dich für die Selbstliebe“. Wir sind etwa zwanzig Leute in einem großen Raum mit marmorverkleideten Wänden und sitzen auf rosafarbenen Matratzen nebeneinander. Jeder hat außerdem noch ein rosa und ein schwarzes Kissen zugeteilt bekommen. Auf unserem Platz liegt auch ein

Notizbuch mit Kugelschreiber. Wir stellen uns alle nacheinander vor und ich bin es leid, „Alicia aus Deutschland“ zu sein, weil ich hier schon so viele doofe Deutsche getroffen habe, deshalb sage ich „Alicia aus Fidschi“, was stimmt, denn ich lebe seit fast zwölf Jahren dort. Es sind so viele Nationalitäten da, total bunt gemischt, von Taiwan, Japan, Portugal, Belgien, Deutschland, Spanien, Italien, England, Amerika, Indien und sogar von Hawaii. Dann sollen wir aufschreiben, was wir an uns alles nicht mögen. Die Leiterin „Deva Anando“ erklärt, dass dieses negative Radio im Geist die Konditionierung ist, die wir im Laufe des Lebens unbewusst aufgenommen haben und von der wir uns so lange tyrannisieren lassen, bis wir endlich die bewusste Entscheidung treffen, dass es nun reicht und wir es nicht mehr länger anhören möchten. Deshalb sind wir alle da. Wir sind es leid, diesem blöden, hässlichen Radiogeräusch im Hintergrund zuzuhören, und ich möchte endlich den Aus-Knopf ein für alle Mal finden, damit ich ihn immer bei Bedarf betätigen kann. Ich frage sie später, ob alle Menschen so ein negatives Muster haben, und sie sagt: „Worauf du dich verlassen kannst, jeder leidet darunter, aber viele würden es nie zugeben und manche sind sich dessen nicht mal bewusst. Bei denen ist das negative Hintergrundgeräusch sogar am stärksten, weil sie sich von ihren Emotionen abschneiden und gar nicht mehr hingucken wollen.“ Zwischendurch hören wir meditative Musik, sie liest vor, dann hören wir Oshos Worte von einer CD. Das Interessanteste, was er sagt, ist, dass die Existenz – oder von mir aus auch ein Gott, die Liebe im Universum oder wer auch immer verantwortlich dafür ist, dass es den Planeten Erde, die Sterne und uns Menschen überhaupt gibt – uns genau so liebt, wie wir sind, und uns deshalb genau so, wie wir sind, geschaffen hat. Das ist ja wohl Grund genug, damit wir uns selbst lieben können. Daran möchte ich mich immer erinnern. Es kommt viel Mitgefühl für meine kleine geschundene Seele hoch und ich erinnere mich an viele Momente, in denen ich dachte, dass es genug Beweise dafür gibt, dass ich nicht gut genug bin, weil mir die Außenwelt, Mitmenschen oder Familienmitglieder, meiner Meinung nach Gründe und Beweise gab. Mitgefühl für Bella kommt hoch, meine jüngere Schwester, die den Schmerz nicht mehr ausgehalten hat und sich vor einen heranrasenden Zug stellte, damit ihr Leben mit neunundzwanzig Jahren schon vorbei war. Es tut mir so leid, dass sie keine Chance hatte, bei so einem Workshop wie diesem hier mitzumachen. Ich schau mir dieses schreckliche Selbst-Runtermachen an und sehe, dass dies der größte Schmerz ist, den wir in unserem Leben mit uns rumschleppen. Ich will ihn wirklich loswerden. Das Mich-selber-Runtermachen findet doch nur in meinen Gedanken, in meinem Kopf statt. Dabei kann ich meine Gedanken bestimmen, es sind schließlich meine ganz allein. Niemand kann meine Gedanken bestimmen, außer mir selbst, also möchte ich endlich den Schalter umlegen und mich lieben und motivieren statt des Gegenteils. Der Geist bin ich und deshalb beschließe ich, dass diese Gedanken keine Macht mehr über mich haben können. Sie sind einfach wirkungslos, ich sage „Stopp", oder „Aus", sobald wieder so ein kleiner, fieser, negativer Gedanke versucht, sich von hinten anzuschleichen. Dabei habe ich das Bild vor meinem inneren Auge, als wäre er ein kleiner frecher Hund, den ich zurechtweise, damit er nichts anstellt. Ich zeige mit dem Finger meiner rechten Hand streng auf den Boden, direkt rechts vor mir, und sage „Schluss, Aus, Stopp", und schon ist er weg und ich muss über mich selber lachen, denn ich bin überaus hundelieb und stell mir den Streuner sehr lebhaft vor, wie er mich anschaut mit seinen Augen und schon ein schlechtes Gewissen hat, weil ich ihn zurechtweise. So wie bei gruseligen Geistern, vor denen ich manchmal nachts Angst habe, sind diese negativen Gedanken in meinem Geist nur dann gültig, wenn ich ihnen Energie schenke und an sie glaube. Ansonsten sind sie völlig wirkungslos. Ich muss das erst mal ein paar Tage lang ausprobieren, damit ich mich dran gewöhne.

Ich muss nur aufpassen, dass ich sie immer gleich auf frischer Tat ertappe, bevor sie mich runterziehen, diese dummen, negativen Gedanken. Ein weiterer Trick ist auch, wenn ich bewusst sofort etwas Schönes oder Lustiges denke, was mit dem Bild vom Hündchen in meinem Kopf gut funktioniert. Das Gehirn kann nicht gleichzeitig glücklich und unglücklich sein, zum Glück ist die positive Energie machtvoller, was den Schalter automatisch richtig umstellt.

Wir machen nun Übungen, bei denen sollen wir uns hinstellen und „Gibberisch" reden, das ist Geplapper ohne Worte, möglichst laut, möglichst ausdrucksstark, aber nur Quatsch, keine richtige Sprache. Dann setzen wir uns hin und jeder hat ein großes Blatt und bunte Wachsmalstifte, die wir dazu benutzen sollen, ein Bild von unserem puren, schönen, unverletzten Selbst zu machen, so wie wir es uns in den schönsten Farben ausmalen. Dieses schöne, heile Selbstbild soll die Zeit reflektieren, bevor irgendetwas oder irgendwer anfing, es zu verletzen, und die schreckliche Konditionskettenreaktion des Sich-selbst-Heruntermachens, also gegen die Selbstliebe, angefangen hat. Und zwar sollen wir das Bild mit der Hand malen, die wir normalerweise nicht benutzen, also ich dann mit links. Ein paradiesischer Zustand, lange bevor wir das erste Mal hörten: „Pass auf, du fällst gleich", „Igitt, so ein böses Mädchen macht noch in die Hose", „Nein, du darfst die Kuchenteigschüssel nicht auslecken, weil du frech warst", „Ich wünsch dir mal so eine schlimme Tochter, wie du es bist", „Das schaffst du nicht", „Du kannst das nicht", „Du bist zu dumm …, zu irgendwas."

Ich male meinen Geburtstag, den Tag meiner Geburt, ein Vormittag, Mitte Mai, Mitte der sechziger Jahre, der mir schon so oft von meiner Mutter und meinen älteren Geschwistern erzählt worden ist. Es wird ein schönes Bild und ich freu mich schon darauf, es aufzuhängen zur Erinnerung. Da liege ich als frisch geborenes Baby lächelnd in einer hellen Wiege, hinter mir ist das Fenster offen, der Vorhang weht im Sommerwind, die Sonne scheint rein und ihre Strahlen kitzeln mich in der Nase, bis ich herzhaft niese. Vor der Wiege schweben drei lächelnde Engel, einer rot, einer gelb und einer blau. Es ist so eine schöne Erinnerung, ich bin unendlich dankbar für diesen schönen Start in die Welt.

Danach weist uns Anando mit kalter Stimme an, dass wir alle negativen Konditionen und Attribute mit einem dicken schwarzen Wachsmalstift und unserer Schreibhand darüber schreiben, das ganze schöne Bild überschreiben. Wir sollen das Bild vor uns auf den Boden legen, aufstehen, laut auf das Bild runterschimpfen, denn so wurde uns die negative Kondition gegeben, von oben herab, nie von einer gleichberechtigten Stellung aus, sonst hätten wir eine Chance gehabt, uns zu wehren oder uns zu entrüsten. Aber es ist wohl schon so früh passiert, dass wir noch in völliger Abhängigkeit waren und es einfach in unser Unterbewusstsein reingelassen haben, ungefiltert, deshalb richtet es so schrecklichen Schaden an. Ich werde ganz traurig, alle werden ganz traurig, schreien, schimpfen, schnauzen, heulen ihre Bilder an und schreiben dann die Beleidigungen und Erniedrigungen über ihre schönen Gemälde. Es tut total weh und mir tut es nochmal weh, weil ich gleichzeitig so viel Mitgefühl empfinde für meine Söhne, denen auch ich als Mutter sicher schon viel Schmerz zugefügt habe, weil ich die Geduld verlor oder überfordert, frustriert war. Ich möchte es so gerne wieder gutmachen. Wenn man seine Mitmenschen aus diesem Blickwinkel betrachtet, hat jeder Mitgefühl verdient und ist jeder auch liebenswert. Danach sollen wir das Bild vor uns herhalten wie ein Schandmal und uns allen nacheinander gegenüberstellen, unsere Bilder gegenseitig anschauen und uns verständnisvoll dabei in die Augen sehen. Es ist so viel Traurigkeit im Raum, wir sind alle so unendlich traurig und auch schwer von Mitgefühl. Alle heulen und schniefen, es tut so weh. Es ist so, als hätten wir uns alle nackt ausgezogen und würden uns stumm vor Schmerz gegenseitig unsere schlimmen Wunden zeigen, die uns von außen zugefügt wurden. „Ja, ich habe auch Wunden. Schau dir meine Wunden an. Oh, es tut mir so leid, dass du so schreckliche Wunden hast, danke, dass du sie mir vertrauensvoll zeigst, sie nicht vor mir verstecken willst.“ Es geht echt tief. Unsere schönen, lustigen, bunten Bilder, nun völlig von schwarzen hässlichen Verletzungen über uns selbst entstellt. In allen Sprachen natürlich, es geht nicht darum, dass wir es lesen können, es ist alles überschrieben und sowieso unleserlich verschmiert, nur das schöne Bild darunter kann man nicht mehr sehen, es ist weg.

Danach sollen wir einen Partner suchen und uns ihm gegenüber setzen. Vor mir sitzt ein Italiener, den ich schon aus der ersten Gruppe „Fast track to Yourself" kenne und der mich schon öfter sehr nett angesprochen hat, zum Beispiel dass ich schön tanze. Er ist mir sympathisch und dann sollen wir jeweils fünf Minuten lang dem anderen aufzählen, was an negativen Stimmen in unserem inneren Radio spielt, die ganzen Beschimpfungen, Erniedrigungen, Beleidigungen, die wir uns selber über uns zugelegt haben. Es fällt mir sehr schwer, mich so zu öffnen und zuzugeben, wie ich oft erniedrigend über mich selber denke, wenn ich diesen Stimmen in meinem Kopf, die als Konditionierung von frühester Kindheit entstanden sind, Glauben schenke. Ich bin so unendlich traurig über diesen Schmerz, den ich nun auch noch verbal einem fremden Menschen gegenüber in Worte fassen muss, und dabei müssen wir uns die ganze Zeit immer in die Augen schauen. Ich zähle meine Litanei auf. Er schaut verständnisvoll und schüttelt immer wieder leicht den Kopf, als könnte er nicht glauben, wie schlecht ich von mir selber manchmal denke, und anschließend sagt er mir, dass alles bis ins allerkleinste Detail ganz sicher nicht stimme in Wirklichkeit, genau das Gegenteil all dieser negativen Attribute sehe er in mir, ich sei eine schöne, liebenswerte Frau. Aber wir sind ja hier in diesem Workshop, um uns selbst zu heilen, unsere Eigenliebe zu entdecken und zu nähren und zu schützen, damit wir nicht abhängig sind von Komplimenten und Liebesbeweisen von außen, sondern in uns selber ruhen, die Liebe aus uns selber heraus leben können. Das ist wahrer Reichtum, wahres Glück, wahre Schönheit. Dann ist er dran und ich bin völlig perplex, als er erzählt, dass er nicht lieben kann, weil er sich selber nicht lieben kann und deshalb kein Vertrauen hat in jemand, der ihn vielleicht lieben könnte, deshalb blieben seine Beziehungen immer oberflächlich und er fühle sich so leer. Seine Mutter ist immer im Hinterkopf mit nerviger Stimme präsent, während sie ihn runtermacht, und deshalb kann er sich nicht öffnen und er würde so gerne lieben, aber er kann nicht und er kann sich selbst auch nicht lieben, weil seine Mutter ihn so fertiggemacht hat, dass er sich wertlos fühlt, obwohl er macht und tut und eigentlich ganz erfolgreich und nach außen o. k. ist. Er bekommt ganz feuchte Augen, es tut ihm sehr weh, darüber zu sprechen. Also, er kann nicht lieben, weil er sich selber nicht liebenswert fühlt.

Dann umarmen wir uns herzlich und sollen unbedingt die Meditationen mitmachen. Mein Schnupfen ist schon etwas besser, also geh ich in die klimatisierte Pyramide und mach die Kundalini Meditation mit, eine Stunde lang wackeln, tanzen. Als sich alle hinlegen, geh ich, es langt mir für heute, ich fühle mich ganz ausgelaugt und ich möchte mich nicht noch mehr erkälten. Trinke einen Pfefferminztee und esse eine Banane, setz mich draußen an einen Tisch vor der Pyramide hin und warte, bis alle Leute rauskommen. Das sieht eindrucksvoll aus, sehr klostermäßig, alle in ihren dunkelroten Roben, ruhig und entspannt schreitend. Dann mach ich mich auf den Heimweg und werde von einem jungen Inder in roter Robe, der so groß wie ich ist und mich immer wieder eifrig einholt, angemacht. Er will mich einladen zu sich nach Hause, einem Date, zum Kaffee, was ich für ein Sternzeichen bin, und als ich höflich „Nein, danke" sage, fragt er, ob ich ihn hasse. Blödmann. Nein, tu ich nicht. Aber ich fühle mich gut. Es gibt offensichtlich einige Typen hier, die darauf aus sind, eine schnelle Nummer zu organisieren mit all den willigen Weibchen, weil wir alle so offen sind, das nervt. Wundere mich darüber, dass er meine Schwingung, die so unten ist im Moment mit all der Traurigkeit und dem alten seelischen Müll, den ich heute hin und her geschaufelt habe, erkannt hat und mich als wehrloses Opfer anmachen wollte. Es gibt sicher immer wieder Leute, die sich in so einem Moment dem Erstbesten in die Arme fallen lassen auf der Suche nach Liebe und Wärme. Bin echt am Ende mit den blöden, hässlichen Runtermachstimmen in meinem Kopf. Kann sie allerdings mit der erlernten Technik ein wenig besser in Schach halten. Noch zwei weitere Tage Workshop und ich bin Meister der konditionslosen Liebe, Meister der erfüllenden, angstfreien Eigenliebe, Meister meines Lebens hoffentlich.

Später, im Zimmer, lese ich meine Eintragungen im Jahresplaner und lasse die Affäre, die an Silvester begann und seit Mitte Januar sehr langweilig auf E-Mail- und Telefonbasis besteht, nochmal gründlich Revue passieren. Ich hab bekommen, was ich mir gewünscht habe. Tollen Sex. Befreiung aus meinem lieblosen Alltag. Offenheit, Spaß, Lust. Wie ein Traum so schön und leidenschaftlich. Intensive Nächte, tolle Partys, interessante Gespräche, absolute Hochstimmung, totale sexuelle Offenheit und wildeste Leidenschaft. Wir werden sehen, was das Leben als Nächstes für mich bereithält. Dass diese Verbindung nun vorbei ist, liegt auf der Hand, die Katerstimmung tut allerdings trotz Vernunft doch ganz schön weh. Ich hätte oberflächlicher sein sollen, aber das kann ich nicht. Offensichtlich kann ich keine lose Beziehung verkraften. Alles oder nichts. Diese Beziehung gibt mir nichts, sie ist vorbei, ich lasse sie los.

Dienstag

Nachts, so um zwei Uhr morgens, weckt mich immer diese kleine nervige Mücke, summt um meine Ohren, setzt sich auf meinen Arm, aber sticht nicht mal, oder ich bin wegen des Lebens auf Fidschi so immun, dass ich ihren Stich nicht mehr spüre. Mache dann Licht, versuche sie zu erschlagen, aber dann ist sie immer schon wieder weg. Mistvieh! Prompt setzt der Jetlag ein, der Zeitunterschied zwischen Indien und Fidschi beträgt sieben Stunden zurück, es ist also schon wieder morgens in der Südsee, während es hier in Indien noch mitten in der Nacht ist. Wenigstens ist mein Schnupfen fast weg, wird ja auch Zeit, und während des Workshops „Opening to Self Love“ haben wir alle miteinander schon so viel geheult und gerotzt, dass nun alles gelöst ist. Hatte heute überhaupt keine Lust in die Meditationen zu gehen, gestern Nachmittag bei der Kundalini Meditation hat es mir schon wieder gereicht. Ich mag diese Massenveranstaltungen nicht, alle in roten Roben, der kalte Marmorboden, ich tanze lieber draußen, außerdem ist die Musik in der Meditation nicht so der Knaller, Klänge mit Bongos und Bambusflöte. Ich versteh nicht, was da bei den Leuten Tolles passieren soll, wenn sie es wieder und wieder machen. Ich finde es eher langweilig, mache lieber Yoga, denn diese komische Klosterstimmung ist auch nicht mein Ding.

Meine Träume heute Nacht handelten vom Tauchen, ich habe große Lust wieder tauchen zu gehen, sobald ich zurück bin. Indien ist schrecklich staubig, alles ist irgendwie dreckig und voller Bakterien, ich bin ehrlich gesagt froh, wenn ich hier wieder weg kann. Die Workshops sind sehr interessant und gehen tief, dafür bin ich dankbar und auch für die Auszeit vom täglichen Matavu-E-Mail/Management-Geschäft, das tut absolut gut und ich freu mich wieder drauf und werde mich mit frischer Kraft in meinen Alltag stürzen.

Habe heute Morgen mit Nina, meiner Apartmentgenossin hier in der Wohnung, so lange verquatscht, bis ich fast zu spät zu meiner Gruppe kam, bin auf die Straße gerast und habe schnell eine Rikscha an der Hauptstraße angehalten. Das hat mir viel Staubschlucken gespart, obwohl es auch sehr staubig war von all den Abgasen der anderen Autos, aber immer noch besser, als selber über die Straße zu laufen und dabei Indern zuzusehen, wie sie einfach an den Straßenrand pinkeln. Ab jetzt lass ich mich immer schön hin und her kutschieren. Eine Rikscha ist wie ein kleines Mofa mit Dach und hinten einer Sitzbank für zwei Personen, ansonsten offen. Sehr wendig, denn mein kundiger Fahrer beschloss, mir zusätzlich noch eine abenteuerliche Manövriershow zu bieten, die darin bestand, dass er mitten auf einer achtspurigen Fahrbahn, die eigentlich nur aus drei Fahrstreifen bestand, wendete. Alles hupte, aber niemand bekam auch nur einen Kratzer ab. Mein Adrenalin war jedenfalls ganz oben und wach war ich dann auch auf jeden Fall. Er war ganz stolz, dass er mich ruck zuck im Ashram abliefern konnte. Ich nahm mir vor, nie wieder beim Einsteigen dem Fahrer zu sagen, dass ich es eilig habe. Beim Gespräch mit Nina erzählte sie mir von ihrem alten Lover, der sie seit sage und schreibe sieben Jahren damit quält, dass er sagt, er könne leider immer noch nicht emotional wirklich offen sein, trotz der ganzen Meditation und der Workshops bei den Sannyasin, und das sei der Grund, warum er sie sich immer noch auf Armlänge halte, dabei ihre Hoffnung schüre, dass er eines Tages in der Lage sein werde, vielleicht, sie zu lieben. So lange lässt er sich lieben, wenn es ihm passt und gerade kein spannendes, frisches Weibchen seine ganze Aufmerksamkeit fordert. Eins der Bücher, die ich gerade lese, behandelt auch dieses Thema, nämlich ein häufiges Verhaltensmuster, wenn wir uns oft genau in die Typen verlieben, die schwierig für uns sind, um dabei irgendwie unbewusst ein altes Kindheitstrauma zu lösen. Zum Beispiel einen Vater, der nie Lust und Zeit hatte, sich mit uns zu beschäftigen. Ich hab mich beim Lesen sofort wiedergefunden mit meinem eigenen Muster, denn genau das war auch mein Problem mit meinem Vater und prompt auch mit meinem Ehemann. Immer war die Arbeit, das Telefon, das Büro, der Wein, die Pflicht und alles andere wichtiger für ihn als ich, obwohl er seine Liebe beteuerte, aber ich sie nie richtig spüren konnte, was dazu führte, dass ich dachte, es liege bestimmt allein an mir. Wenn ich mich mehr anstrengte, lieber, netter, hübscher, blonder, schlanker, schlauer, sinnlicher, friedlicher oder fleißiger wäre, dann bekäme ich endlich die ersehnte Aufmerksamkeit. Also strampele ich mich ab und werde dabei immer frustrierter, denn nie werden die ersehnten Bedürfnisse von außen befriedigt. Nun klingeln alle Alarmglocken in meinem Kopf und ich habe mir vorgenommen, mich nur noch auf nette reife Männer einzulassen, die wirklich offen und liebesfähig sind. Deshalb habe ich auch einen großen Bogen um Gianni gemacht, der mich schon ganz erwartungsvoll anstrahlte, sobald ich den Gruppenraum betrat. Offensichtlich ist wohl ein klitzekleiner Funken gestern zwischen uns entstanden, während wir uns so tief voreinander öffneten und dem anderen unsere intimsten, dunklen Geheimnisse anvertrauten. Aber nach meiner Lektüre und dem Gespräch mit Nina heute Morgen bin ich komplett durch mit dem ganzen Thema und habe mir vorgenommen, mich nicht weiter privat oder intim auf ihn einzulassen. Ich bin doch keine Krankenschwester, Masochistin, Mama, Psychologin, gute Fee oder weiß der Teufel, sondern eine Frau, die liebt, lieben kann, lieben will und am liebsten so viel Spaß wie möglich dabei haben möchte. Und keine Psychoschläge dafür einstecken möchte, echt nicht, nein danke. So wie Nina möchte ich nicht leiden. In meiner langjährigen Ehe habe ich mein maximales Pensum an Unglücklichsein auch längst abgedient, nun bin ich bereit für die perfekte Liebe.

Der zweite Tag in der Gruppe war nochmal anstrengend aber nach der Mittagspause ging es endlich darum, dass wir unser inneres Kind begrüßen, beschützen, lieb haben und eine Strategie entwickeln, bei der wir uns immer wieder aus der selbstverletzenden Situation rausholen können, sobald das innere Radio anfängt loszuplärren, um uns runterzuziehen. Es ist nur eine Handbewegung, bei der wir einen Punkt am Körper mit dem Finger drücken und dabei das Zauberwort sagen, bei mir heißt es „Aus“. Ständig wende ich nun diesen neuen Trick an, sobald der kleine böse Kobold in meinem Kopf anfängt, mir negative Sachen über mich selbst zu erzählen, um mich klein zu machen oder runterzuziehen. Dann drücke ich nur leicht mit dem linken Zeigefinger an meinen Schenkel und sage einfach „Aus“ und schön hört der Spuk auf. Nachdem wir in Kontakt mit unserem inneren Kind gekommen sind, der kleinen, süßen Alicia, habe ich mir vorgestellt, dass ich mich gemütlich zusammen mit ihr auf die Kissen lege und schmuse. Bella kam auch dazu, denn sie kommt immer wieder in meiner Erinnerung vor. Bella, meine verstorbene kleine Schwester, brauchte auch so viel mehr Liebe, als sie bekommen hat. Ich habe das Gefühl, obwohl sie tot ist, dass sie es gerne hat, wenn ich sie hin und wieder mit einbeziehe. Es war für mich ein sehr schönes Erlebnis unter Anleitung der Workshopleiterin, die kleine Alicia einzuladen, sich neben mich zu kuscheln, als ich so auf meiner rosa Matte im Gruppenraum lag wie alle anderen auch. Wie eine kleine Tochter fühlte sich ihre Gegenwart an, dazu erinnerte ich mich an ganz viele Details meiner längst vergangenen Kindheit. Ich stelle mir mein inneres Kind so vor, dass sie ungefähr fünf Jahre alt ist, mit honigblonden, langen Haaren. Meistens trägt sie ihre roten Lieblingslackstiefel, eine Jeans mit aufgestickten Blumen und einen giftgrünen Nickipullover. Sogar ihre samtige Haut konnte ich fühlen, wie warm und weich sie war, ihr rundes kleines Gesicht mit den staunenden, dunklen, weit auseinanderstehenden Augen, sogar ihren kleinen Kinderduft konnte ich wahrnehmen. Natürlich ist alles nur Einbildung, aber was ist schon Realität? Wer weiß, vielleicht befinden wir uns alle nur in einem ständigen Wachtraum, es gibt vielleicht verschiedene Bewusstseinsebenen, die wir erleben können, und wer behauptet denn, dass die eine Bewusstseinsebene realistischer ist als die andere? Ich habe in Gedanken jedenfalls lieb und ermunternd mit ihr geredet, sie bewundert, sie liebkost und ihr versichert, dass ich immer für sie da bin, um sie zu beschützen und sie lieb zu haben. Das ist nun eine ganz neue Identität, die ich habe, ich, als erwachsene Frau, zusammen mit meinem inneren Kind. Mithilfe des Workshops habe ich es irgendwie erlöst, habe mich selber erlösen und befreien können von alten bösen Geistern und Verletzungen. Die Seiten in unseren Notizheften, auf die wir alle Beleidigungen und Beschimpfungen geschrieben haben, mit denen wir uns immer wieder selber verletzten, und das schöne, später verhunzte Bild mit den überschriebenen Beschimpfungen über uns selbst haben wir rituell kleingerissen und in einen Müllsack geworfen, dabei unser magisches Wort mit der Handbewegung dazu gesprochen und nun ist der Spuk vorbei. Sobald der Geist sich heimlich anschleicht und mich runterputzen will, weiß ich nun, was ich tun kann, um dieses negative, überflüssige Muster sofort zu stoppen. Ab jetzt habe ich das Werkzeug selber in der Hand, ich beherrsche die Technik, um von nun an mein Leben voller zu leben, mit all meiner Energie, mit meinem ganzen Potenzial, ohne Angst oder Schwäche. Ich war so erschöpft von all diesen inneren Prozessen, die ich hier losgetreten habe, und weil ich so müde war, als wir nach der Mittagspause zurückkamen, dass ich mich am liebsten einfach auf die rosa Matte gelegt hätte, ohne auch nur einen weiteren Krümel Erleuchtung aufzunehmen, erklärte mir Anando, dass auch dies ein Trick des negativen Geistes oder plärrenden Radios in meinem Kopf ist, damit ich mich nicht weiter mit der Lösung beschäftige und alles schön beim Alten bleibt. Diese Hürde muss ich selber schaffen und gegen die Trägheit des Gewohnten ankämpfen. Ich habe mir eine erweiterte, befreite Identität erarbeitet. Nun ist es wichtig, dass ich ständig in der Übung bleibe, damit die alten Muster sich nicht wieder einschleichen. Nach einer Weile würde es immer leichter werden, versprach sie mir. Also habe ich durchgehalten und nun geht's mir supergut. Fühle mich kraftvoll und so dankbar und glücklich über mich selbst, dass ich endlich den Trick gelernt habe, um im Geist meine liebe kleine Alicia und auch sogar meine liebe kleine Bella zu treffen, wann immer mir danach ist. Wir haben zusammen getanzt, ich habe mir vorgestellt, wie sie mit mir tanzen, das hat Spaß gemacht, die kleinen, hüpfenden, lachenden Mädels. Damit war die Gruppe beendet und ich habe den Nachmittag genutzt, um mich am Pool aufzuhalten. Es ist sonnig, ich bin mir meiner Gedanken bewusst, sitz einfach still am Wasser und beobachte, was in mir vorgeht, bis sich Sheeta zu mir setzt und anfängt, sich mit mir zu unterhalten. Sie ist eine nette deutsche Frau, die ich schon morgens kennengelernt habe. Dann kam noch Dina, eine Schweizerin, dazu und wir haben gelacht und geredet. Sie sind beide alte Hasen im Sannyas Erleuchtungsprozess hier in Indien und Dina ist spirituell total abgefahren und hat von ihrer Kette erzählt, die alle ihre Wünsche erfüllt. Sie wollte mal ein Pferd und einen Mann und Schwups hat sie es gekriegt und all solche Geschichten. Ich machte ihr ein Kompliment über ihre schöne Zauberkette. Sie hat einen Anhänger, eine Art silbernes Kreuz, bestehend aus vier Kronen, die in der Mitte zusammenkommen, an einer langen, silbernen Kette, ein tibetisches Symbol für „Schule", erklärte uns Dina. Ich sagte, dass ich die Kette auch gern mal hätte für meine Wünsche, und sie gab sie, drückte sie mir spontan in die Hand und sagte dabei, dass ich sie zwei Tage lang behalten dürfe. „Vielen Dank", erwiderte ich, verblüfft über ihre Großzügigkeit. Nun trage ich sie gerne und habe schon meine Wunschliste dazu aufgestellt, auch aufgeschrieben.

Also, ich wünsche mir eine tolle Liebes- und Erotikbeziehung, die auf allen Ebenen erfüllend, nährend, spannend, verspielt und tief ist.

Ich wünsche mir eine glückliche Zukunft für meine Familie. Ich wünsche mir, dass ich mein kreatives Potenzial auslebe und dabei weiterwachse. Ich wünsche mir, dass ich meine Selbstliebe immer mehr festige und die Welt, in der ich lebe, mit meiner Liebe bereichere und verschönere. Ich wünsche mir Zeit, um alles aufzuschreiben. Ich wünsche mir, dass ich es schaffe, göttlich und bezaubernd im Moment zu leben. Ich wünsche mir, dass ich jeden Tag mein Glück genieße, so wie es sich die Existenz von mir wünscht, und die Sonne, den Mond, die Sterne, die Bäume, die Wolken dabei zum Lächeln bringe, ja, das wünsche ich mir.

Alles ist gut. Mein Weg leitet mich. Ich werde wahre Liebe finden und geben, weil ich sie in mir trage, dann, wenn die Zeit reif ist, wenn es richtig ist. Ich kann ganz entspannt sein und brauche nichts. Nichts suchen, nicht flirten. Keine Bestätigung suchen. Alles passiert, wenn es richtig ist, zur richtigen Zeit. „Was da ist, das komm herbei!" Leichter gesagt als getan. Mein Leben zerbricht, ich kann mich nur an mir selbst festhalten. Manchmal denke ich, dass ich alles nur träume. Aber die Konsequenzen meiner Worte, die Tatsache, dass ich mich wieder von Bruno getrennt habe und nun die Karten völlig neu gemischt werden, hat mir innerlich alle Sicherheit genommen. Das Wichtigste in dieser Zeit ist, dass meine Söhne so stabil wie möglich ihr Teenagerleben weiterleben und ich sie dabei unterstütze, damit sie zu tapferen, glücklichen Männern heranwachsen.

Am faszinierendsten fand ich am Ende meines Puna-Aufenthalts den Workshop für Selbsthypnose. Ich habe ihn aufgeschrieben, weil ich es nun fast täglich selber praktiziere. Es ist die intensivste Meditation mit eingebauter Wünschmanifestierungsstrategie, die ich je kennengelernt habe.

So geht es:

Schalte das Telefon ab. Schau auf die Uhr und bestimme, wie lange du dir Zeit nehmen willst, um mit dir selbst ungestört zu sein. Eine Viertelstunde, eine halbe Stunde, egal, Hauptsache, du bist ungestört, niemand klingelt, niemand platzt rein. Lege dich bequem aufs Bett oder Sofa, sodass du schön warm und weich liegst. Du kannst dich zudecken und ein kleines Kissen in den Nacken legen. Lieg ganz entspannt ausgestreckt, die Hände am Körper, und schließ die Augen.

Nun lenke deine Gedanken in den folgenden Text und immer, wenn sie weiterstreifen und ablenken, hole sie sanft zurück und mach einfach weiter. Wichtig ist, dass du ständig in Gedanken mit dir sprichst, damit sie keine Chance haben abzuschweifen, sondern im Prozess bleiben.

Nun gehst du deinen ganzen Körper von unten nach oben in Gedanken ab, bedankst dich und entspannst ihn bewusst. Danach steigst du sieben Stufen hinab in den geschützten spirituellen Raum, wo du dein höheres Selbst und inneres Kind triffst. Nachdem ihr euch herzlich voneinander verabschiedet habt, zählst du langsam bis fünf und bist wieder im Hier und Jetzt. Vollkommen. Harmonisch. Liebevoll. Stark. Machtvoll. Glücklich. Ganz.

Du kannst Bilder aus deiner Fantasie benutzen, um die Szenen des Runtergehens und des geschützten Raums auszuschmücken.

Jetzt fangen wir an, liegen also warm und entspannt auf dem Bett, atmen gleichmäßig ein und wieder aus und spüren unsere Füße. „Ich bedanke mich bei meinen schönen Füßen, die mich verlässlich durchs Leben tragen, nun liegen sie ganz entspannt und weich auf dem Bett. Ich bedanke mich bei meinen schönen Beinen, die sich so glatt anfühlen, nun liegen sie völlig entspannt und weich auf dem Bett. Ich bedanke mich bei meinem schönen Po, der knackig und rund ist, nun liegt er entspannt und weich auf dem Bett. Ich bedanke mich bei meinem Bauch mit allen inneren Organen und Energiefeldern, weich und glatt liegt er auf dem Bett. Ich bedanke mich bei meinen Brüsten, meinem Herz und meinem ganzen Oberkörper, der so schön und weiblich ist und nun ganz entspannt und weich auf dem Bett liegt. Ich bedanke mich bei meinem Rücken, stark und doch biegsam, der nun ganz entspannt auf dem Bett liegt und sich tragen lässt von Mutter Erde, der Anziehungskraft vertraut. Ich danke meinen Armen und Händen, allen zehn schönen Fingern, die nun entspannt und weich auf dem Bett liegen. Ich bedanke mich bei meinem Hals, schlank und schön, völlig entspannt liegt er auf der Matratze. Ich bedanke mich bei meinem Kopf, meinen schönen Haaren, meinem Gesicht, meinen Lippen, die nun leicht geöffnet sind, damit der Unterkiefer entspannt ist, und ich danke meinen Augen, besonders meinen Augenlidern, die nun ganz schwer werden, so schwer, dass ich sie nicht mehr öffnen kann."

Wie schön, dass ich so völlig entspannt und weich liege. Nun gehe ich in Gedanken über eine grüne Wiese, ich spüre das weiche, saftige, warme Gras unter meinen Füßen. Nur ein paar Schritte führen mich an diesem schönen, sonnigen Tag zu meinem Lieblingstraumbaum, einer alten Eiche, riesig, ausladend, die Rinde wie knusprig gebackenes Brot und an einer Stelle ihres Stammes ist ein Loch, das über uralte, ausgetretene Steinstufen in den heiligen Raum meines inneren Selbst führt.

Ich stelle mich auf die erste Stufe, barfuß, fühle den glatten Stein, rieche die erdigen Wände, ein paar Fackeln erleuchten die sieben Stufen der Treppe und ich sage in Gedanken bei jedem Schritt nach unten: „Und mit jedem Mal passiert die Selbsthypnose schneller, leichter und tiefer."

Bei der siebten Stufe angekommen sehe ich mein höheres Selbst mit ausgebreiteten Armen auf mich zukommen, lächelnd. Und etwas im Hintergrund steht ein kleines süßes Mädchen, ungefähr fünf Jahre alt, in seiner roten Lederhose und seinem grasgrünen Nickipullover. Es lächelt schüchtern. Mein höheres Selbst ist eine alterslose, schöne Frau in langem, weichem, weißem Gewand mit langen, silbernen Haaren und den strahlendsten Augen und dem liebsten Lächeln der Welt. Wir umarmen uns, sagen uns, wie schön es ist, dass wir uns wiedersehen, und ich gehe zu meinem inneren Kind und streiche ihm zärtlich über den Kopf, spüre seine seidenweichen, goldenen Haare und die samtene Haut seiner Wangen. Ich schaue mich in diesem Raum um, dem geschützten Raum meines Innersten, sehr groß, gedämpftes Licht, am Ende des Raumes ist ein riesiges Panoramafenster, das den Blick aufs Meer freigibt. Im Raum sind wenige Möbel, ein großes, kuscheliges Sofa und ein flackerndes Kaminfeuer und viele Regale mit Schubladen und Kisten, Fächern und Ordnern, die mein Leben, meine Erinnerungen, alle Gedanken und Erlebnisse meines Lebens enthalten. Ich kann sie mir anschauen, wenn ich will, oder auch einfach nur die Nähe dieser liebevollen Wesen genießen, ihnen Fragen stellen, sie einfach reden lassen, meine Sorgen abladen, auftanken, nach Lösungen suchen. Mir was wünschen. Wir setzen uns also alle auf das Sofa, schauen in die Flammen und ich erzähle, was mich gerade beschäftigt und sie gibt mir Antworten, weise, aufmunterte Worte, wir lachen, schauen uns tief in die Augen. Alles ist Wahrheit. Dann stehe ich auf und bedanke mich, wir umarmen uns wieder und ich verspreche, bald wiederzukommen.

An den Stufen angelangt fange ich langsam an zu zählen.

„Fünf. Ich liege auf dem Bett.

Vier. Ich atme tief ein und wieder aus.

Drei. Ich strecke meinen ganzen Körper.

Zwei. Ich setze mich auf.

Eins. Ich öffne die Augen."

Fertig.

Selbsthypnose kann man täglich und überall machen. Es wirkt von tief im Inneren wie Samen, die du säst und dann bewässerst. Das ganze Leben wird tiefer und bewusster und Wünsche, Träume und Pläne lassen sich viel leichter in die Realität umsetzen, weil es von innen nach außen wirkt, viel stärker als positives Denken allein es vermag.

11

Nimm dich als Liebende so wichtig
wie sonst noch nie jemanden.
Finde heraus, was du von deiner Beziehung erwartest.
Du wirst ganz hineingehen statt bedürftig,
voller Energie statt ausgelaugt.
(Motherpeace Tarot)

Im Anschluss an die Indien-Reise stand eine Geschäftsreise nach Kalifornien auf dem Programm. Dort drängte mich Judy, mein Leben zu genießen und ihre „Wassereimer-Theorie“ umzusetzen. Immer und ausschließlich die gute Energie, also das saubere Wasser nachfließen lassen. Mich besser fühlen, immer ein bisschen noch besser. Wünschen, träumen, ich habe das Beste verdient. Glauben, dass nur Gutes in mein Leben kommt. Dankbar sein. So glücklich wie nur irgend möglich sein. Gesagt, getan. Vollgepumpt mit all dem Erläuterungswerk aus den Workshops in Pune und dem Wissen um das Geheimnis und die Magie der positiven Gefühle und des kraftvollen Wünschens versprach ich ihr, den Kuchen nicht nur zu behalten, sondern auch zu essen. Das ist eine komische amerikanische Redensart, die sich kaum übersetzen lässt, aber sie meinte damit ungefähr soviel, als dass ich glücklich weiterhin in Matavu leben werde und dabei mein Liebesleben mit dem perfekten Mann, der irgendwo auf dem Planeten auf mich wartete, vollkommen und ausgeglichen genieße.

Der nächste Schritt hieß also Wünschen. Was will ich nicht, was will ich im Einzelnen? Das waren die großen Fragen. Der wichtigste Punkt war allerdings, dass ich mich immer so gut wie möglich fühlte, damit ich die richtige Energie ausstrahlte, denn nur was wir aussenden, können wir auch reflektieren.

Mit vielen neuen Lebensweisheiten im Kopf musste ich all das erst mal verdauen und flog wieder zurück nach Fidschi. Dort vergingen ein paar Wochen, aber als ich merkte, dass ich wieder anfing, in eine melancholische Phase zu rutschen, mein Schokoladenkonsum drastisch anstieg und ich mich auf dem Sofa wiederfand, alte „Friends“-Episoden auf DVD anschauend, sprang ich plötzlich auf und ging zum Computer. Die E-Mail meiner Schwester mit der Internet-Partnerschaftsbörse fand ich sofort, und ohne viel nachzudenken, meldete ich mich an, füllte alle Fragebögen gewissenhaft aus und bekam schon am Abend sage und schreibe fünfundsiebzig Kontakte von kompatiblen Männern, unter denen sich auch meine große Liebe, Max, befand. All das passierte innerhalb eines Tages, ruck zuck. Energie geladen, Wünsche formuliert, Alarmstufe erkannt (in Form des Schokoladenkonsums und der anschleichenden Melancholie), in Aktion getreten und aktiv mein Glück eingefordert.

Auf die Frage, welche Punkte für den langfristigen Erfolg einer Partnerschaft wichtig sind, schrieb ich als Antwort: gegenseitige Toleranz, einander annehmen, wie man ist, Liebe und Zuneigung, „gemeinsame Wellenlänge“ durch ähnliche Ansichten und Wertvorstellungen. Den anderen attraktiv finden, dabei sind auch Zärtlichkeiten und Sex wichtig.

Es war durchaus faszinierend, so viel über mich selbst zu erfahren. Interessiert las ich, was der Computer aufgrund meiner Antworten über mich herausgefunden hatte.

Da stand nun:

Liebe Alicia. Auf unserer Skala „Nähe – Distanz“ haben Sie eine mittelhohe Ausprägung in Richtung Nähe erzielt. Ihr Bedürfnis nach Nähe ist größer als ihr Unabhängigkeitswunsch. Positiv daran ist, dass Sie sich gut an andere Menschen binden und ihnen das Gefühl vermitteln können, für sie da zu sein. Sie profitieren von einem Partner, der etwas mehr die distanzierte Seite betont, hier aber keinen zu starken Ausprägungsgrad besitzt. Auf unserer Skala „Autarkie und Versorgung“ haben Sie eine hohe Ausprägung in Richtung Autarkie erzielt. Das bedeutet, dass Sie möglicherweise die Tendenz haben, sich sehr um andere zu kümmern und dabei eher autark sein möchten. Sie profitieren von einem Partner, der den Geborgenheitsaspekt repräsentiert, hier aber keinen zu starken Ausprägungsgrad besitzt.

Auf unserer Skala „Dominanz – Unterordnung“ haben Sie eine mittelhohe Ausprägung in Richtung Dominanz erzielt. Möglicherweise haben Sie zum Teil die Tendenz, sich weniger nach anderen Menschen zu richten. Andererseits finden sich aber auch Anteile Ihrer „entgegengesetzten Seite“, wo es darum geht, sich anpassen und integrieren zu können. Sie profitieren von einem Partner, der Sie ergänzt, also gerade etwas mehr – jedoch nicht zu stark – die angepasste Seite von Ihnen betont.

Sie gehören zu der Gruppe, die eher an „das Schicksal“ und weniger an das „Wachstum“ in einer Beziehung glaubt. Dazu hat man festgestellt, dass derjenige, der sehr an das „Schicksal“ glaubt und gleichzeitig weniger an das „Wachstum“ in einer Beziehung eher Gefahr läuft, vom Partner enttäuscht zu werden.

Ihr Testwert zum Thema „Kommunikationsfähigkeit“ liegt in einem hohen Bereich. Das bedeutet, dass es Ihnen besser als den meisten anderen Menschen gelingt, aktiv auf andere zuzugehen und Ihre Bedürfnisse und Wünsche deutlich zum Ausdruck zu bringen.

Auf der Skala „Einfühlungsvermögen“ haben Sie einen hohen Wert erzielt. Das bedeutet, dass es Ihnen besser als den meisten anderen Menschen gelingt, sich in ihr Gegenüber einzufühlen. Sie haben auch keine Probleme damit, wenn andere sich in Schwierigkeiten befinden oder Ansichten vertreten, die sich von Ihren eigenen sehr unterscheiden.

Ihr Wert auf der Skala „Konfliktfähigkeit“ liegt in einem eher hohen Bereich. Das bedeutet, dass es Ihnen besser als vielen anderen Menschen gelingt, Konflikte konstruktiv zu lösen. So gelingt es Ihnen meistens, sich in Geduld zu üben oder einen nötigen Abstand in Konfliktsituationen einzuhalten.

Auf der Skala „Stressverarbeitung" haben Sie einen hohen Wert erreicht. Das bedeutet, dass es Ihnen besser als den meisten anderen Menschen gelingt, sich zu entspannen, zwischen positivem und negativem Stress zu unterscheiden und Stress wirksam abzubauen.

In der Motivationspsychologie wurden eine Reihe sogenannter „Handlungsmotive" herausgearbeitet, die bei jedem Menschen in unterschiedlicher Ausprägung und Kombination vorhanden sind. In Anlehnung daran wurden von uns eigene Motivdarstellungen in Bildform entwickelt, die die verschiedenen Lebensziele widerspiegeln.

Mein wichtigstes Handlungsmotiv ist laut Partnerbörsencomputer der Ehrgeiz.

Einfluss auszuüben und Verantwortung zu übernehmen ist charakteristisch für das Motiv Ehrgeiz. Das Motiv kann sich auf viele verschiedene Arten zeigen: Einigen Menschen liegt viel daran, sich mit anderen zu umgeben und sie anzuleiten. Andere ehrgeizmotivierte Personen verspüren eher den Drang, produktive gegenständliche Arbeit zu leisten. Zur Verwirklichung dieser Ziele sind bestimmte Eigenschaften wie Durchhaltevermögen und Einsatzbereitschaft notwendig.

Das zweitwichtigste Handlungsmotiv seien Beziehungen.

Dieses Motiv steht für die Begegnung mit anderen Menschen und soziale Kontakte. Die Gründe, Beziehungen zu pflegen, können ganz unterschiedlich sein. Manche Menschen bilden beispielsweise ein Netzwerk, um vor allem ihren Status aufzuwerten. Der echte Wunsch nach Beziehungen umfasst jedoch vor allem die Suche nach Schutz und Geborgenheit in einer Gruppe sowie den Kontakt zu anderen, um gemeinsame Interessen und eine anregende Freizeitgestaltung zu pflegen.

Als drittes Handlungsmotiv stand bei mir offensichtlich Romantik auf dem Programm.

Das Motiv Romantik beschreibt das Streben nach einem ästhetisch gestalteten Leben. Erotik und Schönheit gelten dabei als verschiedene Aspekte eines einzigen Strebens. So sind Menschen, die Wert auf Erotik legen, gleichzeitig fasziniert von den schönen Künsten wie Musik, Malerei oder Poesie. In Bezug auf die Partnerschaft beschreibt der Begriff des Romantizismus darüber hinaus, wie sehr jemand an Liebe auf den ersten Blick glaubt, der Überzeugung ist, die Liebe bahne sich ihren Weg durch alle Hindernisse sowie den Glauben hat, dass der idealisierte Partner sein Ein und Alles sei.

Den Schluss dieser Liste bildete die körperliche Aktivität. Sportliche Aktivitäten dienen dazu, den eigenen Körper besser wahrzunehmen und körperliches Wohlbefinden zu erlangen. Es ergeben sich Überschneidungen zu anderen Motivbereichen: So sind einige Menschen beispielsweise besonders körperlich aktiv, um ihre Fitness zu steigern, andere streben danach, ein gutes Körpergefühl herzustellen.

So weit, so gut. Wer war denn nun der Prinz für mich? Ich suchte mir Max aus, denn alles, was ich über ihn las und später von ihm hörte, zauberte ein Lächeln in mein Gesicht. Es war Liebe auf den ersten „Kontakt“.

Später erzählte er mir, dass er genau an diesem Tag im April im Garten saß und sich so inbrünstig wie noch nie den passenden, ultimativen Liebes- und Lebenspartner in sein Leben wünschte. Als er später am Abend in seinen Computer schaute, las er meine Nachricht und es war sofort um ihn geschehen. Das war echte Magie, die Manifestation des Wünschens. Unsere beiden Energien trafen sich über zwanzigtausend Kilometer entfernt, es gab kein Entrinnen, wir sendeten genau die gleiche Frequenz mit der Sehnsucht nach riesengroßer Liebe aus.

Max ist vom Sternzeichen Waage.

Auf die Frage, welche Punkte für den langfristigen Erfolg einer Partnerschaft wichtig sind, hatte er geantwortet, dass gegenseitige Toleranz, einander annehmen, wie man ist, gegenseitiges Vertrauen, Offenheit und Ehrlichkeit, sich gegenseitig unterstützen, vor allem wenn es einem von beiden einmal schlecht gehen sollte, und gegenseitige Treue besonders wichtig für ihn seien.

Sein wichtigstes Handlungsmotiv ist Neugier.

Menschen unterscheiden sich darin, in welchen Bereichen und wie stark sie daran interessiert sind, Neues zu lernen und ihr Wissensbedürfnis zu befriedigen. Zugrunde liegt diesem Streben die Suche nach Wahrheit und allgemeingültigen Zusammenhängen. Das Motiv Neugier kann in verschiedenen Bereichen unterschiedlich stark ausgeprägt sein: Manche Menschen befriedigen ihre Neugier mit der intellektuellen Wissensaneignung, andere haben das Bedürfnis, durch Reisen neue Kulturen und Menschen kennenzulernen.

12

Und jedem Neuanfang wohnt ein Zauber inne,
der uns beschützt und der uns hilft zu leben.
(Hermann Hesse)

Es entsteht ein reger E-Mail- und Skype-Kontakt mit sehr intimem Austausch, bei dem Max und ich uns schon sehr bald so unsterblich und für immer ineinander verlieben, wie wir es uns beide von Herzen gewünscht hatten. Nach ganz kurzer Zeit sind wir sicher, dass wir füreinander geschaffen wurden, und planen unser gemeinsames Leben. Ich werde ihn als Erste in Wien besuchen, danach möchte er meine Welt auf Fidschi kennenlernen. Ein Schritt nach dem anderen. Erstaunlich waren die Punkte laut Partnerschaftsbörse, die uns eine Kompatibilität von siebenundneunzig Prozent bescheinigten.

Hallo, bin neugierig, ob wir noch mehr Gemeinsamkeiten als Matchingpunkte haben, freu mich auf Antwort, Alicia.

Hallo Alicia,
ich bin auch neugierig, sollten es rausfinden, vielleicht mit einem Treffen und Frage-Antwort-Spiel, ich frage und du musst antworten (war Spaß :)), würde aber gerne dein Foto sehen so wie in Kindertagen; ich zeig dir meins und du zeigst mir deins, war sehr lustig, freue mich auf deine Antwort. Liebe Grüße, Max.

29. 04. 2007
Hallo, habe mich über die Antwort gefreut und dass du über dich schreibst. Die Info im Profil spiegelt nur einen ganz kleinen Teil meiner Person, z. B. lebe ich auf Fidschi, das konnte man da gar nicht ankreuzen :-) Dort ist nämlich mein Resort und die meiste Zeit des Jahres verbringe ich dort, wenn ich nicht auf Reisen bin, und nur einmal im Jahr führt es mich nach Deutschland, um Familie und Freunde wiederzusehen. Jedenfalls sah mein Leben in den letzten 11 Jahren so aus. Ich finde es schön, nun ein neues, spannendes Kapitel meines Lebens anzufangen, wenn du Lust hast, schreib mir doch, wie du dazu stehst (dem Leben in der Südsee) und dann sehen wir weiter. Komme gerade vom Joggen, es ist Sonntagabend hier und ich laufe am liebsten mit meinen beiden Hunden am Strand, dann ist es nicht mehr so heiß. Liebe Grüße, Alicia

Hallo Alicia,
wahnsinnig, du bist so wunderschön, danke dir für deine Antwort und finde es toll, was du machst, ich trage mich schon seit Jahren mit dem Gedanken auszuwandern, wie kommt es, dass du gerade über eine Partnerbörse einen Lebenspartner suchst, so wie du ausschaust, müssen die Männer Schlange stehen (ich wäre sicher der Erste in der Schlange :)), hast du eine E-Mail-Adresse, schicke dir wie versprochen das Foto, aber schau natürlich in natura besser aus, die Kamera ist böse zu mir und nimmt nicht meine Schokoseite, ich freue mich schon auf deine Antwort, mit einer Einladung zu einem Café musst du wohl min. 10 Std. warten :)), nein im Ernst, ich möchte dich mehr denn je kennenlernen. Wann bist du wieder in Deutschland, oder wie hast du es dir vorgestellt, uff, wollte mehr Zeilen schreiben als du, aber ich will keinen Roman erzählen. Liebe Grüße Max.

Hallo Max, der Grund für mich in einer Partnerbörse zu stöbern liegt darin, dass ich so „auf freier Wildbahn" keine passenden

Männer treffe. Im Resortalltag begegne ich meist Honeymooner Paaren und in meiner Freizeit möchte ich nicht auf „Männerfang“ gehen. Und du? Schlange steht dann auch keiner, weil viele Männer vor einer Frau wie mir eher Angst haben. Der Flug nach Fidschi dauert übrigens 24 Stunden, aber ich mach wirklich superleckeren Kaffee :-) Anfang Juli bin ich für 2 Wochen in Deutschland, in Stuttgart und im Allgäu (Oberstdorf), Alicia.

Hallo Alicia,
ich verstehe dich sehr gut, mir geht es auch so, nur ich habe keine Zeit, da ich mehrere Firmen habe und ich kein Mann für gewisse Stunden bin, bei mir muss es Liebe bei einer Frau sein, so wie bei einem Baby (will haben :)) machst du den Männern Angst?? Kann ich mir nicht vorstellen bei deinem Aussehen und ich glaube auch, dass du eine liebe Person bist, ich habe mich nach 22 Jahren Ehe von meiner Frau getrennt, da ich in all den Jahren etwas vermisst habe, nämlich die Warmherzigkeit, ich brauche es, dass mich eine Frau auch mal nimmt, umarmt und sagt, dass ich der Beste bin und nicht nur eine Geldmaschine, ich würde dich gerne treffen, wenn du in Deutschland bist, ich habe dir ja meine private E-Mail geschickt, vielleicht bekomme ich auch deine und wir können uns etwas ausmachen, freue mich auf Antwort von dir.
Liebe Grüße Max

Max, mit dem Kinderkriegen bin ich fertig, da gibt es sicher andere tolle Frauen, mit denen du eine Familie gründen kannst, und ich wünsche dir viel Glück und Erfolg dabei. Für „gewisse Stunden“ wird wohl ein sehr teurer Spaß, wenn man allein die Flugkosten bedenkt, nein, so was suche ich sicher nicht, warum auch? 22 Jahre sind eine sehr lange Zeit, der Leidensdruck muss stark sein, um den Schritt in die Trennung zu wagen, ich habe auch lange gewartet und bin nun sehr glücklich und entspannt.

Hi Alicia, ich glaube du hast es falsch verstanden mit dem Baby, ich wollte nur damit sagen, dass ich eine Frau suche, die mich gerne hat und mal mich drückt, ich habe meinen Teil erfüllt und möchte gut leben, meine Kinder sind 20, 17 und 15 Jahre alt, und ich bin froh, dass sie so groß sind, erzähl mir, was du so machst und auf welcher Insel du lebst, ich beneide dich, denn so etwas wollte ich schon seit Jahren machen, aber leider nicht gelungen, ich bin nach wie vor der Meinung, dass unser Profil perfekt ist und du und ich einzigartig sind und wir uns die Chance geben sollten es rauszufinden, machst du wirklich einen guten Kaffee :)), es war aber nicht nur der Leidensdruck, sondern die Summe aller Dinge, die sich addiert hatten, wie alt sind deine Kinder, übrigens habe ich nur Mädels, freue mich auf eine Antwort und vielleicht auch noch Fotos von dir, den Kindern und deiner Umgebung. (Kenn die Fidschi-Insel nur vom Hören und Vox-Tours)
liebe grüße

Hi Max,
da bin ich ja erleichtert :-). Klar, die körperliche Anziehung ist sicher eines der wichtigsten Elemente in einer Liebesbeziehung, sonst wären wir beide sicher noch bei unseren ehemaligen Partnern, keine Frage. Ist ja nett, dass du Töchter hast und ich Söhne, das passt doch! Du willst wissen, was ich mache usw., o. k., ich fang mal an, einfach drauflos zu erzählen und dann bist du aber wieder dran, o. k.? Das Resort ist auf Tavarua, die drittgrößte Fidschi-Insel. Das Büro/privater Wohnsitz ist auf der Hauptinsel. Man fliegt eine Stunde mit einer kleinen Maschine hin und her und das mach ich dann auch alle zwei Wochen, also immer im Wechsel, entweder Stadt/Büro-/Schulkind/Freunde oder kleine Insel/Arbeit/Gäste/Tauchen. Mein jüngerer Sohn geht in Suva auf die internationale Schule, da komm ich übrigens grad her, weil Elternabend war, und habe mit seinem Physiklehrer, seiner Französischlehrerin und seiner Englischlehrerin gesprochen. War ganz o. k.

Er ist ein ganz Wilder, Teenager eben, liebt Rap und Basketball und Schule ist für ihn auf jeden Fall nicht das Wichtigste im Leben. Dann wollte er unbedingt zu McDonald's, also hab ich ihn abgeholt und auch unsere beiden Hunde ins Auto geladen und wir haben sein Abendessen ausgesucht. Einmal die Woche darf das sein. Nun möchte er sich einen Film mit mir anschauen. Wenn er ins Bett geht, beantworte ich noch jede Menge Geschäfts-E-Mails, bevor ich schlafen geh, bin ein bisschen eine Nachteule, dann klingelt kein Telefon und es ist schön ruhig.
Habe Bilder angehängt und freu mich auch auf deine. Lieben Gruß, Alicia

Hi Alicia,
danke für deine Fotos und die lieben Zeilen, wie lange warst du verheiratet. Und wann hast du dich getrennt, war das ein Deutscher und wie bist du auf die Fidschi-Inseln gekommen, sicher nicht als Schiffbrüchige :)), soweit ich im Internet gesehen habe, gibt es drei Hotels auf der Insel, ich tippe auf Matavu und schau, ob ich der Meisterdetektiv Sherlock Holmes bin, wenn nicht, zahle ich den Café, wenn schon, wird es ein Frühstück bei dir, o. k., ich hoffe, du verstehst auch einen Spaß, hier bei uns in Österreich wird es immer schlimmer mit den Leuten, entweder sie saufen oder sitzen zu Hause am Computer und sind schlecht gelaunt, ich habe dir ja schon gesagt, dass ich mehrere Firmen habe, und zwar eine Elektrosanitär, eine Baufirma, eine Immobilienfirma und ein Gastrolokal, wird mir jetzt erst bewusst, warum ich so viel arbeite, uff, ich habe in den letzten Jahren mich immer mehr in die Arbeit geflüchtet und gehofft, die Frau meiner Träume zu finden, hab ja keine großen Ansprüche, außer sie soll gescheit sein, schön sein, um die 40 Jahre jung, reich sein und mich auf Händen tragen und dann bin ich aufgewacht :)), nein im Ernst, ich wollte eine Partnerin, die mit mir gemeinsam etwas aufbaut und mir hilft, dass man

sich gegenseitig aufbaut, wenn mal was schief läuft, ich bin Waage und lebe auch danach, kennst du Wien oder warst mal da, mit so tollen Bildern kann ich nicht mithalten, ich schick dir Fotos von meinem Haus und einem meiner Autos, ich bin auch so wie du und sitze am Abend im Büro und mache die Rechnungen und Angebote und, und, und …, mein Tag beginnt um 6.00 Uhr und endet um 23.00 Uhr oder auch später, wenn ein Termin dann ins Private wechselt, freue mich auf dein Mail und wünsche dir alles Liebe und very nice day,
PS: Wie ist die Zeitverschiebung bei dir?
Liebe Grüße, Max

Hi Max,
o. k., Sherlock Holmes, dann beantworte ich mal deine Fragen, weil Direktheit der einzige Weg ist, sich kennenzulernen und wenn du es wirklich wissen willst, dann wirst du es auch verarbeiten können:

- habe vor 17 Jahren geheiratet, einen Schwaben
- habe mich vor 8 Jahren scheiden lassen
- habe nach Paartherapie usw. vor einem Jahr wieder geheiratet (den gleichen Mann)
- habe mich seit November endgültig getrennt und die Scheidung läuft.

Schlimm?
So, nun kannst du deine Reise nach Fidschi buchen und ich lad dich zum Frühstück am Strand ein.
Ich liebe Wien, eine wunderschöne Stadt. Der Gegensatz zum Inselleben ist krass, das ist aber genau auch der Reiz.
Spiel und Arbeit brauchen Balance, die versuche ich zu erreichen. Habe viel zu geben und möchte einfach glücklich und geliebt sein und verwöhnt werden, das ist doch o. k.?
Der Zeitunterschied beträgt 12 Stunden, hier ist es grad Mittag und du hast Mitternacht.

Ich steh nicht ganz so früh auf, meistens so um 8.00 Uhr oder etwas später.
Die Abenteuerlust hat mich nach Fidschi gebracht und ich habe es nicht bereut. Mein Leben war immer sehr bunt und abwechslungsreich, mit der europäischen Negativerei kann ich nichts anfangen. Jeder Tag ist ein Fest, ich freu mich, wenn ich aufwache, und bin gespannt, was der Tag bringt.
Sonnige Grüße, Alicia

Liebe Alicia,
tut mir leid wegen der Fotos, ich versuche sie in Zip-Format, ich bin froh dich kennenzulernen, habe ich schon gehört, dass man sich 2- oder 3-mal heiratet, bei uns in Wien gibt es ein Sprichwort und es besagt „Ein aufgewärmter Kaffee schmeckt nicht", wo lebt dein Exmann jetzt und wie bist du noch geschäftlich verbunden, ich stell es mir toll vor, mit einer so wunderschönen Frau wie dir am Strand zu frühstücken, ich denke wir mussten uns begegnen, als ich mich im Februar angemeldet habe bei der Vermittlung aus Mangel an Freizeit und weil ich die Frauen nicht irgendwo anbaggern mag, nicht mein Stil, war ich eigentlich enttäuscht, da die wenigen, mit denen ich mich getroffen hatte, so frustriert waren von Ehe und Mann, dass ich mich im März wieder abgemeldet habe, nachdem aber 6 Monate bezahlt waren und wir uns dadurch kennengelernt haben, war es Bestimmung, ich würde gerne sofort fliegen, wenn ich jetzt diese Zeilen schreibe und an dich denke, kann ich es kaum erwarten dich zu sehen, und mit jedem Mail gibt man was Persönliches preis, auch verstehe ich dich, dass du geliebt werden willst, muss dir sagen, dass es bei deinem Aussehen nicht wirklich schwer ist, welche Landessprache habt ihr, wann ist die Saison bei euch und wie ist die Temperatur im Durchschnitt, ich würde dir gerne Wien bei Tag und bei Nacht und am Morgen zeigen :)), natürlich mit Frühstück, so jetzt muss ich wieder ins Leben und die Runde machen, fahre im Durchschnitt 120 km pro

Tag in Wien herum, heb dir das „viel geben" für mich auf, ich nehme es :))
Ich wünsche dir einen schönen Tag und freue mich auf unser Date
Liebe Grüße Max

Hi Max,
du schreibst ja sehr nett, ist das der „Wiener Schmäh"? Muss die ganze Zeit schmunzeln, Kompliment :-))
Das mit dem aufgewärmten Kaffee hat mir vorher niemand gesagt, aber es stimmt wohl. Zurzeit wechseln wir uns noch mit den Wohnsitzen/Managen ab, immer im Zweiwochentakt, das funktioniert o. k. und jeder kann sein Leben leben. Dann reise ich auch viel, war im Februar in Indien in spiritueller Mission in einem Meditationsresort, im März in Hawaii, Kanada, Kalifornien auf Marketingtour mit Air Pacific. Du schaust in deinen Firmen nach dem Rechten, da hast du bestimmt auch immer viel um die Ohren, macht es dir Spaß oder möchtest du dich verändern? Wie hast du es dir denn damals erträumt, als du auswandern wolltest? Was war der Auslöser? Ich bin wirklich fasziniert von der Anziehung, die allein über so etwas Oberflächliches wie E-Mails entstehen kann, lass die Dinge sich gern entwickeln, wer weiß? Nein, vom Leben und von den Männern in allgemeiner Hinsicht bin ich nicht enttäuscht, dafür lebe ich jeden Tag mit Begeisterung und bin viel zu gespannt auf die Zukunft. Wie ist dein Verhältnis zu deinen Töchtern? Ich freu mich auf Wien, lass es mir gern von dir zeigen! Hey, wir könnten ja mal von vorn anfangen, wenn du Lust hast, also, wo bist du aufgewachsen, hast du Geschwister, Eltern usw. Ich kann ja mal anfangen, also: bin das achte von neun Kindern, habe sechs Schwestern (meine jüngere Schwester lebt nicht mehr), zwei Brüder und meine Mutter ist mit 80 Jahren noch unverschämt fit und macht jeden Morgen ihren Kopfstand und Yoga und joggt, lebt in einem kleinen Dorf in NRW, wo ich auch aufgewachsen bin. Mein Vater

war Grundschulrektor, wir haben im großen Schulhaus neben der Dorfkirche gewohnt, bis sie ihr eigenes Haus gebaut haben, da war ich acht Jahre alt. Meine Eltern sind Sudetendeutsche, haben beide in Prag studiert (Musik und Pädagogik) und sind dann im Krieg geflohen. Bin sehr musisch aufgewachsen, wohl auch zu katholisch, was dazu geführt hat, dass ich aus der Kirche ausgetreten bin und mich allerdings sehr für Spiritualität interessiere. Spiele Klavier (meine Söhne übrigens auch) und liebe Kunst in jeder Form. Male gern, tanze bei jeder Gelegenheit und habe ein Jahr in den USA verbracht, wo ich auch Schauspielerei studiert habe. Das hat meinen Eltern allerdings nicht gefallen und so bin ich in der Kosmetikindustrie gelandet, was mir dann auch viel Spaß gemacht hat als Visagistin und Marketingfrau, bevor mein erster Sohn zur Welt kam. Seitdem habe ich mich um die Kinder gekümmert und eben seit 11 Jahren vollzeitig dieses Unternehmen auf Fidschi geleitet. Das Tolle daran ist, dass ich alles, was ich in meinem Leben je gelernt habe, hier super anwenden konnte und damit wachse. Die Landessprache ist übrigens Englisch und Fidschianisch, habe eine kleine Broschüre angehängt. Nun bist du dran … Alicia

Hi Alicia,
glaubst du an Bestimmung, ich schon, habe es mir vom Universum gewünscht, dass wir uns kennenlernen, zu deinen Fragen über Veränderung meine ich, das ganze Leben ist Veränderung und ich lerne und genieße es, der Grund, warum ich auswandern will, sind einmal die vielen Gesetze und die mürrischen Menschen in unserer Alpenrepublik (und die volksdümmliche Musik) und ich liebe Sand, Meer und Palmen, ich habe in den letzten Jahren mich in Venezuela, Spanien, von Marbella über Sevilla bis Barcelona, dann nach der Dominikanischen Republik, dann nach Thailand, dann nach China durchgeackert, aber nicht wirklich, wo meine blauen Augen leuchten und sagen, das ist es, und so suche ich nach dem Hei-

ligen Gral (musst wissen, ich war mal ein Ritter ohne Furcht und Adel, eh, Tadel heißt es), auch sehe ich meine Arbeit als Hobby und mache es sehr gerne, meine Idee der Auswanderung war immer so, ich muss das Geld haben, um die nächsten Jahre nirgendwo zu arbeiten oder auf Arbeit angewiesen zu sein, ich besitze ein paar Eigentumswohnungen, die ich vermietet habe und später leben kann davon, du weißt ja, im Alter braucht Mann ja nur mehr Wasser und Brot und eine Liege :)) mit meinen Töchtern komme ich gut aus, die Älteste studiert und kommt ganz nach mir, sagt meine Ex, weil sie immer unterwegs ist und materiell eingestellt ist, bla bla bla, nur der Neid, der Grund unserer Trennung war auch, dass sie immer Angestellte war und ich selbstständig und sie immer meinte, ich zocke die Leute ab, in Wahrheit kommen die Kinder erst im Alter von 30–35 Jahren drauf, wie gut sie es gehabt haben, was ich jetzt schreibe, ist die Wahrheit und nichts als die Wahrheit, ich bin von 11 Kindern der Mittlere, das heißt ich habe 4 Schwestern und 6 Brüder, die alle in Österreich leben außer einer, meine Lieblingsschwester, die lebt in Augsburg und hat einen Adeligen als Freund (Titel ohne Mittel, sag ich immer), er ist Architekt, aber ein Lieber, meine Eltern sind auch Sudetendeutsche aus Prag und im Krieg geflüchtet, mein Großvater hat Rosenstein geheißen und mein Vater hat dann in der Schweiz den Namen Schubert gekauft, also bin ich Meuschele ohne Beugele :)) meine Mutter lebt noch, mein Vater ist schon vor 20 Jahren gestorben, bin in Baden bei Wien aufgewachsen und war das bravste Kind der Stadt, hab sogar einen Orden von der Stadt bekommen, eh, eigentlich war's eine Ermahnung vom Parkwächter :)) ich bin nicht musikalisch, aber ich male sehr gerne und schreibe zurzeit an einem Buch, stelle fest, dass die E-Mails immer länger werden, und ich genieße es dir zu schreiben und möchte gerne dein Gesicht sehen, wenn du meine Zeilen liest, auch deine Stimme und dein Lachen würde ich gerne hören, glaube mir, mit mir hast du viel zu lachen, ich schicke dir ein Foto von meinem Baby, nicht erschrecken, braucht nur 20 l in der Stunde, die nächs-

te Wette ist ein Tanz am Strand für mich allein, wenn du verlierst, o.k., muss was sein, wo du unter Garantie verlierst :)) was für Musik hörst du gerne und aus welcher Zeit, habe mir den Film „Walk the Line“ mit Jonny Cash angeschaut, war genial, bin auch fasziniert von der Anziehung deiner E-Mails und wie ein Süchtiger auf das nächste warte ich und fühle mich wie 17 mit Herzklopfen, wenn ich ins Büro komme und schaue, ob ich Nachricht von dir habe, schwöre, ist die Wahrheit, warum habe ich auf einmal so eine lange Nase :))
ich schicke dir liebe Grüße
Gibt es bei dir auch einen Rotwein, einen guten, meine ich?

Hallo Max,
soso, der Ritter Kunibert heute oder Arthur, genau, der war's, den Gral möchtest du finden, interessant :-)
Du kriegst alles, was du dir wünscht, vom Universum, denn es ist alles da, der Trick besteht darin, es sich richtig zu wünschen, also mit Sehnsucht und Vorfreude, beschäftige mich mit dem Magnetismus der Energie, die wir ständig aussenden, jeder Mensch, wenn sie positiv ist, kommt es auch so zurück. Habe die Länder, die du erwähnst, noch nicht alle bereist, war in Portugal, Spanien, Frankreich, Italien natürlich, auch Brasilien, Japan, Jamaika und Seychellen und eben hier in der Südsee, da hat mir Fidschi am besten gefallen, weil die Menschen am herzlichsten sind, natürlich gibt es auch nicht so tolle Sachen hier, die Armut, die Langsamkeit zum Beispiel, Moskitos und die Kultur, aus der wir kommen, gibt es hier natürlich auch nicht, aber so viel Schönes und die Leichtigkeit des Seins. Habe mich sehr an die Wärme gewöhnt, kann gar nicht mehr so eiskaltes Wetter über einen längeren Zeitraum aushalten, hier ist es immer warm, von Juni bis Oktober wird es nachts kühler und am heißesten ist es im Februar. Saison ist immer, wobei zwischen Januar und April weniger Besucher kommen, weil es die sogenannte Regenzeit ist, aber seit ich hier lebe, trifft das nicht zu, es regnet, wann es will, und ist tro-

cken, wann es will, die Luftfeuchtigkeit ist in diesen Monaten allerdings sehr hoch, über 80 %, aber das Meer dafür so warm, dass man stundenlang schnorcheln kann, ohne kalt zu werden. Magst du Haie? Rotwein gibt es auch hier, klar, auch guten, manche Australier sind ganz o. k., am liebsten trinke ich mal ein Glas guten Bordeaux zum Essen, nicht zu alt, schön reif – oder eiskalten Sauvignon Blanc, die Neuseeländer sind lecker. Musik höre ich gerne, tagsüber meistens Radio, Justin Timberlake, Gwen Stefanie, alles, was schön juicy ist, höre auch gern mal Klassik, Mozart, Bach usw. und guten Jazz, wenn ich allein bin, z. B. Willis Jackson & Pat Martino … alles Mögliche. Und du? Ins Kino geh ich relativ oft, wenn ich in Suva bin (der 2-Wochen-Rhythmus), habe mir diese Woche „Shooter" mit Mark Wahlberg angeschaut, hat mir gefallen, „Walk the line" ist ein Superfilm, habe ihn sehr gern angeschaut. Was schreibst du für ein Buch? Ich habe auch eins angefangen, lass es aber zurzeit liegen, die Muse muss mich mal wieder küssen, glaube, man nennt das „writers block", habe so viele Ideen und brauche Zeit sie zu ordnen. Hast mich wieder ein bisschen verschreckt mit dem „Baby" zuerst, bevor ich sah, was du meinst, ein schönes Auto, mir gefallen die älteren Modelle viel besser als die Neuversion von Mercedes. Ich liebe schnelle Autos, hier ist das Speed Limit 80 km und auf Tavarua 50 km, da fährt man dann eher Land Rover, um die Löcher in der Straße besser zu sehen :-)
Deine Familiengeschichte ist der Hammer, wenn ich sie mit meiner vergleiche, so was hab ich noch nie erlebt, eure Familientreffen sind bestimmt auch sehr lustig und wuselig. Habe auch Lieblingsgeschwister, die schon hier waren, und ein paar, mit denen ich gar nix zu tun habe, außer sie alle paar Jahre mal sehen, jeder ist anders, gell? Ich bin der Exot in meiner Familie, aber das hast du glaub ich schon ein bisschen rausgehört. Denk dir ruhig eine gute Wette aus, dafür bin ich immer zu haben :-) Hier kann man ja noch schreiben, was man will, beim lebendigen Gegenüber bin ich bestimmt nicht gleich so forsch. Grad sind hier 6 Teenagerjungs ins Haus eingefallen,

der Emil hat seine Freunde mitgebracht, es ist Feiertag hier, „Youth Day“, Fidschi ist das Land mit den meisten Feiertagen, das Büro ist nicht besetzt und so hab ich bis jetzt die Ruhe genossen, nun dröhnt wieder Rap Musik und der Kühlschrank wird geplündert, sind nette Jungs, die haben so viel Spaß, dass man neidisch werden könnte. So, habe dir ja nun viele Fragen beantwortet, wünsch dir einen schönen Tag, Alicia

Hi Alicia,
ich bin ein sehr positiver Mensch, weiß nicht, ob es so ankommt, aber ich habe meine Ruhe gefunden, das Buch, an dem ich zeitweise schreibe, heißt „Mein Kampf 2“, nein, es heißt „Hat Mann noch Zukunft?“ und handelt von der Beziehung Mann und Frau und der Rolle des Mannes, in die er immer mehr verdrängt wird, soll eine Brücke zwischen Mann und Frau werden. Wollte schon mit 17 Jahren nach Afrika und dort helfen, habe mich auch beworben, wurde aber leider nicht genommen, während ich dir schreibe und bei meinem Fenster rausschaue, beginnt es zu regnen, toll, wenn ich dann deinen Wetterbericht lese, wollen wir tauschen :))? Ich mag fast alles und den Sauvignon Blanc trinke ich auch, allerdings aus dem Burgenland, köstlich, nehme dir eine oder zwei oder mehr Flaschen mit, Alicia, auch wenn du es vielleicht nicht hören willst, aber ich genieße es dir zu schreiben und hoffe, dass wir die Chance haben uns näher zukommen, ich höre viel Musical von „Kuss der Spinnenfrau“ über „Phantom der Oper“ bis „Elisabeth“ und Country Music, habe gesehen, ihr habt ein Country Club Haus, wenn ich deine Fotos betrachte, bist du nicht nur ein Exot, sondern eine sehr erotische Frau, ich mag auch deine Art zu schreiben, wobei nicht immer es so rüberkommt, wie man es will, aber keine Sorge, wenn du nicht forsch bist, muss ich es sein :)) Wann genau hast du vor nach Deutschland zu kommen, vielleicht kann ich dich mit etwas Gutem früher nach Wien locken :))? Muss nachdenken … Sonnenuntergang am Donauturm in 133 Meter Höhe bei

einem Dinner, Lachs und Champagner, und ich lege dir Wien zu Füssen, was meinst du dazu, es ist gerade 8.00 Uhr und ich muss jetzt in die harte Berufswelt, Café trinken und Blabla machen, heute muss ich mit dem Auto zur Überprüfung. Es gibt im Internet auch ein Programm, wo wir uns unterhalten können, und auch telefonieren, wie ich schon geschrieben hab, möchte ich deine Stimme sooo gerne hören, wünsch dir alles Liebe und schicke mir ein wenig Wärme von dir.
Max

Hi Max, dass du ein total positiver Mensch mit viel Lebenserfahrung/Tiefgang/Verspieltheit bist, ist bis jetzt absolut rübergekommen, warum glaubst du beantworte ich deine E-Mails? :-) Ich bin sehr beeindruckt von dem Thema deines Buches und wünsche dir viel Erfolg damit, der Titel ist toll, du bist so frei, wie du willst, die Gesellschaft versucht mit Dogmen zu hypnotisieren, das ist meiner Meinung nach der Kern des Problems, kennst du das Buch „Liebe dich selbst und es ist egal, wen du heiratest“? Hat auch das Brückenthema, mir aber auch nicht mehr helfen können, ich glaube auch nicht, dass der Mensch für eine lebenslange Beziehung geschaffen ist, jeder verändert sich über die Jahre und mit viel Glück läuft es parallel und manchmal eben nicht, bin erleichtert, seitdem ich mir endlich die Freiheit geschenkt habe zu sagen: „Es reicht, ich will nicht mehr.“ Großzügigkeit ist ein edler Charakterzug, jeder ist seines Glückes Schmied, dabei nehme ich leidende Menschen in Not durch gierorientierte Weltpolitik aus, da gibt es viel zu helfen, am besten die richtigen Leute regieren lassen. Der wichtigste Job im Leben ist, selber glücklich zu sein, damit gibst du so viel Gutes und veränderst alles um dich herum. Habe auch jahrelang unter Neid/Missgunst gelitten, bis ich entschieden habe, dass es nicht mein Problem ist, was andere über mich denken, und seitdem gibt es nur noch nette Menschen in meinem Leben, die anderen kippen einfach ab :-)) Klar gibt es immer wieder Konfrontationen und Herausforderungen zum

Wachsen, ich versuche sie zu erkennen, bevor sie mich runterziehen, funktioniert immer besser. Plane mit einer Freundin aus Kalifornien, im November nach Afrika zu reisen, Ruanda, freu mich sehr drauf. Wenn Gäste aus Wien kommen, versteh ich manchmal nicht alle Wörter auf Anhieb, obwohl mir Österreichisch supergut gefällt :-) Ein Clubhouse? Auf Tavarua? Wusste nicht, dass es das noch gibt. Wo hast du das gelesen? Die Flüge sind gebucht, am 29. Juni geht's los, meine Söhne haben Ferien, deshalb sind die Zeiten nicht flexibel. Freu mich auf ein romantisches Dinner im Donauturm oder krieg ich nur Käsebrot und Bier, falls ich nicht früher komme? :-) Schau dir mal den Mond an, der heute aufgeht, komm grad vom Joggen, wunderschön, riesengroß, gelb leuchtend und diesen Mai gibt es sogar 2 x einen Vollmond, das ist ganz selten, das letzte Mal vor 27 Jahren, astrologisch ist es ein „blue moon", kannst dir was wünschen, selbst die verwegensten Wünsche gehen in Erfüllung! Erotisch findest du meine Ausstrahlung? Hab ich noch nie gehört :-))) Schick dir ganz viel tropische Wärme, hab hier mehr als genug davon, Alicia

5. Mai:
Hi Alicia,
habe für dich ein Gedicht geschrieben:

du wirst es nicht fassen
aber es ist vom Universum erlassen
wenn Mann und Frau sich lieben
und schweben auf Wolke Sieben
sollte niemand lachen
auch keine dummen Sachen machen
denn die Energie der beiden
kann über Leben oder nicht Leben entscheiden
so gebt mir auf die Liebe acht
am Tage wie in der Nacht
und sie wird wachsen und blühen

vergessen sind all die vorigen Mühen
darum schick ich jetzt meinen Dank ans Universum, das mich liebt
und auch dir Alicia, dass es dich gibt.

Hoffe es gefällt dir, Max

Lieber Max,
... dein Gedicht ist sehr zärtlich, bin sehr geschmeichelt und hebe es auf, es freut mich, wie offen du bist. Finde ich toll, dass du auch meditierst, das Coolste, was ich angefangen habe, ist Selbsthypnose, in Indien war der Schwerpunkt auf Meditation, Osho Meditationsresort in Pune, vielleicht hast du schon mal davon gehört, meine Schwester ist seit vielen Jahren Sannyasin und reist dort jedes Jahr hin, und als sie vor 2 Jahren ihren 50sten hier bei mir in Fidschi gefeiert hat, musste ich ihr versprechen, auch mal in ihr „Paradies" zu kommen, das war ein interessantes Abenteuer! Die ersten 2 Tage hat es mir überhaupt nicht gefallen und dann habe ich verschiedene Workshops gemacht, weil ich ja nun schon mal da war, und das war o. k., ich habe viel gelernt. Wie passt dir der 11. Juli für unser Treffen? Sobald wir ankommen, sind einige Termine beim Zahnarzt in Stuttgart und dann geht's nach Tiefenbach ins Allgäu, die oben genannte Schwester besucht mich eine Woche lang, aber zum Glück hat sie ihre eigene Unterkunft gebucht, weil ich nur 2 Schlafzimmer habe. Ansonsten komm du doch einfach, nach Tiefenbach oder Fidschi, ganz schön verrückt diese Planerei, oder? Hoffe, wir finden eine Möglichkeit. Das wird das erste Mal für mich, dass ich jemand so aus dem Blauen treffe, bin vielleicht wirklich sehr schüchtern ohne den Sicherheitsabstand von mehreren tausend Kilometern, aber versteh es nicht falsch, wenn ich fall, dann fall ich tief, bin deshalb lieber etwas vorsichtig, verstehst du das? Hast du den Mond gesehen? Liebe Grüße, Alicia

Hi Alicia,
danke und freue mich, dass dir mein Gedicht gefallen hat, weißt du, es ist einfach so aus meinem Herz gekommen, wie wenn es gewartet hätte die ganze Zeit, bin auch der Meinung, dass man offen sein soll, denn nur wer offen ist, empfängt auch die Signale des Lebens, ich freue mich und kann es nicht sooo lange abwarten und ich werde dich von Tiefenbach abholen, liegt ja nicht weit von meiner Schwester in Augsburg, es sind von mir ca. 600 km zu fahren (aber von Wien aus), glaube mir, in der Liebe gibt es keine Entfernung, ich verstehe dich nur zu gut, wenn du vorsichtig bist, denn mir geht es auch so, wenn ich reinkippe, dann mit all meiner Seele, Kraft und Hingabe, du schreibst, dass es verrückt ist zu planen, ich sage Nein, war immer der Meinung, dass irgendwo mein Lebenspartner ist und mir vom Universum geschickt wird, wie du sagst, wenn man es sich innig und ehrlich wünscht und nur der gute und positive Mensch wird es erkennen, was hältst du von dem Vorschlag: Ich komme am 7. Juli, das ist Samstag, zu dir rauf und wir haben ein paar Tage uns zu beschnuppern und fahren mit dir dann nach Wien und ich zeige dir meine Stadt, ich meine es sehr ernst damit, dass ich auswandern will, aber wird noch eine Weile dauern, den Mond habe ich leider nicht gesehen, denn bei uns war es bewölkt und regnerisch und 13 Grad, brrrr, aber meine verwegenen Gedanken hab ich dir trotzdem geschickt :)) schicke dir Bilder von mir, nicht erschrecken, habe mich selber fotografieren müssen mit dem Handy, geht leider nicht alles drauf, aber ist alles echt an mir :)) jetzt musst du mir aber auch Fotos schicken, weil hab soooo schwer gearbeitet und brauche einen Lichtblick:)) wenn du fällst, bin ich da und fange dich auf, denn ich habe die Kraft, glaube es mir, und dich auf Händen tragen ist bei mir kein Sprichwort, was ist „das erste Mal“ für dich, wie sagt man bei uns, „Es gibt immer ein erstes Mal“, muss dir eine Geschichte erzählen, eine meiner besten Freundinnen hat ein Stuckgeschäft und ist auch sehr viel unterwegs und hat deshalb keine Zeit für Männer, da erzählt sie mir vor 17 Monaten, sie hat übers Internet einen Schweizer

kennengelernt und da war sofort eine Verbindung da, ich dachte damals, so etwas gibt es nicht, Schweiz, und die Entfernung wird das Übrige tun, stell dir vor, die ist ein Wochenende zu ihm geflogen, dann ist er geflogen, heuer sind sie zusammengezogen und lieben sich wie am ersten Tag, und sie sagt, sie hat noch nie solch eine Liebe erlebt, ich find es toll und war ein wenig neidisch, aber nur ganz wenig :)) bis heute, leider regnet es noch immer bei uns und ich wollte Rasen mähen, so kann ich mich heute anderen Dingen zuwenden, wie schon geschrieben, hab ich Skype installiert und kaufe heute das Mikro, ich habe schon alles eingerichtet, wann bist du online, so, jetzt fahre ich zum Media Markt und wünsche dir alles Liebe und denk an mich und schreibe, wann du erreichbar bist, freue mich schon sooo, hoppala, ist meine Gefühlsregung :)).
Max

Hi Max,
unser erstes Gespräch fand ich total köstlich und witzig, ich bin so froh, dass sich unsere Wege kreuzen. Emil kam dann auch mittendrin mit seinen Freunden nach Haus und sie haben die halbe Nacht Blödsinn gemacht, Chilis in ihren Sandwiches gegenseitig versteckt und Radio gehört, weil sie alle möglichen Grüße an und von anderen Freunden zwischen der Musik erhalten haben. Konnte nicht gut einschlafen, habe viel nachgedacht. Es ist schön, wenn du mich abholst, meine Schwester muss damit leben, dass ich nicht die ganze Zeit für sie da bin, und meine Mutter kommt auch auf Besuch an dem Wochenende, die kann sich ja gerne mit ihren Enkeln beschäftigen und dann bin ich Freitag für sie da, das reicht, um mir die katholische Litanei anzuhören :-) Diese Schwester heißt Veronika und hat 2 Jahre lang mit mir gelebt und geholfen, als die Kinder noch ganz klein waren in Tiefenbach, während Mr. Ex meistens in Stuttgart war. Von daher kennt sie mich und meine Ehegeschichte so gut wie wohl kaum jemand und hat mich immer verstanden und in meinem inneren Wachstum unter-

stützt. Dazu noch ganz schnell ein paar abschließende Worte, denn ich schau nach vorn und nicht zurück und lästern ist auch nicht mein Ding. Also, ich möchte nicht über die Gründe der Trennung reden, sofern sie ihn angehen, ich glaub das ist nicht fair. Natürlich kannst du mich alles fragen, wenn du dir ein Bild machen willst. Jeder hat Macken und Fehler und wir alle leben so gut wir können und strengen uns an. Habe nie Gewalt erfahren, wäre auch nicht gesund für ihn gewesen, denn ich hab auch mal Karate gelernt, echt :-)) Der Franz war gerührt davon, dass ich endlich mein Leben in die Hand nehme, glaub ich, wir waren und sind eigentlich immer mehr Freunde als Mutter/Sohn gewesen, ist eine ganz alte Seele mit viel Tiefgang, immer schon gewesen, und es hat ihn immer sehr belastet, dass ich nicht glücklich war, was mich wiederum sehr belastet hat … Ich war für Mr. Ex eher so was wie ein kleiner Pokal, den er im Regal stehen hat, einfach, damit er ihn hat. Irgendwann wurde dann der Wein sein bester Freund und an diesem Problem arbeitet er nun. Habe aus unerfindlichen Gründen (oder war es die gesellschaftliche Hypnose meiner Rolle und dem Pflichtbewusstsein gegenüber, mit dem ich aufgewachsen bin) viele Jahre geglaubt, dass ich das Problem bin, und dies und das getan, Dutzende Bücher gelesen usw., und bin meiner Schwester dankbar, dass sie mir damals, als sie nach Fidschi kam, das Joggen beigebracht hat, erst ganz langsam, dann immer ein bisschen mehr. Da ist eine neue Welt bei mir aufgegangen, draußen mit sich selbst zu sein und zu laufen ist sehr meditativ und mein Kopf wurde langsam immer klarer, mein Herz wurde offener und ich habe mich getraut, mir meine Bedürfnisse zuzugestehen. „Wo gehobelt wird, fallen Späne“, heißt es, klar wird noch das eine oder andere Treffen und der Scheidungskram mein Leben belasten, damit werde ich umgehen können. Zeitweise funktioniert die Regelung mit den verschiedenen Wohnsitzen/Aufgabenbereichen super und dann flippt er wieder aus und macht Stress, mal schauen, was die Sterne sich dabei denken und wie ich das lösen kann auf Dauer. Dafür ist es schön, dass es mir immer leichter fällt, im Moment zu leben, und ich deshalb auch keine Angst habe. Ach ja, was ich noch vergessen habe, die andere Schwester, von der ich im Chat erzählte, diejenige, die sagte, sie hätte sich immer vorgestellt, dass ich mit jemand anders zusammen wäre („einem richtigen Mann“, so waren ihre exakten Worte), war auch diejenige, die mir den Onlinekontakt von der Partnerbörse gab. Das ist Wochen her, ich hab ihr geantwortet und geschrieben, dass ich von so was die Finger lasse, die Kettensäger und Perverslinge könnten sich andere Opfer suchen, und hab mich vor ein paar Tagen doch einfach getraut :-) Von wegen Universum, ich finde unsere Wellenlänge phänomenal. Habe so viele Kontakte gekriegt, wurde ganz überschwemmt und hab die meisten nicht mal gelesen, interessiert mich auch wirklich nicht. Das meinte ich auch mit dem ersten Mal für unser Date, hab in dieser Beziehung keine Erfahrung, aber du kannst beruhigt sein, ich werde dir nicht unterbreiten, dass ich wieder und am liebsten mit dir eine Familie gründen will :-)) Ich kann bis Sonntag oder Montag oder Dienstag bleiben, wie sieht die Entfernung nach München aus, dort lebt meine beste Freundin, da wollte ich unbedingt auch noch hin, denn sie kriegt mit 41 ihr erstes Baby Mitte Juni und ich habe ihr versprochen, dass ich sie besuche, komm doch mit, so eine frisch gebackene Mama hat eh keine Zeit und sobald wir uns ausgequatscht und ich ihr Töchterchen geknuddelt habe, können wir weiterfahren. Sie kommt mich jedes Jahr besuchen hier, kam vor 9 Jahren als Gast das erste Mal mit ihrem Freund nach Matavu in Urlaub, es gibt einige Gäste, die nun gute Freunde von mir sind, das bereichert mein Leben sehr. Die Musik von Robby Williams gefällt mir gut, aber nicht der Typ selbst als Mann. Höre grad am liebsten Justin Timberlake, deine Töchter bestimmt auch :-)) Freu mich auf dich, Alicia

Hi Alicia,
hoffe du hast gut geschlafen. Jetzt wo ich deine Stimme gehört habe, kann ich es kaum mehr erwarten dich zu treffen, wenn

du Zeit hast, würde ich gerne telefonieren mit dir, ist besser als schreiben bei gewissen Dingen, habe auch die km von Augsburg nach Tiefenbach ausgerechnet, es sind lächerliche 144 km, da bin ich in einer halben Stunde bei dir :))) na gut, eine Stunde, o. k., freue mich wie ein kleines Kind zu Weihnachten, weißt, eh noch 67 Nächte schlafen dann … der Aha-Effekt.
Liebe Grüße Max
Hast du was geträumt?

Hi Alicia,
ich male für dich ein Bild, das ich dir schenken will, wenn wir uns sehen.
Hoffe es gefällt dir – ist noch nicht fertig.
Liebe Grüße Max

Hi Max,
oh, da freu ich mich drauf, das ist so nett von dir, hast du die Bilder mal in einer Galerie gehabt, mir gefällt das hier sehr, welche Farben benutzt du dafür, ich mal mit Aquarell oder Acrylfarbe, hast du einen Raum zum Malen? Bin noch ganz durcheinander und erfüllt von unserem Gespräch, freu mich auf mehr, wünsch dir einen ganz schönen Tag und dass es aufhört zu regnen (hier regnet es auch grad in Strömen). Emil und seine Kumpels und seine Girlfriends sind hier rein und raus wie der Bienenschwarm, hab grad mein Buch abgeholt von der Freundin und freu mich drauf es zu lesen, „Birth of Venus" heißt es, weißt du, dass wir uns astrologisch den Planet Venus teilen, du als Waage und ich als Stier, deshalb der Sinn fürs Sinnliche :-) koche heut mal ausnahmsweise, unser Koch hat mir ein tolles Rezept gegeben mit viel frischen Kräutern, Kokosmilch, Hühnchen usw., habe den ganzen Tag nichts außer meinen paar Haferflocken gegessen, rate mal, wer schuld ist :-), nachdem wir von morgens bis abends auf Skype miteinander geredet haben, Alicia

Hi mein Liebes,
ich habe die Bilder (so viele sind es nicht) noch keinem gezeigt außer dir, male mit Acryl, denn mir gefällt diese Unruhe im Bild sehr gut, ich zeige dir mein Traumhaus, hab ich auch gezeichnet in Wasserfarben und Bleistift, ich hoffe, dass wir uns mehr als nur den Planeten Venus teilen werden :)) es hat leider nicht aufgehört zu regnen, hat 12 Grad, muss die Heizung in der Wohnung aufdrehen, da die Ameisen mit dem Wintermantel herumrennen :)) das Rezept hört sich lecker an und mir würde es Spaß machen, mit dir gemeinsam zu kochen, kann es sehr gut, das mit dem „nur Haferflocken zum Frühstück" werde ich wieder gutmachen, wenn du da bist, werde ich den ganzen Tag mit dir essen gehen :)) es war sooo herrlich mit dir zu reden und bin wie ein Süchtiger, der all deine Worte gierig einsaugt, wirst mir mehr und mehr vertraut, jetzt, nach dem letzten Gespräch, habe ich dir auch die Angst ein wenig genommen, möchte einfach der Lebenspartner sein, den du dir erträumt hast, schicke dir noch Zeichnungen, die ich mit Bleistift gezeichnet habe, bin gespannt, wie dir die Zeichnungen gefallen, würde dich gerne malen, schicke mir ein Foto, wo du als Ganzes im Bikini drauf bist, ich vermisse dich, obwohl wir uns noch gar keine Berührungen geschenkt haben, hoffe aber bald, so, nun gehe ich mich duschen, schminken und dann essen :)) aber keine Haferflocken, grins, wenn du aufwachst oder schläfst, bin ich mit all meinen Gedanken und meiner Energie bei dir, ich will, dass du sie nimmst und ein Teil von mir wirst, so wie ich ein Teil von dir werde, ich danke auch deiner Schwester, die vielleicht eine weise Hexe ist und es gewusst hat, möchte natürlich alles, was dir lieb ist, kennenlernen, so, nun geh ich und muss mich in Schale werfen, ich wünsche dir einen guten Tag und freue mich schon.
In Liebe Max

Lieber Max,
ja, das ist echt ein Traumhaus, kann fast nicht glauben, dass du das nicht studiert hast, deine Technik ist super, habe im-

mer mal wieder Déjàvu Erlebnisse und weiß, dass ich mal in einem Schloss gelebt habe, die alten Steine, Mauern, breiten Treppen, riesigen Wände erinnern mich an was, echt. Als Kind habe ich manchmal geträumt, dass ich eine Prüfung bestehen muss und als Preis dafür in einem Turm leben darf, ganz oben, wo niemand hinkommt. Dafür schicke ich dir ein Bild von einer traditionellen fidschianischen Hochzeit, Maria und George haben am Wochenende geheiratet, beide arbeiten und leben in Matavu, sie ist Masseurin und er ist der „Head of Department", als Leiter für die Gärtner. Ganz tolle Menschen, ich habe beide sehr gern, und wenn ich in Matavu bin, genieße ich täglich eine Massage von Maria, das ist mein größter Luxus. Sie haben sich alle mit frischem Kokosöl eingerieben und tragen Gewänder aus Tapa, das ist die Rinde des Maulbeerbaums, eingeweicht und stundenlang flach geklopft und dann Stück für Stück zusammengesetzt, bis ein großes Stück entsteht, das wird dann eingefärbt und bedruckt, ist ganz fester Stoff, unbequem zum Tragen, und wird aufgewickelt und festgesteckt, aber hat eine viele Jahrtausende alte Tradition. In Fidschi leben immer noch die Nachkommen der Menschen, die vor 50 000 Jahren oder länger da waren, ganz alte Weisheit ist da, was ich liebe und bewundere. Bis vor 150 Jahren waren es noch Menschenfresser, die in ihrer Steinzeit gelebt haben, so schnell, wie die sich entwickeln mussten, seit der weiße Mann dazugekommen ist, macht mir oft bewusst, dass sie ganz andere Potenziale haben als wir, deswegen halte ich sie nie für dumm oder blöd wie leider viele Weiße hier, sondern liebe und bewundere sie sehr, muss eben anders auf sie zugehen und ihre Weise respektieren, das ist im Resortalltag oft nicht leicht, weil sie immer wieder vergessen, was für uns selbstverständlich ist, du musst jeden Tag wie am ersten Tag mit ihnen sein, sie erinnern, ermahnen, aufbauen, motivieren, aber sie kommen sehr gern zur Arbeit, weil sie es schön finden, nicht weil sie das Geld so dringend brauchen, damit lassen sie sich zum Beispiel überhaupt nicht motivieren. Ganz oft wird man dann überrascht von ihrer Intelligenz und Hingabe. In dieser

Kultur ist das sogenannte „Kerekere“ noch sehr üblich, und zwar bedeutet es, dass es kein Eigentum gibt und jeder teilt, was er hat. Jemand, der keinen Job hat, bei dem er Geld verdient, genießt das gleiche Ansehen wie jemand, der reich ist, und dann gehen sie eben fischen oder pflanzen im Urwald an und alles wird geteilt. In der Stadt geht das leider nicht, aber auf den kleinen Inseln. Jeder unterstützt jeden, da muss man selber oft hart und streng sein, sonst würden sie alles mitnehmen, was ihnen gefällt, ohne schlechtes Gewissen, weil du hast ja so viel und sie nicht, da haben sie gar kein Unrechtsbewusstsein. Meine Schwester hat einen langen spirituellen Weg hinter sich und ist natürlich immer noch mittendrin, sie ist glücklich bei einer Gemeinschaft, die einen gewissen OM verehrt, komischer Typ, sie hat mir sein Buch geschenkt, mit dem ich nichts anfangen konnte, es nur zur Hälfte gelesen habe, und er hat einen schlimmen Autounfall überlebt und war lange im Koma und hatte Visionen und bietet Workshops in Hamburg an und sie trifft sich, glaub ich, einmal im Monat mit einer kleinen Gruppe. Meine Familie ist sehr schräg drauf, was die Religiosität angeht, entweder sehr christlich oder total atheistisch oder sie haben einen Guru. Ich kann mit nichts, was auch nur im Entferntesten nach Dogmen riecht, was anfangen, als Kind mussten wir freitags immer beichten gehen und ich habe das Blaue vom Himmel gelogen, weil ich dachte, das geht den blöden Pastor überhaupt nix an, was ich falsch mach und was nicht, ich bin fasziniert von der Matriarchatsforschung mit der Göttinnenphilosophie und glaube an mein inneres Kind und mein höheres Selbst (das kommt der Dreifaltigkeit am nächsten, also Geist, Seele und mein Körper) und glaube auch an den einen oder anderen Schutzengel und liebe Menschen im Jenseits, die immer mal wieder auf einen Sprung vorbeischauen (nicht als gruseliger Geist, sondern als Energie) und gerne helfen, an dic Natur, die viel lebendiger ist, als wir ihr zutrauen, das Meer ist der Schoß und Ursprung allen Lebens, Blumen, Bäume z. B. reagieren, wenn du sie anfasst, und grüßen dich, wenn du vorbeigehst, und Aromatherapie ist eine große Leidenschaft von mir, ich mische gerne Öle und habe eine Duftlampe neben meinem Schreibtisch, das ist alles lebendige Energie und Tiere auch, Pferde, Hunde, Vögel, Fische, das macht viel Spaß, ihre Kommunikation zu erfahren, und Bachblüten wirken und Homöopathie wirkt auch super, ja, was denkst du jetzt von mir, sehr schräg? Jedenfalls hat sich meine Schwester über viele Jahre entwickelt (ist 10 Jahre älter als ich) und wird langsam frei und positiv. Sie und Veronika sind, glaub ich, meine größten Fans in der Familie und waren in der Zeit meiner Ehe oft traurig, weil es mir nicht so gut ging, wie sie es sich für mich wünschten. Was ziehst du an, wenn du dich in Schale wirfst? Alicia

Hi Max,
habe deine Erklärung verstanden mit der Aktzeichnung, ist alles o. k. und wie gesagt, ich liebe Kunst in jeder Form, natürlich auch erotische Kunst. Die Sabine und ich haben mal ein paar witzige Aufnahmen von uns gemacht, ist aber noch jugendfrei, finde ich (brauch dringend einen neuen Bikini, wenn ich es mir anschaue, ist der gleiche wie auf dem Bild vom Januar im Boot), und das andere ist der Sonnenuntergang im April nach einem Wirbelsturm, der völlig überraschend über uns hereingefallen ist, das ist eine nette Geschichte, jedenfalls habe ich allen versprochen, dass alles gut wird, und sie zur Sicherheit aber gebeten, sich auf jeden Fall bis spätestens um 5.00 Uhr nachmittags im Hauptgebäude zu treffen, damit wir alle zusammen sind und uns verbarrikadieren können, falls es noch schlimmer wird und die ganze Nacht hindurchgeht, ist auch schon passiert, und als dann alle um 5.00 Uhr eintrudelten, hörte es plötzlich wie von Geisterhand auf zu regnen und der allerdramatischste Sonnenuntergang, den ich in meinem Leben gesehen habe (und ich habe schon ein paar ganz gute gesehen), passierte vor unseren staunenden Augen. Das war so schön, dass ich nicht mal die zwei Minuten verschwenden wollte, um meine Kamera zu holen, nun haben mir Gäste ein paar

Bilder davon geschickt. Habe mir die ganze Zeit, während es draußen tobte, total konzentriert eine Szene vor meinem inneren Auge vorgestellt, und zwar dass die Sonne scheint, dass alle erleichtert lachen und die Vögel wieder zwitschern. Hab mich echt ein bisschen als Magierin gefühlt, besonders nachdem wir mit Verspätung dann Nachricht vom Wetterdienst bekamen, dass sich der Sturm verschlimmern wird und wahrscheinlich noch die ganze Nacht tobt, das wollte ich gar nicht glauben und habe stattdessen meine Tarotkarten gelegt, die mir sehr positiv antworteten, gefastet, weil ich zu aufgeregt zum Essen war, getanzt und mich auf die positive Szene in meinem Kopf konzentriert. Als ich mal an einem Spiegel vorbeikam, hab ich mich erschrocken über das Bild der Frau, die mir da entgegenstarrte, weil meine Augen doppelt so groß waren im Gesicht vor lauter Adrenalin, ich war allein verantwortlich für alle Gäste und Mitarbeiter, Emil und auch ein paar andere Kinder waren da, viele hatten Angst, das war ein Abenteuer vom Feinsten! Es konnte keiner glauben, als der Spuk dann so plötzlich vorbei war, und ich hab nur ganz cool gesagt: „Hab ich euch doch versprochen, dass es um 5.00 Uhr wieder schön ist, nicht wahr?", nicht schlecht, oder? Alicia

Hi Alicia,
habe das Bild fertig und sende es einmal so und hoffe, es gefällt dir.
War bei meinem Geschäftspartner und habe ihm erklärt, dass ich dich unbedingt sehen muss und deshalb kurzfristig nach Fidschi fliegen will, aber leider hat der vom 27. 5.–10. 6. einen Segeltörn mit seiner Frau gebucht, hat mich aber schon lange vorher gefragt, ob ich da bin, wusste damals ja nicht, dass mir das Schönste, und damit bist du gemeint, in mein Leben tritt, hab aber gleich mit ihm ausgemacht, wenn wir uns nach dem ersten Treffen/Sehen in Deutschland sicher sind (ich bin es), fliege ich im September drei Wochen zu dir und wir feiern meinen Geburtstag und unser neues Leben, bin ein we-

nig traurig, aber wir werden täglich telefonieren, vermisse deine Stimme und dein Lachen, jetzt scheint die Sonne und es ist 19.30 Uhr und kalt, wie im Herbst, war bei einem Freund, den ich schon lange nicht mehr gesehen habe, und hab mir ein Eis bestellt und im Garten gegessen zum Trotz, brrrrr, war mir kalt :)) freue mich auf morgen Abend Eurozeit, schicke dir meine Gedanken.
Max

Hi Max,
so ein schönes Bild, du bist ein toller Künstler! Habe supergut geschlafen, und als ich aufgewacht bin, hab ich gleich gecheckt, ob das warme Gefühl im Bauch noch da ist, und siehe da, alles noch da :-) und dann hab ich mir gewünscht, dass du neben mir liegst und ich dich angrinsen kann, hab dann aber wenigstens die Hunde angegrinst, die im Flur auf mich warteten, die freuen sich immer :-)) Mache morgens meistens eine halbe Stunde Pilates, das ist so ähnlich wie Yoga. Habe dich um eine knappe Stunde auf Skype verpasst und nun ist es Nacht bei dir und ich mache meine E-Mails (in den USA ist es noch Sonntag, deshalb ist Montag immer mein ruhiger Tag, um alles aufzuarbeiten, was liegen geblieben ist übers Wochenende), telefoniere mit Matavu, damit alle ihre Jobs machen, wie sie sollen, und freu mich auf dich. Es ist o. k., dass du nicht gleich kommen kannst, finde es trotzdem schön, dass du es versucht hast, muss mich nun in Geduld üben, was allerdings nicht eine meiner Stärken ist, umso besser. Dann zeige ich dir vielleicht meine Welt im September, wann hast du Geburtstag? In München gibt es eine Eisdiele vom Meisterkoch Schubeck, der hat die verrücktesten Eissorten, sogar Biereis, weiß nicht, ob es den noch gibt, aber wollte immer mal hin, wenn wir Sabine besuchen, möchte ich am liebsten so viel Eis essen, bis ich Bauchweh habe, hier gibt es nichts Gescheites. Alicia

Hi Liebes,
mit dir zu reden und sich auszutauschen ist wundervoll und ich genieße jede Sekunde mit dir, auch ich kann es kaum erwarten, dich in meine Arme zu nehmen, wenn du weiter nichts essen kannst, dann wirst mir davonfliegen, wenn ein Wind kommt :)) Danke für die neuen Eindrücke deiner Umgebung und es gefällt mir immer mehr, wir können ja, wenn ich dich hole, es so machen, dass wir nach München fahren zu deiner Freundin, dann Eisessen gehen, bis dir schlecht ist, zu meiner Schwester und ihrem Freund fahren und dann in Augsburg übernachten in der Wohnung meiner Schwester, die eh bei ihrem Freund wohnt (die Wohnung hat 3 Zimmer und ein Schloss zum Zusperren :)) dann am nächsten Tag nach Wien fahren und alles, was du möchtest, anschauen, freue mich sehr, sehr, nur noch 60 Tage und wir sehen uns.
Schlaf gut, mein Engel, und freu dich auf mich.

Hi Liebes,
ich stell mir vor, dich zu halten, dir in deine wunderschönen Augen zu schauen und mich darin zu verlieren, ich hoffe, dass du nicht verschleiert kommst :)) Spaß, geh jetzt „heia heia" (ist wienerisch und heißt „Augen ausrasten") und freue mich auf morgen.
Danke für deine Liebe.

Lieber Max,
einen wunderschönen guten Morgen, du hast bestimmt gut geschlafen oder dich nur sehnsüchtig hin und her gewälzt, gib es zu :-)) Msm Messenger gibt an, dass in Karlsruhe das Wetter 13–19 Grad und regnerisch ist, ich hoffe, es ist nicht ganz so gruselig bei dir. Was siehst du, wenn du die Augen aufmachst? Hörst du Vögel? Komme grad von meiner Freundin, die uns ihr neues Haus vorgeführt hat, mit einem Kinoraum, und wir haben zu dritt mein superleckeres Hühnchengericht mit Reis gegessen und dabei einen Film angeschaut,

„Little Miss Sunshine“, hat Spaß gemacht. Hast du davon gehört? Die kleine Hauptdarstellerin ist für einen Oscar nominiert, ist erst 11 Jahre oder so. Zum Lachen und zum Weinen und zum Quietschen, ein ganz netter Film mit Tiefe. Habe also offiziell den ganzen lieben Nachmittag vertrödelt und jetzt wieder viel zu tun. Fast alle Frauen, die ich hier kenne, arbeiten nicht, weil ihre Männer Jobs bei irgendwelchen Konsulaten oder großen Firmen oder Banken haben und sie keine Arbeitserlaubnis bekommen, deshalb haben die so viel Zeit, aber ab und zu leiste ich es mir einfach, eine kleine Pause zu machen, wenn ich in Suva bin. Kann es auch kaum erwarten, dir wirklich zu begegnen und nicht auf einen Computerscreen, sondern tatsächlich in deine Augen zu schauen, wenn ich mit dir spreche. Hast du mich gespürt?
Hey, grad hab ich deine Nachricht im Skype Chat, schick das hier schnell los :-)))) xxxxx

Hi Alicia,
ich bin so dankbar dem Universum und kann es manchmal nicht fassen, dass du in mein Leben gekommen bist, war wohl das größte Geschenk, das ich je erwarten durfte, und ich werde all meine Liebe und Kraft verwenden, um es zu halten, wünsche dir alles Liebe
Max

Hi Max,
… komme vom Joggen und habe noch eine Weile die Sterne bewundert, dabei gespürt, wie dankbar und berührt ich bin darüber, dass meine innigsten Herzenswünsche in Erfüllung gehen, die Zeit ist wohl genau richtig und alle Lebenserfahrung geht endlich auf, ich fühle mich geliebt und geborgen und verspielt, was auch immer noch hier auf mich zukommt, werde ich gelassen lösen, wünsch dir auch alles Liebe
Alicia

Hi Alicia,
hab ganz schöne Neuigkeiten für dich von meiner Astrologin, hab sie heute angerufen und sie hat mir so viel auch über dich gesagt.
Bin schon sooo ungeduldig, deine Stimme zu hören und mit dir zu reden.

Astrologin über Max und Alicia:
„Hast du deine Stierfrau endlich gefunden?“, waren die Worte, mit denen die Astrologin den Anruf entgegennimmt. Nachdem ein verblüffter Max dies bestätigte und ihr die Daten von Alicia gab, erzählt sie: „Eure Verbindung ist sehr gefühlvoll, Alicia gibt dir sehr viel auf der Gefühlsebene, die Vorstellung von Liebe/Leben des anderen muss akzeptiert werden, jeder hat eigene Ansichten, was die Lebenseinstellung angeht, ihr bleibt zusammen für immer, die Beziehung ist stabil, einer von euch wird komplett die Zelte abbrechen, im Moment soll Max sich noch nicht herzeigen in Fidschi, die Zukunft bringt viel Umbruch und der Mond steht vis-à-vis von der Venus bei Max, jeder bringt seine komplexe Vergangenheit in die Beziehung mit ein und wird daran arbeiten, um sie zu bewältigen, ihr seid beide sehr starke Persönlichkeiten und werdet Kompromisse machen um der Liebe willen, Max ist sehr verantwortungsbewusst und pflichtbewusst, Alicia hat mehr Wasserelement, was Max fehlt, und Max gibt Alicia das Luftelement, was ihr fehlt. Eine lose Beziehung ist nicht möglich und es wird zu einer Entscheidung kommen, um dies zu ändern. Eine Entscheidung für die gemeinsame Zukunft zu treffen, wird sich als schwierig gestalten. Alicia wird ihren Part im Resort für sich gut regeln. Alles oder nichts ist das Motto, aus dem Alltagstrott heraus ins Abenteuer hinein, es liegt uns beiden zu schreiben und zu reden, wir machen es uns schön zu zweit, Saturn zeigt Treue und Zueinanderstehen an. Nicht misstrauisch sein. Große Entscheidungen zu fällen, kann sich als Problem herausstellen. Max' Krebs steht im Saturn. Die große Liebe von

beiden ist in diesem Horoskop angezeigt. Sein Saturn steht bei der Achse. Für beide gilt: Verantwortung übernehmen. Und ganz, ganz wichtig: Alle Steine, die sich auf eurem Weg zeigen, müsst ihr gemeinsam aufheben/auflösen/bewältigen."

Tagebucheintrag von Alicia am 8. Mai: Ich finde schön, dass Max mich schön findet und mich mit Komplimenten überhäuft. Dass er lustig ist und mich zum Lachen bringt. Ich liebe sein Lachen und seine künstlerische Kreativität, seine selbst gemalten Bilder, die er mir schickt, seine starke muskulöse Brust mit den dunklen Haaren, ich kann es kaum erwarten, in seine strahlend blauen Augen zu schauen und seinen Geschichten zuzuhören, zum Beispiel dass er am Steuer eingeschlafen ist beim Autofahren vor Erschöpfung und einen schlimmen Autounfall hatte, bei dem er völlig unversehrt ausgestiegen ist. Dass er ein Sonntagskind ist, dass er das mittlere Kind von elf Kindern ist und mit fünf Jahren in ein schlimmes Klosterkinderheim kam. Dass er gerne ein Leben mit mir in den Tropen beginnen möchte. Dass er meine Söhne mag. Dass er sich von seiner Exfrau getrennt hat, weil er die Gefühlskälte nicht mehr ertragen wollte. Dass er eine schöne, gesunde, frische, rosige Hautfarbe hat. Ich mag seine Autos, besonders den alten, sportlichen, schicken Mercedes mit roten Ledersitzen. Dass er alles selbst aufgebaut hat und bauen und reparieren und organisieren kann. Dass er morgens froh aufwacht und ein fröhlicher Mensch ist, der auch gesellig ist. Dass er mich verwöhnen will. Dass er sehnsüchtig auf meine E-Mail wartet und süchtig danach ist meine Stimme zu hören. Dass er sich total öffnet und mir sein Herz schenkt. Dass er beim zweiten Gespräch unsere Hochzeit erwähnt hat. Dass ich so ein warmes, kribbeliges Gefühl habe, wenn ich an ihn denke.
Dass ich sein kann, wie ich bin, und er das liebt. Dass ich ehrlich über tiefe Gefühle sprechen kann und er es versteht und immer was dazu sagt. Dass das zweite Telefongespräch meinen ganzen Sonntag und seine ganze Samstagnacht gedauert hat, er

wollte nicht aufhören, hat dann nur zwei Stunden geschlafen. Dass unser erstes Telefongespräch so lustig war. Dass unsere ersten E-Mails so lustig und missverständlich waren. Dass er für mich kämpfen würde. Dass er im Juni kommen wollte, aber es nicht geht wegen Verpflichtungen, trotzdem schön, dass er es versucht hat. Dass er mich in Tiefenbach abholt, und zwar am siebten Juli und mich ein paar Tage in seine Welt entführt. Dass ich unbändige Lust und Leidenschaft und Begeisterung spüre, die er mir entgegenbringt und ich auch in mir spüre. Dass ich ihm ganz tiefe Sachen von mir schreibe und weiß, dass er das toll findet. Dass ich mir eine Perspektive, Zukunft und Leben auf allen Ebenen mit ihm vorstellen kann in Wien/Fidschi und auf Reisen. Dass ich mir vorstellen kann, dass wir die logistischen Entfernungen gut organisieren können. Wie er spricht, das Wienerische. Ich kann mir vorstellen, dass er ein Traumhaus für uns auf Matavus Hilltop baut, die Swiss Tauchbasis übernimmt und wir sogar gut geschäftlich mit Bruno auskommen. Dass er immer wieder auf mich zugeht und mich öffnet und mir Angst nimmt und mich stärkt und nährt. Dass er mir nach ein paar Tagen mit E-Mails ein Liebesgedicht geschickt hat. Dass es schön war, ihn während einer Selbsthypnose meinem inneren Kind und höheren Selbst vorzustellen, die sich ganz arg für mich gefreut haben. Dass ich mich glücklich und zuversichtlich fühle. Dass er möchte, dass ich seine Muse bin. Dass er ein Buch über die Beziehung Mann/Frau schreibt. Dass er mit mir sprechen will, sobald er aufgestanden ist. Dass er Veronika dankbar ist, dass sie mir den Partnerbörsenkontakt empfohlen hat. Dass er an Vorsehung glaubt. Dass er zuverlässig ist. Dass er Zwergziegen hat auf dem Nachbargrundstück, das er gekauft hat, damit er keine Nachbarn hat. Dass er mein inneres Kind anspricht und spielerisch ist. Dass er immer wieder sehr männlich reagiert und mich begehrt. Dass ich mir vorstellen kann, dass die Astrologin recht hatte und ich seine große Liebe/Veränderung/Auswanderrealität bin und er es in fünf Jahren geschafft hat, alles perfekt zu organisieren, um den Absprung von Wien nach Fidschi zu machen.

Hi mein Engel,
du wirst sicher schlafen, während ich diese Zeilen schreibe, hab mir gerade leckere Erdbeeren gemacht und sind mir so einige Gedanken gekommen, was man noch alles mit Erdbeeren machen könnte, jetzt bist neugierig, ha, wie neugierig, sehr, na gut, sag dir einen Gedanken, ich würde dir die Erdbeeren und den Joghurt auf deinen wundervollen Bauch geben und mit Genuss küssend alles runteressen, Hilfe, hab mich fast verschluckt beim Essen, sollte essen und dann schreiben, he, weißt du, dass du mit jedem Schreiben offener und gelöster wirst, und ich werde dir so viel Liebe geben, wie man es nur vermag zu denken, möchte dein Felsen in der Brandung sein, soll ich dich noch ein wenig neugierig machen? Na gut, weilst sooo schön Bitte sagst, habe gerade eine Zeichnung angefangen, und wenn du aufwachst, wirst du sie vielleicht schon sehen, als Dank für deine Liebe, die ich mehr und mehr zu spüren beginne.

Hi Max,
also, dies ist ein ganz normaler, verrückter Traum, bitte nicht zu viel hineininterpretieren, ich träum manchmal die wildesten Sachen:

Im Traum befand ich mich in einem Saal, ein bisschen wie eine Cocktailparty, aber eher Business irgendwie, und ich saß an einem Tisch mit Leuten, die mich nicht interessierten, und wusste, dass du da bist, und sah, wie du dich mit verschiedenen Leuten unterhieltest, dann kamst du irgendwann später auf meinen Tisch zu und fingst an, dich mit mir zu unterhalten, ganz normal, weiß nicht über was, und ich beschloss spontan, aufzustehen und dir einen dicken fetten Kuss zu geben, das war sehr nett. Dann beschlossen wir den Raum zu verlassen, um für uns zu sein, und gingen Hand in Hand einen sehr langen Flur entlang in einen Aufzug hinein, darin befanden sich schon ein paar Leute, ein Teen-

agermädchen, eine Mutter, ein paar andere, und während der Aufzug fuhr, fragtest du mich in das allgemeine Schweigen rein, wann und wie genau ich geplant hätte, lesbisch zu sein, das hat uns alle geschockt und ich dachte, so eine blöde Frage, völlig unpassend und peinlich, und hab nix geantwortet, dann fuhren wir im Auto durch eine Stadt und hielten an, weil ich dir ein Grab am Straßenrand zeigen wollte, es hatte eine Bronzeplatte und war ganz mit Herbstlaub überhäuft, du wischtest die Blätter ein wenig weg, um zu sehen, wer da liegt, und es waren zwei Schilder mit Namen drauf, weiß aber nicht, wer das war.
Alicia

Hi Liebes,
schöner Traum, die Stelle, wo du aufstehst und mir einen dicken fetten Kuss gibst, ist meine Lieblingsstelle nach ein paar Mal lesen, stell mir dann auch vor, dass so spontane Dinge sehr schön sind und ich weiß, dass du sehr spontan bist, dass dir meine Bilder gefallen, macht mich sehr glücklich, da ich so meine Energie für dich zeigen kann, die Insel ist sehr schön und hoffe, wir werden sie auch besuchen, nur wir zwei, habe keinen Traum gehabt, aber ich hab mir beim Einschlafen vorgestellt, du liegst neben mir und ich halte dich ganz fest und bedeck dich mit vielen Küssen, bin dann aufgewacht, weil der Polster scheußlich geschmeckt hat :))) hab ihn zu Tode geküsst wahrscheinlich :)) schade, dass ich dich nicht sprechen kann, und habe mich sooo auf dich gefreut, es ist 5.30 Uhr morgens und ich habe mir einen Café gemacht und beim Fenster rausgeschaut und brrrrr, weißt du, was wir gestern alles gesagt haben und auch gespürt, da ist schon eine sehr tiefe Verbundenheit, die einzigartig ist, und unsere beiden Energien haben sich schon getroffen und sind eins, die Zeit vergeht so schnell und ich muss zum ersten Termin um 7.00 Uhr, meine Gedanken und Sehnsüchte nach dir habe ich heute ans Universum geschickt und gebeten, dass du frü-

her kommen kannst, hab dem Universum auch versprochen, dich zu beschützen.
Liebe dich

Lieber Max,
es freut mich, dass dir mein Traum eine kleine Fantasie geschenkt hat, probiere es mal mit einem Waschbären-Schmusetier, das du so lange abküssen kannst, bis ich dich erlösen komm :-) hast du meinen Text auf dein Handy gekriegt? Während wir noch miteinander sprachen – und lachten – hörte es auf zu regnen, ich bin dann losgelaufen und musste immer noch so arg lachen, bis ich Seitenstiche bekam. Hast du eigentlich mitgekriegt, was das für ein Lied da war? Aretha Franklin aus voller Kehle: „I'm so excited and i just can't hide it I am gonna loose control but I think I like it …", passend zur Gefühlslage und mittendrin rufst du an :-)Da hast du mich bei einer meiner Schwächen erwischt, ich mach nämlich die Musik beim Autofahren im Radio manchmal brutal laut und sing mit, stört ja niemand, wenn ich allein bin, den armen Hunden fallen allerdings ein bisschen die Ohren ab, aber dafür mach ich die Fenster hinten auf und dann stecken sie sowieso die Köpfe raus in den Fahrtwind. Mein inneres Kind will immer gerne mal raus zum Spielen und wann immer es möglich ist, genieß ich das auch sehr. Habe drei Duftkarten für dich gezogen, Iris, Zeder und Zypresse. Stell mir das sehr schön als Mischung vor. Jeder Duft hat eine Botschaft und ist auch den Elementen zugeordnet, bei Iris heißt es „den Himmel berühren" und sie ist den Elementen Wasser/Erde/Luft zugeordnet, Zeder bringt die Botschaft „Stärke und Würde Raum geben" und ist der Erde und dem Feuer zugeordnet und Zypresse sendet „sich auf das Wesentliche konzentrieren" aus und ist der Erde und dem Feuer als Element zugeordnet. Wenn du diese Aromaöle bekommst und als Mischung in der Duftlampe genießt, bin ich echt interessiert zu erfahren, was es in dir auslöst. Es ist schön, dass du mich beschützen kannst, ich

schau mir jetzt endlich den Film an „The Secret – Das Geheimnis“ … Alicia

Hi meine Liebe,
kauf mir jetzt einen weiblichen Waschbären zum Verwöhnen und zum Knuddeln :)) werd wahrscheinlich zu stürmisch sein und sie wird mich verlassen :)) wieder allein, also wird es dir nicht erspart bleiben und musst mich lieb haben, es ist sooo schön, deine Stimme zu hören und mit dir alles auszutauschen, danke für deine Küsse und Liebe, die ich so genieße, denk mal nach und sag mir, welches Bild ich dir malen soll bzw. welches Motiv du haben willst, musst mich auch fragen, was ich gern für ein Motiv hätte :)) zzzzz, denkst schon wieder falsch :)) habe jetzt noch einige Sachen zu machen und in der Wohnung muss ich auch mal die Beleuchtung montieren, wie du weißt, bin ich Elektriker, aber zu Hause faul, zum Beweis, dass ich Duftlampen und Kerzen habe, schick ich dir Fotos, noch was, ich dreh auch im Auto die Musik so laut auf und singe mit, echt, so, jetzt werde ich was hackln (arbeiten) und freue mich auf heute Abend,
liebe dich!

Hi Max,
freu mich auf das Meer von Kerzen, damit wird schon wieder ein Punkt auf meiner langen Wunschliste erfüllt :-) lass mir bitte schön die Waschbären zufrieden, das ist illegal, weißt du nicht, den armen Tierchen zu nah zu treten und außerdem sind sie viel zu süß und schmusen bestimmt lieber mit einem männlichen Waschbären! Ein Motiv zum Malen für dich, also: Pfingstrosen, ich liebe Pfingstrosen, ihren Duft, ihre Samtigkeit, ihre Üppigkeit, ihre Weichheit und natürlich ihre Farbe, wenn du Lust hast, magst du was mit Pfingstrosen malen, vielleicht die Blütenblätter auf meinem Bauch verstreut und in meinen Haaren … :-) meine Fantasie macht Purzelbäume,

wann immer ich an dich denke, liest du eigentlich gern, wenn du erotische Malerei liebst, magst du auch erotische Literatur? Ich meine schöne, kein Schmuddelzeug, z. B. „Delta der Venus“ von Anais Nin oder „Mexikanischer Tango“ … bin gespannt auf deine Antwort :-)
Deine Venus

Hi meine Venus,
bei dir ist es so leicht, deine Wünsche zu erfüllen, da sie ja auch meine sind, o. k., ich lass die Waschbären nur in Ruhe, wenn du mir versprichst, mich immer abzuknuddeln:)) ich denke, es wäre wunderschön, all die Dinge, die in deinem Kopf sind, auszuprobieren und ich werde jede Sekunde genießen, auch ich habe sehr viel Fantasie und muss sie leider zurzeit in Zaum halten, aber die Tage werden kommen, haha, und dann …, ach übrigens, hab ich dir schon gesagt, dass du sooo so wundervoll bist und ich der glücklichste Mann der Welt bin, möchte vor Freude jedem erzählen, wie toll das Gefühl ist,
danke, meine Venus.

Hi Max,
was meinst du mit „wenig gesprochen“? Spüre immer deine Energie, das ist sehr schön, und freu mich, dass du so einen tollen Traum hattest, bin gespannt, was der Duft in dir auslöst, es gibt so viele Ebenen der Begegnung hier: Schreiben, Gedanken schicken, Reden, Bilder, Inspirieren und sogar Düfte, benutze wieder mein Coco-Parfüm, und wenn es mit der französischen Schule für Emil klappt, kann es durchaus sein, dass ich früher komme, ich werde am Montag nochmal Kontakt aufnehmen und versuchen was zu organisieren. Wäre toll, wenn ich bei diesem Musikfest in Wien da sein kann. Ich bin glücklich, tief in mir drin, das Gefühl schwimmt langsam wieder hoch und erfüllt mich, Alicia.

Hi Max,
oooh, vielen Dank für das Bild mit den Kerzen, das ist schön und ich kann mir vorstellen, wie golden das Licht aussieht mit so vielen Kerzen und die Message ist so lieb … „I LOVE YOU“. Komme grad vom Abendessen, wir hatten eine traditionelle Meke-Vorführung im Resort, dazu kommt eine Tanzgruppe aus dem Dorf und Essen aus dem Erdofen, das ist eine Spezialität, und sehr nette Gäste, zwei Hochzeitsgruppen, die sehr mit sich selbst beschäftigt sind, was es leicht für mich macht, und auch ein Singletyp, um den ich mich ein bisschen gekümmert habe, war sehr interessant, und er erzählte von seinem Job in Washington als Anwalt und musste einen Fall hier in Fidschi vertreten, weil der Kronzeuge einer Schießerei im Irak hier irgendwo ganz abgelegen lebt, und der Fall ist erfolgreich gelöst und nun macht er ein paar Tage Urlaub und will viel wandern hier auf der Insel, hat Frau und ein Baby in Amerika, die nicht mitkommen konnten, und hat eine eingerahmte Notiz vom Graf Lukner oder Lugner gesehen in einem ganz abgelegenen Hotel, die der handschriftlich hinterlassen hat, als er, der Graf und Pirat damals im Auftrag vom Bismarck, vielleicht hast du davon gehört, schiffbrüchig auf einer Insel landete und sich Essen klauen musste, er schrieb dann in der Notiz, dass es ihm leidtut, dass er das Essen genommen hat, aber er hätte so Hunger und deshalb lasse er Geld da, wurde dafür verhaftet hier in Fidschi und ist aber wieder geflohen wie so viele Male in seiner Karriere als deutscher Pirat im Auftrag der bismarckschen Regierung, der war echt so eine Art James Bond damals. Die anderen Gäste an unserem Tisch waren eine deutsche Frau und ihr griechischer Mann, Honeymooner natürlich, und der Grund, warum sie kamen, war, weil sie das Buch „Maya“ von Jostein Gaarder gelesen hat und dann irgendwann bei Google fand, dass es mich als Person hier im Hotel wirklich gibt, und so platt war, dass sie deshalb gekommen sind, war ihr letzter Abend und sie hat mich alles Mögliche gefragt über das Buch und die Zusammenhänge, das hat sich komisch angefühlt, aber sehr nette Leute. Alicia

Hi Liebes,
habe mich gefreut, dass es dir gut geht, und ich liebe dein Lachen und darum muss ich dich immer wieder zum Lachen bringen, stell mir das sehr schön vor, bei dir sein und gemeinsam zu allen Festen gehen und uns immer wieder halten und ansehen, müssen wir dann auch ein Honeymoon Haus buchen? :)) Was glaubst du, wenn sie unser Buch lesen, dann kommen sie in Scharen, um zu sehen, ob es wirklich so eine einzigartige Liebe gibt, bin wirklich der glücklichste Mann auf Erden, obwohl wir uns noch nicht getroffen haben, seufz, du meinst, dass es ein heißes Bild ist, kann dir sagen, ich musste mich zurückhalten, willst die Wahrheit wissen, ich hab im Nachhinein dir einen Bikini verpasst, nachdem mir fast die Augen rausgefallen sind :))) Ich mag es, nein, ich liebe es, wenn du mir dein Bauchgefühl schreibst, dann weiß ich, es geht dir gut, du wirst für mich nie eine Belastung sein, upps, jetzt hast du es schriftlich :)) du weißt ja auch, ich strahle wie ein Atompilz und die Strahlung legt sich erst in ein paar lächerlichen Tausend Jahren, kannst du mithalten mit mir? :)) Ja, ich freu mich schon auf unser Telefonat am Abend, schicke dir tausend Küsse und mögen sie dich bedecken und dir Schutz geben,
schlaf gut, meine Venus.

Hey, grad hab ich erst mal deine Mail hier so richtig gelesen und muss schon wieder kichern, wenn ich mir vorstelle, dass du den Bikini später drübergemalt hast, Hilfe, es ist so schön für mich, dass du dich so inspiriert fühlst von mir, kann gar nicht genug Bilder von dir sehen und werde immer dein größter Fan sein! :-)
Liebe tropisch heiße Grüße, Alicia

Hi meine Venus,
bin jetzt fertig von meinen Terminen, bin schon zu Hause und während du schläfst, habe ich mir ganz intensiv vorgestellt, dass

ich neben dir liege und dich beschütze, dich anschaue und ich mich nie sattsehen werde an deiner Schönheit und Sinnlichkeit, bin gespannt, wann mich die Astrologin anruft und was sie mir sagen wird, du sicher auch, oder, ich habe ja einige Fragen an sie gestellt, magst du auch deutsche Lieder, meine so richtige Schnulzen, ich schon, hab eine CD von Marianne Rosenberg und sie singt: „Liebe kann so wehtun, doch sie gibt auch viel, ohne Liebe leben, nein, das könnt ich nie, ich will leben nur mit dir, jede Stunde, die ich nicht bei dir sein kann, fang ich an zu zweifeln, und ich frag mich dann, wo du wohl sein magst und was du tust, doch bist du da, ist alles gut und ich wünsch mir nur, es könnt so bleiben, ewig so in deinen Armen, halt mich bitte, halt mich, lass mich nie wieder los, Liebe kann so wehtun." … spiegelt alles, uff, ist anstrengend, weil ich jetzt mind. 5 x die CD rückspulen musste, hab mit meiner Schwester telefoniert, da ich am Samstag nach Augsburg fahre, und sie ist schon neugierig auf deine Fotos, hoffe, dir macht es nichts aus, wenn ich ihr die Fotos zeige, freue mich auf unser Telefonat.
Schick dir mein Herz

Hi meine Venus,
es ist 18.30 Uhr und ich bin zu Hause, mach mir jetzt ein Superabendessen, und zwar gibt es skandinavischen Räucherlachs mit Sonnenblumenbrot in Würfelform geschnitten, dazu Prosecco und danach Zuckermelone, umwickelt mit italienischem Schinken, magst kommen und mit mir essen :))) warst du schon mal in Venedig, Waaahnsinn die Stadt, man sagt, dass jedes verliebte Paar einmal nach Venedig fahren soll, in den Trevibrunnen eine Münze werfen und die Wünsche dabei in Erfüllung gehen, hab im Moment nur einen Wunsch, diiiiiiiiiiich zu sehen, hab gerade das Mail gesehen vom Reiseveranstalter, warte bis Montag, hast vielleicht noch Gnadenfrist :)) so, jetzt esse ich, da du ja nicht kommst, ich weiß, du bist immer unpünktlich, hast Pech, esse alles alleine. Schmatz :))
bis bald

Hi Max,
du hattest bestimmt eine gute Fahrt, denn ich war in Gedanken bei dir und habe so schön auch dich gespürt. Klar möchte ich mit dir nach Venedig und klar mag ich sehr gerne Lachs, ich lebe manchmal tagelang von Räucherlachs in Suva, der ist wohl aus Neuseeland und nicht aus Fidschi, weil hier gibt es keinen Lachs, aber trotzdem sehr lecker, Brot esse ich sehr selten und Champagner ist immer gut und Melone mag ich auch sehr gerne, aber hab schon lange keinen Schinken gegessen, hier schmeckt der nicht. Mein Frühstück in Matavu heute war Papaya mit Limone, ein Zimtmuffin, ein halber Blaubeer-/Schokomuffin und eine Kanne Espresso ohne Milch, weil sie leider grad keine Sojamilch hier haben und ich keine normale Milch mag. Seitdem habe ich Erdnüsse gegessen und freu mich auf die Sunset-Cruise, da gibt es gebackene Kokosscheiben und zum Dinner esse ich fast immer Fisch mit Gemüse. Komische Diät, wenn ich's mir selber so anschaue, ich bin sehr eigen mit dem, was ich esse, und kann immer nur das essen, wozu ich gerade in der Sekunde Lust habe, und so viel, bis ich dann plötzlich genug habe und keinen Bissen mehr runterkriege.

Hi Max,
bin noch gar nicht dazu gekommen, deine Mails aufmerksam zu lesen, weißt du, ich habe da jemand kennengelernt, mit dem telefoniere ich mehrmals täglich mehrere Stunden lang und dann gibt es hier immer mehr als genug zu tun :-) jedenfalls sitz ich noch im Büro und arbeite meine E-Mails auf, es ist schön ruhig, aber die Aircondition ist kaputt und es ist sooo warm und tropisch, ich schwitz schon allein vom Tippen und trinke die ganze Zeit Wasser mit Limonenscheiben drin. Es ist sehr interessant, was die Astrologin erzählt, und macht komplett Sinn für mich, bin so froh, dass ich wieder Mut habe und Perspektiven, du erweckst viel Kraft in mir und Sicherheit, das ist so schön. Alicia

Hi meine Venus,
schicke dir einen Gruß und hoffe, das Bild von mir gefällt dir, ist mein Bikini Foto :)) und siehst meine Energie, die ich dir geben kann.
Denk an dich.

Hi Max,
das Foto von dir gefällt mir supergut und ich bin schwer beeindruckt, wie du das so toll hingekriegt hast mit der Kamera, und heute trage ich ein schulterfreies T-Shirt in der gleichen Farbe wie deine Wand, mag diese Farbe auch sehr, finde toll, dass ich auch mal ein Bikinifoto kriege :-) freue mich darauf, alles gleichzeitig von dir zu erleben, deinen Körper, deine Stimme, deinen Duft, deine Augen, deine Lippen, deine Hände, dein Lachen, deine Energie …
Wünsch dir einen schönen Tag.
Deine Venus :-))

Hi meine Venus,
bin froh, dass dir das Bild von mir gefällt, auch weiß ich jetzt durch die Telefonate mit dir, dass es dir gut geht, ich bin auch froh, dass du dich immer mehr für mich geöffnet hast, es tut sooo gut, habe das Gleiche gestern gedacht, deinen Körper zu berühren und dich in meinen Armen zu halten und deine Wärme und Liebe zu spüren, Wahnsinn … toll, was mit uns passiert ist, kann mir gar nicht mehr vorstellen, einen Tag dich nicht zu hören, wie ich all das so lange ertragen konnte ohne Liebe, ist mir ein Rätsel, waren Eisessen und habe ein wenig meine Augen ausgeruht, freu mich auf deine Stimme heute Abend, meine Schwester ist total begeistert von dir und freut sich schon dich kennenzulernen, nur so nebenbei, ich auch :))
Denk an dich

Hi Max,
apropos Lippen, dann versuche ich mal, dir meinen Traum von letzter Nacht zu beschreiben, weil im Schlaf fühlt es sich eben total echt an und ich habe den ganzen Tag das Gefühl in mir, als wäre es Wirklichkeit gewesen, immerhin:-) ist vielleicht nicht mehr jugendfrei, aber ich kann's auch nicht ändern oder manipulieren, was ich träume …
Also, im Traum stehst du in meiner Bure, in der ich grade schlafe, # 15, das ist eine Honeymoon Suite, nackt, ich springe auf deine Hüften und umschlinge dich mit meinen Beinen, während du mich in den Armen hältst, auch nackt. Dann strahle ich dich an und schaue in deine Augen und küsse dich dabei und schau die ganze Zeit ganz tief in deine Augen, weil je mehr ich schau, desto mehr faszinieren, hypnotisieren sie mich, und ich kann nicht anders, als dich immer stärker und tiefer zu küssen, während ich in deinen Augen versinke, und das geht eine süße Ewigkeit so und du trägst mich aufs Bett und ich kann keine Sekunde meinen Blick von deinen Augen abwenden und versinke in dem Blau, was sich öffnet wie das tiefe, klare Meer hier in Fidschi, und ich sinke genüsslich hinein, aaahh!
Tja, das hast du nun davon, so eine Venusfrau erobert zu haben :-))

Hi meine Venus,
ich liebe deine Träume, und ich kann mir das sooo gut vorstellen, dass wir es auch genauso machen werden, eines musst du mir ganz fest versprechen, wenn du, egal wann und wo das ist, solche Empfindungen hast, will ich es wissen, mache es auch, ich verspreche es, es ist so schön, so eine wundervolle Frau wie dich zu haben und du kannst mir nicht genug Venusfrau sein, ich liebe dich dafür mit einer Hingabe und Zärtlichkeit, die du noch nie erfahren hast, bin auch ganz happy, dass dir mein Foto gefällt, freu mich schon auf heute Abend, hab dir viel zu erzählen, meine Liebe,
bis bald

Hi meine Venus,
was sagst du zu der Zeichnung, werde sie „Das Paradies" nennen, wird ganz in Rot und Gelb gemalt, mit Blick in die Zukunft, habe mir ein geöffnetes Fenster vorgestellt.
Ich habe so ein starkes Gefühl und Verlangen nach dir.

Hi meine Venushälfte,
wie findest du diese Zeichnung, kommt es deinem Traum schon näher, grins, merke mit jeder Zeichnung, dass ich immer besser aus der Hand zeichne, das habe ich dir zu verdanken, du bist meine Muse, meine Traumfrau, mein Elixier, habe heute wieder dem Universum Danke gesagt dafür, dass ich an deinem Leben und deiner Liebe teilhaben darf, auch unsere Telefonate geben mir so viel und ich möchte dir immer wieder sagen, wie glücklich ich bin an deiner Seite.
Auch du hast das nun davon, dass du dir all dieses bestellt hast.
All meine Gedanken sind bei dir.

Hi Max,
toll, ich liebe die Schwingung des Bildes, die Farben, die lebhafte, leidenschaftliche Energie, die daraus spricht (springt) und bin sehr glücklich, dass ich diese Seite in dir zum Klingen bringe, du bist der schönste Künstler für mich :-)

Hi meine Muse,
was meinst du zu dem Bild, bin wie besessen, alles aus mir rauszumalen, du tust mir sooo gut, ich kann's gar nicht oft genug sagen, wic wertvoll du bist,
in Liebe

Hi Max,
ja, das kommt der Sache tatsächlich langsam etwas näher, ich werd mich dann eben mal zwingen müssen und es original „nachspielen", damit du das echte Bild im Kopf hast :-)
Emil hat sich gewünscht, mit mir zusammen heute Abend „Jackass 2" anzuschauen, ist ein bisschen witzig, aber meistens so eklig, dass ich gar nicht hinschauen konnte, derweil Emil schreiend vor Lachen auf dem Boden lag, ich sag nur: Teenagerhumor! Er ist übrigens hellauf begeistert, schon am 11. Juni nach Deutschland zu fliegen und entweder in Stuttgart oder Paris in die Schule zu gehen, nun warte ich noch morgen ab, ob ich was aus Paris höre, und werde dann entsprechend für ihn organisieren. Der Sabine habe ich auf den AB gesprochen, dass ich zur Geburt dasein werde um sie zu unterstützen, und am meisten freue ich mich (außer auf dich natürlich) auf das Musikfest, so was vermisse ich schon seit ganz vielen Jahren! Es ist schön ruhig heute Nacht und ich genieße den Abschluss dieses Lebensjahres ganz besonders und bin so glücklich darüber, wie sich alles entwickelt hat. Die Filmleute aus Deutschland haben auch noch angerufen und nun fliegen wir alle zusammen am Samstag von Nadi nach Tavarua und nächsten Mittwoch nach Suva, deshalb muss ich auch noch meinen Schreibtisch aufräumen, weil sie alles hier im Haus filmen wollen.
Ich wünsche dir einen schönen Tag und spüre dich und schicke dir eine dicke, goldene Wolke meiner schönsten Gedanken.
Alicia

Hi meine Venus,
es tut mir sooo leid, dass du dich zwingen musst und wahrscheinlich mehrmals, da ich sehr schwer von Begriff in diesen Dingen bin :))) bin auch so glücklich, wie sich die Dinge entwickelt haben, möchte dich nicht mehr missen und weiß, dass wir unseren schönsten Abschnitt im Leben beginnen, freue mich auch so sehr, mit dir auf das Inselfest zu gehen und es

erfüllt mich mit Stolz, die schönste Frau an meiner Seite zu haben, schicke dir das Programm mit, damit du einen Überblick bekommst, es ist sooo gigantisch, du wirst wahrscheinlich dann jedes Jahr kommen wollen.
Alles Liebe und Gute zum Geburtstag wünsch ich dir, ganz, ganz viel, leider kann ich dich nicht küssen und umarmen, holen wir nach, versprochen, möchte dir meine Liebe geben, wie ich auch deine Liebe empfange.
Max

Meine Sonne,
es war sehr nett, dich so lange zu hören und mit dir zu reden, bin anschließend allein am Strand gelaufen und danach haben Emil und ich uns beide CDs angehört, er findet seine sehr toll und bedankt sich herzlich und ich kann gar nicht genug von meiner kriegen und tanze mit den Hunden wild im Haus rum. Grönemeyer und Ambros höre ich mir dann morgen im Hotel an. Werde früh schlafen gehen, weil ich kann immer nur direkt vor der Reise packen, also noch nicht heute Nacht, sondern morgen nach dem Aufstehen, werde mich beeilen, damit ich noch ein bisschen Zeit habe, mit dir zu sprechen, bevor ich zum Flughafen fahr. Ich freu mich so auf das Musikfest, auch weil ich weiß, dass wir uns bis dahin schon getroffen haben, was alles noch aufregender macht, obwohl ich immer noch kein klares Bild von der logistischen Organisation habe, wird sich zeigen. Morgen hake ich wegen der Schule nach. Emil hat mir einen Schokokuchen gebacken zum Geburtstag, während ich laufen war, den haben wir zu Abend gegessen und auch noch einen Salat :-) Also Vorspeise Schokokuchen, Hauptgang Salat … die Geburtstagsküsse werde ich auf jeden Fall nachträglich einfordern, bin so glücklich, dass es dich gibt!
Alicia

Hi mein Engel,
hab dir eine Webseite vom letzten Donauinselfest 2006 geschickt, ist auch ein Video dabei, ich freu mich auch ganz närrisch, mit dir hinzugehen, Samstag ist ein Superfeuerwerk um 22.00 Uhr, die Küsse, die du einforderst und ich dir gebe, will ich natürlich wieder zurückhaben :)) freue mich, dass ich mit der CD den Geschmack von dir und Emil getroffen habe, es ist so schön, deine Liebe zu spüren, und ich kann mir keinen Tag mehr ohne dich vorstellen, du wirst sehen, es wird sooo schön werden, wenn du bei mir bist.
Ich trage dich mit meiner Liebe und hoffe, du spürst es.
Max

Hi meine Venus,
1. Traum
Wir sind am Strand, umgeben von vielen Menschen mit Trommeln und Schmuck, du hast ein weißes Kleid an, ich eine weiße Hose und weißes Hemd und stehen uns gegenüber, beide auch mit Schmuck (Muscheln und Perlen), schauen uns die ganze Zeit in die Augen und werden von einer Art Medizinmann mit Farbe bemalt, und die Trommeln werden immer lauter und wir gehen aufeinander zu und halten uns mit beiden Händen ganz fest und schauen uns tief in unsere Augen.

2. Traum
Wir fahren nach Venedig und schauen uns die Stadt an, dann am Abend suchen wir ein Zimmer und finden eine Pension mit Himmelbett und Balkon, kaum auf dem Zimmer gehst du auf den Balkon und schaust in die Kanäle von Venedig, ich voller Ungeduld warte, bis du kommst, ins Bett, aber du machst keine Anstalten, total angespannt will ich zu dir auf den Balkon gehen und in derselben Sekunde drehst du dich zu mir um, lachst mich an und fliegst in meine Arme und küsst mich so fest und tief, ich heb dich auf, küssend trage ich dich ins Bett …
Ich will es mit dir in echt erleben! Max

Hi Max,
werden wir alles erleben, keine Frage, haben es ja beim Universum bestellt, stimmt es? Stell dir vor, ich habe geträumt von dir, kann mich nicht an alles erinnern, aber mein Hals kam drin vor und deine Küsse und Bisse und du warst bei mir hier im Zimmer und wir haben so gelacht …
Wenn ich sage oder schreibe, dass ich dich liebe, weil ich so empfinde, habe ich etwas Scheu, dass es wehtut, weil ich dich dabei nicht sehen und spüren kann, ich will es dir sagen, wenn ich dich anschaue dabei und deine Haut spüre.
Alicia

Hi mein Engel,
werde nie müde werden dir zu sagen, dass du die schönste und einzige Frau für mich bist, habe meinen Traum gemalt, was sagst du dazu?
Kann es schon nicht mehr erwarten, dich in meine Arme zu nehmen und dich zu küssen.

Hi mein Venuskünstler, das ist das schönste, leidenschaftlichste Bild, aber ich liebe auch alle anderen, du hast ein ganz außergewöhnliches Talent und ich bin so glücklich, dass ich deine Muse sein darf, kann mir dieses Bild in Matavu vorstellen an einem Ehrenplatz und will dich berühmt machen, damit mehr Menschen die Schönheit deiner Kunst bewundern können. Male alle Träume, wenn du Lust hast, das ist ein toller Ausdruck, weil es ja schon aus der Fantasie kommt im Gegensatz zum Foto und Träume so eine märchenhafte Realität spiegeln.
Alicia

Hi mein Herz,
versuche den Traum, es war in der Früh ca. 5.00 Uhr, dir zu schreiben:

Also wir haben uns das erste Mal verabredet, du sagtest einen Ort, den ich nicht gekannt habe, und ich soll dort warten und du kommst, um mich abzuholen, ich stehe nun an dem Ort und warte voller Ungeduld auf dich, auf einmal bist du da und wir fallen uns in die Arme und küssen uns so fest wie Ertrinkende. Als ich dich loslasse, nimmst du meine Hand und wir gehen zum Auto und dabei sagst du mir, dass ich deine Eltern kennenlernen muss, wir fahren eine Weile und du gibst mir die Richtung und plötzlich sind wir da, ich sehe ein lang gestrecktes Haus mit nur zwei Stockwerken und auch sehr alt, das Haus ist mit roten Ziegeln und Holzbalken errichtet wie ein Fachwerkhaus, du sagst mir, deine Eltern wohnen im 2. Stock und du daneben, als wir raufgehen, erklärst du mir noch, auf was ich bei deiner Mutter achten soll und dass dein Vater später kommen wird, deine Mutter begrüßt mich so herzlich und macht mir einen Kaffee und hat einen Kuchen gebacken und sagt zu mir, sie weiß, dass ich das gerne habe, du gehst kurz aus der Küche, um was zu holen, und deine Mutter dreht sich zu mir und fragt, ob ich dich liebe, worauf ich antworte: „Ich liebe sie so sehr, dass es wehtut", und deine Mutter antwortet: „Ich bin froh, dass du so offen bist und meiner Tochter die Ruhe bringst", dann ist plötzlich dein Vater in der Küche und schaut mich an, lacht und sagt: „Jetzt hat sie einen richtigen Mann gefunden", in dem Moment kommst du in die Küche und gehst zu mir, setzt dich auf meinen Schoß, küsst mich, strahlst deine Eltern an und sagst: „Ich bin so glücklich, dass ihr das sehen könnt, dass ich meine Liebe gefunden habe", dann gehen wir in deine Wohnung und fallen über uns her, bis wir so erschöpft einschlafen …
Puh, ich bin dann wach geworden und hab dich in meiner Wohnung gesucht, war so real, und hab mich vorn Computer gesetzt und dir geschrieben,
Wahnsinn, oder?
Ich habe noch nie so etwas Intensives erlebt, wir müssen uns das bewahren, es ist ein einzigartiges Geschenk, dass wir so verbunden sind.
Ich vergehe nach dir, Max

Der andere Traum
Wir liegen in einer Bure und schlafen, ich werde wach und fühle deinen Körper und deine Nähe nicht mehr neben mir, stehe auf, gehe zum Fenster und suche dich, auch auf der Terrasse bist du nicht, als ich die Tür öffne, sehe ich dich bei einem künstlichen Wasserfall mit Becken sitzen und Blüten ganz sanft in das Wasser geben, gleiten, ich setze mich hinter dich, umarme dich, küsse dich im Nacken und frage, was es bedeutet, so viele Blüten ins Wasser zu geben, du schaust mir in die Augen und sagst, dass jede Blüte ein Wunsch war von dir, der in Erfüllung gegangen ist, und die Blüten es aussenden, die vorbeikommen, und es spüren, dass es möglich ist, wenn man es sich ganz, ganz innig und aufrichtig wünscht, wir schauen uns an und ich sehe in deinen Augen so viel Liebe und Zärtlichkeit und ich lege meinen Kopf an deine Brust und genieße das Gefühl, das meinen Körper durchströmt.
So, jetzt habe ich alles aufgeschrieben und habe wieder das Gefühl, als wäre es real gewesen, habe eine Gänsehaut und fühle mich sooo wohl,
bis bald, meine Liebe.
Will wissen, was du sagst dazu.
Wie findest du mein Foto??

Lieber Max,
es ist herrlich, wie intensiv ich diesen Traum nachvollziehen kann, und bin sehr neidisch auf die heiße Liebesszene, die ich leider verpasst habe und mir allerdings auch gerne ausmale, egal wie verstockt und katholisch meine Eltern sind, als Seelenwesen macht alles Sinn und ich habe sie mir als Eltern ausgesucht und irgendwo wird es eine Ebene geben, wo sie mich als Mensch und Tochter und Frau lieben und mir Gutes wünschen, dein Traum ist die schönste Bestätigung, das gibt mir ganz viel Frieden, besonders weil ich heute wusste (bevor ich deinen Traum gelesen habe), dass auch mein Vater irgendwie daran beteiligt war, dass du in mein Leben getreten bist, es

gibt immer wieder Situationen, wo ich spüre, dass liebe Menschen aus dem Jenseits lenken helfen, das nehme ich gerne an, weil es immer richtig und gut ist.

Den Wasserfall gibt es hier vor meiner Bure draußen, wo die Außendusche ist und ein kleines Deck, ich sonne mich da manchmal ein bisschen und nachts bewundere ich den Sternenhimmel, es ist ein kleiner Platz mit einer Steinmauer umgeben, damit man ungestört ist, dort ist ein Whirlpool mit Wasserfall wie auf deinem Bild und ich habe mir vorgestellt, dass ich Frangipaniblüten ins Wasser gleiten lasse, während ich dem Universum dafür danke, dass es all meine Wünsche so wunderbar erfüllt und mich diese Verbundenheit mit dem klaren Himmel über mir ganz tief berührt. Weißt du was, genau das mache ich morgen als mein eigenes echtes Ritual. Bringe ein Öl mit Frangipaniduft mit, dann erlebst du diese Blume noch intensiver. Ich danke dir für die herrliche Inspiration und werde nun meine Venusstory für dich schreiben, bevor ich schlafen geh, und dir wenigstens im Traum meine Liebe zeigen. Würde mich mal interessieren, ob meine heißen Gedanken an dich während der Autofahrt zum Flughafen deinen Traum ausgelöst haben oder umgekehrt, jedenfalls war es zeitgleich :-)
Alicia

Hi mein Liebling,
den Traum oder beide Träume habe ich deiner Liebe und Offenheit zu verdanken, bin so froh, dass ich dich so innig spüren kann und das erlebe und träume, es gibt mir so viel, dich gefunden zu haben, auch glaube ich, dass dein Vater eine Rolle bei uns gespielt und die Seelenverwandtschaft gesehen, uns gelenkt und zueinander geführt hat, der Traum mit den Blüten ist für mich auch so wichtig, da es deine Zärtlichkeit spiegelt, die ich immer gesucht hatte.
Bin auch so froh und möchte keine Sekunde mehr ohne dich sein, Max

Hi mein Herz,
schicke dir ein Foto, wie ich im Alltag ausschaue, und hoffe, es gefällt dir auch, war wie immer sooo schön, deine Stimme zu hören und dir immer etwas mehr zu entlocken :)) ich denke ganz stark an dich und spüre dich so intim bei mir und es ist sooo schön das Gefühl, wie eine sanfte Welle am Boot, die dich schaukelt und ein entspanntes Gefühl vermittelt, ein Wiener Wort zum Lernen „i steh auf die".
Freue mich schon auf dich heute Abend.
Max

Hi Max,
… und wie mir dein Foto gefällt! Total schön und echt und stark und verschmitzt und ich stell mir vor, wie du da stehst, aber ohne Klamotten und, Schwupps, spring ich in deine Arme und du trägst mich und wir drehen uns im Kreis, bis mir schwindelig wird, und morgen suche ich im Meer eine Stelle, die die gleiche Farbe wie deine Augen hat, wenn wir zu der Insel fahren, und ‚i steh auf di' wie verrückt,
Alicia

19. Mai
Hi mein Herz,
tut mir leid, dass wir uns nicht hören, es fehlt mir so, deine Stimme nicht zu hören, danke, dass du mir Küsse geschickt hast, macht die Sache etwas leichter, es ist das erste Mal, dass wir uns nicht hören, ein schlimmes Gefühl, kann ich dir sagen, aber auch ein positives Zeichen und eine Bestätigung, wie sehr wir verbunden sind, ich weiß, du denkst sooo stark an mich, und während ich dir schreibe, habe ich ständig eine Gänsehaut, so stark ist das Gefühl, das du mir schickst, möchte dich keine Sekunde mehr missen und würde dich gerne auf Händen tragen, du machst aus mir den glücklichsten Mann und ich danke dir mit all meiner Liebe.

Hoffe, wir hören uns bald, und schicke dir mein Herz und meine Kraft,
liebe dich
Max

Lieber Venuskünstler,
ich wusste, dass wir uns auf jeden Fall heute nochmal hören, und komm grad aus dem Büro und bin wieder gestärkt und ruhiger nach unserem Gespräch, allein deine Stimme gibt mir den Halt, den ich grad brauche, um die Situation hier zu meistern, alles ist gut, habe die Mangoduftkerze neben dem Computer, es ist eine kühle, sternenklare Nacht, ich schicke meinen Dank zu den Sternen am Himmel – der gleiche Himmel, den du auch siehst –, so sind wir im Moment auf so vielen verschiedenen Ebenen verbunden. Liebe deine Energie, deine Essenz, deine Offenheit, deine Leidenschaft, deinen Humor und fühle mich so geliebt und verwöhnt und mein ganzes Leben ist so schön und intensiv durch deine Gegenwart,
Alicia

Hi Max, wie versprochen hier also deine erste Venusstory, weil du bist heute der König und weil du dir eine von mir gewünscht hast. Denk dran, morgen bin ich Königin, da werde ich mir was von dir wünschen und du musst alles machen, was ich will.

1. Venusstory …
Alicia fährt im schwarzen Jeep in Suva zum Flughafen, um nach Tavarua zu fliegen, dort wartet eine deutsche Filmcrew, die für die Sendung „Mein neues Leben“ eine Woche lang aufnehmen will, wie sie lebt. Es ist ein sonniger, heißer, tropischer Fidschitag, früher Nachmittag und im Radio spielt Justin Timberlake „Summer Love“. Sie dreht die Lautstärke auf, bis der Bass den Autositz zum Vibrieren bringt, und singt ein bisschen mit, während sie die Landschaft genießt, die an ihr

vorbeirauscht, Palmen, kleine bunte Häuser, Hunde, die am Straßenrand laufen, ein paar Pferde, winkende Kinder, manchmal muss sie langsamer fahren, um den Löchern auf der Straße auszuweichen, und das warme, kribbelige Glücksgefühl in ihrem Bauch wird stärker, bis es sich anfühlt, als summt ihr ganzer Körper, von einer süßen Energie erfüllt, von den Zehenspitzen bis in die Haare, rauf und runter und runter und rauf, jede Zelle sendet lebendige Signale und sie fängt an zu träumen und ist allein im Auto und lässt sich in eine Trance fallen, bei der sie zwar weiterfährt, aber gleichzeitig in eine andere Welt gleitet, in der sie Max das erste Mal trifft, um eine Liebe zu feiern, die so überfallartig stark ihr Herz und ihren Geist erobert hat, dass es keinen Ausdruck dafür gibt.

2. Venusstory …
Das Telefon im Hotelzimmer von Max läutet und Alicia sagt: „Ich bin in Stuttgart angekommen, möchte dich gerne später sehen, bitte komm ins ‚Hans im Glück', das ist eine Bar mit Restaurant in der Altstadt, dort können wir was trinken und auch was essen, wenn du möchtest, ich freu mich so auf dich, welche Farbe möchtest du an mir sehen, schwarz?" Und Max sagt: „Super, bin um 7.00 Uhr da, kann es nicht erwarten, dich endlich zu sehen, ich liebe dich, ich liebe dich", und sie lacht und sagt: „Bis später, bestell mir einen Cocktail" und legt auf.
Nachdem sie sich geduscht und geschminkt hat, zieht sie schwarze Spitzenunterwäsche und ein schwarzes, knielanges Hemdkleid mit Gürtel an und hohe, schwarze Sandalen, nimmt ein Taxi und geht noch ein kleines Stückchen zu Fuß. Ihr Herz klopft wie verrückt und sie hat Angst, dass ihr schwarz vor Augen wird, und ist schwindelig vor lauter Aufregung und Vorfreude. Als sie die Bar betritt, sieht sie Max sofort und lächelt etwas verlegen, aber Max stößt einen Freudenschrei aus und springt vom Barhocker auf und sagt „Mein Engel" und umarmt sie ganz fest und sie schmiegt sich wohlig an seine starke Brust, dabei fühlen beide den Herzschlag des anderen wie

Stromstöße durch ihre Körper pulsieren. Sie konzentriert sich ganz fest darauf, wieder ihre Fassung zu erlangen, und stellt sich neben ihn und nuckelt an ihrem Cocktail, dabei erzählt sie, wie der Flug von Fidschi nach Frankfurt war. Max hört gar nicht richtig zu und starrt sie immer nur an und merkt irgendwann, dass es ein Spiel ist, um die Leidenschaft, die zwischen ihnen tobt, noch ein bisschen höher zu peitschen und macht mit, Small Talk, erzählt was Witziges, bringt sie zum Lachen und der Cocktail steigt ihr schon zu Kopf und endlich entspannt sie sich und öffnet sich der Situation. „Hast du Hunger?", fragt er nach einer Weile und sie sagt: „Was glaubst du?", und er lacht und sagt: „Ich kann es mir nicht vorstellen", und sie sagt: „Klar habe ich Hunger, aber nicht auf Essen", und er lacht glücklich und sie sagt: „Hast du ein schönes Zimmer gefunden?", und er sagt: „Ja, ist ganz o. k.", und sie sagt: „Gibt es dort auch Champagner?", und er sagt: „So viel du willst", und sie sagt: „Dann brauchen wir ja nicht hier rumzustehen, möchtest du es mir zeigen?", und er zahlt und sie gehen. Er sagt: „Es ist in der Nähe", und sie sagt: „Schön, lass uns ein bisschen spazieren gehen, das tut mir gut", und nimmt seine Hand, die ist heiß und pulsiert, und sie fühlt sich umhüllt wie von einem perfekten Handschuh, sie sagt: „Oh, das ist ein schönes Gefühl", und sie gehen langsam zum Hotel. Im Zimmer stehen sie sich gegenüber und schauen sich voller Staunen an und er sagt: „Du bist so schön", und sie sagt: „Du bist der Schönste", und ihre Lippen berühren sich wie Magnete, die endlich zueinanderfinden, weich, fest, samtig, lecker, feucht, als ihre Zunge leicht über seine Lippen streicht, um sie zu öffnen und voneinander zu trinken, sich festzusaugen aneinander, tief und drängend ineinander zu versinken.

Mein Leben,
ich bin sooo hin und weg von deinen Zeilen und deiner Fantasie und möchte mit dir all das erleben, du bist für mich die wundervollste und einzigartigste Frau und machst mich so stolz, dass ich deine Liebe erleben darf, ich werde sie wie in

meinen Gedichten hüten und achten, ich wusste es damals schon, dass wir diese tiefe und innige Liebe haben, aber es ist sooo schön von dir es zu spüren, möchte keine Zeile von deiner Fantasie missen und liebe dich dafür mit all meiner Kraft, danke auch, dass du so offen geworden bist, und das zeigt mir deine tiefe Liebe zu mir.
Ich denke wie verrückt an dich,
Max

Fortsetzung 2. Venusstory … er umarmt sie fest mit seinen starken Armen und sie lässt sich in die sichere Welt der Liebe und Leidenschaft fallen, er hebt sie auf und trägt sie sanft aufs Bett, ständig staunend und lächelnd ihr Gesicht betrachtend, was sie mit freudiger Erwartung erwidert, den Tanz der Leidenschaft tanzend mit absoluter Präsenz, und beide wünschen sich, dass dieses Gefühl an Intensität und Lebendigkeit für immer bleibt und niemals in den Alltag zurückkehren möchte, und er schaut sie nochmal an, damit sie genug vom Blau seiner Augen trinken kann, und lässt seine Küsse langsam an ihrem Körper runtergleiten, von ihren hungrigen Lippen sanft ihren samtigen Hals entlang, was ihr leise, atemlose Liebeslaute entlockt.

Lieber Max,
… bin ja auch gierig auf die Fortsetzung und habe erstens keine Ruhe/Zeit und zweitens scheue ich mich vor den pornografischen Ausdrücken, schreibe es für mich selber weiter und werde es dir später vorlesen, ist das o. k.? :-)

Hi mein Liebes,
schreibe dir meinen Traum:
Du bist bei mir und ich zeige dir viele Orte in Wien, die dir alle super gefallen, und wir haben jede Menge Spaß und ver-

sichern uns jeden Augenblick, wie wichtig uns der andere jede Sekunde ist, dann ist der Augenblick da, wo du zurück musst, wir sind im Wohnzimmer und reden, plötzlich schaust du mich an und fragst mich, ob ich mich noch erinnern kann, wo ich gerne heiraten würde, Ja, habe ich gesagt, sehr gut, und dann schaust du mir in die Augen und deinen Blick spüre ich bis in meine Seele, als ob du mit ihr reden willst und sagst, du willst, dass wir heiraten, so sind wir nach Vegas und ich wusste nicht wohin, aber du hast gesagt, du kennst eine Kapelle, total romantisch, ich habe mir einen weißen Anzug gekauft und du ein langes, weißes Kleid, schulterfrei, es war eine kurze Zeremonie und dann hast du gesagt, du willst die Hochzeitsnacht hier verbringen, also haben wir uns ein Hotel genommen mit Blick über Vegas und haben uns die ganze Nacht geliebt und du hast mir immer wieder versichert, dass ich dein einziger Mann je war und es immer bleiben werde, und ich habe dir auch dasselbe immer wieder gesagt, danach bin ich aufgewacht.

Mein Traum heute Nacht
Ich sitze in einer Versammlung mit lauter Firmeninhabern, jeder fragt mich, ob ich zu ihm in seine Firma komm, um zu arbeiten, ich entschließe mich dann für eine Firma und sage, dass ich am Morgen komme und mir alles anschaue, am nächsten Morgen fahre ich in die Firma und werde freudig erwartet, nachdem mir alles gezeigt wurde, stelle ich fest, dass sehr viel Leerlauf und überhaupt keine Organisation vorhanden sind und ich beginne alles zu regeln, da kommt plötzlich ein Angestellter und sagt, dass er der Chef da ist und ich nicht seine Arbeit machen darf, worauf die Chefin ihn sofort kündigt, ich sitze also am Computer und schreibe Listen, als plötzlich der Strom ausfällt und alle Panik bekommen, ich stehe auf und gehe in den Flur und sehe, dass ein Mann mit einem Holzschläger alles zertrümmert, und alle schauen nur zu, ich gehe auf ihn zu, er schaut mich an und gibt mir den Holzschläger und sagt, dass ihm das leidtut, dann kommt die Polizei und

nimmt ihn mit, in der Firma kommen alle auf mich zu und jeder will mich berühren und mir gratulieren, dann ist die Chefin da und küsst mich vor allen andern so tief, dass es jeder sieht, ich fühle mich wie ein Held und ihr Mann kommt und sagt, dass der Bessere immer die beste Frau bekommt und er uns alles Gute wünscht ...
Sooo, jetzt bin ich munter, hab meinen Café und warte auf die beste und tollste Frau, die ich kenne,
Max

Hi Max,
deine Träume gehen mir unter die Haut und verstärken das Gefühl in mir, dass wir so verbunden sind, habe leider keine Ruhe und bin auf dem Sprung, war den ganzen Nachmittag fischen mit der Film Crew und habe dann den ganzen Abend mit Iris (der Produktionsleiterin) auf meiner Veranda verquatscht, gehe jetzt zum Dinner, da filmen sie den letzten Tag in Matavu mit uns, und hoffe, dass ich später deine Stimme höre,
Alicia

Hi meine einzige Liebe
ich find es sooo schön, dass dir meine Träume unter die Haut gehen, will alles von dir erfahren, wie du darüber denkst, ich gebe dir all meine Liebe und Energie, um dich glücklich zu machen, du bist mir der wichtigste Mensch im Leben, hast ja an mir sooo viel zu üben :)))) musst mich lieb haben :)))
Max

Hi mein Engel
ich bin sooo froh und glücklich, dass du mich liebst und es auch sagst, wir haben uns so verdient und können uns auch alles geben, ohne den anderen wehzutun, ich werde dir meine Welt und mein Herz zu Füssen legen, na ja, vielleicht mein

Herz nicht, du stolperst und steigst drauf :))) aber ich kann es dir nicht zu Füssen legen, da es bei dir ist, singt der Grönemeyer: „Gib mir mein Herz zurück, bevor es auseinanderbricht …“, schönes Lied, hast du auf der CD, glaube ich, weißt du, was wir machen werden, wir drehen die Musik, die uns gefällt im Auto, ganz laut auf und lassen uns wie die Teens blöde anschauen von den Leuten :))) wird ein Riesenspaß.
Noch was möchte ich dir schriftlich geben, du bist ein Teil meines Lebens und ich möchte, dass du bei mir in Wien mit all deinen Sachen und Gedanken bist, wenn du wieder zurückfliegst, ist mir ganz wichtig, dass deine Persönlichkeit hier in unserer Wohnung bleibt, und du wirst mir nie zu viel werden, da ich dich mit all deinen Schwächen liebe und auch akzeptiere, liebe dich sooo sehr mein Herz,
Max

Und ein wienerisches Wort zum Abschluss:
„Herst oida, schleich die“ (auf Deutsch: „He Opa, geh weg“)

Hi mein Engel,
hast recht, du schickst mir so viele Fotos, hab mich jetzt als Model in die Panier (auf Deutsch „Schale“) geworfen und schicke dir das Ergebnis und hoffe, es gefällt dir ebenso, ich liebe dich sooo und kann es auch nicht mehr erwarten, hab auch ein scharfes Foto von mir gemacht, das ich dir aber nicht schicke ohne deine Erlaubnis, schick dir noch sooo einen langen Kuss,
Max

Hi mein Engel,
also hier ist der letzte Traum:
Ich fliege mit dir nach Fidschi und wir beschließen ein Haus zu bauen, wir fahren in der Gegend herum, du zeigst mir einen großen Wasserfall und deinen ganz geheimen Lieblingsplatz,

dort, wo du deine Wünsche abgeschickt hast, wir setzen uns hin, ich halte dich und wir danken gemeinsam dem Universum, dass es uns zusammengeführt hat, dann finden wir auf einer Anhöhe ein Grundstück, das uns perfekt erscheint, ich zeichne unser Haus und du sagst zu mir, dass dein Wunsch ist, ein Zimmer zu haben, wo wir uns immer beide gemeinsam aufhalten werden, und zwar du auf einer Bank lesend und schreibend und ich malend, sodass du mich sehen kannst, ich sage dir, dass ich dich dafür malen werde und du mein Model immer sein wirst, und unser Schlafzimmer ist ganz in Rot mit Himmelbett und Blick in den Himmel, dann sagst du, du willst einen kleinen Bachlauf mit Wasserfall, in dem immer deine Blüten schwimmen werden, auch willst du, dass wir bei unserm ersten Einzug in das neue Haus ein Versprechen abgeben, und zwar, dass es ein Haus voller Liebe und Gefühle für uns sein soll und jeder von uns es jeden Tag dem anderen zeigen soll, dann zünden wir gemeinsam die Kerzen an und setzen uns auf die Terrasse und halten uns, bis die Sonne untergeht.
Wahnsinn, ich durchlebe es wieder aufs Neue, wenn ich das schreibe.
Ich finde es so schön, dass du mich liebst, und bin so dankbar, dass ich dich habe,
Max

Hi Liebes,
ein Gedicht über die Liebe:
es ist Unsinn sagt die Vernunft
ES IST WAS ES IST SAGT DIE LIEBE
es ist Unglück sagt die Berechnung
es ist nichts als Schmerz sagt die Angst
es ist aussichtslos sagt die Einsicht
ES IST WAS ES IST SAGT DIE LIEBE
es ist lächerlich sagt der Stolz
es ist leichtsinnig sagt die Vorsicht

es ist unmöglich sagt die Erfahrung
ES IST WAS ES IST SAGT DIE LIEBE
Ich mag es,
Max

Noch eine neue Venusstory:
„Bitte kein Cybersex, ich platze sonst“, bettelt Alicia, als sie Max’ Stimme im Kopfhörer hört. „Wie bist du aufgewacht?“, fragt er. „Du warst bei mir und hast mich ganz schlimm verführt, mich geweckt mit deiner Liebe, meinen Po gestreichelt, liebkost und meine Venusmuschel sanft geweckt dabei.“ Obwohl sie bis 3.00 Uhr morgens in Form von Miteinander-Reden erotische Süßigkeiten genossen hatten, wachte sie um halb acht auf und zwar davon, dass ihr Po total kribbelte vom Rückgrat über die weiche Rundung bis zwischen die Schenkel. Sie hatte Lust, sich auf den Bauch zu legen und wie beim Tanzen sich einfach hin und her zu wiegen und Max’ Gegenwart zu spüren, war sich sicher, dass er genau in diesem Moment seine Fantasien über den halben Erdball schickte, die ohne jede Zeitverzögerung in ihren aufgeheizten Hirnwindungen landeten und ein Feuerwerk an erotischen Empfindungen auslösten. „Du hast deine Meisterin gefunden und ich habe meinen Meister gefunden“, dachte sie, noch immer ein bisschen verwundert lächelnd über die Sicherheit, dass es tatsächlich jemanden auf der Welt gibt, der sexuell zu ihr passen könnte, zumindest der über die lange räumliche Distanz hinweg so eine starke Vibration in ihren Zellen erzeugen kann, um allein über den Kopf, die Gedanken und das Reden und Schreiben Höhepunkte zu erreichen, die sie in einen ständigen Glückszustand versetzten.

Eine weitere Venusstory:
Duschen kühlt ab, duschen macht frisch, duschen spült den heißen Schweiß ab und macht einen klaren Kopf, besonders

wenn man grade vom Joggen am Meer kommt und die Hunde beneidet, die leicht und froh immer wieder den gleichen Weg laufen, nach Fast–Food-Abfällen suchen und Kokosnüsse im Maul rumschleppen wie eine Trophäe. Das Gehirn ist das größte Sexorgan, fast mächtiger, als ich vertragen kann. Deshalb dusche ich lange, das kühle Wasser rinnt meinen Rücken hinunter und kitzelt mich an den Füßen, ich schließe die Augen und öffne den Mund und halte mein erhitztes Gesicht in den kühlen Strahl, lasse es auf meine Lippen prasseln. Bin so durstig, dass ich immer wieder einen Mundvoll schlucke und sehnsüchtig darauf warte, dass meine bebende, glühende Haut endlich vernünftig wird, damit ich endlich etwas essen kann, arbeiten kann und meine Tagespflichten erfülle. Langsam verteile ich duftendes Duschgel in meinen Handflächen und verstreiche es über meinem Bauch, meinen Brüsten, meinen Armen, meinem Hals, meinen Beinen, meinem Po, meinem Rücken, streichle jeden Zentimeter zärtlich, weil ich meinen Körper liebe und schön finde und ihn gerne pflege. Ist meine Haut zart genug für Max, ist mein Bauch weich genug für Max, ist mein Po knackig genug für Max, sind meine Schenkel saftig genug für Max, sind meine Füße samtig genug für Max, sind meine Brüste rund genug für Max, ist mein Hals glatt genug für Max, ist mein Rücken geschwungen genug für Max … Ich bin seine Liebesgöttin und möchte ihm alles sein und mehr und mehr. Da steht er plötzlich vor mir mit seiner ganzen lebendigen Energie, ich weiß, er ist bei mir, hat sich einfach zu mir in die Dusche geträumt, Wien/Fidschi, es gibt keine räumliche Distanz in der Welt der Gefühle, und ich lasse mich von ihm abseifen, überall, und höre dabei seine Stimme, die jeden Zentimeter begrüßt und liebkost und ich will ihn in mir spüren und er spielt mit mir und sagt: „Nein, noch ein bisschen warten, vielleicht später“, und ich versuche ihn zu überreden, dass es jetzt im Moment genau richtig ist und ganz sicher ganz schön und er sagt: „Geduld, noch ein klein bisschen Geduld“, und streichelt mich dabei und ich flehe ihn an und versuche ihn mit meinem Blick zu hypnotisieren, aber er schaut weg, bevor ich ihn verzaubern kann, und sagt, dass ich doch auch sowieso leicht meinen Höhepunkt erreichen kann, auch wenn ich ihn nicht in mir spüre, und ich argumentiere, dass es aber dann viel, viel schöner wäre, wenn ich ihn tief in mir spürte, und endlich gibt er nach und verspricht, dass er mich ein bisschen spüren lässt, aber nur ein kleines bisschen, weil er mir nicht wehtun will, und ich sage: „Ganz sicher tust du mir nicht weh", und er sagt, er will aber ganz vorsichtig sein, und ich sage: „Du brauchst nicht vorsichtig sein, ich liebe es, ich liebe es", und er hört einfach auf und streichelt mich nur, massiert mich und flüstert mir ins Ohr, dass er mich verschlingen will, aufessen will, schlucken will, meinen ganzen zuckenden, bebenden Körper, und beißt mich und ich beiße mir auf die Lippen, bis es schrecklich wehtut und die heiße Welle der Lust über mir zusammenschlägt. Sinke mit ausgestreckten Händen seitlich an die Wand und lehne meine Wangen an die Steinplatten, mein Herz klopft so laut und schnell, schließe die Augen und lächle befreit und glücklich in den Tag.

Hi mein Engel,
also das ist meine Fantasie, die ich immer schon nachspielen wollte:
Die Geschichte fängt an, dass ich dir die Kleider, die du anziehst, aussuche und auch darauf achte, dass du sie so trägst, also einen weiten Rock bis zu den Knöcheln, keine Unterhose und oben ein halb durchsichtiges Top, du bist natürlich neugierig und fragst, wo wir so hingehen, da es dich schon geil macht zu wissen, dass du keine Unterhose trägst, und auch weißt, dass ich dir jederzeit unter den Rock greifen und dir einen Finger in deine Fut stecken werde, um zu schauen, wie nass du bist, wir fahren zu einem Heurigen, um etwas zu trinken, und setzen uns ein wenig abseits, und du musst den Rock heben, dass dein nackter Arsch auf der Bank sitzt, dann sage ich zu dir, du sollst deine Füße auseinander geben, sodass ich deine Fut ausgreifen kann, und egal, was passiert, deine Schenkel offen

bleiben müssen, sonst wirst du eine auf den Arsch kriegen, ich massiere deine Klitoris, indem ich sie sanft und auch fest zusammendrücke, dann stecke ich dir einen Finger, dann den zweiten Finger hinein und ficke dich und schau dabei zu, wie du deinen ersten Orgasmus bekommst, und du spritzt richtig ab und ich spüre deinen Saft die Schenkel entlang rinnen und schlecke alles aus, wobei du den nächsten Orgasmus bekommst, dann sagst du: „Gehen wir, weil ich brauche deinen Schwanz und auch ein paar Schläge auf den Arsch" … Im Auto nimmst du meinen Schwanz während der Fahrt aus der Hose und saugst die ganze Zeit und sagst, wie geil du bist und ich soll es dir so richtig besorgen. Zu Hause angekommen ziehst du alles aus, kniest dich hin und streckst mir deinen Arsch entgegen und sagst, ich soll dich so richtig fest durchficken und dass du alles machen wirst, ich gebe dir einen Schlag auf deine Fut und du stöhnst sofort auf und spreizt die Füße noch weiter und streckst den Arsch noch höher hin und sagst, dass es so geil ist und du noch einen Schlag auf den Arsch brauchst, ich stecke dir den Schwanz bis zum Anschlag rein und nehme deine Nippel und ziehe daran, worauf du sofort stöhnst und ich den Druck verstärke und du immer wilder den Arsch mir entgegenwirfst und einen Orgasmus nach dem anderen kriegst, ich spritz dir die Ladung hinein, und während es mir kommt, beiße ich dir in deinen Hals, was bei dir den nächsten Orgasmus auslöst, dann liegen wir nebeneinander und lächeln uns ganz zärtlich und sanft an, und ich streichle dich am Körper und du legst den Kopf auf meinen Bauch und genießt die Wärme, die ich dir gebe.
Puh, mein Schwanz war so hart, während ich das schreibe, hab mich selber jetzt so geil gemacht und brauch eine Entspannung.
Bin gespannt auf deine Reaktion.
Ich liebe dich bis zum Mond und wieder zurück,
Max
bin gespannt auf deine Reaktion.

Hi Max, was soll ich sagen … bin schon den ganzen Tag, seitdem ich dich gebeten habe es zu schreiben, nass und hatte gleichzeitig aber auch ein bisschen Angst, weil ich nicht wusste, was kommt, das hat das Kribbeln noch verstärkt, gleichzeitig wusste ich, was immer ich lesen werde, endet mit einer ganz liebevollen, zärtlichen Kuschelszene, und weil ich nicht wusste, was kommt, habe ich mir die ganze Zeit vorgestellt, völlig eingerollt ganz eng bei dir zu liegen, während du mich streichelst wie ein Baby, und mir immer wieder ins Ohr flüsterst, wie sehr du mich liebst. Wusste nicht, dass es „Fut" heißt, das ist lustig für mich, ein neues Wort. Wir werden so viel spielen, ich freu mich und genieße deine Fantasie, alles ist o. k., weil wir uns so so so so so tief lieben, du bist mein Künstler, mein Spielemeister, meine Liebe und ich lass mich gern fallen.

Eine neue Venusstory

… Wir sitzen zum Frühstück in der Küche bei dir und essen Früchte. Mangos, Ananas, Erdbeeren, Kiwi, Blaubeeren, Himbeeren. Ich schau mich um und frage, ob du möchtest, dass ich etwas in diesem Raum verändere, was meine persönliche Note reinbringt, damit ich immer bei dir bin in der Wohnung und du an mich erinnert wirst. Du sagst: „Klar, was willst du machen?" Du freust dich, wenn jeder Raum etwas von mir hat, und ich sage, ich glaub, an dieser Wand fehlt noch ein schönes Bild in leuchtenden Farben mit viel sonnigem Gelb und Orange und Rot, ein großes Bild, richtig schön für die Küche, das Appetit macht und lecker und saftig ausschaut, zum Beispiel so eine Art Stillleben mit Früchten, die wir ja gerade auch essen. Du sagst: „Hm, hört sich gut an", und ich sag: „Überleg dir, welches Motiv du am liebsten hättest", und du sagst: „Deine Fut", und wir lachen und ich sage „no way" und quatsche nur noch Englisch, damit du dich anstrengen musst zu verstehen, was ich alles Freches zu dir sage, und irgendwann sagst du: „Na warte, ich werd sie schon noch malen, aber keine Angst, es ist eh meine Lieblingsfrucht, das passt schon." Ich hoffe, dass du es vergisst und es nicht machst, weil ich möchte nicht Model mit meiner Fut für dich sein und als großes Bild in deiner Küche hängen. Wir ziehen uns an und gehen in den Tag, arbeiten, reden, unternehmen was, ganz normal, und lieben uns in der Nacht, bevor ich einschlafe. Aber du stehst nochmal auf und bereitest deine Farben und Leinwand vor, so, dass alles direkt vor dem Bett steht, und stellst eine Mango und ein Messer bereit auf einem Teller und kuschelst dich dann an mich und wir schlafen beide. Ganz früh morgens wachst du auf und löst dich ganz leise von mir, dass ich nicht aufwache, und schälst die Mango und ganz vorsichtig spreizt du meine Beine auseinander und achtest darauf, dass ich weiterschlafe und nicht aufwache. Dann streichst du zart mit der Mango über meine Fut hin und her, bis sie sich ein wenig öffnen und anschwellen, und leckst den Saft ab, immer darauf achtend, dass ich nicht aufwache. Dabei gleite ich in einen erotischen Traum und träume geile Sachen und spüre, wie es kribbelt und bebt, und will gar nicht aufwachen, um den Traum nicht zu stören, und will gar nicht wissen, was das ist, das mir diese süßen Empfindungen schenkt und gleite rein und raus aus dem Halbschlaf und strecke mich wohlig und knurre und schnurre und seufze leise vor mich hin, weil es so schön ist und der Orgasmus als warme, tiefe Welle ganz langsam meinen ganzen Körper ergreift und ich so entspannt bin, dass ich ewig lange drinbleibe in dieser wohligen Wolke. Dabei öffnet sich alles und von der Mango und deiner Zunge ist sie ganz glänzend und rot und saftig und lecker und bereit und du passt auf, dass ich nicht aufwache, als du aufhörst, und streichelst mich noch ein bisschen und dann setzt du dich hin und malst alles genau so, wie du es siehst, nur meine Fut in groß mit der Mango, und stellst das Bild weg und legst dich wieder neben mich und umfasst mich von hinten und drückst deinen harten Schwanz ganz leicht in mich rein und fängst an dich zu bewegen. Ganz langsam, und saugst an meinem Hals und reibst meine Brustwarzen und sagst mir leise geile Sachen ins Ohr und so werde ich dann endlich richtig wach, mitten im Orgasmus, weil die Bewegung mich nun aufgeweckt hat und ich aus meinen Träumen in die Realität gleite und erst jetzt begreife, dass du es bist und ich bei dir liege, als du mich von der Seite auf den Bauch rollst und mich herrlich von hinten durchfickst. Dann stehst du auf und sagst, du machst Frühstück und ich kann noch liegen bleiben und du rufst mich, wenn es fertig ist, und als ich in die Küche komme, hängt das Bild an der Wand und ich schrei, aber finde es auch lustig und es ist ein wunderschönes Bild.

Mein König, hier kommt nun die letzte Venusstory von mir, bevor wir uns wirklich, endlich treffen;
also, ich habe dein rosa Hemd an, am Bauch zusammengebunden, und einen klitzekleinen, weißen Stringtanga und liege auf dem Sofa und lese „Delta der Venus"-Geschichten, als du reinkommst und dein Gesicht mir sagt, dass du einen anstrengenden Tag hinter dir hast und du mich wirklich brauchst, um das negative Gefühl abzuschütteln, und ich steh auf und geb dir einen kleinen Kuss und mach uns Tee und weiche aber immer aus, wenn du mich festhalten willst, und mache alle Kerzen an und lege Musik auf und tanze ein bisschen und entgleite dir immer wieder, wenn du mich schnappen willst, und sag, du musst dich ausruhen nach so einem anstrengenden Tag und ich möchte dich zur Entspannung und Beruhigung massieren. Vorher gehen wir duschen, schön heiß, und ich lass mich von dir abseifen und bin gar nicht geil, nur beruhigend und sanft, und seife dich liebevoll ab, ganz schnell, und dann bitte ich, dass du mich einfach ganz still und fest von hinten umfängst und hältst, und wir lassen die heiße Dusche auf uns regnen und ich beweg mich nicht und bin ganz still und du probierst immer mich anzuheizen und ich lass es nicht zu und bin lieb und kühl, aber nicht geil, und das fängt dich an zu nerven und du sagst es und ich sag: „Pass auf, das ist mein Tag zum Bestimmen, ich bin heute König, hast du das etwa vergessen? Und es steht dir gar nicht zu, irgendwelche Wün-

sche oder Ansprüche zu stellen, wenn du nicht sofort aufhörst zu drängen, wirst du es noch bereuen." Endlich begreifst du, dass es ein Spiel ist, und bist gespannt, was kommt, und ich gebe Kommandos und sag, du sollst mich abtrocknen, überall, aber wehe, du checkst meine Fut, ob sie nass ist, die ist viel zu schade für deine schlimmen Finger, aber du darfst sie vielleicht nur ganz vorsichtig abtrocknen und ein bisschen küssen, aber musst aufhören, wenn ich es sage, und du trocknest mich ab, ich stehe im Bad, und als du damit fertig bist, kniest du dich hin und ich spreize meine Beine ein ganz kleines bisschen, damit du sie küssen kannst. Ich sage: „Gut so, ein ganz bisschen darfst du mit deiner Zunge spielen", und ich werde geil und möchte es dir nicht zeigen und sag, du sollst aufhören, und dann überleg ich's mir anders und du darfst noch ein bisschen schlecken, aber immer wieder sag ich: „Sofort aufhören", damit ich nicht zu nass werde, und du musst alles machen, was ich sage. Dann möchte ich, dass du mich aufs Bett trägst und mir Strapse rauslegst, die ich langsam anziehe und sonst nichts und ich will, dass du meine Brüste und Bauch und Po und Arme und Füße einölst und massierst, und darfst nicht mehr meine Fut dabei angreifen, nur schauen, und dann will ich dich küssen und werde so geil, aber dann sag ich „aufhören", ich will nicht die Kontrolle verlieren, weil ich bin heute König, also muss ich cool bleiben. Dann sag ich, dass du dich auf den Bauch legen sollst, und ich werde dir eine Gutenachtgeschichte vorlesen und setze mich auf deine Beine und lese dir vor aus meinem Buch und streichle dabei deinen Po und lasse Öl drauf fließen und verteile es und du darfst mich nicht anfassen und musst still liegen bleiben und die Geschichte ist scharf und dein Schwanz wird immer härter und drückt, aber du darfst nichts machen und ich steck dir manchmal ein bisschen meine Finger rein, damit du stöhnst, und hör dann wieder auf, wenn ich merke, dass du mehr willst, und überrasch dich immer wieder, weil du es ja nicht siehst, wann ich es mache, und beiß dich manchmal in den Po und massier mit einer Hand und streichle und steck meine Finger rein, immer

so, dass du nicht weißt, was gerade auf dich zukommt. Davon und von meinem Lesen bist du ganz, ganz geil und ich leg mich auf dich und reibe mich auf dir mit meinem eingeölten Körper und lutsch an deinem Ohr und schleck dich überall ab und sag: „Ich hör sofort auf, wenn du mich auch nur ein einziges Mal angreifst", und du musst alles ertragen und wartest drauf, dass ich dich erlöse. Dann sag ich: „Nun bin ich so geil, aber ich mach's mir lieber selber, weil das ist am besten, und du darfst mich nicht anfassen, aber musst zuschauen und darfst auch dich nicht dabei anfassen, sonst wirst du bestraft", und als ich fertig bin erlöse ich dich auch endlich von der süßen Qual.
Ich freu mich so auf dich, deine Alicia.

Meine kleine Katze, ich liebe dich so stark, wie ich dir es gar nicht sagen kann, du bist das wunderbarste Geschöpf, das mir je begegnet ist. Ich liebe auch all deine hellen und dunklen Seiten und kann sie für dich ertragen, da meine Liebe stärker ist als all deine Ängste, möchte ich sie so gerne dir abnehmen, du bist mein Venusstern, der nur für mich leuchtet und mir den Weg in dein Herz gezeigt hat. Ich werde dir immer das Gefühl geben, dass ich deiner Liebe würdig bin, freue mich sooo auf den Moment der Begegnung, da sich unsere Körper und Seelen vereinigen. Dein Max.

Die Autorin

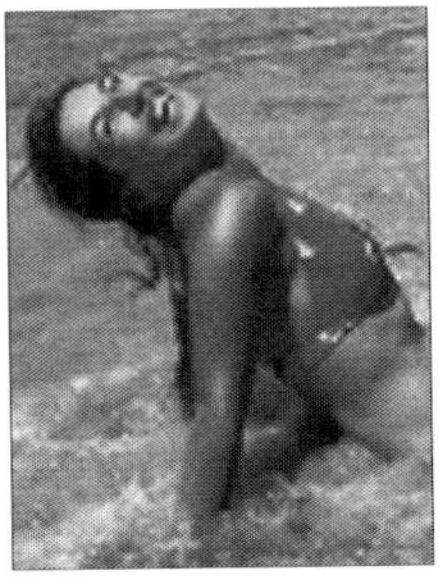

Angela Rosensteiner wurde 1966 in Brakel, Nordrhein Westfalen, als achtes von neun Kindern eines Grundschuldirektors und einer Klavierlehrerin geboren.
Nach dem Abschluss der Höheren Handelsschule in Höxter mit 17 Jahren folgte ein einjähriger Aufenthalt in den USA, in New Jersey, als Au-pair. Anschließend absolvierte sie eine Ausbildung zur diplomierten Kosmetikerin an der Internationalen Kosmetikfachschule in Dortmund. Ab 1987 arbeitete sie für den Kosmetikkonzern „Helena Rubinstein" im Außendienst als Verkaufsassistentin, sie war zudem Schulungsleiterin bei Marketingaktivitäten und Visagistin. Nach der Geburt ihres Sohnes 1990 gab sie ihre Tätigkeit auf und heiratete einen Juristen, der im Import und in der Immobilienbranche arbeitete. 1995 entschloss sich das Ehepaar zur Übernahme einer Resortanlage auf Fidschi, die die beiden zu einem 4-Sterne-Luxusresort weiterentwickelten. Nach der Scheidung 2007 lebt die Autorin mit ihrem Verlobten glücklich in Wien.

novum EIN HERZ FÜR AUTOREN

Der Verlag

Der im österreichischen Neckenmarkt beheimatete, einzigartige und mehrfach prämierte Verlag konzentriert sich speziell auf die Gruppe der Erstautoren. Die Bücher bilden ein breites Spektrum der aktuellen Literaturszene ab und werden in den Ländern Deutschland, Österreich, Schweiz und Ungarn publiziert. Das Verlagsprogramm steht für aktuelle Entwicklungen am Buchmarkt und spricht breite Leserschichten an. Jedes Buch und jeder Autor werden herzlich von den Verlagsmitarbeitern betreut und entwickelt. Mit der Reihe „Schüler gestalten selbst ihr Buch" betreibt der Verlag eine erfolgreiche Lese- und Schreibförderung.

Manuskripte herzlich willkommen!

novum publishing gmbh
Rathausgasse 73 · A-7311 Neckenmarkt
Tel: +43 (0)2610 43111 · Fax: +43 (0)2610 43111 28
Internet: office@novumpro.com · www.novumpro.com

AUSTRIA · GERMANY · SWITZERLAND · HUNGARY